二見文庫

愛することをやめないで

デヴニー・ペリー／滝川えつ子＝訳

Gypsy King
by
Devney Perry

Japanese translation rights arranged with
BROWER LITERARY & MANAGEMENT, INC.
through Japan UNI Agency, Inc., Tokyo

愛することをやめないで

登　場　人　物　紹　介

ブライス・ライアン	ジャーナリスト
ダッシュ・スレイター	自動車整備工場の経営者。ティン・ジプシーの元リーダー。本名キングストン
ドレイヴン・スレイター	ダッシュの父親
エメット	ダッシュの幼なじみ。自動車整備工場の副社長
レオ	ダッシュの仲間
アイザイア	自動車整備工場の整備士
クリッシー・スレイター	ダッシュの母親。故人
ニック・スレイター	ダッシュの兄
アミーナ・デイリー	クリッシーの元親友
ジェネヴィーヴ・デイリー	アミーナの娘
リー	アミーナの恋人
マーカス・ワグナー	警察署長
プレスリー	自動車整備工場の事務長

1

ブライス

「おはよう、アート」わたしは正面玄関のガラスドアを開け、コーヒーを持った手を掲げて挨拶した。

「よう、ガーリー。調子はどうだい？」彼もマグカップを掲げて挨拶を返してくる。

　ここクリフトンフォージ・トリビューン社では、わたしはいまだにガーリーやディア、ときにはスイートハートと呼ばれている。三十五歳にして最年少で、わたしの次に若い社員とのあいだにも十三歳の年齢差がある。共同経営者といえども、ボスの娘としか見なされていない。

「最高よ」通勤途中の車の中で音楽に合わせて体を揺らしていたのと同じ調子で、左右の肩を前後に振りながら言う。「太陽は輝き、花は咲き誇る。今日もすばらしい一日になるはずだわ」

「そうなることを望むよ。今は胸やけで苦しいがね」アートが苦笑いをすると、突きでた下腹が揺れた。カーゴパンツに水色のシャツという服装でも、彼はサンタクロースを彷彿《ほうふつ》とさせる。

「父はもう来ている？」

アートがうなずく。「おれが六時に出社したときには、もう来てらっしゃったよ。輪転機を修理しようとしてるんじゃないかな」

「困ったわね。腹立ちまぎれに分解していないかどうか見てこないと。じゃあね、アート」

「ああ、ブライス」

受付カウンターに座るアートの脇を通り、編集室のドアを開けた。作りたてのコーヒーと新聞のにおいが鼻腔《びこう》に流れこむ。わたしの楽園。父の職場見学で五歳のときに初めて新聞社を訪れてからずっと、このにおいを愛してきた。これに取って代わるものはいまだに現れない。

両脇にデスクが並んだ中央の通路を歩いて無人の編集室を抜け、その先にある印刷室まで行った。

「お父さん？」人の姿は見えず、コンクリートブロックの壁に声がこだまする。

「ゴスの下だ！」

室内は天井が高く、配管がむきだしになっている。新聞用紙が巻かれた巨大な筒や黒いインクのドラム缶が置かれ、この部屋のほうが新聞独特のにおいが強い。新聞用紙と溶剤、機械油のにおいを吸いこみながら、わたしはコンクリートの床にウエッジヒールの音を響かせて奥までゆっくりと歩いた。

わたしが少女時代に恋したのは男の子ではなく、刷りたての新聞の感触だった。それなのに大学卒業後に新聞社ではなくテレビ局で仕事を始めたわたしを、両親は不思議がった。当時はたくさんの理由があったのだが、もはやどうでもいいことだ。

今はこうして故郷に戻り、父の新聞社で働いている。

わが社で最も大きく、主に使用されているのがゴス社製の輪転機だ。印刷室の奥に置かれ、壁の端から端までの長さがある。四つに分かれた背の高い機械のうち、一番端の下に父は潜りこんでいた。茶色のブーツとジーンズに包まれた脚がのぞいている。

「今度はどこがおかしいの？」わたしは尋ねた。

父が輪転機の下から勢いよく体を出して立ちあがった。手で腿をはたいたので、潤滑油とインクの黒いしみがジーンズについた。「まいったよ。給紙部の調子が悪いんだ。十回に一回くらいの頻度で紙詰まりが起こって、新聞が台なしになる。だが見たところ問題はなくて、どこを修理したらいいのかわからない」

「大変。わたしにできることはある？」

父は首を振った。「いや、業者を呼ぶ必要がありそうだ。修理にどれくらいの費用と時間がかかることやら。今のところは印刷部数を増やして対応するしかないな」

「いちおう動くようだから、手動の輪転機を使う必要はないわね」反対側に置かれている古い機械に目をやる。仕組みを勉強するために一度使っただけだが、クランクをまわしつづけたせいで筋肉痛になり、一週間ほどずっと腕が痛かったのを覚えている。

「新しいものに買い替えるか、本格的な分解修理を頼むかわからんが、近いうちに予算を立てておいてくれ」

わたしはこめかみを人差し指で叩《たた》いた。「了解」

わたしが六カ月前にクリフトンフォージに戻って以来、父はずっと将来的な事業計画と予算案の話をしている。わたしはこちらに帰ってきたときに事業を半分買い取ったので、現在は父とは対等な共同経営者という立場だ。ゆくゆくは両親の分もわたしが引き受けてトリビューン社を経営するつもりだが、その時期について話しあったことはない。今のところはそれでいいと思っている。わたしは引き継ぐ準備ができていないし、父のほうもまだ引退する気はない。

記事の最後に〝記者ブライス・ライアン〟と署名が載るだけで満足だ。父は編集長の肩書きをあと数年は名乗りつづけるだろう。

「今日の予定はどうなってる？」父がきいた。

「ええと、特にないわ」解散したバイカーたちのギャングの取材を除いては。

父が目を細める。「何をするつもりだ？」

「何もしないわよ。誓うわ」父が嘘《うそ》をすぐに見抜いてしまうことを忘れていた。わたしは片方の手をあげた。もう片方の手は背中にまわし、幸運を祈りながら曲げた中指を人差し指に重ねて十字架を作る。

父が口角をあげ、さらに追及してくる。「ほかの連中はだませても、わたしは無理だ。その薄ら笑いの意味はわかっている。トラブルに首を突っこもうとしてるんだろう？」

「トラブルだなんて大げさだわ。もう子どもじゃないのよ。ワグナー署長のご機嫌うかがいに警察署へ行くだけ。この二週間ほどご無沙汰だから。それが終わったら、車のオイル交換をしてもらってくるわ」

困ったものだと言わんばかりに、父が目をぐるりとまわす。「いいか、マーカスは愚か者じゃない。おまえの白々しい態度をうのみにしたりしないぞ。新聞社は警察と不仲ではやっていけないんだから、態度には気をつけろよ。やつがへそを曲げたら情報がもらえなくなる。〝オイル交換〟に行く理由もお見通しだ。おまえがティン・ジプシーたちの記事を掘り返しているのをわたしが知らないとでも思ってるのか？」

「それは……」まったく。アーカイブの記事を出してくれるようアートに頼んだので、彼から父に伝わったのだろう。胃薬のタムズと自家製のシナモンロールを賄賂にしたが、無駄だったらしい。あの裏切り者。

「あいつらには近寄るんじゃない、ブライス」

「でも書くべきことがあるのよ。お父さんだって感じているはずだわ。大スクープになるって」

「大スクープ？」父がかぶりを振った。「そんなものを追ってるなら、シアトルに戻れ。落ち着いた生活を求めて帰ってきたんだろう？　人生を楽しむために。そう言っていたはずだが」

「そう、そのとおりよ。生活は落ち着いているわ」モーニングショーのために午前三時に起きてテレビ局に出社することはもうない。プロデューサーに受けがいい髪型にしたり、常に体形を気にしたりする必要もない。他人が取材した事件の原稿をカメラの前で読まなくてもいい。今では自分自身で記事を書いている。

これはこれですばらしい生活だが、モンタナの小さな町に戻ってきて二カ月もすると、息が詰まってきた。新生児欄や死亡欄の記事を書くために病院や葬儀場に電話をかけるだけでは知的好奇心は満たされない。わたしは刺激が欲しかった。まともな記事を書きたかった。

そんな折に目をつけたのが、クリフトンフォージ自動車整備工場だ。これまでいくつもの記事が書かれている。

一年ほど前にティン・ジプシー・モーターサイクル・クラブは解散した。モンタナで最も勢力が強く、金銭的に潤っているギャングのひとつだったが、なんの説明もなく活動を終了した。

元メンバーたちは地元にある自動車整備工場の仕事に専念するためだと言った。彼らの整備工場はクラシックカーの復元《レストア》やバイクの改造《カスタム》に関心のある、金持ちや有名人から支持されていた。

だが、そういった男たちは強大な力なしでは生きていけない。人目を引くほどハンサムで、悪魔のような笑みを浮かべる自信たっぷりのうぬぼれたキングストン・〝ダッシュ〟・スレイターみたいな男たちは。彼らは限界を無視した危険な生き方を渇望する。ティン・ジプシーは間違いなく金と権力を握るギャングだった。

そんな彼らがどうして活動をやめたのだろう？

　理由は誰にもわからない。知っていたとしても、口にする者はいない。

「去年一年間ずっと、彼らのニュースがなかったのを妙だと思わないの？　クラブを解散した理由も不明なのよ。一夜のうちに、悪名高いギャングからまっとうな市民に生まれ変わったなんて信じられない。静かすぎるし、クリーンすぎる」

「それはやつらが実際にクリーンだからだ」

「たしかにね。こすったらキュッと音がするくらいきれいなんでしょうね」わたしは感情のない声で言った。

「われわれが何か隠していると言いたいみたいだな」父が眉をひそめた。「いいか、書くべきことがあれば、わたしが記事にしているはずだと思わないか？　記者としてのわたしを見くびってるのか？」

「そんなつもりはないわ。もちろん何かあればお父さんが記事にしてるはずよ」

　だが、そもそも父に取材をする気があるのだろうか？　父の調査能力には疑問の余地がない。全盛期には花形記者だった。しかし数年前に母と一緒にクリフトンフォージに移り、トリビューン社を買い取って以降、勢いが落ちていた。それまでの熱意が消え、ハングリーではなくなっている。

それに比べてわたしは？　ハングリーすぎて飢え死にしそうなほどだ。

「お父さんが書くべきことはないと判断したのなら、ないんでしょうね」わたしは言った。「失うものはわたしの時間だけ、そうよね？」

「父親として、そして共同経営者としてはっきり言っておく。おまえにはこの件に首を突っこんでほしくない。やつらはもうギャングじゃないかもしれないが、危ないところがある。かかわるんじゃない」

「わかったわ。いくつか質問したら、もう近寄らない」正確には、あ、ま、り、近寄らないという意味だ。

「ブライス」父が警告の声を出す。

わたしは両手をあげ、無邪気さを装った。「なんなの？」

「気をつけろ」

「大丈夫よ。いつも気をつけてるわ」正直に言うといつもではないが、ときどきは。それに父の〝気をつける〟という言葉の定義はわたしのものとは若干違っている。

つま先立ちになって父の頬にキスをすると、何も言われないうちに手を振りながら印刷室を出た。一日中部屋に缶詰めにされる仕事を言いつけられたら大変だ。

警察署は新聞社から見ると町の反対端にあった。レストランや会社が並ぶ大通りに面し、背後にミズーリ川が流れる土手の上に立っている。山からの雪解け水のせいで川の水量が増え、流れも速い。六月の太陽が川面《かわも》に反射して、さざ波が金色に輝いている。モンタナの空気は新鮮で澄みきっている。刷りたての新聞にはわずかに及ばないが、これも大好きなにおいだ。

シアトルでは、少女時代を思いださせるこのにおいが恋しかった。

車を停《と》めて警察署に入ると、受付に座っていた警察官に挨拶して世間話をした。何事もなく署長に取り次いでもらえたので、その幸運に感謝する。なぜなら最初の三回はすんなりと進まなかったからだ。まずは指紋を採られた。そして身元調査をされ、顔写真まで撮影された。

そういう決まりなのかもしれない。

あるいは記者に対するいやがらせだったのか。

今朝の署内は静かだった。三人ほどの警察官がデスクに向かってパソコンや手書きで書類仕事をしている。残りはパトロールに出ているのだろう。署長室は建物の一番奥で、窓からは美しい川の流れが見渡せる。

わたしは開け放してあるドアを叩いて中に入った。「おはようございます、署長」

「おはよう、ブライス」ワグナー署長が読んでいた書類をデスクに置く。

「いまだに署長の笑顔を見ても、わたしが来たのを喜んでくださっているのか、苦々しく思っていらっしゃるのかわからないんです」

「それは場合によるな」署長が目を細めてわたしのトートバッグを見た。ふさふさして白いものがまじった眉をひそめている。

わたしはバッグに手を入れ、リコリス味のグミキャンディを出した。「気に入っていただけるといいんですが」

署長はツイズラーの袋を目にして肩をすくめた。わたしはそれを署長のデスクに置くと、来客用の椅子に座った。過去三回の訪問ではツイックス、スニッカーズ、エムアンドエムズといったチョコレート菓子を持参したが、署長は気に入らないようだった。そこで今回はあえて冒険して、違う系統のものをコンビニエンスストアで選んでみた。

「喜んでいただけたみたいですけど、口ひげのせいでよくわかりません」

「そのうちわかるようになる」署長がにやりとして袋を開けるのを目にしながら、わたしは心の中でガッツポーズをした。

「はっきりおっしゃっていただけるとありがたいんですが」

「そんなことをしても、おもしろくないだろう?」ワグナー署長は長いグミキャンディを口に入れ、大きく嚙《か》みきった。

「情報を求める記者を苦しめて楽しいですか？」

「いや」署長が言った。「われわれは報道機関に向けたプレス発表を毎週行っているから、それをダウンロードすればいいだけだろう。楽なもんだ」

「ええ、もちろん。発表はいつも拝見しています。大変興味をそそられる内容ですが、もう少し……掘りさげた情報が欲しいんです」

署長が顎の下で両手の指を合わせた。「話すことは何もない。二週間前に言ったとおりだ。あるいはその一週間前も。さらに一週間前にも言ったと思うが」

「まったくないんですか？　ほんの少し、プレス発表に入れ忘れたこととか？」

「情報などない。クリフトンフォージはこのところ、めっきり静かなんだ。申し訳ないがね」

「申し訳ないだなんて、心にもないことをおっしゃらないでください」わたしは眉をひそめてみせた。

彼は忍び笑いをもらし、またグミキャンディを嚙みちぎった。「きみの言うとおりだ。わたしは申し訳ないなどと思っておらん。平和を満喫するのに忙しいからな」

ワグナー署長はプレス発表に記された現状にすっかり満足しているらしい。そこにあるのは、ときどき入る緊急通報や土曜の夜に酔っ払いが起こす騒ぎ、十代の非行少年によるささいな窃盗事件くらいのものだ。だが以前は町の規模に似つかわしくないほど多くの殺人事件と暴行事件が起こっていた。ティン・ジプシーのせいだ。署長の白髪が増えたのも、このバイカーたちの存在が大きく影響しているに違いない。

けれども過去の新聞を調べてみると、ティン・ジプシーのメンバーが逮捕されたという記事はほとんどない。署長が見逃していたか、ティン・ジプシーが証拠隠滅に長《た》けていたかのどちらかだ。

ティン・ジプシーが最も羽ぶりのよかった時代にリーダーを務めていたのはドレイヴン・スレイターだ。町でときおり見かける彼は、今でも断固とした自信をみなぎらせている。そして息子のダッシュもその雰囲気を見事に引き継いでいた。このふたりから愚かさはみじんも感じられない。

わたしが見たところ、警察署長マーカス・ワグナーは有能な警察官だ。だが、ドレイヴンとダッシュ、そしてティン・ジプシーのメンバーたちのほうが常に一歩先を行っていたのだろう。

記事をものにしようと思ったら、こちらが先手を打つ必要がある。ドレイヴンは第一線を退いているので、相対することになるのはダッシュだ。わたしはこの男を見ていた。いや、正確には見張っていた。

ダッシュはまるでクリフトンフォージを支配しているかのような顔をして、黒いバイクでセントラル・アヴェニューを走る。目がくらむほどのまばゆい笑顔を見せながら。彼は生まれついての危険な男《バッド・ボーイ》だ。自信たっぷりのセクシーなほほえみ、たくましい顎の線、一日分の無精ひげを伸ばした顔を目にすれば、すべての女性は卒倒しそうになる。

わたし以外の女性はすべて。

町の女性たちはダッシュの見事な体を欲しがるだろうが、わたしが手に入れたいのは彼の秘密だ。

それには署長の助けが必要だった。

前回までの訪問では、わたしはティン・ジプシーという言葉すら口にせず、面会して、ある程度の信頼関係を築くにとどめた。もし彼らを調査したいのなら、今日こそ話を切りだすときだ。

「ティン・ジプシーが突然解散した理由をご存じですか?」

ワグナー署長が咀嚼《そしやく》するのをやめ、目を細める。「いや、知らん」

失敗した。署長を警戒させてしまった。

「わかりました」わたしは降参だとばかりに両手をあげた。「ただ興味があるだけなんです」

「なぜだ？」

「正直に言います。書くべき記事があるという予感がするからです」

署長はグミキャンディをのみこむと、デスクに肘をついた。「よく聞くんだ、ブライス。わたしはきみが好きだ。きみの親父《おやじ》さんも好きだ。熱心な記者たちが執筆している新聞社が町にあるのはすばらしいことだと思ってる。ただし、きみはまだ新参者だ。だからこれから話す町の歴史をよく聞いておけ」

わたしは身を乗りだした。「わかりました」

「過去二十年ほど、普通の町では百年かけても起こらないほど多くの問題にわれわれは苦しめられてきた。その大半はティン・ジプシーのせいだ。やつらもそれは承知していて、今はその埋め合わせをしようとしている。この一年は法を順守しているんだ。やつらが法律に厳密に従うようになり、町も変わった。今では夜でも安心して通りを歩ける。ちょっと店に立ち寄るくらいなら、車をロックしなくても大丈夫だ。ここはいい町なんだよ」

「そのいい変化に水を差すつもりはありません」

「それを聞いて安心した。だったらティン・ジプシーにはかかわるな。わたしは数えきれないくらい何度もやつらと対峙《たいじ》してきた。処罰すべきときには絶対に見逃さなかった。そして今も目を光らせている。違法行為があれば、わたしが一番に逮捕する。わたしの言葉を信じてくれ」

その言葉を聞く限り、署長は元ギャングの味方ではないようだ。その点は安心できる。だが彼の警告にわたしがひるむことはまったくなかった。むしろティン・ジプシーがクラブハウスのドアを完全に閉ざした理由を知りたい気持ちがさらに大きくなっていた。

そのドアが本当に閉じられたのかどうかも疑わしい。これはすべて策略のうちかもしれない。

「署長」制服姿の警察官が入り口から顔をのぞかせた。「至急来ていただきたいのですが」

ワグナー署長はグミキャンディをもう一本袋から取りだして席を立った。「キャンディをありがとう」

「喜んでいただけてよかったです」わたしも立ちあがった。「次はスターバーストかスキットルズにしましょうか?」

「リコリスを持ってきてくれれば、それでいい」彼はわたしをドアへと促した。「気をつけろ。わたしの言ったことを忘れるんじゃないぞ。手を出さないほうがいい人物や物事というものがある」

「了解です」これからオイル交換のためにダッシュ・スレイターが経営する自動車整備工場へ行くことは言わないほうがいいだろう。

わたしは署長と彼を呼びに来た警察官に手を振ると、正面玄関へ向かった。朝からコーヒーを飲みすぎていたので、途中にあった女性用トイレに入った。用をすませて手を洗いながら、これからティン・ジプシーの元メンバーたちと初めて対面するのだと考える。ドアに手をかけて外へ出ようとしたところ、廊下で話しているふたりの男性の言葉が耳に入った。

殺人。

思わず体がこわばり、足を止めてドアの隙間から耳を澄ます。男性たちはドアのすぐ向こうにいて、声がはっきり聞こえた。

「ライリーが通報を受けて駆けつけたんだ。これまで見たことがないような血の海だったらしい。今は署長が詳しい報告を受けてる。それが終わったら、おれたち全員が出動することになるだろうな」

「本当にやつが殺《や》ったと思うか？」

「ドレイヴンか？　もちろんそうだろう。おれたちもようやく、あのずる賢い野郎の尻尾をつかめるかもしれない」

なんてことだろう。わたしの聞き間違いでなければ、殺人事件が発生し、第一容疑者はドレイヴン・スレイターだと警察官たちが話しているのを立ち聞きしてしまった。

早くトイレから出なければ。今すぐ。

まずそっとドアを閉めて静かに三歩さがる。そしてわざと大きく咳《せき》をしてから、ヒールの音を響かせて出口に向かった。ドアを勢いよく開け、すぐ外に人がいて驚いたふりをした。

「まあ」胸に手をあてる。「びっくりしたわ。人がいるとは思わなかったから」

ふたりの男性は顔を見あわせ、道を空けてくれた。

「すみません」

「いえ、大丈夫」笑みを浮かべ、走りだしてしまわないように注意しながらその場をあとにした。

髪を耳にかけるしぐさをして肩越しに署内を見る。奥のデスクの前に三人の男性警察官が立っているが、誰もわたしが出ていくことに気づいていない。そのうちのふたりは大きな手ぶりをしながら早口で話している。残るひとりは青い顔で腕組みをして立ち、左右の足に交互に重心を移動させている。

心臓が激しく打つのを感じながら、わたしはドアを開けて外に出た。太陽の光を顔に受けるや、一目散に車へ走った。

「まったく」スターターボタンを押す手が震える。「こうなるとわかってたわ」

車をバックさせ、エンジンをふかして通りに出たときにもまだ手が震えていた。バックミラーを見て、警察官たちが追いかけてこないことを確かめた。

「頭を働かせるのよ、ブライス。どういう計画でいくの？」どこで殺人事件が起こったのかわからないので、現場には向かえない。警察が動くのを待ってあとを追うのもひとつの手だが、現場に着いたとしても何も見せてもらえないはずだ。どんな手が残っているだろう？

ドレイヴン逮捕の目撃者になればいい。これならいける。

現場へ向かう警察官を追わずに自動車整備工場へ行くのはリスクがある。ドレイヴンが整備工場にいない可能性もある。だがもし読みがあたっていれば、スクープをものにできる。事件についてプレス発表よりはるかに詳しい情報を得られる。

そう、わたしに運が向いていれば、ドレイヴンが逮捕される瞬間に立ちあえる。

ダッシュがその場にいたらもっといい。もしかすると彼も逮捕されるかもしれない。その場合、ダッシュの一番情けない瞬間を目撃できる。彼のあきれるほどハンサムな顔の裏に隠された秘密を暴く手立てを見いだせる。

ハンドルを切りながら、思わず笑顔になった。

オイル交換にはうってつけのタイミングだ。

2

ブライス

クリフトンフォージ自動車整備工場が見えてくると、またしてもわたしの心臓は激しく打ちはじめた。指も震えている。この気持ちの高ぶり、獲物を追いつめるときだけに感じられる特別な興奮を味わいたくてジャーナリストになったのだ。テレビカメラの前に座って他人が書いた原稿を読むためではない。

わたしにとっては後悔の念がティン・ジプシーの記事を書くための原動力となっていた。ティン・ジプシーにこだわるのは深い後悔が原因だ。

大きな期待を胸に抱いてテレビ局でのキャリアを選んだ。これは新聞社という、それまでずっと希望していただけでなく、周囲からも期待されていた道から大きく外れる決断だった。しかし大学を卒業する頃には、父の足跡をたどる気はなくなっていた。少なくともすぐにはごめんだった。社会人になったばかりの二十代前半のわたしは、自分だけの力で人生を切り開いていきたかった。そんな思いから、モンタナを出てシアトルのテレビ局に就職した。

テレビ局でキャリアを積む中、わたしはたくさんの選択をし、当時はどれひとつ間違っているようには思えなかった。ところが十年ほど経《た》った頃、ある朝シアトルのアパートメントで目覚めると、これまで重ねてきた最良の選択が最悪の人生を形作っていることに気づいた。

仕事に満足感が持てない。ほぼ毎晩ひとりで眠りにつく。鏡に映っているのは不幸な三十代前半の女の姿だった。

人生をテレビ局に支配されているも同然だった。テレビ局の都合ですべてが決まる。生活の時間帯がずれているので、デートをする気にすらならない。そもそも夕方四時にディナーをとって、七時までに就寝するような相手とつきあいたがる男性はいない。二十代のときはそれも苦にならなかった。そのうち自分にぴったりの男性が現れると信じられた。時が来れば、しかるべきところに落ち着くと思っていた。結婚して家庭を持てると。

だが、しかるべきところに落ち着くことはなかった。シアトルにとどまりつづければ、その願いは決してかなわない。

わたしはクリフトンフォージを再出発の地と決め、将来への希望をもう一度よく考えてみた。伴侶とめぐりあい、身体的に可能なうちに子どもを持てる可能性はさがる一方だ。もし生涯独身を貫く運命であれば、仕事を存分に楽しみたい。

シアトルでのキャリアは暗礁に乗りあげていた。テレビ局の幹部たちはそのうちに自由裁量を与えると繰り返すばかりだった。ほかのジャーナリストにインタビューしたり、番組側が用意した原稿を読んだりするのではなく、自分の言葉で報道する機会を与えると口では約束してくれた。

彼らが嘘をついていたのか、わたしの才能を認めていなかったのかはわからない。

最終的に、わたしは負け犬の気持ちで故郷に戻った。本当に負け犬なのだろうか？そうかもしれない。あるいはテレビカメラの前ではない場所、つまり顔ではなく頭脳で勝負できる場所でなら羽ばたき、自分の力を証明できるかもしれない。

わたしはジャーナリズムの世界に人生を捧《ささ》げてきた。埋もれた真実を発見し、隠された嘘を暴く。これは単なる仕事ではなく、情熱を傾けられるものだ。この小さな美しい町に隠された事実があるなら、わたしはそれを記事にする。

ドレイヴン・スレイターの関与が疑われている殺人事件が起こったとなれば、わたしは真相を追及する。

整備工場が向こうに見える交差点まで来た。アクセルの上で足を浮かせて赤信号が青に変わるのを待ちながら、もう一度バックミラーを確かめる。ドレイヴンを逮捕しに来る署長の車が見えたら、わたしにできることはあまりない。

だがその場合も、わたしの読みが正しかったことは証明される。

ドレイヴンが整備工場ではなく自宅にいて、警察はそちらに向かっている可能性もある。とにかく、最初の予定どおりに行動しよう。ドレイヴンの居場所にたどり着こうが着くまいが、わたしは整備工場へ行く。

今日こそはダッシュ・スレイターと相対し、敵の力量を見きわめるのだ。

膝でハンドルを支えながらセーターを脱いだ。幸い、下に着ている黒のタンクトップは胸元が大きく開いていて、制汗剤の跡もついていない。片手でハンドルを握り、トートバッグから非常用のドライシャンプーの小さな缶を出した。頭にスプレーして、手櫛《てぐし》で髪をふわりとさせる。それから駐車場に車を入れる寸前、深い色味のローズの口紅を塗った。

整備工場はかなり広かった。これまでに何度も前を通ったことはあるが、実際に来たのは初めてだ。建物は四つの区画に仕切られ、シャッターはすべて開いていた。その前にアウディを停めると、想像以上の威圧感がある。

アスファルトで舗装された細長い駐車場の先には背の低い植えこみがあり、その奥に別の建物があった。窓は暗く、玄関のドアの取っ手には太いチェーンが巻かれている。そのチェーンの先についた南京錠《なんきんじょう》が太陽の光を反射していた。

あそこがティン・ジプシーの本拠地だったに違いない。バイカーたちのあいだで〝クラブハウス〟と呼ばれている場所だ。そばには車もバイクも停まっておらず、雑草がはびこっているだけだった。

一見すると建物は閉鎖され、もう使われていないようだ。だが何人の男たちがあの南京錠の鍵を持っていたのだろう。夜になるとどれほどの人が出入りしていたのか。秘密の裏口から入る男たちは何人くらいいたのだろうか。

建物の見かけにだまされてはならない。外から見る限り使用されている様子はないが、内部では活動が行われているのかもしれない。

整備工場の敷地を隔てる金網フェンスの前にバイクが数台並んでいるのがバックミラーに映っている。その先には車が停めてある。カバーをかけた車はこれから修理やレストアをされるのだろう。整備工場は四区画とも車が入っていた。ピックアップトラックが三台と赤のクラシックカーだ。

建物の外壁はスティール板で、朝の光に輝いている。事務所は通りに面した側にあった。事務所のドアの上には看板ではなく、建物の壁に直接〝クリフトンフォージ自動車整備工場〟と、エアブラシを使って赤、黒、緑、黄色の端整な文字でペイントされていた。

車が並んでいる整備工場内は清潔だった。オイルまみれで薄汚いのだろうという想像は見事に裏切られた。蛍光灯に照らされたコンクリートの床に、しみはほとんどなく、工具用の引き出しが並んだ赤い作業台はきれいで新しい。この場所は金のにおいがする。定期的にオイル交換やタイヤのローテーションを頼むような小さい整備工場とは金のかけられ方が違う。

最後にもう一度バックミラーで髪と口紅を確認して車から出た。車のドアを閉める音がするなり、作業をしていた整備士がふたり、ピックアップトラックのボンネットの下から出てきた。

「おはよう」ひとりの男が手をあげて挨拶し、わたしの外見を値踏みしてから口角をあげてにやりとした。目にしたものが気に入ったらしい。

タンクトップのおかげで一点獲得だ。

「おはよう」わたしはこちらにやってくる男たちに手を振った。

ふたりともジーンズのような色合いの青いつなぎを着て、底の厚いワークブーツを履いていた。細身の男のほうは髪が短く、襟元から首筋の黒いタトゥーをのぞかせている。体の大きいほうは黒髪を後ろで束ね、つなぎの上半身を脱いで腰で袖を結んでいる。白のタンクトップを着ているので、筋肉質の太い両腕に入れているカラフルなタトゥーがよく見える。

この整備工場が金銭的に潤っている理由はここにあるのかもしれない。このセクシーな整備士たちにオイル交換をしてもらうために、州の独身女性たちの半数がやってくるのだろう。どちらもハンサムだが、わたしの興味の対象ではない。

ドレイヴンはどこにいるのだろう？　ここの事務所でコーヒーでも飲んでいてくれるといいのだけど。

「どんな用件かな？」髪の短いほうの男が赤いぼろ布で手を拭きながら言った。

「オイル交換をずっとさぼっていたのよ」わたしは大げさに困った顔をした。「車のメンテナンスはついあとまわしになってしまって。無理を言って悪いけど、午前中にお願いできない？」

ふたりは顔を見あわせてうなずいた。だが彼らが口を開く前に、低い声がふたりの向こうから響いてきた。「おはよう」

並んでいた整備士たちが離れると、ほかでもないダッシュ・スレイター本人がこちらに歩いてくるのが見えた。自信たっぷりの力強い足取りだ。今日は彼に会えるかもしれない、いや、ぜひ会いたいと思っていたが、わたしは心と体の準備がまだできていなかった。

ダッシュと目が合うと心拍数が跳ねあがり、息が止まりそうになった。頭の中が真っ白になり、彼の長くたくましい脚を覆っている黒のジーンズ以外目に入らない。一歩踏みだすごとに自信とカリスマ性を感じさせるダッシュのような男にはこれまで会ったことがない。緑と金と茶色がまじったハシバミ色の目は生き生きと輝き、期せずして魔法にかけられてしまいそうになる。

体の奥が震える。理性と裏腹な体の反応がいらだたしい。わたしは取材のためにここにいる。この男の秘密をひとつひとつ探り、新聞の見出しにするために。こんな本能むきだしの反応は心外だった。

悔しいことに、ダッシュはセクシーだ。

黒のTシャツは発達した厚い胸筋をぴったりと覆い、上腕二頭筋の上でぴんと張っている。浅黒くなめらかな肌の両腕には肘から手首までタトゥーが走っていた。

焼けつくほどに、そしてにおいたつほどにセクシーだ。ほかにも浮かんだ言葉はあったが、彼がこちらに来たとたんにすべて吹き飛んでしまった。

本当に……困る。

わたしの好みはきちんとした清潔感のある男性のはずでしょう。一日分伸びた無精ひげなどまっぴらだ。ダッシュはわたしのタイプではない。ハシバミ色の目よりも青い目が好きだし、髪は短いほうがいい。ダッシュの焦げ茶色の髪は無造作に伸び、カットの時期を何週間も過ぎている。

体の反応は単に生理的なものだ。最後に男性とつきあったのはたしか……二桁になったところで月数を数えるのをやめた。

「どういった用件だ？」ふたりの整備士のあいだに立ったダッシュが言う。

「わたしの車なんだけど」手首を返してアウディを指す。「オイル交換が必要なの」

太陽が地球に急接近したとしか思えないほど暑くてたまらない。胸の谷間に汗が浮かぶ。ダッシュがわたしの胸をちらりと見た。ほんの短い時間、視線を向けただけだったが、たしかに彼の気を引くことができた。

タンクトップのおかげで二点目を獲得。

ダッシュは整備工場を顎で示し、髪の長い男に行けと命じた。男はうなずくと、髪の短い同僚に向けてうなるような声を出した。ふたりは無言で仕事に戻っていった。ここではいつもこんなふうに意思の疎通が図られているのだろうか？　顎で示し、うなるという方法で。もしそうならインタビューするのは難しく、ろくな話を聞きだせないだろう。

ダッシュが肩越しに後ろを一瞥《いちべつ》する。わたしたちふたりきりになったのを確かめると、かの有名なきざでセクシーなほほえみを浮かべた。これまでは遠くからしか目にしたことがなかったが、間近で見るとめまいを起こしそうになる。「オイル交換なら任せてくれ。全体的な点検もやらせてもらおう。これはわが社のサービスだ」

「助かるわ」わたしは声がうわずらないよう気をつけながら愛想よく言った。「でも、ちゃんと支払いはするから。ありがとう」

「どういたしまして」ダッシュが体を近づけてくる。身長は百八十五センチほどあるようだ。彼の体で日差しがさえぎられる。

本能に従えば一歩さがって距離を保つべきところだが、わたしは一ミリも動かなかった。

ダッシュは単に近寄りたかっただけかもしれない。だが、これまでの人生で学んできたことがある。尊大な男はしばしば自分の力を女性に示そうとするものだ。特にその女性がジャーナリストの場合、彼らは自分のちょっとした動きで相手がどれくらいひるむのかを確かめる。

わたしの髪に手を触れて、たじろぐかどうか試した男もいる。自信たっぷりな態度で接し、わたしが身をすくめるのを見ようとするのだ。そしてもちろん正面から詰め寄り、わたしに一歩引かせようとする男もいた。

ダッシュはわたしの正体を知っていて、尻尾を巻いて逃げだすところを見てやろうと思っているのだろうか。あるいは自分がにっこりしてオイル交換をしてやると言えば、わたしのほうからひざまずいて彼のベルトを外し、無料で〝サービス〟を始めるはずだとうぬぼれているのだろうか。

「こっちには最近引っ越してきたのか?」

「そうよ」

「今まで会わなかったなんて驚きだな」

「あまり外に出ないから」体のまわりにれんがの壁が築かれ、風をさえぎられたかのように空気が濃密になる。

「もったいないな。出かける気になったら、〈ベッツィ〉に寄ってくれよ。ビールでもごちそうするから」

「ありがとう」行くとは限らないけど。

〈ベッツィ〉はクリフトンフォージでは評判の悪い安酒場で、行きたいとも思わない。

「あなたたちはバイクに夢中なのね」わたしは並んでいるバイクを見て指さした。

「そんなところだな。ここではみんながバイクに乗る」

「わたしはまだ一度も乗ったことがないわ」

「そうなのか?」ダッシュがにやりとした。「バイクは最高だ。ビールをおごるより先に乗せてやるよ」

〝乗せてやる〟という言葉を強調するのを耳にして、わたしは息が詰まりそうになった。視線が絡みあい、ふたりのあいだに見えない炎が燃えあがるのを感じる。〝乗る〟という言葉から、互いにまったく違う想像をしているのだろうか? かき消そうとする努力もむなしく、脳裏に彼の腰にまたがっている自分の姿が浮かぶ。ダッシュの飢えたような目つきからすると、彼も同じ想像をふくらませているらしい。

「どれがあなたのバイク?」わたしは妄想を追い払いながら尋ねた。

ダッシュが腕をあげた拍子に、手首がわたしの肘にぶつかった。偶然を装っているが、わざとに違いない。「真ん中の黒いやつだ」

「ダッシュ」ボディにペイントされている炎で飾られた文字を口に出してみる。「あなたの名前なの?」

「そうだ」彼が手を差しだす。「ダッシュ・スレイターだ」

わたしはその手を握った。ダッシュの長い指に手を包まれているあいだ、鼓動が乱れないよう注意しなければならなかった。「ダッシュ。変わった名前ね」

「ニックネームだよ」

「本名はなんというの？」

ダッシュがわたしの手を放してほほえんだ。「ビールをおごらせてくれた女性にしか教えられない秘密なんだ」

「あら、残念。わたしは本名を教えてくれた男性としかビールを飲まないのよ」

ダッシュが苦笑する。「キングストン・スレイター。でもダッシュと呼ばれてるのね。あなたをキングと呼ぶ人はいないの？」

「生きている中で、二回以上そう呼んだやつはいない」彼は冗談めかして言った。

「聞いておいてよかったわ」わたしは笑いながら、いつでも写真を撮れるようにポケットからスマートフォンをそっと取りだし、手のひらで顔をあおいだ。「外は暑いわね。どこか涼しくて、座って待てる場所はある？」

もうすぐ逮捕されるであろう彼の父親がいる部屋だといいけれど。そろそろ警察官が姿を現す頃だ。何を手間取っているのだろう。

「あるよ」ダッシュが事務所のドアを頭で示す。「事務所で待てばいい」

建物に向けて三歩ほど進んだところで、パトカーが敷地内に入ってきた。ランプは点灯させているが、サイレンは鳴らしていない。やった！　わたしは勝ち誇って拳を突きあげそうになるのを懸命にこらえた。

ダッシュは立ち止まると、わたしを警察官からかばうように片方の腕をあげた。前科のある男がそんな紳士的なふるまいをするとは思いもしなかった。警察官を前にしたら、わたしを盾にすることはあっても、守ろうなどとはしないはずだ。

ふたりの警察官がすぐに降りてきた。「ドレイヴン・スレイターはどこにいる？」

ダッシュは警察官を威圧するように腕組みをした。「親父になんの用だ？」

警察官はその問いかけに答えなかった。無言で事務所へ向かい中に入る。すぐに二台目のパトカーがやってきた。こちらには署長が乗っていた。

ワグナー警察署長は助手席から降りてくると、サングラスをあげながらダッシュとわたしのほうへ歩いてきた。「こんなところで何をしてるんだ、ブライス？」

「オイル交換です」

「首を突っこむなと言ったはずだぞ」

「あの車はまだ買ったばかりなんです、署長」わたしは作り笑いを浮かべた。「車を長持ちさせるには日頃のメンテナンスが大切だと聞いたので」

署長が目を細めた。口ひげの両端がさがる。彼はいらだつとこんな表情を見せるらしい。今後はこの表情を笑顔だと見誤ってはならない。

「どういうことだ、マーカス?」ダッシュが署長とわたしを見ながら言う。

「おまえの父親を連行せねばならん」

「理由は?」

「それは言えない」

ダッシュが喉の奥でうなり声をあげた。「それなら、話せることを言ってほしい」

「彼女の前でか?」ワグナー署長がわたしを親指で示した。「今のところ、ほぼ何も公表されていない。『トリビューン』の日曜版に書かれたくないことは、彼女にも聞かれたくないはずだと思うが」

「なんだって?」ダッシュが唖然《あぜん》とする。

「彼女は新入りの新聞記者だ」

「きみが? てっきり男が雇われたと思ってた」ダッシュがわたしの顔を見て言った。

「よく勘違いされるわ。名前のせいで間違われやすいの」わたしは肩をすくめた。

「ブライス・ライアン。『クリフトンフォージ・トリビューン』の記者よ」

ダッシュが小鼻をふくらませる。〈ベッツィ〉への招待は取り消されたに違いない。

事務所のドアが大きく開いて、手錠をかけられたドレイヴン・スレイターが両脇を警察官に挟まれて出てきた。

わたしは笑みを浮かべそうになるのを我慢して、このチャンスを与えてくれたジャーナリストの神に感謝した。

「弁護士に連絡してくれ」ドレイヴンがダッシュに命じた。顎をこわばらせ、息子よりも厳しい顔をしている。

父親がパトカーの後部座席に押しこまれるのを目のあたりにしながら、ダッシュはうなずいただけだった。

プラチナブロンドをピクシーカットにした女性が事務所から駆けだしてきて、ダッシュの横に立った。ふたりの整備士も建物から小走りでこちらに来た。

パトカーがバックして走り去る前に、わたしは急いで写真を撮った。新聞社では常勤のフォトグラファーを雇っていないが、今はスマートフォンがあるので問題はない。

ドレイヴンを乗せたパトカーが行ってしまうと、ダッシュが署長に詰め寄った。

「いったいどういうことだ?」

「ダッシュ、ききたいことがあるから署まで来てくれ」

「断る。事情を説明してもらうまでは協力できない」

署長は首を振った。「署で話す」

ふたりのあいだの緊迫感と同じくらい重い沈黙がおりた。ダッシュが折れるとは思えなかったが、最後には彼がうなずいた。

「署で待っている」ワグナー署長が言い、わたしに顔をしかめてみせてからパトカーへと向かう。

「どうなってるの？」事務所から出てきた女性がダッシュの腕に触れる。「どうして捕まったの？」

「わからない」ダッシュは通りに出て走り去るパトカーのテールライトをにらみつけていた。そしてわたしに向かって言う。「何が目的だ？」

「あなたの父親は殺人事件の容疑者よ。これについてコメントは？」

「殺人？」女性がぽかんと口を開ける。

体格がいいほうの整備士が悪態をつく。「くそっ」

ダッシュはわたしの言葉を耳にすると顔をこわばらせ、無表情になった。「ここから出ていけ」

「父親が殺人犯の可能性があるという事実に対してコメントはないのね？」〝可能性

がある〟とつけ足したのはわたしの思いやりだ。「それともすでに知っていたの？」

「とっとと出ていって」ダッシュの横に立つ女性が吐き捨てるように言った。ダッシュのほうは体の脇に垂らした手を拳に握りしめている。険しい表情のままだが、氷のように冷たい目の奥には動揺の色が浮かんでいた。

「ノーコメントだと解釈させてもらうわ」わたしはウインクをすると、首筋にひしひしと感じる怒りの視線を無視して車へと向かった。

「ブライス」ダッシュの声が駐車場に響き渡り、わたしは驚いて足を止めた。

かすかに振り向いて耳だけを傾ける。

「一度しか言わない」揺るぎない厳しい声に、わたしの背筋に冷たいものが走った。

「警告は一度だけだ。この件に首を突っこむな」

ろくでなし。わたしに脅しは通用しない。これはわたしが書くべき記事だ。ダッシュが好むと好まざるとにかかわらず、わたしは報道する。彼を振り返り、視線をとらえた。

「また近いうちに、キング」

3

ダッシュ

いったい何が起こったんだ？　ブライスの白のアウディが駐車場から走り去っても、おれはその場に立ちつくしたまま何分間も考えこんでいた。父と一緒に事務所で熱いコーヒーを飲んでから、この数日手がけている六八年製マスタングGTのレストアをしようと整備工場へ行った。いい朝の始まりだった。そして脚が長く、形のいい胸をしたセクシーな女性がオイル交換にやってきた。軽く言葉を交わして、思わず見とれてしまう笑顔を向けられると、幸先《さいさき》がいいと感じた。彼女は頭の回転も速いとわかったときには大あたりを確信した。ふたりのあいだにあたかも青い炎が灯《とも》ったかに思えた。

何か裏があるはずだと警戒するべきだった。夢が現実になったようないい女なんて裏があるに決まっている。今回の場合はスクープが目的だった。

おれは愚かにも餌に食いついてしまった。完全に引っかかった。どうしてプライスは父が殺人容疑で逮捕されることを警察官が姿を見せる前から知っていたのだろう？　いい質問だ。しかもなぜおれは把握していなかったのか？　無関心だったせいだ。

最近まで、つまりクラブの全盛期には、警察がおれや家族に狙いをつけていれば、それを一番に嗅ぎつけることができた。もちろん、まっとうな生活には利点もある。殺されたり終身刑になったりする夢を見て飛び起きる恐怖にさいなまれず、生きるのはいいものだ。

おれはそんな生き方に満足していた。気を抜いて、情報収集を怠った。すっかり警戒を緩めていた。

その結果、父が逮捕された。くそっ。

「ダッシュ」プレスリーに腕を拳でパンチされ、われに返った。

身震いして彼女を見やり、日差しに白く輝く髪に目を細める。「なんだ？」

「なんだ？」プレスリーが口真似《くちまね》をする。「これからどうするつもり？　お父さんが逮捕されるって知ってたの？」

「ああ、逮捕される前にゆっくりコーヒーを飲んで、おまえと世間話をさせてやってたんだ」おれはプレスリーに嚙みついた。「そんなわけないだろう、何も知らなかった」

「あの女は殺人と言った」エメットが顔にかかる長い髪を払いながら言った。「そうだろう？」

そのとおりだ。「たしかに殺人と言っていた」

殺人という言葉もプライスのなまめかしい声で発音されると、一瞬とても魅力的に聞こえた。だが実際には父は逮捕され、自分は小うるさい記者の相手をさせられた。おれは口元をゆがめた。警察官や弁護士と同じくらい、記者も避けてきた。それなのにこの厄介事が解決されるまで、この三者を相手にしなければならない。

「ジムに電話をかけてくれ」エメットに命じる。「何が起きたか説明するんだ」

エメットはうなずくと、さっそく弁護士に携帯電話で連絡しながら建物のほうへ歩いていった。

エメットはこの整備工場の副社長だ。ティン・ジプシー・モーターサイクル・クラブが解散したあともおれのそばにいる。おれたちはずっと一緒だった。

ふたりはクラブで育ったようなものだ。子どもの頃は家族が集まったときによく遊んでいた。エメットは三歳下だが、学校でもつるんだ。そして父親たちと同じく、クラブに入会してブラザーになった。

おれたちは数えきれないほどの悪事を働いてきた。世間に顔向けできないようなこともした。つい先週も〈ベッツィ〉でビールを飲みながら、以前と比べて今の生活は驚くほど静かだと笑いあったばかりだ。

そのときに魔よけに木製のテーブルでも叩いて、不幸を招かないようにしておけばよかった。

「アイザイア、仕事に戻れ」整備士に言う。「普段どおりにふるまうんだ。もし誰かが来て親父のことを尋ねても、知らないふりをしろ」

アイザイアがうなずく。「了解。ほかには?」

「おれたちの分の仕事も引き受けてもらうことになりそうだが、かまわないか?」

「問題ない」アイザイアは背を向けて整備工場へ戻った。手にはずっとレンチが握られている。二週間ほど前に雇ったばかりだが、あの男なら仕事が増えてもうまくやってくれるだろう。

アイザイアはもの静かだが、人あたりはいい。社交的なほうではなく、仕事帰りに一緒にビールを飲みに行ったり、整備工場で長い時間顔を突きあわせていても無駄口を叩いたりしない。だが腕のいい整備士で、遅刻もしない。闇を抱えているとしても、心の内におさめている。

父が数年前に引退したのを機に、おれはあとを継ぎ、整備工場の経営を任された。だが人事や経理の仕事は嫌いだった。父のほうも一日中家に引きこもっているのは性に合わないので、ここに来て仕事を手伝ってくれていた。おれがもうひとり整備士を探してほしいと頼んだときに、父がアイザイアを見つけてきた。

ドレイヴン・スレイターがいいと思った男だったので、おれ自身はアイザイアの面接はしなかった。父の直感を信用しているからだ。

「わたしは何をすればいい？」プレスリーが言う。

「レオのやつはどこにいるんだ？」

「まだベッドの中だと思うけど」彼女はあきれた顔で天を仰いだ。

「電話で叩き起こせ。必要なら、あいつの家まで行ってくれ。おれが警察から帰ってくるまでに仕事を始めさせておけ。話はそれからだ」

プレスリーはうなずくと、事務所に戻ろうとした。

「プレスリー」おれは呼び止めた。「心あたりに電話をかけてくれ。この件について知ってるやつを探すんだ。余計なことは言うなよ」

「オーケー」もう一度うなずいてから事務所へ急ぐ彼女を尻目に、おれはバイクにまたがった。

警察署へ向かう途中で白い車とすれ違うと、すぐにブライスを思いだした。新しい記者が町に来た話はエメットから聞いていた。ブライス・ライアンというのはその〝男〟の名前だと思っていた。女だとは考えもしなかったばかりか、ふっくらとしたバラ色の唇を持つ、チョコレート色の豊かな髪の女だとは想像すらしていなかった。

記者が男だという誤解を与えたのがエメット以外のやつなら、鼻の骨を折ってやっているところだ。ブライスが記者だとわかったときの表情からして、エメットも女だとは知らなかったらしい。

プレスリーが事務所で町の噂話《うわさばなし》を始めるたびに席を外していた報いだ。情報を避けていたのは間違いだった。ブライスのことは言うに及ばず……とにかく彼女は優秀だ。

ブライスはおれをこけにした。しかもおれは本名を教え、整備工場に五分以上もとどまらせてしまった。毎日一緒に働いているアイザイアさえ、おれの本名を知らないというのに。

美しい焦げ茶色の目を生き生きと輝かせた晴れやかな笑顔を前にして、つい口が滑ってしまった。まるで彼女の下着に手を入れたくてしかたがない十代の少年のような態度だ。電話で呼びだせば相手をしてくれる女がいくらでもいる、三十五歳の男のふるまいではない。

記者は嫌いだ。これまではずっと、地元の新聞や記者に注意を払う必要はなかった。しかしブライスはその流れを変えた。

新聞社の前のオーナーは取りあう必要もないくらいの間抜けだった。数年前にブライスの父親がクリフトンフォージにやってきて経営を引き継いだが、レイン・ライアンは新聞記事になるようなネタには恵まれなかった。

彼がこの町に来た頃には、ティン・ジプシーはドラッグ関係の仕事から足を洗っていた。地下闘技場はすでにボクシングクラブに変わり、殺して埋めた遺体についてもほとぼりが冷めていた。

レインはティン・ジプシーに関心を示さなかった。整備のために妻の車を持ってきたときにも、クラブについて何も尋ねなかった。過去はそのまま眠らせておいてくれた。

だがブライスはスクープに飢えている。去り際に見せた顔つきからは気性の荒さがうかがえた。獲物には全力で立ち向かい、引きさがることはない。平常時でさえも厄介な存在のはずだが、父が殺人容疑で逮捕された今、さらに厄介な相手となった。

いったい誰が殺されたのだろう？　町で殺人事件が起こったにもかかわらず、なぜおれの耳に入らなかったのか？　古くからの情報網の有無は関係ない。この小さな町において殺人は一大事で、遺体が発見されるや、噂は野火のごとく一瞬で広がったはずだ。それとも……マーカスが見つけたのはずっと以前に埋められた遺体なのだろうか？　おれたちが過去に犯した罪が白日のもとにさらされようとしているのか？

クラブ内では殺人が正当化されていた。なぜなら殺さなければ自分が殺されるからだ。あるいは家族が犠牲になっていたかもしれない。世の中から悪いやつらを駆除しただけだ。おれたちが悪事を働き、罪を犯したことは確かだが、だからといって生涯を州刑務所で過ごすつもりはない。

交通ルールも顧みず、警察署までクリフトンフォージの通りを飛ばした。おれが建物に入ると、署長は受付で待っていた。

「ダッシュ」マーカスは署長室までついてくるよう手ぶりで示した。部屋に入るとドアを閉めて席につき、デスクにのっている袋からグミキャンディを出す。

「親父はどこだ？」

「座れ」署長がリコリスを嚙みながら言う。

「立ったままでいい。話を聞きたい」おれは腕組みをした。

「話せることはあまりない。事件は捜査中で――」

「殺人事件なんだろう」

リコリスを嚙んでいた口の動きが止まる。「どこで聞いた？」

マーカスの驚きは芝居ではないようだ。部下には口外するなと命じていたのだろう。ブライスに出し抜かれたというわけだ。「署長の新しい友人の記者だ。親父が殺人容疑で逮捕された件についてコメントを求められた。いったい何が起こってるんだ？」

マーカスがリコリスをのみこみ、またひと口かじる。額に浮いた血管がぴくぴくと動いた。「昨日の夕方五時から今朝六時まで、おまえの父親がどこにいたかわかるか？」

「たぶん」少しほっとして動悸《どうき》はおさまったが、おれはそんな様子はおくびにも出さないようにした。マーカスがきいているのは昨夜のアリバイだ。ありがたい。過去の事実は変わらない。昨夜の父は誰も殺していないので、今回は誤認逮捕に違いない。

「どうだ？　ドレイヴンはどこにいた？」

「すでに知ってるんだろう？　それなのに、なぜおれにきく？」

「弁護士が来るまでしゃべらないとドレイヴンは言っている」

「それは賢明だ」

「おまえたちふたりが協力してくれたら助かるんだが」

おれたちは誰とも協力しない。相手が警察の場合はなおさらだ。もし間違ったことを口にすれば、マーカスはおれを共犯者として留置場に放りこむだろう。スレイター家の人間が逮捕されるのは一日にひとりでたくさんだ。

おれが黙っていると、マーカスが顔をしかめた。「おまえが話さないのなら、こちらからも何も言うつもりはない」

「いいだろう」おれはきびすを返して部屋を出ると、ドアを思いきり叩きつけて閉めた。壁にかかった絵が揺れている。おれは警察署をあとにした。

たいした情報は得られなかったが、充分だ。今のところはこれでいい。

バイクにまたがってサングラスをかけてから、兄に電話をかける。

「ダッシュ」電話に出る声から、ニックが笑みを浮かべているのがわかる。この七年ほど、すなわち妻を取り戻してからはいつも朗らかに応対してくれる。「元気か?」

「話があるんだ。忙しいか?」

「ちょっと待ってくれ」電話を肩と頭のあいだに挟んで支えているらしく、くぐもった声が聞こえてきた。「長いのを投げろ。さっきよりも。最後の一球だ」風を切る音とニックの笑い声が聞こえたかと思うと、兄が電話に戻ってきた。「息子と一緒なんだ。放っておけば一日中でもボール投げをしたがってね。だんだんうまくなってきてる。まだ七歳だが、なかなか筋がいい」

「将来はフットボールのワイドレシーバーだな」自然に笑みがこぼれた。甥《おい》のドレイヴンは祖父にあたるおれの父と同じ名前で、顔はニックにそっくりだ。いつも兄のあとにくっついている。「今日は仕事か?」

「そうだ。ドレイヴンを整備工場に連れてきてる。エメリンがノラの耳にピアスの穴を空けに出かけてるから」

「それは……早すぎるんじゃないか?」ノラは四歳になったばかりだ。

「言われなくてもわかってる」ニックが不満そうに言う。「だが今はエメリンと口論したくない」

「どうしてだ? 彼女が腹を立ててるのか?」

「いや、違う……」ニックは大きく息をついた。「みんなに報告しようと思ってたんだよ、エメリンが妊娠したことを。だが、もう過去形だ。先週、流産した」

「そうなのか」おれは思わず胸に手をあてた。「残念だ」

「ああ。エメリンもつらいんだ。だからボーズマンでノラの耳にピアスをつけて、母と娘ふたりきりの時間を過ごしたいという彼女を何も言わずに送りだした」

「おれにできることはあるか？」

「大丈夫だ。おれたちはちゃんと乗り越えられる。それで、どうしたんだ？」

おれは鼻筋を指でつまんだ。これ以上負担をかけたくないが、ニックは知っておくべきだ。「悪い知らせだ。こんなときに申し訳ないが」

「話してくれ」

「ゆうべ、殺人事件があった。親父がやったか、親父が犯人を知ってるか、あるいは誰かが親父をはめようとしているかだ。そんなわけで、三十分ほど前に逮捕された」

「くそっ」ニックが吐き捨てるように言った。「ほかにわかっていることは？」

「何も。警察はそれ以上話そうとしない」わかっていることの半分は、ひと筋縄ではいかないセクシーな新聞記者が話してくれたおかげだと認めるつもりはなかった。

「親父は弁護士を要求している。ジムが会えば、もっと詳しいことがわかるはずだ」

「エメリンに電話をかける。すぐそっちへ行くよ」

「いや、来る必要はない。来てもらっても、できることはないからな。ただ知らせておきたかっただけだ」

「ダッシュ、これは殺人事件なんだぞ」

「そのとおりだ。だからこそ、兄貴とエメリンと子どもたちはこんなことにかかわるべきじゃない」息子とボール投げをし、娘にキスをして、妻を強く抱きしめるためにも、ニックはプレスコットにとどまっていなければならない。

「わかった」ニックが長い息を吐いた。「だが助けが必要なときには、すぐに駆けつけるから」

「ああ。新しい情報があったら報告する」

「いつも何か問題が起こるな」兄が小声で言う。

「ここしばらくは静かだったんだが」

「そうだな。親父が……おまえは親父が殺ったと思うか？」

おれは警察署の建物の灰色に塗られた壁を見つめた。この壁の向こうにある取調室に父がいる。手錠をかけられた腕を安物のデスクにのせ、座り心地の悪い椅子に腰かけて。

「わからない」正直に言った。「可能性はある。だがもし殺ったのなら何か理由があるはずだ。もし親父が犯人でないとすれば、子どもたちを絶対にクリフトンフォージに連れてきてはならない」

父が狙われているとすれば、家族の身も危険だ。

「気をつけてくれ」兄に言った。

「おまえもな」

電話を切ってバイクを発進させる。エンジンの振動と音を感じながら町を走っていると、心が慰められた。これまで何時間も、何百キロもバイクに乗りながらクラブの戦略を練ってきた。

だが去年からは、クラブの未来を考える必要がなくなった。小競り合いはもはやない。犯罪を隠したり、敵の裏をかいたりする必要もない。今ではバイクのハンドルを握るのは純粋に走りを楽しむためだ。考えることといえば整備工場に関することだけで、カスタムの客を増やす戦略や、緊急時に備えた預金についてといったところだ。

殺人容疑で逮捕された父のために策を練ろうとしても頭がうまくまわらず、いい考えが浮かばない。こんなに早く以前のあり方を忘れてしまうとは驚きだ。数年かけて悪事から足を洗ったが、ティン・ジプシーが最終的に解散したのはほんの一年前だ。最後に逮捕案件にかかわったのは四年近く前で、酔ったレオがバーで喧嘩《けんか》をしたのが原因だった。

駐車場に入ると、バイクから降りて自分の駐車スペースまで押していった。事務所に向かいながら、クラブハウスのほうを見る。

まわりの草が伸びすぎているので、時間を見つけて草刈りをする必要があった。室内はかび臭く、ほこりだらけだろう。前回、中に入ったのは冬で、忍びこんだアライグマに人感センサーが反応したときだ。

かつては今日みたいなとき、すなわち情報を集めて答えを得たい場合には、何を差し置いてもクラブハウスに行って仲間全員を招集し、真相を探ろうとしたはずだ。

しかし今回は整備工場の事務所に腰を据え、同じエンブレムをつけていたときと同様の忠誠心を示してくれる仲間だけと話しあわなければならない。

おれが事務所のドアを開けると、プレスリーが電話をかけていた。彼女が静かにするようにとこちらに向けて人差し指を立てる。「わかったわ。ありがとう。何か耳にしたら電話をちょうだい」

おれは窓際に並べられた椅子へ向かった。父と自分のオフィスは奥にあるが、待合室に置かれたプレスリーのデスクのまわりに集まることが多かった。

肩書きは事務長だが、プレスリーはそれ以上の仕事をこなしてくれている。請求書の支払いから顧客の満足度まで気を配り、サインが必要な書類を父とおれのデスクに振り分け、給料の支払い手続きを行い、退職に備えた積立金について年に一度話しあう機会を設けている。

プレスリーはこの整備工場のかなめだ。業務が円滑に進むように手配してくれるので、ほかの者はその段取りに従っていた。

「何かわかったか？」彼女にきいた。

「美容院に電話をかけてみたの」プレスリーは青い顔をしている。「ステイシーが今朝、出勤途中に、パトカーが何台かモーテルの前に停まってるのを見たって。噂では女性の遺体が見つかったらしいけど、本当かどうかはわからないと言ってたわ」

ちくしょう。おそらく本当だろう。「ほかには？」

彼女はかぶりを振った。「それだけよ」

父と話をしたかったが、マーカスの態度からすると無理だろう。しばらくは弁護士を通じて話を聞くしかない。

事務所のドアが開いて、エメットが入ってきた。レオも一緒だ。

「今朝の派手な騒動を見逃しちまったらしいな」レオが冗談を言う。とてもそんな気分ではないのでおれがにらみつけると、レオの顔から笑みが消えた。

「今までどこにいた？」

「寝過ごした」

「このところ遅刻が多すぎるぞ」

レオがぼさぼさのブロンドをかきあげた。シャワーを浴びたばかりらしく、まだ髪がところどころ濡《ぬ》れている。「仕事はちゃんと間に合わせているだろう?」

おれは何も言わなかった。レオは仲間内では最も芸術的センスがある。おれとエメットとアイザイアが整備やカスタムを担当し、塗装とデザインはレオが一手に引き受けている。たしかに仕事はしているが、最近のレオは酒量が増えていて、朝の遅刻はひどくなるばかりだ。毎晩別の女をベッドに連れこんでいるらしい。

やつはいまだにティン・ジプシー一番のプレイボーイを気取っている。

「今はレオの仕事の質が落ちている問題よりも、もっと重要なことを話しあう必要があるだろう?」エメットが隣に座りながら言う。

「仕事の質が落ちている、か」レオは残った椅子に腰をおろすと、頭を振りながら不満げにぶつぶつ言った。「くそったれ。いやなやつらだ」

「ちょっと、いいかげんにして」プレスリーが割って入る。「やめなさい」

「どうするつもりなんだ、ダッシュ?」エメットが膝の上に肘をついた。

「とにかく殺人事件について情報を集める必要がある。親父は黙秘しているから、警察は何も聞きだせないはずだ。だが、やつらは何か握ってる。それをなんとしても突き止めるんだ。整備工場のほうはアイザイアに頼む。プレスリー、やつの仕事量を調整してやってくれ。エメットとレオは情報を探ってほしい」おれは手で顎をさすりながら指示した。

みんながうなずいた。クラブは解散したが、依然として結束は固い。

「あなたはどうするの？」プレスリーがきく。

エメットとレオはおれの助けを必要としていない。整備工場のほうは仕事量が増えなければアイザイアとプレスリーに任せておける。町には情報を握っている人物がもうひとりいるが、彼女が快く共有してくれなければ、こちらが引きだす必要がある。

「情報収集だ」

4

ブライス

「日曜日は大好き」わたしはデスクに置かれた新聞に向かってほほえんだ。太字で印刷された大見出しは流麗な書体ではなく、装飾も施されていないが、人目を引くのは間違いない。

〝女性が殺害される。容疑者を逮捕〟

わが社では週二回、水曜と日曜に八ページの新聞を発行している。新聞社を買い取った父は新聞の発行日は変更しなかったが、水曜版と日曜版の内容をはっきりと分けた。水曜はビジネス関係、死亡欄や告知欄といった町の情報だ。日曜は読み応えのある記事を読者に届ける。大見出しがついた、教会の日曜礼拝に参加したあとで話題にできるような内容だ。つまり、町で起こった重大事件は日曜版の記事になる。特集や数週間にわたる連載もすべて日曜版だ。

わたしは日曜版にすべてを捧げている。今週は町中が大騒ぎになるはずだ。三ページ目に載っているジョージが担当した広告や、スーが書いた郊外にできたばかりの結婚式場に関するコラムは、わたしの記事のおかげで気づかれもしないだろう。

殺人事件はどうしても注目される。

小さな町のゴシップはすぐに広まるので、クリフトンフォージや近隣の町ではすでに殺人事件が発生したことは知られているだろう。だがゴシップはあくまで憶測にすぎない。新聞記事として印刷されて初めて事実になる。

金曜日、腹を立てたバイカーをあとに残し、クリフトンフォージ自動車整備工場から新聞社に戻るとすぐに、わたしは記事を書きはじめた。

実際に書いてみると、具体的な事実が少ないことに気づいた。ワグナー署長は殺人事件と被害者について口をつぐんだままだ。名前を公表する前に、まず近親者を探しているのだろう。

プレス発表には女性がエヴァーグリーン・モーテルで殺害され、容疑者を逮捕したとだけ記載されていた。わたしが容疑者は誰かを知っていて、名前を記事に書けたのは幸運だった。

ちょうどいいタイミングで撮れた写真も掲載できた。

ドレイヴン・スレイターの名前が『トリビューン』の一面を派手に飾った。これが最初ではないし、最後にもならないだろう。わたしはこの事件を始めから終わりまで追うつもりだ。判事の木槌《きづち》が振りおろされて、ドレイヴンが殺人罪で終身刑を宣告されるまで。

事件の結末を確信するのは危険だ。記者というものは第一容疑者を有罪だと決めつけない。通常ならわたしも偏見を持たずにいる自分を誇らしく思うはずだ。だが今回ばかりはドレイヴンが犯人だと直感が叫んでいる。以前に逮捕されたときには刑務所行きを免れたが、今度は逃げきれるとは思えない。

この事件を取材して記事にするのは、わたしがこの町に来て初めての大仕事になる。ここでのキャリアを築く礎となるはずだ。名を揚げられる。心にぽっかりと空いた穴を埋められるかもしれない。

警察と検察はドレイヴンを立件しようと躍起になるだろうから、わたしはその過程で得られた情報を記事にする。だが今のところは警察署長もこちらに協力的ではなく、わたしは独自に取材を進めるしかない。

真の調査報道がしたかった。

背後のドアが開いて、B・Kがぼろ布で手を拭きながら出てきた。膝まで届く黒のエプロンをつけている。「プライス、まだいたのか」
「もう帰るところよ」わたしは椅子から立ちあがり、刷ったばかりの新聞を折って
トートバッグに入れた。夜明け前に出社して、父とB・Kが輪転機で新聞を印刷する
のを手伝い、できあがった新聞を配達員に渡せるように束にした。配達してくれる少
年少女たちが親とともに新聞を引き取って帰ると、わたしは自分の分を手にした。
これは保存用だ。
「家に帰るの？」わたしはB・Kにきいた。父は三十分ほど前に退社している。
「輪転機の電源を落としたらすぐにね」
「気をつけてね、B・K。ありがとう」
「きみも気をつけて」彼は手を振ると、印刷室に戻っていった。
B・Kと顔を合わせるのは水曜と日曜の朝だけだ。彼は誰もいない時間、たいてい
は輪転機を動かす少し前の夜中に働いている。機械のメンテナンスが必要な場合も夜
に働きたいようだ。ときたま人手が足りないときには早朝の配達もする。
わたしを含めたほかの社員と同様、B・Kも父のために一生懸命働いてくれている。
わたしも将来、そんな忠誠心を社員から示されたいと願っている。
新聞を見て、もう一度ほほえんだ。今日の記事に対して父はどんな反応を示すだろ

う。金曜の夜に原稿を見せると、父は『不思議の国のアリス』に出てくるチェシャ猫のような笑みを浮かべた。わたしがティン・ジプシーの過去を調べることには反対だが、殺人事件を取材し、ドレイヴン・スレイターが第一容疑者であるといち早く報道することに異存はないらしい。

父は昨日の夜から印刷室に来て、輪転機が紙詰まりを起こさないようにB・Kと一緒に目を光らせた。わたしの記事で父は活力を取り戻したようだ。わたしが取材を続け、殺人事件について新たな情報を入手することを父は確信している。やめろとか控えろとはひと言も言わなかった。ただし忠告はしてくれた。ダッシュ・スレイターは父親が刑務所送りになるのを手をこまねいて見ていることはないと。

わたしはあくびをしながら編集室を出た。デスクに向かっている人はいない。今は朝の六時で、B・Kが帰宅すると誰もいなくなる。

わが社では受付と兼ねて警備や雑用を二十年近く引き受けてくれているアートを除き、社員はフレックスタイムで働いている。記事の入稿が遅れない限り、父もわたしもそれでいいと考えていた。

スーは告知欄を担当していて、わたしと同じく午前中に働くのを好む。広告担当のジョージは昼前に出社し、タイムカードに打刻するとすぐに筆記具と取材手帳を手にランチミーティングへと駆けだしていく。先輩記者のウィリーはデスクに向かってい るのが嫌いらしく、毎晩六時か七時頃に出社して最新記事を書きあげると、また好き な時間に帰っていく。

ここではひとりひとりの仕事のペースが違う。常に混乱状態のテレビ局からはほど 遠い。わたしを追いかけまわすメイク担当やヘア担当はいない。わたしを映すテレビ カメラもない。大声で指示を出すプロデューサーの姿も見えない。

ここにはプレッシャーというものがまったくない。

あまりに静かで、編集室にひとりでいることも珍しくない。ときには父とふたりきりのこともある。父は必要なときだけ出社してくる。わたしを含めて社員が六人しかいない会社なので、それでやっていけるのだろう。各人に時間の余裕があり、好きな時間に会社で原稿を書くという体制だが、ちゃんとまとまりがある。

わたしは正面玄関から出て、ドアに鍵をかけた。一番近い駐車スペースに停めてあ る車が目に入ったが、まっすぐ帰宅するには気持ちが高ぶりすぎていた。昨夜の睡眠 時間は三時間にも満たなかったのに、今は眠れそうにない。

そんなわけで歩道に出て三ブロックほど歩き、セントラル・アヴェニューに向かっ た。早く新聞が配達されて、読者の手に届いてほしい。

大見出しのついた今日の一面は、女性が命を絶たれたがゆえに書けたのだと思うと心苦しかった。大事件に興奮を覚える一方で、これが痛ましい悲劇であることに胸がつぶれる思いだ。被害者が誰かは判明しておらず、善人だったのかどうかもわからない。愛されていたのか、あるいは見捨てられたのかさえも。

彼女に対して多くのことはできないが、事実を伝え、真実を記事にするつもりだ。その死だけでなく、生前の姿にも光をあてたい。

ワグナー署長の第一印象は悪くない。しかし彼はクリフトンフォージの住民に対して、すべてを明確に開示せずともよしと考えているふしがある。

だが、それも終わりだ。

わたしは情報をつかんだら、それを公にする。

今朝は早くから日差しが強い。ひんやりとした空気が肌に心地よく、歩きながらすがすがしい空気を大きく吸いこんだ。そよ風の香りに子どもの頃の夏を思いだす。

モンタナは六月初旬が特に美しい。今年はよりいっそうすばらしく感じられる。十年以上シアトルで過ごしてからこちらに戻り、初めて迎えた六月なので余計にそう思うのだろう。

木々の緑は濃く、空は抜けるように青い。引っ越してきてから町を散策していなかったが、こうして歩いていると、いろいろ見てまわりたくなる。この町になじみ、コミュニティの一員になる準備はできていた。

クリフトンフォージは故郷だ。

セントラル・アヴェニューに出て右に曲がる。向かっているのは二ブロック先のコーヒーショップだ。この時間ではまだ通りに面した店や会社は閉まっていて、中は暗い。開いているのはそのコーヒーショップと向かいにあるカフェだけだ。

モンタナのほかの町とは違い、クリフトンフォージは夏に大量の観光客が押し寄せることはない。わたしが育ったボーズマンに比べると、観光は重視されていない。この町は州間高速道路から離れているので、イエローストーン国立公園やグレイシャー国立公園を目指す何百万人という夏の観光客は来ないのだ。

外部の人たちがここを訪れるのは秋だ。狩猟を楽しむ人々がクリフトンフォージを拠点にして、ガイドや馬とともにエルクや熊、鹿を求めて野山に入る。

観光業はなくとも町の住民は現状に満足し、平和と静けさを満喫している。コーヒーショップでもカフェでも、十人中九人の客は顔なじみだ。

とはいえ、わたしはまだ顔なじみとは見なされていない。今のところ。

これまでは町に出て過ごす時間が少なかった。本格的に夏が始まれば、そうした機会も増えるだろう。シアトルにいた頃はニュース番組の視聴者に少しは顔が知られていたかもしれないが、わたしは都会で暮らす匿名の人間として過ごしていた。

しかし、この町には深く根をおろしたいと思っている。両親を尊敬しているので、ライアン家のレインとテッサの娘だと人々に知ってほしい。日曜版の新聞を毎週楽しみにして、新聞という言葉からわたしを連想するようになってもらいたい。

「おはよう」ドアを開けてコーヒーショップに入った。

カウンターの奥にあるエスプレッソマシンの横にバリスタが座っていた。手にした新聞を読みながら、口をぽかんと開けている。「知ってました？　モーテルで女性が殺されたんですって」

わたしはうなずいた。「聞いたわ。怖いわね。犯人は捕まったみたいだけど」

「信じられないわ。ドレイヴンが？　とてもいい人なんです。チップをたくさんくれて、いつもにこやかで。なんとも……言いようがないわ」バリスタは新聞をたたんでカウンターに置いた。ショックが冷めやらぬ様子だ。「何にします？」

「カプチーノをお願い」ドレイヴンが多くの人々を欺いているらしいという事実に腹を立てながらも、礼儀正しくほほえんだ。

「店内で召しあがりますか？　それともお持ち帰りですか？」

「持ち帰りで。朝の散歩の途中なの」

今朝でなければ、わたしは自己紹介をしただろう。だがわたしの飲み物を作りながら、バリスタは新聞をちらちらと見ている。わたしの名前を聞いたとしても、気が散っているのですぐに忘れてしまうはずだ。彼女はかなり驚いているらしい。それも女性が殺害されたことではなく、ドレイヴンが第一容疑者だということに。

彼はどうやって周囲の人たちをだましてきたのだろう？

カプチーノを受け取り、わたしは手を振って店を出た。通りを渡って、先ほど見てきたのとは反対側の会社や店の前を歩きながら新聞社へ戻る。車に乗りこんだが、行き先は家ではない。

エヴァーグリーン・モーテルはこの二日間、大変な騒ぎだった。警察の立ち入り禁止テープがはためき、車で通り過ぎる人々に〝近寄るな〟と告げていた。殺人事件から二日が経っているので、わたしとしてはすぐにでも取材がしたかった。

こんなに早い時間に押しかけることが裏目に出る可能性もあるが、一か八《ばち》か賭けてみよう。運がよければ、オーナーから被害者についての情報を提供してもらえるかもしれない。またはドレイヴンについて。動揺するあまり、警察に言いそびれた事実があるかもしれない。

モーテルは町外れにあった。川からは離れている。道路を走る車はほとんどなく、数分で到着した。モーテルは〝常緑樹《エヴァーグリーン》〟という名前が示すとおり、敷地の三方が雲に届きそうなほど背の高い常緑樹に囲まれていた。

建物は平屋で、各部屋はドアが表に面した設計だ。錠は白い字で番号が書かれた赤い楕円《だえん》の小さな木製プレートにつけられているのだろう。客室は馬蹄形《ばていけい》に並んでいて、十二室がすべて売店を兼ねた事務所に向きあっている。

エヴァーグリーン・モーテルはよく手入れされていた。そうでなければ、シアトルのいかがわしい界隈《かいわい》で時間貸しされているホテルのように見えるところだ。いずれにしても、ここは清潔で感じがいい。

外壁は灰緑色で、ペンキを塗られたばかりらしい。各部屋の外にはペチュニアの鉢をポールにつるして飾ってあり、赤や白やピンクの花がこぼれんばかりに咲いている。駐車場の仕切り線も最近塗り直されたようだ。

殺人事件が起きそうな場所には見えない。

事務所のフロントデスクにはわたしと同い年くらいの男性が座っていた。ここは受付業務のみの部屋らしく、朝にコーヒーを飲んだり、夜にクッキーをつまんだりできるスペースはなかった。部屋の鍵をやり取りするだけの広さしかない。その鍵はすべて奥の壁にかけたボードにさげられている。想像していたのは赤い楕円のキーホルダーだったが、実際には緑の楕円だった。

「おはようございます」男性が挨拶する。

「おはようございます」わたしは自分のできる範囲で最も明るく親しみのこもった笑顔を作った。

「ご予約はなさっていますか？」

「いいえ、実は宿泊客ではないの」握手しようと手を差しだす。「ブライス・ライアン。『トリビューン』の記者よ」

「ああ」彼は一瞬、躊躇《ちゅうちょ》してからわたしの手を握った。「コーディだ。コーディ・プルーイット」

「はじめまして、コーディ」

「一一四号室の事件だろう？」

わたしはうなずいた。「ええ。もしよければ、いくつか質問させてもらいたいの」

「警察に話した以上のことは何もないよ」

「それでもかまわないわ」トートバッグに手を入れ、小さな取材手帳とペンを出した。

「話を聞きながらメモを取ってもいい？　いやならそう言って。それと、公表されたくない情報はオフレコだと言ってほしいの」

「わかった。とにかくすでに言ったように、話せることはあまりない」コーディは顎をこわばらせ、目を細めている。今にもわたしを追いだしかねない様子だ。

「それでもいいの」わたしは笑顔を崩さずに言った。「わたしは町に来たばかりで、このあたりの住人なら知っていてあたり前のことも質問してしまうかもしれないから。あなたは地元の人？」

「そうだ、ここで生まれ育った。祖父母がエヴァーグリーンを買ったんだ。それを両親が引き継いで、今はぼくが経営してる」

「まあ、すばらしいわ。わが家も家族経営なのよ。父が新聞社を買い取って、わたしが戻ってきて共同経営者になったの。最初の二、三カ月は……」同意を求めるようにコーディを見る。「お互いに相手の存在に慣れる期間だったわ。親と仕事をするのって、おかしな感じよね。今はようやく歯車が嚙みあってきたみたい。この一カ月ほどは父から首にするぞと言われなくなって、わたしも父に向かってホチキスを投げることはなくなったわ」

当初から父とわたしは肩を並べて働くのを楽しんでいたが、コーディが笑ってくれたので、嘘も方便だ。

「ぼくたちも同じようなものさ。両親にいらだつことがしょっちゅうあったよ。妻のほうが大変だったな。部分的に手を入れようと提案しても、両親はかたくなに反対したからね。まあ、最終的にはうまくいって、おかげで見栄えがよくなった」

「鉢植えは奥さんのアイデアなんでしょう?」

コーディが誇らしげに胸を張った。「そうなんだ。ガーデニングが得意でね」

「とてもきれいだわ」

「ああ」コーディの笑顔が曇る。「妻は客室の清掃もしているんだ。ぼくと交替で。金曜が当番の日で、彼女が発見したから……」彼は頭を振り、つらそうな声になった。「妻が立ち直れるかどうかわからない。両親も胸を痛めてる。なんとか持ちこたえているのはぼくだけさ。ぼくがしっかりするしかないんだ。支払いもあるし、予約は断れない。客が来てくれるのがせめてもの救いだ」

「大変ね。奥さんはつらいでしょう」遺体を発見したりすれば、誰でも心に傷を負うだろう。

「ありがとう」コーディは拳でカウンターを叩いた。「いつかこんなことが起こるとわかっていたさ」

わたしは彼の言葉に注意を傾けた。「そうなの?」

「あのクラブの連中はろくなことをしないからな」

心臓が激しく打ちはじめたが、わたしは興奮を顔に出さないようにした。コーディ・プルーイットはわたしに手を引けと忠告するのではなく、この町で初めてわたしにティン・ジプシーの情報を提供してくれる人物になるかもしれない。「以前にもここで問題を起こしたの？」

「昔の話だけれどね。スレイターとは高校の同級生なんだ。当時から傲慢でいけ好かないやつだったよ。今と同じだ。スレイターと仲間たちは卒業記念のダンスパーティ《シニア・プロム》が終わると、モーテルに泊まりに来た。そして部屋の中を手あたり次第に破壊したのさ」

「まさか」わたしは驚いたふりをしたが、内心では喝采をあげていた。ついにダッシュには近づくなと言わず、彼のファンクラブ代表のようなふるまいもしない人物を見つけることができた。

「本当だ」

わたしは話の続きを期待して待ったものの、コーディは窓の外に目を向け、一一四号室のほうを見つめた。昨日車で通りかかったときには、部屋の前に立ち入り禁止テープが張られていたが、今日は外されている。事件が起きたことを知らなければ、中庭を挟んだ部屋で女性が殺されたとは思えない。

「殺人事件が起こった日、ここでドレイヴンの姿を見た？」わたしはきいた。

コーディが首を振る。「いや、その日は母が受付にいたから」

「お母さんは――」

外からエンジン音が聞こえてきた。コーディとわたしが同時に反対側の窓に目を向けると、ハーレーに乗ったダッシュが駐車場に入ってくるのが見えた。

まったく、最高のタイミングだ。

ダッシュはわたしの車の隣にバイクを停めると、脚を振りあげて降りた。今日は黒い革のジャケットを着て、色あせたジーンズをはいている。長い脚と乱れた髪を目にしただけで、わたしの心臓が跳ねあがった。困った男だ。どうしてブロンドではないのだろう？　ブロンドなら決して胸がときめいたりしないのに。

ダッシュがこちらに歩いてくるあいだに、わたしは呼吸の乱れを整えた。彼が室内に入ってきたときに、わたしが息をはずませているところなど見られてはならない。

頬が紅潮しているだけでも耐えがたいのに。

わたしはドアに背を向け、目の前のコーディを見据えた。彼も動揺しているらしい。

ダッシュが入ってくると、ドアに取りつけられているベルが鳴った。わたしは焼けつくような視線が背筋を這《は》うのを感じたが、振り向くことはしなかった。ダッシュがサングラスを外すのを視界の隅でとらえる。

「コーディ」カウンターに肘をつこうとしたダッシュの腕がわたしの肩に触れた。

「ブライス」

ダッシュの声で名前を呼ばれただけで鳥肌が立ち、わたしは彼に気づかれないようにそっと腕を引いた。こんなに近寄る必要があるのだろうか？　わたしから三センチと離れていない。革のジャケットと風のにおいが鼻腔に広がり、思わず大きく吸いこんでしまうのが自分でも腹立たしかった。

フェロモンをまき散らすのはいいかげんにしてほしい。

「キングストン」わたしは彼の名前をゆっくりと口にして、無関心を装いながらその横顔を見た。

ダッシュは内心でうなり声をあげているようだが、それをおくびにも出していない。こちらに一瞬目を向けたものの、すぐに視線をコーディに戻した。「元気か？」

「元気か、だと？」コーディの声は怒りに震えている。「よくも顔を出せたもんだな、スレイター」

「おれは喧嘩を売りに来たわけじゃない」

「だったら、さっさと消えてくれ」

「おまえにききたいことがあるんだ」

わたしの邪魔はさせない。「コーディはすべて警察に話したそうよ」

「そのとおりだ」コーディがドアを指さす。「何も言うことはない。また部屋をめちゃくちゃにしに来たんじゃなければ、今すぐ出ていけ」

「なあ、もう百回も謝ったじゃないか。プロムのときは悪かった。親父とおれとで弁償して迷惑料も払っただろう。おれは愚かなガキだったんだ。もしあの頃に戻れるなら、二度とあんなことはしない。だが終わったことは取り返しがつかない」

弁償して迷惑料も払った？　意外だ。ドレイヴンとダッシュは破壊行為の償いなどしない男たちだと思っていた。危険なバイカーたちのリーダーなので、相手を脅迫して泣き寝入りさせることもできたはずだ。きちんと責任を取るとは思いもしなかった。

その事実をコーディはわざと口にしなかった。

「おまえに話すことなんか何もない」コーディが切り捨てるように言った。彼はダッシュよりも十センチは背が低く、十五キロは体重が軽そうに見える。殺人事件やプロムの夜の破壊行為に腹を立てているというより、いじめられっ子がかつての敵に牙をむいているといった感じだ。

反撃できてよかったわね、コーディ。

「おれは誰が女性を殺したのか知りたいだけなんだ」ダッシュの声にはすがるような響きがあった。わたしは情にほだされそうになっている自分が気に入らなかった。

コーディが怒りを募らせる。「スレイター家のやつはどいつもこいつも同じだ。おまえの父親はこのモーテルで女を頭からつま先までナイフでめった刺しにして、息子のほうはその責任をほかの誰かになすりつけようとする。ブライスがいてくれてよかったよ。そうじゃなければ、ぼくが女を殺したと言いだしかねないはずだ」

「そんなことは――」

「出ていけ！」コーディは怒鳴りつけた。「さもないと警察を呼ぶぞ」

ダッシュが大きく息をつき、わたしを見る。「親父の名前と写真を新聞に載せたな」

「実際、彼は殺人容疑で逮捕されたのよ。あなたも覚えているだろうけど、わたしはその場に居合わせたの」

ダッシュが口角をあげる。「嘘っぱちを記事に仕立てあげるのを習慣にしてるのか？　書かれた嘘を全部、喉に突っこんでやりたいよ」

嘘っぱち？　いいえ、わたしのジャーナリストとしての倫理観は揺るぎない。「記事に書いたのはすべて事実よ。女性が殺害されたのは事実。このモーテルで亡くなったのも事実。あなたの父親が第一容疑者として逮捕されたのも事実。あなたがわたしの喉に突っこみたいという嘘って、この一連の事実のこと？」

ダッシュが顔を寄せ、わたしを見おろす。「そうかもしれない。だが、その細い喉には別のものを突っこんでやったほうがいいかもしれないな」

「情けないわね」わたしは目をぐるりとまわしてみせた。「性的なことをにおわせて脅迫するつもりなら、もっと強い言葉を使わないとだめよ」

「もっと強い、か。もっと強くしてほしいんだな」ダッシュがさらに近づいてきたので、彼の革のジャケットがわたしの薄いコットンのTシャツに触れた。胸を美しく見せるよりも楽なほうがいいので、明け方に出社するときにスポーツブラをつけてきた。パッドが入っていないものを選んだせいで、至近距離にいる彼にはわたしの胸の頂が透けて見えるはずだ。

ダッシュから離れるか、それともやれるものならやってみればいいと言い放つか。ダッシュは危険なプレイボーイだろうか？　もちろんそうだ。だけど彼はレイプをするような、女性を嫌悪しているくせに手の早い男だろうか？　違う。つまり、ダッシュはわたしがどれくらい反撃できるのか試そうとしているだけだ。

わたしは負けたりしない。

一歩踏みだし、自分の胸をダッシュの胸に押しつけた。「それは違うわ……キング」

ジーンズに包まれたダッシュの腿にわたしが爪を滑らせると、彼は鋭く息をもらした。わたしはダッシュの反応をうかがいながら身構えた。手を出されるようなことがあれば、股間に膝蹴りを食らわせてやる。だが、その必要はなかった。強気に出たのが功を奏したらしい。

ダッシュはすぐさま体を引き、背を向けてドアから出ていった。ドアベルが鳴り響く中、わたしは大きく息を吐きだしたが、ダッシュがふかしたハーレーのエンジン音にかき消された。

コーディが満面に笑みを浮かべる。「きみのことが気に入ったよ」

「ありがとう」わたしも笑顔になった。激しい鼓動が落ち着いてきた。

「ほかに何をききたいんだ?」コーディが尋ねた。「スレイターを叩きのめしてくれるなら、なんでも話すよ」

今度、満面に笑みを浮かべたのはわたしだった。「被害者の名前を知っている?」

5

ダッシュ

「親父に会わせてもらえない」おれは整備工場の事務所に戻り、ドアを叩きつけるように閉めた。

「そんなことが許されるの？」プレスリーがエメットとおれを交互に見ながら言った。

エメットが肩をすくめる。「警察だからな。今の時点ではあいつらのやりたいようにできる」

この数日間ずっと父との面会を求めているが、署長は頑として譲らない。父の弁護士以外の接見を許可しない。例外はなしだ。ジムから情報を聞きだしてはいるが、充分ではなかった。望んでいるのは父とふたりきりで話をすることだ。顧問弁護士のことは信頼しているものの、本当にききたいことを託すわけにはいかない。警察は会話を録音しているに違いないのだから。それは違法だが、あいつらが憲法で規定されている父の権利を守るかどうかは疑わしい。

それにこの状況を考えると、父はジムにすべてを話してはいないだろう。ジムはティン・ジプシーの元メンバーではないからだ。今ではエンブレムも誓いの言葉もないけれど、おれたちの互いへの忠誠心は変わらない。死ぬまで相手に忠誠を尽くすのだ。

「容疑者はこんなに長く勾留されるものなの？」プレスリーが尋ねる。

おれは肩をすくめた。「ジムによると検察官は罪状認否手続きにおいて、第一級殺人と第二級殺人のどちらで起訴するか決めようとしてるらしい。早く決めさせて保釈を請求する手もあるが、そうすると検察は罪状を第一級殺人にするんじゃないかとジムは懸念している。だから親父を勾留させたままにしておいて、第二級殺人になるようにと願ってるんだ」

「おまえはどう思っている？」エメットがきく。

「わからない」おれは自信を持って答えられなかった。「ジムと対等に話しあえるほど刑事司法制度に詳しくないからな。これまでうまくやってきてくれたから、親父はジムを信頼している」

特に問題がなければ検察はもうすぐ決定を下し、保釈審問を行うだろう。父は金曜までには釈放されるはずだ。そうすれば本人から話を聞ける。

「何もわからないのが一番気に食わないな」おれは窓際の椅子に腰をおろした。「何かつかんだか？」

「何も」エメットが言った。「レオとおれはあらゆるところをきいてまわった。だが何もわからない。みんながおれたちと同じように驚いてた」

「くそっ」

奥にある父のオフィスは無人だった。普段なら今頃の時間は、父のオフィスに集まってコーヒーを飲みながら車やバイクの話をしている。どの書類仕事なら引き受けてもらえるか、父に尋ねてみる時間でもあった。だが今は仕事に集中できない。殺人事件のことで頭がいっぱいだ。

「せめて殺された女性が誰なのかわかればいいんだが。親父が彼女と何をしていたのか知りたい」

「アミーナ・デイリーだ」プレスリーのデスクの向かいにある椅子に座ったまま、エメットが言った。

「そうなのか」エメットの言葉に驚いた。警察はいつ名前を公表したのだろう？　おれが警察署にいるときだろうか。住民は高い税金を支払っているのだから、待合室の椅子にクッションくらいあってもいいはずなのに。硬い椅子に座って一時間以上も待たされたが、結局は父に会わせてもらえなかった。これまでと同じ対応だ。

アミーナ・デイリー。いくら考えても、そんな名前に心あたりはない。

「聞いたことのない名前だ」

「ここの高校に通ってたのよ」プレスリーが言った。「卒業してすぐ引っ越したの。ボーズマンに住んでいたらしいわ。娘さんがコロラド州にいる」

プレスリーがすでにゴシップ好きの友人からそんなことまで聞きだしていることにも驚かなかった。「もっと詳しく知りたい。彼女はいくつなんだ？　今もこっちに親戚がいるのか？　どうやって親父と知りあったんだ？」

父に直接質問できないので、おれが自分でふたりの関係を調べるしかない。

「同じ高校に通っていたんだ」エメットが口を挟む。「ドレイヴンより一歳年下だった」

「おれより情報が早いな」おれは苦笑いしたが、すぐさま真顔に戻った。「待ってくれ。おれは警察からまっすぐここに戻ってきた。警察が今朝になって被害者の名前を公表したとして、どうしてそんなに早くそこまで調べあげられるんだ？　フェイスブックか何かで見たのか？」

エメットとプレスリーが気まずそうに顔を見あわせる。

「なんだ?」おれはふたりを問いつめた。「どういうことだ?」

プレスリーが大きく息を吐き、書類の下から新聞を引きだした。

「くそっ」ブライス・ライアンは日増しに厄介な存在になりつつある。

このいまいましい新聞を読まなければならないのだろうか?

「今日は特別に事件の情報を載せているのよ」プレスリーが新聞を持ってきた。「被害者はアミーナという名前だって」

おれは彼女の手から新聞を引ったくると、急いで一面に目を通した。真ん中にアミーナ・デイリーの顔写真がある。

髪は肩までのブロンドだ。メイクは薄く、皺《しわ》を隠そうとはしていない。公園かどこかのベンチに裸足《はだし》で座り、足元に咲いている花に向かってほほえみかけている。

おれは新聞を手で丸めた。紙がくしゃくしゃになる音が事務所内に響く。こんな写真はおれが何日も前に入手しておくべきものだ。彼女の名前も調べがついてしかるべきだった。新聞で新しい情報を知るなど、あってはならない。

父の逮捕直後から、ブライス・ライアンについて調査していた。彼女の経歴に後ろ暗いところはない。ボーズマンで育ち、大学卒業後はシアトルのテレビ局に勤務していた。おれはセクシーな声でニュースを読んでいるブライスのビデオクリップをインターネットで見た。彼女はその仕事を辞めるとクリフトンフォージに戻り、新聞社の共同経営者になった。

ブライスの毎日は退屈としか言えない。家にいなければ、新聞社かジムにいる。それ以外は日曜にエヴァーグリーン・モーテルに行っただけだ。

新聞が硬いボール状になると、おれは部屋の向こうに投げつけた。狙いがそれて、ボールがエメットの頭にあたる。

「おい!」

「コーディ・プルーイットのくそったれめ。おれをモーテルから叩きだしたあと、被害者の情報を彼女に教えたんだろう。あのつまらない男はずっとおれを嫌ってるからな」

もしおれが姿を見せなければ、あいつはブライスに情報を提供しただろうか? それともおれへのあてつけに全部話したというのか?

「これからどうするの?」プレスリーがきく。「彼がやったと思う?」

「ドレイヴンが?」エメットが言った。「絶対にない」

記事によると、父はアミーナが殺害された夜八時から翌朝七時までのあいだに、彼女が泊まっているモーテルの部屋に出入りするのを目撃された唯一の人物だ。ご丁寧にもブライスは、父の手に血がついていたことは確認されていないと書いている。だが、そんなことにはなんの意味もなかった。父は痕跡が残らないように血を洗い流す方法を昔から心得ている。

「親父はやってない」プレスリーに向かって断言した。

「どうしてそう言えるの？」

「もし親父がアミーナ・デイリーを殺していたら、そもそも遺体は発見されていないからだ」

「ああ」プレスリーはうつむいて椅子に沈みこんだ。

彼女は六年ほど前からこの自動車整備工場で働いている。ちょうどティン・ジプシーが法律に反する仕事から手を引きはじめた頃だ。少なくとも、あからさまな違法行為はやめていた時期だった。

父が引退したあと、事務関係の仕事をしてもらうためにプレスリーは採用された。彼女はクラブハウスで起こっていることは見て見ぬふりをしてきた。はめを外したパーティ。酒。女。

おれたちが意図的ではないにしろプレスリーを怖がらせているのではないかと心配

する仲間もいた。その懸念をよそに、プレスリーは小柄だが気は強く、愚かな真似をした男たちに態度を改めさせるだけの度胸があった。

父やおれ、そしてエメットやレオを心から大事に思ってくれている。まるで妹のような存在だ。

マーカス・ワグナー署長が整備工場に来たのは先週が初めてではない。おれたちはプレスリーに隠し事をしたりしないが、彼女もここで見聞きしたことを絶対に警察にはもらさない。いつもおれたちの味方で、〈ベッツィ〉で問題を起こしたときにもかばってくれた。レオは飲みすぎて運転できなくなったときは即座にプレスリーに電話をかける。

彼女はおれたちファミリーの一員だ。しかしプレスリーに昔の話を詳しく聞かせてはいない。知らないほうがいいからだ。秘密はすべて墓石のない墓に埋葬されている。

彼女は賢い女性だ。おれたちが悪の道にいたことを承知している。

もしかすると、おれたちはまだその道から抜けきれていないのだろうか。

「どうするつもりだ、ダッシュ?」エメットが言った。

「これ以上の不意打ちはごめんだ。あの記者を見くびってた。彼女は優秀で、あちこち首を突っこんでいるようだが、それも終わりにさせる。これ以上は許さない」

「おれはどうすればいい？」

「仕事をしてくれ。レオは来てるか？」

エメットがうなずく。「コルベットのピンストライプの塗装を仕上げてる。アイザイアは予定表にある仕事を片っ端からこなしてる」

「おまえは？」

「新規でハーレーの分解修理《リビルト》がある」

通常であれば、こうした仕事はおれとエメットがふたりでアイデアを出しあいながら進めていく。「ひとりで大丈夫か？」

「ああ」エメットはうなずいた。

「よし」ブライスを追ってモーテルに行ったものの、思いどおりの結果は得られなかった。別の方法を試してみることにしよう。

おれはあたりを見まわしながらクリフトンフォージ・トリビューン社に入った。生まれたときからこの町に住んでいるが、この建物に足を踏み入れるのは初めてだ。今まで新聞社に関心を抱いたことなどなかった。

「やあ、どんな用件だい？」受付の男はサンタクロースそっくりだ。実際、セントラル・アヴェニューで毎年開催されているクリスマスのイベントに登場するサンタクロースは、この男が扮《ふん》しているに違いない。

「ブライスに用事がある」おれは編集室に続いているらしいドアを指さした。「彼女はこの中にいるのか？　自分で捜すから、かまわないでくれ」

男はキャスターつきの椅子を滑らせたが、おれを止めるには動きが遅すぎた。おれがドアを開けると、奥のデスクに座っているブライスの姿が見えた。部屋にいるのは彼女ひとりだ。

ブライスがノートパソコンから顔をあげ、通路を歩いてくるおれの姿に目を細めた。腕組みをして、椅子の背に沈みこむようにもたれかかる。眉をひそめ、こちらを挑発している様子だ。

「申し訳ない、ブライス」受付の男が足音も荒く追ってきた。

「大丈夫よ、アート」ブライスが男を安心させるように手を振った。「こっちで対処するから」

男が行ってしまうと、ブライスは腕を組み替えた。彼女の胸が押しあげられる。反射的に胸の谷間に目が行った。形のいい胸をしている。おれが再びブライスの目を見ると、気取った笑みがさらに大きくなっていた。やられた。

「座ってもいいか？」誰もいないデスクの前から椅子を引っ張ってきて、背もたれを前にしてまたがった。

「今日はどんな用なの、キング？」

キング。幼稚園の頃からそう呼ばれるのは嫌いだった。休み時間になるといつもちびのヴァネッサ・トムがこっそり近づいてきて、おれをキングと呼びながらつねった。だが、この女の前で気分を害されたそぶりなど見せたくはない。彼女に一枚上手を行かれているのだからなおさらだ。

ブライスも自分が優位に立っているとわかっている。

悔しいが、彼女はすこぶるいい女だ。退屈そうにしながら、おれが質問に答えるのを待っている。こちらもわざと無言のまま、その顔を観察した。

ふっくらした唇を見ているだけでいらついてくる。キスをしたらどんな感触だろうと想像するのを止められないからだ。その美しい目はなんでもお見通しなので腹が立つ。髪の長さもおれの理想的すぎていやになる。バイクの後ろに乗って風になびかせても、おれの顔にかからないぐらいのちょうどいい長さだ。

ブライスのすべてが癪《しゃく》に障る。どこに視線を向けても体が反応してしまう。

「記事を読んだ」おれはデスクに置いてある今朝の新聞を手に取った。「コーディはおれよりもきみに協力的らしいな」

「情報源は絶対に明かさないわ」

新聞を放りだし、ブライスの目を見つめた。沈黙がおり、おれは心の中で十まで数えた。さらに二十、三十と。たいていの人間は十五まで数えるうちに折れるが、彼女は違った。ブライスは不敵な笑みを浮かべたままだ。まるで生まれたときからずっとそんな表情をしているかのように。目を光らせ、恐れなどおくびにも出さずにおれの視線を受け止めている。

この女は只者《ただもの》じゃない。おれはブライスを好きになった。これは大問題だ。おれは彼女を好きになってしまった。それはつまり、ブライスを脅すのが難しくなったことを意味する。そのうえ、彼女がおれに怖《お》じ気《け》づく様子はみじんもない。

「簡単には怯《おび》えないんだな？」

「そうよ」

「そっちの魂胆はなんだ？」

「魂胆ですって？　そんなものはないわ。自分の仕事をしているだけよ」

「だが、仕事以上のものがあるんじゃないのか？　殺人事件の詳細以上の情報を嗅ぎまわっているみたいだが」

ブライスが肩をすくめる。「そうかもしれないわね」

「なぜだ？　おれたちの何が気に入らない？」

「個人的な問題じゃないわ」

そうきたか。しかし個人的な問題がなければ、誰もこれほど必死にならない。ブライスの一連の行動は、〝自分の仕事をしているだけ〟では説明がつかない。地域住民に向けて殺人事件を報道しているだけではない。裏には個人的な意図がある。

どうしてだ？　いったい何が彼女を突き動かしている？　おれの調べでは、ブライスはシアトルのテレビ局で成功をおさめていたはずだ。解雇されたのだろうか？　当時の上司たちを見返してやろうと思っているのか？　それとも父親に認められたいのだろうか？

あるいは力があることを自身に対して証明しようとしているのか？

「本当の目的はなんなんだ？」おれは真っ向勝負に出た。本心を引きだすには単刀直入にきくほうが功を奏する場合もある。

ブライスが片方の眉をあげた。「手の内をすべてさらけだせと言ってるの？」

「言うだけなら損はない」

ブライスはデスクに体を乗りだし、人を夢中にさせる鋭い輝きを目に宿した。

「ティン・ジプシーが解散した理由を知りたいの」

「それだけか？」

ブライスがうなずく。「それだけよ」

もっとひどい内容を想像していた。ティン・ジプシーのメンバー全員が刑務所で朽ち果てるのを見たいとでも言われるのかと思っていた。「なぜだ？」

「あなたはこの地域で最も有力なバイカーたちのギャングのリーダーだった。大金を稼ぎ、力を握っていたはずよ。それなのに、納得のいく説明もなく解散した。何が目的だったの？　オイルまみれの整備士として生きていくため？　まさか。そんなのは安直だし、理由としてまっとうすぎる。あなたは何かを隠しているのよ」

「おれたちは何も隠しちゃいない」それは嘘だ。たくさんのことを隠している。もし彼女が真実を知れば、おれを見る目は永遠に変わってしまうだろう。おれに魅了されたり、気づかれていないと思っておれを盗み見たりすることはなくなる。犯罪者を見るような目つきになるに違いない。

そもそも、おれたちは罪を犯した。

「はいはい、もっとうまいごまかし方があるでしょうに」ブライスが目をぐるりとまわす。「残念ながら、そんな手には引っかからないわよ」

「解散にわざわざ説明するほどの理由なんてない」また嘘をついた。彼女は信じないだろう。

「理由はないとしても、なぜ解散する必要があったの？」

「オフレコにするか？」おれは試しに言った。

「ありえないわね」

「だろうな」思わず笑ってしまった。もちろん手加減などしてくれるはずがない。おれはいつも気の強い女を好きになってしまう。「じゃあ、これで引き分けだな」

「引き分けですって？」ブライスがあきれたように笑った。「引き分けになんかならないわ。わたしのほうが二十歩も先を行ってるのよ。あなたにもわかっているはずだわ。だいたい、今日ここに来た理由はなんなの？」

「親父は無実だ。警察が慎重に捜査すれば証明される。きみは親父が有罪であることを世間に知らしめようと躍起になっているが、恥をかくだけだぞ」

「恥をかくことなんて怖くない」ブライスがいつものごとく挑戦的な言葉を返してきたが、おれはその手にはのらなかった。初めて彼女の目がかすかにひるんだ。

「そう言いきれるのか？　町に来たばかりの新人記者が探偵気取りで蛇のようにしつこく殺人事件を取材する。彼女は地元の有名人の顔に泥を塗るという暴挙に出る。相手は地域社会に貢献している自営業者だ。その男の無罪が確定すれば、名を汚すことになるのはきみのほうだ。たしかこの新聞社の共同経営者だったな?」

「そうよ。何が言いたいの?」ブライスが歯を食いしばりながら言う。

「言いたいのは……おれの家族は何世代も前からクリフトンフォージに住んでいる。この町では知られた一家で、地域社会に受け入れられてる。ティン・ジプシーも同様だった」

「つまり、あなたの機嫌を損ねたら町の人々からも嫌われるというわけ? それならそれで結構よ」

「本当か? 小さな町の新聞社ではたいした収益もあがらない。そのうえ、事実とは異なる記事を掲載したなんていう噂が一度でも流れたら、誰も読まなくなるぞ」

ブライスの頬は紅潮し、目には怒りの炎が燃えあがっている。「脅迫されるのは嫌いよ」

「おれも同じ言葉を繰り返すのは嫌いだ。悪いことは言わない。この件からは手を引け」

「ごめんだわ」彼女はこちらをにらみつけている。「真実を探りあてるまであきらめないから」

おれはかっとなって立ちあがった。椅子を押しのけ、広げた腕をデスクについて身を乗りだす。「真実が知りたいのか？　だったら教えてやる。おれはきみが悪夢にうなされるようなことを見てきたし、やってきた。それを知ったら、きみは胃がよじれるだろう。この町から逃げだして、二度と戻りたくないと思うはずだ。知らないことを幸運に思え。いいから手を引くんだ。今すぐ」

「黙りなさいよ」ブライスも椅子から立ちあがり、身を乗りだす。デスクを挟んで鼻先を突きあわせた。「わたしはあきらめないわ」

「いいや、あきらめてもらう」

「絶対にあきらめない」

歯をきしらせる音を耳にして、ブライスの唇に視線が向かう。彼女に対してのみならず、ほかの女性にも感じたことがないほど強く、その唇にキスをしたくなった。デスクがあいだにあるので、股間に膝蹴りを食らうことはないだろう。

おれがさらに身を乗りだすと、ブライスが息をのんだ。ブライスの唇から目を離したら、彼女がおれの口元を見つめているのがわかった。息をはずませているために、Vネックのシャツの下で乳房が上下している。取材をやめろという脅しに効き目はなかったが、ふたりを熱く燃えあがらせる効果はあった。ブライスはこの胸の高鳴りのほうはあっさりあきらめるのだろうか？　ちくしょう。

おれが何もかも忘れて唇を押しつけようとした瞬間、デスクの後ろのドアが開いた。油まみれのぼろ布で手を拭きながらレイン・ライアンが入ってくる。おれと娘の様子を目にした瞬間、レインの顔から笑みが消えた。「大丈夫か？」

「ええ」ブライスは椅子に座りこみ、髪を耳にかけた。「ダッシュと今朝の新聞記事について話をしていたの」

おれはデスクから腕を離してまっすぐに立ち、深く息をついた。こわばった下腹部がジーンズに締めつけられてつらい。ブライスと彼女の父親に背を向けて心を落ち着かせながら、押しのけた椅子をもとに戻した。

そしてすぐレインに向き直り、握手するために手を差しだした。「お久しぶりです、レイン」

「そうだな、ダッシュ」レインがおれの手を握りながら、横目でブライスを見た。激怒している様子の娘を心配しているのだろう。

「話は終わったわね」ブライスがノートパソコンを閉じながら立ちあがった。「出かけなければならないの。これで失礼するわ」

話は終わってなどいなかったが、下腹部が落ち着くまでたいしたことは口にできそうにない。「ああ。おれもそろそろ行かないと」

レインにうなずき、ブライスをにらみつけてから、きびすを返してトリビューン社をあとにした。

くそっ。どれだけ脅したところで、彼女は取材をやめたりしないだろう。それどころか、やる気に油を注いでしまった。

つまり、もっと独創的な戦略が必要というわけだ。

6

ブライス

「あのうぬぼれたろくでなし」わたしはデスクの書類をどけて手帳を捜しながら文句を言った。「ここまで押しかけてきて脅迫するなんてどういうつもり？　いったい自分を何様だと……もう！　手帳はどこ？」

捜している取材手帳はどこにもなかった。車の中にも、たたんでいない洗濯物でいっぱいの洗濯かごにもない。散らかったデスクの上にも見あたらない。

わたしは取材内容ごとに別の手帳を使い、忘れないようにメモを取っていた。ピンクは出産報告で、黒は死亡記事。赤は独立記念日に開催されるロデオと祝賀イベントについて。そして黄色はアミーナ・デイリー殺害事件だ。

最後に手帳を目にしたのは昨日の朝だ。車のハンドルに手帳を置いて、アミーナのミドルネームはルイーズだと書いたのを覚えている。彼女の娘はデンヴァー在住だ。

全部メモして、ほかの手帳と一緒にトートバッグに入れた。

昨日の行動を思いだしてみる。そのあとはすぐに新聞社に来た。バッグからデスクの上に全冊出し、並行して書いている複数の記事を整理した。日曜版に掲載する記事をひとつ書きあげた。週末にかけてクリフトンフォージで開催される独立記念日の祝賀イベントのスケジュールという簡単な作業だ。取材手帳を全部キーボードの横に置き、赤い手帳を広げて入力していたときに――。

わたしは椅子からはじかれたように立ちあがった。「あいつ!」

ダッシュが盗んだに違いない。手帳が消えるはずはないし、心あたりはすべて捜したのに見つからなかった。だが、どうして黄色が殺人事件の取材メモだとわかったのだろう? やられた。わたしがモーテルでコーディの取材中に手にしていたのを見たのだ。

幸い、メモした内容で思いだせないものはなかった。メモを書いているうちに、だいたい覚えてしまうし、書いた内容はすでにほぼすべて記事にした。

とはいえ、腹が立った。「あいつにしてやられるなんて、信じられない」

「誰が何をしたの?」わたしがあげた声に、スーが振り向いた。

「目と鼻の先に置いてあった手帳をやすやすと盗まれたのよ」わたしは怒りが冷めや

らぬまま腰をおろした。

あのときは気が動転していた。ダッシュの危険な雰囲気と、秘密を暴きたいという誘惑にすっかり気を取られてしまった。

「大変な目に遭ったわね」

「でも自業自得なの」わたしが小声で言うと、スーは仕事に戻った。

完全にわたしの落ち度だ。

ダッシュが身を乗りだしてきて、彼の香りが……ああ、ダッシュはいい香りがした。コロンと初夏の風が合わさった芳香にうっとりしてしまった。そんな香りに包まれながらハシバミ色の目でじっと見つめられていると、キスをされるかもしれない、そしてわたしもそれに応えてしまうかもしれないと思った。

その次には、キスをされないかもしれないと不安になった。

わたしがダッシュの口元を見つめているあいだに、おそらく手帳を盗《と》られたのだろう。

まったく、いまいましい男。ちょっと気を抜いた隙をまんまと利用されてしまった。盗みまでするとは、ダッシュはよほど切羽詰まっているのだろう。

こちらのほうが優勢なのは互いにわかっている。彼が持つキングの枚数よりも、わたしが持つエースの枚数のほうが多い。だが形勢は逆転しつつある。

明日はドレイヴンの保釈審問がある。この六十歳の男に逃亡の危険があると判事が判断しない限り、彼は保釈金と引き換えに釈放される。ドレイヴンが留置場から出てくれば、ダッシュは事件の真相をつかめる。

先手を維持するためには、さらに取材を重ねて深く掘りさげる必要がある。コーディ・プルーイットはスレイター家に個人的な恨みがあるので、進んで情報を提供してくれた。彼のような人物を探し、スクープをものにしなければならない。

だが、誰に会うべきだろう？

編集室のドアが開き、ウィリーが入ってきた。通路を挟んでスーと反対側のデスクに直行する。ブロンドが薄くなった頭までサングラスをあげると、目の下にくまができているのがわかった。すでに正午近いが、ベッドから出てきたばかりのように着ている服は皺だらけだ。

「おはよう、ウィリー」

彼は椅子に沈みこみながら手をあげた。「おはよう。やあ、スー」

「おはよう、ウィリー。ゆうべははめを外したの？」

「ビールを飲みすぎた」

またドアが開き、今度はジョージが飛びこんできた。両腕に書類の束を抱え、肘と体のあいだに挟んでいるブリーフケースが落ちそうになっている。デスクにたどり着いて書類を投げだした瞬間、ブリーフケースが床に落ちた。「やあ、みんな」

「おはよう、ジョージ」

椅子に深くかけながら見ていると、全員が挨拶を交わしていた。この中ではわたしが一番の新参者だ。珍しく編集室に全員がそろったが、父はいない。二十日間連続で働いたので、今日は母の命令で休みを取っている。

「こうしてみんなで顔を合わせるのは、先月の会議以来かもしれないわね」わたしは軽い口調で言った。

ウィリーが背筋を伸ばし、肩をこわばらせる。「定時出社はしないでいいとレインに言われているんだ」

「わたしにも異存はないわ。ただ事実を口にしただけよ。仕事はしたい時間にすればいい」

「ああ、わかった」ウィリーは再び椅子の背にもたれかかった。「ありがたいね。朝は苦手だ」

「今はどんな取材をしているの?」わたしはウィリーに尋ねた。

彼は持ってきたショルダーバッグから取材手帳を出した。「まだ清書してないが、読んでいいよ」

「ぜひ読ませて。ありがとう」わたしは席を離れてウィリーのデスクまで行き、手帳を受け取った。

走り書きされていたものの、読み終わるまでに時間はかからなかった。わたしは文章に引きこまれ、最後には笑顔になっていた。

「このシリーズはすばらしいわ」手帳を返しながら言う。「いい記事ね」

彼は赤くなった。「ありがとう、ブライス」

ウィリーは五週にわたり、鉄道で移動する季節労働者の特集記事を書いていた。晩春から初夏にかけて一カ月ほど、町外れを走るバーリントン・ノーザン・サンタフェ《BNSF》鉄道に乗ってクリフトンフォージを通過していく人々を取材している。

今週は七年間ずっと列車の車体の外側に乗って移動している女性の話だった。ウィリーの文体は彼女の放浪生活を生き生きと物語っていた。日々の生活は過酷で、シャワーを浴びることさえままならず、食べ物も満足に入手できないという。自由と引き換えの哀切に満ちた代償だ。だが自分が選んだ道を生きている彼女は幸せだった。

完璧な文章で、心を打たれる内容だ。ウィリーには才能があり、記事の着想を得るために父から自由裁量を与えられていた。彼が書く記事は読者を引きつけてやまない。ウィリーは読者の心情もよく理解している。クリフトンフォージで生まれ育ち、この町で彼が知らない人はいないほどだ。

ふと考えが頭に浮かぶ。ウィリーの助けがあれば、ダッシュの数歩先を歩きつづけられるかもしれない。

「ちょっと教えてもらえない？」わたしはウィリーのデスクの端に腰かけた。

「いいよ」

「エヴァーグリーンで殺された女性の検死報告書をひと足早く見たいと思って今朝、郡検死局に立ち寄ったら閉まってたの。検死官に直接会おうと思うんだけど、誰を訪ねたらいいかしら？」

「マイクだ」ウィリーが言った。「電話をかければいい。彼が教えてくれるだろう」

「捜査中の案件でも？」

検死報告書は公文書だ。だが捜査が継続している場合は検察官の許可が出るまでは公開されない。

「実際に報告書を見せはしないが、概要は教えてくれるはずだから、記事に書ける。だめだとしても、きくだけきいてみればいい」

「そうね」わたしは笑顔になった。

ここで働きだした当初、父が教えてくれたのは、情報を求めても失うものは何もないということだ。最悪の場合でもノーと言われるだけ。ワグナー署長のときと同じだ。もしかするとマイクという検死官はなんらかの情報を提供してくれるかもしれない。

「ぜひ会いたいわ」ウィリーのデスクから腰をあげた。「ただ、彼のことは何も知らないのよ」電話番号もわからない。

ウィリーは何も言わずにポケットから携帯電話を出し、番号を打ちこんで耳にあてた。五分後には、彼とわたしは車で郡検死局へ向かっていた。

「一緒に来てくれてありがとう」わたしは助手席にのんびりと座っているウィリーに言った。

「どうってことはない。きみがどんなふうに取材するのか興味があるし。優秀なんだな。きみの親父さんみたいだ」

「ありがとう」わたしはハンドルを握りながら言った。この十年で最高の褒め言葉を聞いたかもしれない。「あなたの記事もすばらしかったわ」

「気に入ってもらえてよかった。ぼくはその……仕事が大好きなんだ。必要ならもっと……編集室へ行くようにするよ」ウィリーは膝の上で無意識に指をいじっている。

彼はいつも編集室でそわそわと落ち着かない様子なので、そういう性格なのだろうと思っていた。そんな一面があるのは確かだが、それ以上に不安になっていたに違いない。わたしが入社したことで、父がふたりもジャーナリストは必要ないと考えるはずだと。

「編集室に来なくても問題ないわよ、ウィリー。これまでのような読み応えのある記事を書いて締め切りまでに提出してくれる限り、トリビューン社であなたの席はなくならないわ」

窓の外を過ぎ去っていく建物を見ながらウィリーがうなずく。彼のかすかなほほえみが窓ガラスに映っていた。

検死官のオフィスにはすぐに着いた。町の小さな病院の向かいにある。ウィリーは鍵のかかった入り口まで行き、ドアにはまった四角い窓ガラスを、それを覆っている金網の上からノックした。長い時間その場で待つ。わたしひとりならあきらめて帰っているところだ。ようやくドアが開き、中にいた男性が招き入れてくれた。

「マイク」ウィリーが彼と握手をする。「彼女はブライス。ブライス、こちらがマイクだ」

「お会いできてうれしいです、マイク。時間を取っていただいて、ありがとうございいます」

「かまわないよ」マイクの声はかすれていた。目の下にはウィリーと同様にくまができている。マイクが消毒された部屋に漂う薬品の刺激臭に負けないくらい、強烈な酒のにおいをさせているので、わたしは鼻をつまみたくなった。「ウィリーには借りがある。ゆうべ家まで送ってもらったからな。ビリヤードの勝負のあとで飲みすぎた」

わたしはうなずき、口で呼吸をした。「そうだったんですね」

「それで用件は？」マイクがきく。

「郡検死局が閉まっていて――」

「まったく、あいつらときたら」マイクは鼻を鳴らし、あきれたように天を仰いだ。「こっちが必死に検死報告書をまとめて送ってやってるというのに、向こうはのんびり処理するわけさ。それで誰の報告書を見たいんだ？」

わたしは緊張した面持ちになった。「アミーナ・デイリーです」

「ああ」マイクが肩を落とす。「それは無理だな。捜査中だから、警察にきいてもらわないと」

「やっぱりだめなのね」わたしはため息をついた。「それでもお願いしてみるだけの価値はあるんです。検死報告書を見せてくれたり、かいつまんで説明してくれたりする検死官も中にはいるので。オフレコで、警察発表があるまでは公にしないという約束で話を聞くときもあります。検死報告書の内容を把握していると、正しい方向で取材を進められるんです。それが新たな手がかりにつながることもありますし」

　そんな言葉を並べても無意味なのはわかっていた。わたしはマイクに追い返されるのを覚悟した。むしろ彼はそうするべきなのだろう。

「報告書を見せることはできない」マイクが言った。わたしはその先の言葉を祈る思いで待った。「だが」やった。「口頭で説明するのならいいだろう。ただしオフレコだ。記事にするのは警察の公式発表後にしてくれ」

「承知しました」わたしがウィリーの顔を見ると、彼はウインクをした。

「こっちだ」マイクがウィリーとわたしについてくるよう手招きする。

　建物に人の気配はない。天井の蛍光灯もついていないので、明かりは窓から差しこむ光だけだ。

「今日は静かなんですね」わたしは言った。

　マイクが肩をすくめる。「今はぼくだけだからね。医学研修生《インターン》がいるけど、夏のあいだは休んでるんだ」

　廊下の突きあたりにあるマイクのオフィスに入る。彼の似合っていない手術着と同じ色をした、緑がかった青のファイルがデスクと床に散乱している。廊下は消毒液と漂白剤のにおいがしていたが、この部屋にはコーヒーのにおいと二日酔いの気配が漂っている。

「さて」マイクはデスクに向かうとファイルを開いた。ウィリーは戸枠にもたれかかっているが、わたしはデスクの前にある折りたたみ椅子に腰をおろした。「被害者はアミーナ・デイリー。年齢五十九歳。死因は複数の刺し傷による失血死」

警察のプレス発表と、モーテルの経営者のコーディ・プルーイットから聞きだした内容と同じだ。コーディの妻は一一四号室の惨状を夫に説明しながら泣き叫んでいたそうだ。ベッドはアミーナの血で真っ赤に染まっていた。血はカーペットにも滴り落ち、黒い血だまりがいくつかできていた。アミーナの脈を確かめようと駆け寄ったときに、彼の妻は血だまりのひとつに足を踏み入れてしまった。

「刺し傷はいくつあったんですか？」わたしは質問した。

「七箇所だ。すべて上半身にあった」

わたしは思わず息をのんだ。「彼女は苦しんだんでしょうか？」

「ああ」マイクがわたしの顔を見やり、つらそうな笑みを浮かべた。「だが長い時間ではない。大動脈を切断されているから、まもなく大量出血を起こした」

「死亡時刻はわかりますか？」

「かなり絞られてはいるが、結局のところ推定でしかない。おそらく午前五時から七時のあいだだろう」

つまりドレイヴンは朝起きてすぐにアミーナを殺したことになる。「ほかに教えていただけることは？」

「彼女は性行為をしていた」

思わず背筋が伸びる。「暴力をふるわれて？」

「いや、同意のうえでのようだ」

わたしは、アミーナが亡くなる前にレイプの苦しみにさらされなかったことに安堵《あんど》した。「それは興味深いですね。精液はドレイヴンのものですか？」

「これはすべてオフレコだからな。いいか？」マイクがわたしとウィリーを見る。情報をもらしすぎたと思っているらしく、マイクの顔には不安がよぎっていた。

「わかりました」わたしは約束した。「警察か検察から発表があるまでは、うかがった内容は記事にしません」

マイクはわたしの顔を見つめてからうなずいた。「予備検査では、ドレイヴンが提出したサンプルと一致した。最終結果が出るのを待っているところだ。だが予備検査の結果と異なることはほぼない」

これは意外な情報だ。ドレイヴンはアミーナを殺す前に体の関係を持った。なぜだろう？　最近つきあいはじめたのだろうか？　それとも以前から恋人同士だったのか？　なぜ自宅ではなく、モーテルで会ったのだろう？　殺人は衝動的なものだったのか？　こうした疑問はすべて、あの取材手帳に書かれるはずだった。

いまいましいダッシュ。

「時間を割いていただいて、ありがとうございます」わたしは立ちあがり、マイクに手を差しだした。

マイクも立ちあがる。「今の情報はすべて、プレス発表まで記事にしないでくれよ」

「約束は守ります。ありがとうございました」

ウィリーとともに検死官のオフィスをあとにして、太陽の下で新鮮な空気を胸いっぱい吸いこんだ。車に乗りこみながらウィリーが笑う。「きみはすごいな。アミーナの検死報告書の内容を知りたいと言いだしたら、てっきりマイクに追い払われるものと思ってたよ」

「ついているときもあるのよ」わたしは笑顔になり、車を発進させた。「マイクと引きあわせてくれて、ありがとう」

「どういたしまして。これからどうする？」

「これから？」わたしは大きく息を吐きだした。「被害者についてさらに調査するわ。娘がコロラドにいるんだけど、連絡を取るにはまだ時期が早すぎるし、アミーナはクリフトンフォージで育ったものの、こちらに親戚はいない。だからまずは、子ども時代の彼女を知っている人を探すつもりよ。アミーナがなぜ戻ってきたのか、なぜドレイヴンと会っていたのか知りたいの」

「それも力になれるかもしれない」ウィリーが言った。「新しいボスにビールをおごらせてもらおう」

「いいわね」


実際に行ってみると、〈ベッツィ〉はただの古びたバーではなく、天井に見える垂木を這うイエダニと同じくらいたくさん、町の歴史を知る人々が通ってきていた。七十歳をとうに超え、詳しくは忘れたが血縁だったり、結婚して親戚になったりした三人組の常連客から、アミーナ・デイリーについて、フェイスブックやグーグル検索ではとうてい知りえない情報を教えてもらうことができた。

アミーナの名前は過去の新聞記事を調べても一件しか出てこない。唯一の記事は何十年も前に高校の卒業生として名前が掲載されたものだ。そのおかげで、彼女はクリフトンフォージ高校でドレイヴンの一学年下だったことがわかった。だが家族の情報は見つからなかった。

バーにいた男性たちによると、アミーナの一家はクリフトンフォージに長くは住んでいなかったらしい。彼女の継父が鉄道会社で働いていて、ニューメキシコから転勤になったのをきっかけにこの町へ来た。常連のひとりは、一家が引っ越してきたのはアミーナが車の運転を覚えて間もない頃で、自分が彼らに車を売ったことを思いだしてくれた。〝おれは年が離れすぎていたから彼女のことは相手にしなかったが、思わず振り向いて見てしまうような美人だったな〟

〈ベッツィ〉の客たちが覚えている限りでは、アミーナの家族は住民から好感を持たれていたようだ。だが彼女が高校卒業後に町を出てすぐの冬に両親が交通事故で亡くなってしまったので、つきあいはあまりなかったらしい。アミーナの姓はデイリーだが、母親はアミーナの継父となった再婚相手の姓を名乗っていたため、わたしは交通事故の記事を見落としていた。

両親は町の墓地に埋葬されている。アミーナは墓を訪れるためにここへ戻ってきたのかもしれない。

「もう一杯どうだい、ブライス?」バーテンダーがきく。

「もう充分飲んだわ。ありがとう、ポール」わたしは最後のひと口を飲み干した。

二十分ほど前にウィリーと三人組はビリヤード台へ行ってしまい、わたしはカウンターに残ってひとりで二杯目のビールを飲んでいた。背後のドアが開いて、明るい午後の日差しが入ってきた。ブーツの重い足音を木の床に響かせ、新しい客がバーカウンターにやってきた。

どうせ知らない人だろうと思いながら肩越しに見ると、ハシバミ色の目を輝かせた見覚えのある顔が視界に入った。

「わたしの手帳を盗んだわね」

ダッシュはわたしの横の空いているスツールに当然とばかりに座り、ポールに顎で合図をした。おそらく〝彼女にビールを〟という意味だったのだろう。なぜならポールがわたしの前にビールを置いたからだ。ダッシュが体を揺すって座り直した。スツールの間隔が狭いので、彼の広い肩がわたしのむきだしの腕に危うく触れるところだった。

愚かしくも心臓が跳ねあがり、わたしは歯を食いしばった。ダッシュの腕が間近にあることに気づかないふりをし、太い書体で入れられた黒いタトゥーも目に入らないふうを装う。先に来たのはわたしのほうなので、体もずらさない。

「ねえ、ちょっと」ダッシュを上から下までにらみつける。「離れてよ」

彼は動こうとしなかった。

「いやな男ね」

ダッシュが口角をあげた。片方の腕を背後にまわし、尻ポケットから何かを取りだしてカウンターに置く。わたしの黄色い取材手帳だ。「ほら」

「泥棒」急いで手帳を手に取り、トートバッグにしまった。この場であわててページをめくって確かめるような真似をして、彼を喜ばせるつもりはなかった。ひとりになってから全部のページを調べればいい。

「きみはまめにメモを取るほうじゃないんだな。おれの知らないことは書いてなかった」

わたしは鼻で笑った。「すでに新聞記事にしたからよ」

「お待たせ」ポールがダッシュのビールを持ってくる。「親父さんはどうしてる?」

「明日が保釈審問だ」

「保釈金を払えば釈放されるのか?」

ダッシュがわたしの前では答えたくないと言わんばかりの視線を向けてくる。おあいにくさま、キング。あとから来たのはそっちでしょう。「ああ、釈放される」

「よかった」ポールがほっと息をつく。「本当によかったよ」

よかった？「殺人事件の容疑者が釈放されて、町を自由に歩きまわるのが心配じゃないの？」

ポールはわたしの言葉を笑い飛ばした。これで彼へのチップは大幅に減額された。

「何かあったら大声で呼んでくれ、ダッシュ。奥でビア樽《だる》を交換してくるから」

「わかった」盗《ぬす》っ人《と》猛々《たけだけ》しい男はグラスを口元に運び、うぬぼれた笑顔を見せた。愚かな器官である目が離せない。ビールが喉を流れ落ちるのに合わせて動く喉ぼとけに見入り、上唇についた泡を舌先でなめる姿をうっとり眺めてしまう。

「そんな顔をしておれの口元ばかり見つめていると、また何か盗まれるぞ」

わたしは目をそらさなかった。簡単ではなかったが、そのままダッシュに視線を向けていた。「眉がぼさぼさだって言われたことはないの？」

ダッシュが笑い声をあげる。張りのある低い声に、わたしは背中がぞくぞくした。

「一、二度あるな。マイクからいい情報を聞けたのか？」

「とても有益な情報をもらったわ」ダッシュはわたしのあとをつけているのだろうか？　まったく、腹の立つ男だ。だが、わたしは平然とした顔を保った。「今日はたくさんの情報が集まったわ。次の日曜版は読み応えがあるわよ」

「楽しみにしてる」ダッシュはビールのグラスを置き、体をこちらに向けた。彼の膝がわたしの膝に触れる。「だが『トリビューン』がおれの知らない情報を記事にできるのもそれが最後だ」

「なぜ?」

「明日には親父が釈放される」

「だからどうだというの? 留置場から出て、わたしのことも殺すの?」

無精ひげの伸びた顎がぴくりと動く。「釈放されたら、こっちは何があったのか親父から直接聞けるんだ。そうすればこんなゲームは終わりだ」

「これはゲームじゃない」わたしは立ちあがり、トートバッグを肩にかけた。「わたしの仕事なの。町の人々は殺人犯が近くにいると知る権利がある。そして女性がひとり殺されているんだから、公正な裁きがなされるべきだわ」

「警察が無実の人間じゃなく真犯人を逮捕すれば、彼女も浮かばれる」

「無実ですって? あなたのクラブについていろいろ調べたけど、あなたの父親は善人からほど遠い人だわ」

「元クラブだ」

「なんと呼ぼうと同じよ」

「くそっ、うるさい女だ」ダッシュがぶつぶつ言う。

「それじゃあね、キング」わたしはビリヤードに夢中になっているウィリーに手を振り、出口へ向かった。彼は帰るときに自分で車を手配しなければならなくなるが、わたしはこれ以上一秒たりとも〈ベッツィ〉にはいたくなかった。

いや、あと少しだけ残ろう。

「ところで、ダッシュ」わたしが振り向くと、彼がにらみつけていた。わたしが出ていこうとするのをじっと見ていたらしい。「あなたの父親はアミーナ・デイリーと体の関係を持ったあと、どれくらい経ってから彼女を殺したの？　一時間？　それとも二時間？　ドレイヴンは相手の女性を優しく抱きしめているタイプじゃないみたいね」

ダッシュはなんとか歯を食いしばり、目をかすかに見開くだけにとどめていた。驚きを隠すのが上手らしいが、わたしの表情を見抜く力のほうが勝っている。彼は〝無実〟の父親が殺害前にアミーナとベッドをともにしていたことを知らなかったらしい。スツールに座ったまま、頭を猛烈な勢いで働かせているダッシュを尻目に、わたしは店を出た。秘密をひとつずつゆっくりと暴きながら、わたしは真実を明るみに出す。

まずはアミーナ・デイリー殺害事件について。そしてティン・ジプシー・モーターサイクル・クラブへと続く。

それを成し遂げたら、自分の人生に何かが欠けているという虚無感をようやく払拭できるかもしれない。

7

ダッシュ

おれは郡庁舎の外にピックアップトラックを停め、無意識に親指で膝を叩きながら父を待った。保釈審問のあとに釈放され次第、すぐにここから立ち去るつもりだった。

初夏にダッジに乗るのは違和感がある。このピックアップトラックは春が始まる一カ月ほど前に買ったばかりで、まだ慣れていない。以前に乗っていた車と同じく、これも黒だ。まだあまり乗っていないので、新車のにおいが抜けきっていない。春が来て道路の氷が溶けると、次の晩秋に雪がちらつくまではずっとバイクに乗っている。モンタナの冬は長いので、バイカーたちは貴重な時間を存分に楽しむ。

だが今日は車で父を迎えに来たかった。話したいことが山ほどあり、自動車整備工場までの十分あまりでさえもバイクに乗って無駄にしたくはない。それに父のバイクをここまで運んでくるために整備士たちに仕事を中断させるのも気が引けた。

先週の金曜と同じ服を着た父が正面玄関から出てきた。白いものがまじった無精ひげが濃くなり、顎ひげを生やしているかに見える。車に乗りこんできた父の焦げ茶色の目は疲れきっていた。一週間どころか一カ月も勾留されていたかのようだ。

「よう」父はおれの肩を叩いてから、シートベルトを締めた。「ありがとう。保釈金を肩代わりしてくれて助かった」

「気にしないでくれ」

「おれの家を抵当に入れたのか？」父がきく。

「いや、整備工場だ」

判事は父に逃亡の恐れはないと考えたが、凶悪な殺人事件の第一容疑者であり、過去にはティン・ジプシーのメンバーだったこともあって、保釈金は五十万ドルに設定された。

「そうか」父がため息をついた。「おれの家にしてくれればよかったのに。整備工場には迷惑をかけたくなかった」

「金庫から出した金をダッフルバッグに詰めて持っていったら、質問攻めに遭うだろう」ギアをドライブに入れ、郡庁舎を出た。「親父の家、おれの家、自動車整備工場。どれにしても同じだ。この事件で無罪になれば関係ない」

　五十万ドルは父にもおれにも工面できない額ではない。だがそれを貯《た》めた方法を考えると、金の流れをたどられない場合にしか使いたくなかった。保釈金に使用するなどもってのほかだ。

「保釈を求めない手もあっただろう」

「ありえない」おれは顔をしかめた。ドレイヴンが自分の父親で、留置場にいるべきではないという理由からではなく、真相を知るために保釈が必要だと考えた。ブライスを出し抜きたかったのもある。今のところ、殺人事件の情報合戦では彼女に惨敗している。「本当は何があったのか話してほしい」

「一日待ってくれ」父はヘッドレストに頭を預けた。「そうすれば、すべて話す」

「一日たりとも無駄にできないんだ」

「警察は何も見つけられない。おれを罠《わな》にはめたやつは隙がない」

「おれが心配しているのは警察じゃない」おれは父が背筋を伸ばすのを見ながら言った。「新聞社のレイン・ライアンの娘が問題なんだ」

「どんな問題だ？」

「あちこち取材してまわっている。そのうえ有能だ」

「どんな情報をつかんでる？」

「今のところ、殺人事件の調査に集中してる。だが、それだけでは終わらないと思う」

「くそっ」父が吐き捨てるように言う。「ティン・ジプシーの過去を掘り返すような記者は困るな」

「そのとおりだ。すでにクラブを解散しておいてよかったよ。今では法を順守してるからな。世間は過去を水に流してくれている」町が平和になって住民は喜んでいた。

「だが彼女は過去の出来事だからといって見過ごす性格じゃない」

ブライスと一緒に働くのはたまらなく魅力的なはずだ。敵であっても、彼女にはそそられる。

「自らの評判を落とすはめになると脅しつけたが、逆効果だった。とにかく彼女はおれがなんとかする」しかし、その方法を見つけなければならない。

こちらが押せば押すほど、向こうはいっそう強い力で押し返してくる。ブライスは意志の強い女性だ。たいていの男は頑固で強情な女性にはかなわないと、母親から小さい頃に学んでいる。

「気をつけろ」父が言った。「おれたちふたりともが刑務所に入るはめにならないように」

「心配ない。刑務所送りになるような真似はしない。ただ……彼女に手を引かせる方策を探しているところだ」

脅迫がおれの常套《じょうとう》手段で、それを得意としてきた。昔は暴力で人を威圧したが、すぐに脅すほうがより効果的だと学んだ。ところが、そのどれもブライスには効かなかった。乱暴などもってのほかだ。これまでの人生で女性に暴力をふるったことはないし、今さら始めるつもりもない。彼女が傷つくと考えるだけで胃が痛くなる。

「手を組むのもひとつの方法じゃないか？　敵対するんじゃなく」父が提案した。

悪くない考えだ。ブライスを引きこむ方法はあるだろうか？　彼女が敵ではなく味方になったら、こちらからティン・ジプシーについて情報を与えればいい。目の届かないところで嗅ぎまわられる心配がなくなり、ブライスが大切にしている新聞記事に書く情報も操作できる。

「利口なやり方だな。うまくいく可能性がある」

「クラブを解散した理由を公表するべきだったのかもしれん」窓の外を見ながら父が言う。「そのせいでおれは狙われたんじゃないかと考えてる」

「なんと言えばよかったというんだ？　説明しようとすれば、隠しておく必要のあるたくさんの秘密が明るみに出てしまう」

「そのとおりだな」父は肩を落とした。「長い一週間だった。過去の出来事や、これまでに犯した罪についてずっと考えさせられた。留置場なんて大嫌いだ」

「好きなやつはいない」

十九歳のとき、おれは一度だけ逮捕されたことがある。恐喝と暴行の容疑で留置場に放りこまれた。ポーカーでいかさまをした男に文句を言うと、相手は銃を出してきた。そいつを叩きのめしたせいで勾留された。

告訴を取りさげさせるために父が何をしたのかはわからない。だがおれは起訴されず、男は翌週に町から出ていった。あれ以来、喧嘩になっても暴力はふるわず、口で負かすようになった。警察に訴えれば自分の命が危ないと相手は自然と理解した。

いったい何人のやつらがおれの夢を見てうなされたのだろう？

過去の数年間、いつも心にあったのは疑いの念だった。疑いの念と羞恥心。それ以前はすべてに満足していたのに。ティン・ジプシーで育ったことに自負心を持っていた。社会規範ではなく、仲間同士で作りあげた掟《おきて》にのっとって生きていた。掟にみじんも疑いを抱かず、信念を持って従った。

すべてに疑いを持ちはじめたのはそのあとの話だ。

それはティン・ジプシーが終わりを迎えようとしていた時期と重なっている。

数年前にエメットの父親が〈ベッツィ〉の駐車場で殺害されたのをきっかけに、クラブは変化する方向に舵《かじ》を切った。あまりにも多くの仲間が、そして愛する者たちが命を落とした。違法行為から完全に足を洗うのにほぼ五年を要した。それは同時に、時代遅れになった古くさい考え方から脱却することでもあった。

そのあいだに自動車整備工場を再建し、これまで違法に稼いできたのと同等の収入を得られるようにした。ドラッグ取引の警備からは手を引いた。地下闘技場も閉鎖した。

懸命に努力し、少しの運もあったおかげで、整備工場は予想をはるかにうわまわる成功をおさめるようになった。ティン・ジプシーを合法的に継続するか解散するかを決断するときが来ると、最終的にメンバーたちは過去と決別する決意を固めた。鏡を見たときに、その中から見つめ返してくる男をずっと嫌っていたのはおれだけではなかった。

メンバーの大半はそれまでに貯めた金を手に、新天地や新生活に乗りだした。悪人としての生き方に別れを告げ、新たなスタートを切った。残った者たちは改めてファミリーとして、この自動車整備工場で再出発した。父、エメット、レオ、そしておれの四人だ。

おれは普通の生活を切望していた。

かつては社会規範に従うのは息が詰まると思っていた。ところが法を順守した生活のほうが容易だった。道ですれ違う相手が視線を合わせてくれるのはいいものだ。こちらが顔を向けただけで母親が心配そうに子どもの手を握りしめるのを目にしなくてもよくなった。いつ刺されるかと背後を気にせずに歩けるのも楽だった。

だが黄色い取材手帳を片手に好奇心をむきだしにしたブライス・ライアンの登場で、平和な日常が一変した。

おれたちが築きあげた新たな生活を台なしにさせてたまるか。家族が彼女に脅かされるのを黙って見ているつもりはない。自分たちを守る唯一の方法は、いち早く情報を手に入れることだ。

「アミーナ・デイリーについて話してくれ」

父が長いため息をつく。「今日は無理だ」

「親父――」

「頼む、一日でいい。一日だけ待ってくれ。明日になったら話す」

おれは不満だったものの、うなずくしかなかった。自動車整備工場から父の自宅へと行き先を変更する。町を走っているあいだは互いに黙っていた。やがて父の家に到着した。子ども時代を過ごした実家でもあるが、おれは私道に車を入れてもそのままシートに座っていた。「それじゃあ、明日」

父がドアを開けて車から降りた。「ああ、明日」

父はうつむいて建物に向かい、裏口から入った。

この家では裏口しか使わない。正面玄関はもう何年も使用されていなかった。郵便配達員もそれを承知しているので、裏口に荷物を届けてくれる。

それは誰も正面玄関に続く小道を歩こうとはしないからだ。父、ニック、そしておれの三人とも。母の血がしみこんだセメントを足で踏みつけたくなかった。血の跡はもう見えなくなっている。何年も経つうちに雨や雪が消してくれた。

だが、それはたしかにそこにある。

ニックとおれは父に引っ越しを促した。この家にはたくさんの思い出がある反面、失ったものの大きさも思い知らされる。

しかし父は違うとらえ方をしているようだ。妻と一緒に暮らした家だからこそ、ここに住みつづけている。壁や天井、床といったすべてに妻の存在を感じられるのだ。

おれたちの母親の存在が消えてしまう前に、父はこの家で死を迎えるのだろう。

肌の上をひやりとするものが走ったが、気を取り直して車を私道から出し、仕事に向かった。整備工場の駐車場に車を停めたときには、解せない気持ちが心に広がっていた。

どうして父には一日必要なのだろう？　アミーナと彼女が殺された理由について話したくないのはなぜだ？　自分を罠にはめたやつを見つけたくないのだろうか？　ブライスの言ったとおりなのか？　父はアミーナと寝たのだろうか？　高校時代の知り合いという以外に、彼女は父とどんな関係なんだ？　おれの知る限り、母が死んで以降、父に女性関係はない。そうすることで自分を罰していたのかもしれない。あるいは単に死んだ妻以外の女性とはつきあう気がしないのか。アミーナと寝るのはこれまでの流れに反する。

父が母以外の女性と一緒にいると想像するだけで、落ち着かない気分になった。父は母ひと筋だった。いつの日も。母を裏切ったことなどないはずだ。それにもかかわらず、この胸騒ぎはなんだろう？

整備工場に入ると、エメットがシボレーのピックアップトラックのボンネットをあげて中をのぞきこんでいた。「よう」

エメットはおれの背後に父の姿を探した。「ドレイヴンは？」

「家だ」

「どうしてだ？」エメットが顔をしかめた。「話しあわなきゃならないのに」

「わかってる。だが一日待ってくれと言うんだ。時間をやろう」

「誰が一日待ってほしいって？」レオが水を飲みながらこちらに歩いてきた。

「親父だ」

レオが水のボトルを口からおろす。「なんだよ、それ。おれたちは事実を知りたいんだ。もしウォリアーズがドレイヴンをはめようとしたんだったら、おれたちも――」

おれは手をあげてレオを黙らせた。アイザイアの姿を探すと、彼は隣の作業スペースで仕事をしていた。「何も言うな」

レオがうなずいて口を閉じる。

おれたちは整備士としてのアイザイアを信頼しているものの、ティン・ジプシーに関する話に引きこむことはない。自分たちのためだけでなく、アイザイアのためにも。

「今は……落ち着くんだ」

「おれたち三人が得意なことだな」エメットが自嘲気味に笑う。

「ああ」おれはポケットから携帯電話を出し、車のキーと一緒に作業台に置いた。それから仕事の予定表を見た。仲間たちがそれぞれ仕事を受け持ってくれているので、おれはマスタングに取りかかった。仕事はいいものだ。

工具を手にエンジンを修理する。手を機械油で汚している時間を使っていろいろと考えた。今夜、ブライス・ライアンに会うつもりなので、計画を練る必要があった。

彼女をこちらの味方にするための計画が必要だ。


「玄関ポーチから出ていって」

おれはビールのボトルを口につけながら笑った。「やあ、ブライス」

「ここで何をしてるの？」ブライスが腰に手をあて、おれの前に立ちはだかった。

「わたしの家をどうやって知ったのよ？」

「その方法を本当に知りたいのか？」おれにこの数日間ずっとあとをつけられていたなんて知りたくないはずだ。

「いいえ」彼女はジムに行っていたらしい。髪をポニーテールにして、こめかみの髪が汗で濡れている。黒のレギンスをはいているので、細く引きしまった脚の形がよくわかる。胸と腹部にぴったり沿うタンクトップを着ており、長くて形のいい腕をむきだしにしていた。

着ているものを全部脱がせ、ふくらみやくぼみをすべてあらわにする場面を想像していると、下腹部が突然激しい反応を見せた。ブライスの一糸まとわぬ姿など想像しないほうがいい。今は新しい戦術を遂行する大事なときだ。

「ビールはどうだ?」足元に置いた六本入りのパックを頭で示す。あと三本しか残っていないが。

「いらない」

「じゃあ、おれが飲もう」肩をすくめた。

「わたしはビールなんか欲しくないってわかったでしょう。残りを持って、さっさと帰って」

「それはできない」

「どうして?」ブライスがいらだたしそうに、歩道に何度も足を打ちつける。「バイクにまたがって出ていくだけよ」

「きみは留守だった。おれは待たされているあいだに喉が渇いたから、ビールを三本飲んだ。今はバイクに乗れない。誰かに迎えに来てもらわないと」

「タクシーを呼んであげるわ」

「だめだ」

「どうしてよ?」上下する足の動きが速くなる。彼女を怒らせるのは愉快だ。

「バイクだ。こんなところに放りだしておけない。乗って帰らないと」

「じゃあ、酔いが覚めるまで玄関ポーチにずっと座っているつもり？」

「きみがそうしてくれと言うなら」

ブライスは腹立たしそうにおれを見ると、腰をかがめてビールを手に取った。蓋をひねって開けると、ボトルをふっくらした唇に持っていくのではなく、驚きの行動に出た。

ビールを芝生にどくどくとこぼしている。

「なんてことを――」おれはその手からボトルを引ったくろうとして立ちあがったが、彼女は肩でブロックした。もったいないことにビールは全部芝生にしみこんでしまった。「どうしておれのビールを無駄にする？」

「あなたに出ていってほしいからよ」空いたボトルを下に置き、残りのビールに手を伸ばす。今度はおれがブロックに成功した。「落ち着きなさい。その二本はわたしが飲むわ。ビールが消えてなくなる頃にはあなたも姿を消しているはずよ」

おれはブライスの鼻先に指を突きつけた。「今度ビールを芝生にこぼしたりしたら、次はビールケースを抱えてくるからな」

彼女の口角がぴくりと動く。「わかったわ」

「よし」

おれは腰をおろしてビールを取り、蓋をひねった。警告の視線をブライスに送ってからボトルを渡す。

ブライスはおとなしくビールをひと口飲んだ。「最初の質問に戻るわ。ここに何をしに来たの？」

「きみをもっとよく知るために来た」

「その理由は？」

「好奇心からということにしておこう」ゆっくりとビールを喉に流しこんだ。「きみは退屈な女だな。朝早く新聞社に出勤する。父親のほうがいつも早いが。その次はサンタクロースだ。そして、きみ。ほかの社員はまちまちだが、この三人の出社時刻はほぼ同じだ」

生活パターンを知られていることに驚いているとしても、ブライスはそれを顔に出さなかった。平然とビールを飲み、目の前の静かな通りを見つめている。「それは経営者であるがゆえのマイナス面ね」

「ときにはセントラル・アヴェニューにあるコーヒーショップまで歩いていくが、毎日ではない。手帳を埋めるために取材に出かけていないときは、昼食は社内でとる。

夕方五時には退社して、ジムに行く。火曜は例外だ。両親の家で夕食だからな。毎週そう決まってるんだろう」

ブライスは喉を鳴らしてビールを飲んだ。顔がほんのり紅潮している。おれの言葉に動揺しているらしい。それで充分だ。「ほかには？」

おれがブライスに体を寄せると、互いの腕の熱が感じられた。肌が触れそうな距離から、彼女の耳元に口を近づける。「きみは洗濯が嫌いだ」

はじかれたようにブライスが振り向いたので、鼻先同士がぶつかりかけた。彼女が目を細める。「どうしてそんなことを知ってるのよ？　家に侵入でもしたの？」

「いや」おれはブライスの手首から肩へと手を這わせた。彼女が息をのみ、腕の産毛が逆立つ。ブライスは胸を大きく上下させているが、腕は引っこめなかった。

少なくとも、磁力に引き寄せられているのはおれだけではないらしい。相性のよさを認識し、欲望を感じているのは……。ブライスの肌に触れたせいで、おれは抑制を失いそうだった。彼女のタンクトップの生地をつまんでから、すぐに体を離した。完全に自分を見失う前に。「着ているものを見ればわかる」

ブライスは体を硬くして、灰色のタンクトップの文字の書かれた胸元を思わず確認してしまった。頬をさらに紅潮させて体を離し、腕に触れられて互いの体が熱くなった事実などなかったふりをしている。

おれは整備工場でマスタングの修理をしながら練った計画を思いだした。

脅迫はブライスには効果がなかった。今後もそれは変わらないだろう。ブライスはおれが金を持っていることに感銘を受けない。力があることにも。大切な新聞社をつぶせるだけの影響力をおれがこの町で握っているという事実にも動じない。

なぜなら彼女は違うからだ。男と同じ反応はしない。だから男を相手にするときのように脅すのではなく、ブライスを魅力的な女性として扱うのだ。

恫喝《どうかつ》して沈黙させるのは無理でも、誘惑して味方につけることはできるかもしれない。

一時間ほど前まではこの計画をすばらしいと考えていた。だが、いざ彼女に触れてみると、愚かな計画に思えてくる。

レギンスを脱がせることしか考えられなくなるような女性を相手に、主導権を握ったまま誘惑なんてできるわけがない。

再び時間をかけてビールを飲んでから、咳払いをした。「日曜に新聞が発行される。またもやおれを驚かせる新情報があるのか?」

「今のところはないわ」おれが横顔を見つめていると、ブライスは静かな声で言った。

彼女の鼻筋はまっすぐで、先がかすかに隆起している。唇はふっくらしていて、下唇がビールで濡れている。顎の形は細くてきれいだ。これまで女性の顎の形に注目したことがあったかどうか定かではないが、これほど美しい顎は世界にふたつとない。

「じろじろ見てるのね」

おれはまばたきをした。「ああ」

ブライスがこちらを向いた。「繰り返しになるけど、あなたはわたしの質問に答えていないわ。どうしてわたしの家の玄関ポーチにいるの？　わたしのあとをつけまわしてると言って脅迫するつもりなら――」

おれは彼女の唇に口を押しつけた。ああ、やってしまった。今まで女性に対して、自分から先に行動に出たことはない。おれの誘惑の仕方ときたら、お粗末もいいところだ。だがブライスの唇には抗《あらが》えない。味わってみたくてしかたがなかった。手を彼女の頬にあて、親指でその完璧な形の顎に触れる。

ブライスは身をこわばらせている。唇を重ねたときに、彼女がはっともらした息をおれの口で受け止めた。ブライスは体を離そうとはしなかった。おれはビールのボトルでこめかみを殴られるのを覚悟しながら、心の中でカウントダウンをした。縫わなければならないほどの傷になるだろう。

だが、そうはならなかった。

殴りつけるどころか、ブライスの体はとろけていた。

おれは舌で彼女の下唇をなめ、ビールの苦みとともにその甘さを味わった。ブライスが口をそっと開いて顔をあげ、おれの舌を受け入れる。ああ。思わずあえぎ声を彼女の喉に吹きこんでしまうほどのすばらしさだ。

ブライスも舌を差し入れてきたが、互いにわれを忘れてしまう前に彼女のほうが顔をそむけた。頬を赤くして、目におなじみの怒りをみなぎらせた表情になっている。

ブライスは立ちあがると、自分のビールを持って玄関のドアへと向かった。鍵を手にしてドアを開け、中に入る前に肩越しにとげとげしい声で言った。

「酔っていようがいまいが、さっさと出ていって」

たしかにそうするのがいいようだ。

8

ブライス

わたしは無意識にハンドルから指を離して唇に触れていた。金曜の夜にダッシュとキスを交わして以来、つい唇に手をやってしまう。指で唇に触れながらぼんやりしてしまうことが週末のあいだに何度もあった。どんなにこすり落とそうとしても、どれほどリップグロスを塗っても、目に見えないタトゥーを刻まれたかのように彼の唇の感触が消えないのだ。

どうしてキスを許してしまったのだろう？　わたしもキスを返してしまったのはなぜなの？　エクササイズのせいだ。ジムでエクササイズをした直後だったのが悪かったのだとわたしは結論づけた。

金曜にはジムで猛烈に運動に励んだ。ランニングマシンで五キロ走ってから、ステップマシンで二十分トレーニングし、バーピージャンプを十分間行った。雑念を払うために、自分を追いこむようにエクササイズをした。ダッシュの存在を忘れ、性的欲求不満を解消しようとした。

エクササイズが過酷だったので、家に向かって運転しているあいだもわたしはぐったりしていた。普通なら〝ぐったり〟するのは悪くない。熱いシャワーを心行くまで浴び、そのあとは夢も見ずにぐっすり眠れるからだ。

その〝ぐったり〟が裏目に出た。本来ならエクササイズは自分を律する行為であるはずなのに、ダッシュのことで頭がいっぱいになると自制心がどこかへ吹き飛んだ。心の準備ができていないのに待ち伏せされたりしたのでなおさらだ。

手をハンドルに戻し、新聞社の駐車場に車を入れる。今週も忙しくなるので、集中力を欠いた状態で月曜を始めるなどもってのほかだ。昨日の日曜版『トリビューン』は問題なく発行された。そろそろ水曜版の記事を仕上げなければならない。

ダッシュ・スレイターにかまけている時間はない。彼の舌はシナモンとビールの味がしたなどという思いにふけっている余裕はない。実のところ、あのときはダッシュを家の中に引きずりこみ、ベッドルームへ直行する寸前だった。

体の奥が熱くなる。困ったものだ。

「おはよう、アート」わたしは建物に入り、受付にいる彼に挨拶をした。笑顔が不自然になっていないことを祈る。

「おはよう」アートがほほえんだ。「調子はどうだい？」

「最高よ」わたしは嘘をついた。「すばらしい一日になりそうな気がする」

彼がにっこりする。「そんな予感がしているんだな」

予感。セクシーなバイカーに対しても、予感が働けばいいのに。なぜダッシュはわたしにキスをしたのだろう？　どうして？　そんなことを考えている暇などわたしにはない。

昨日の新聞をデジタルアーカイブシステムに保存しておくようアートに頼んでから、自分のデスクに向かった。椅子にどさりと腰をおろし、トートバッグをしまう。誰もいない室内を見まわしながら、大きく息を吸いこんだ。

今日は新聞のにおいにも、くつろいだ気分になれなかった。わたしの胸をいっぱいにしているのはダッシュの香りだ。風とコロン、そしてかすかなオイルのにおいが入りまじっていた。

あのろくでなしは、わたしの嗅覚までも麻痺《まひ》させてしまったらしい。

だが事件を取材する集中力を奪わせるつもりはない。ドレイヴンは殺人犯として有罪になるはずで、わたしはその過程をすべて見届ける。終身刑が確定したあとは、ティン・ジプシー解散の真相を探ってみせる。

昨日の新聞には殺人事件についての新たな情報を書いた。警察のプレス発表のタイミングがよく、そこにアミーナの司法解剖の結果がいくつか含まれていたので、記事に死因を掲載できた。

性交渉の事実を書くのは控えた。マイクとの約束を守り、警察か検察がマスコミに発表するまでは伏せておくつもりだ。遅かれ早かれ、ドレイヴンとアミーナの性的関係は明るみに出るはずだ。今のところは取材の過程でこの情報を参考にできるだけで満足だった。

印刷室から金属音がしたので、わたしは様子を見に行った。ドアを開けると、ゴスの前に立つ父の背中が目に入った。

今日のわたしは黒いスキニージーンズにTシャツという服装だった。頭と心が混乱しているので、体は楽で心地よくありたいと思ったからだ。靴はビルケンシュトックなので、印刷室の奥まで歩いていっても足音があまり響かなかった。

「おはよう、お父さん」

父が驚いて振り向いた。「ああ、おまえか。びっくりしたよ」

「ごめんなさい」わたしは笑顔になった。しかし輪転機の下から出ている脚を目にして、笑みが引っこんだ。「Ｂ・Ｋなの？」

わたしの知る限り、Ｂ・Ｋは黒いライディングブーツを履いたりしない。Ｂ・Ｋの腿はこんなに硬くないし、脚にぴったりとしたジーンズをはくこともない。Ｂ・Ｋの腰まわりは引きしまっておらず、腹部も平らではなかった。

心がずっしりと重くなる。この黒いベルトには見覚えがあった。週末のあいだずっと、それを外すところを繰り返し頭に思い描いていた。

背を向けて印刷室から立ち去ろうとしたが、その前にダッシュが輪転機の下から滑りでてきた。片方の手にレンチ、もう片方の手にスクリュードライバーを持っている。指先が機械油で汚れていた。

「もう大丈夫です」ダッシュが父に言う。わたしのほうは見ようともしない。

「本当かい？」父がきく。

「本当です」ダッシュは立ちあがったが、わたしには目もくれなかった。「これで問題ないと思います。ただし近いうちにギアを取り替えたほうがいいでしょうね。部品を取り寄せて交換できるかどうか調べてみます。いちおうちゃんと動くようにはしてあるので、当面は紙詰まりしないはずです」

「助かったよ」父はダッシュの肩を叩いた。「どれほどありがたいか。メーカーに連絡して修理工に来てもらわないとだめかと思っていた。ここまで来てもらうには費用がかさむんだ」

「お安い御用ですよ」ダッシュは輪転機の上に置いたぼろ布を取って手を拭いた。わたしがその場にいないかのように、彼は父しか見ていない。

ダッシュのそんな態度にがっかりする自分が気に入らなかった。彼を勝ち誇った気分にさせるのは癪に障るので、わたしは顎をあげて澄ました顔をした。ダッシュはわたしを意識しているのだろうが、わたしのほうは彼を無視するという作戦に出る。

高校時代の再来だ。

「いくら払えばいいかな？」

「気にしないでください」

「いや、すっかり世話になった。何もしないわけにはいかないよ」

ダッシュが含み笑いをもらした。悪魔のようなほほえみに体の芯を射抜かれる。いまいましい男。「じゃあ、こうしましょう。今度、町で会ったときにでもビールをおごってください」

「わかった」父がダッシュに手を差しだした。「そうさせてもらおう」

手を拭いた布を輪転機に置き、ダッシュは父の手を握った。それから、ようやくわたしを見る。「ブライス」

「キング」ダッシュのハシバミ色の目を見据えた。「調子はどう？」

「楽しい週末だった。おかげで週明けから絶好調だ」ダッシュがきざな笑みを浮かべる。

ダッシュの言う〝楽しい週末〟というのが、金曜にわたしの私生活に踏みこみ、キスまでしてそのまま立ち去り、そのあとはほかの女性と過ごしたことを意味するのであれば、彼を八つ裂きにしてやるつもりだ。

「それはよかったわね」わたしは言った。「わたしもそうだと言いたいところだけど、金曜に不愉快な来客があったせいで、最悪の気分だわ」

「なんだって？　どうして昨日言わなかった？」父が口を挟む。「来客というのは誰だ？」

「昨日は新聞の発行で忙しかったでしょう。玄関ポーチに有害な動物が出たの。だからお父さんのショットガンを貸してもらえる？」


ダッシュは懸命に笑いをこらえていた。壁のほうを向いたので顔は見えないが、広い胸を震わせているのがわかる。

「ショットガンだと？」父が額に皺を寄せる。「どんな害獣なんだ？　ホリネズミか?」

「違うわ」わたしはかぶりを振った。「蛇よ」

「おまえは蛇が嫌いだったな」

「大嫌いよ。だからショットガンが必要なの」

ダッシュはこちらを向いて、声を殺して笑いつづけている。そうしていると、顎がさらにたくましく見える。そしてセクシーに。まったく。

「おまえが撃つことはない」父が眉をひそめる。「わたしが今夜にでも行って退治してやろう」

「ありがとう」父にはあとで、もう蛇はいなくなったと言わなければならない。「さあ、今日も忙しくなるわ。輪転機を直してもらえてよかったわね」

「本当に助かった。ダッシュがちょうどいいところに顔を見せてくれてね」父が笑う。

「あの機械には手を焼いていて、火でもつけてやろうかと思っていたほどだ」

「そうならなくてよかったわ」わたしはつま先立ちになって父の頰にキスをするなり、きびすを返してドアへと向かった。背後でダッシュの低い声がして、すぐにブーツの足音が響いてきた。

父はブーツを履かない。いつもスニーカーだ。

体の全細胞がダッシュに出ていけと叫びたがっている。同時に、もう一度キスをしてほしいとも。どちらが本心なのか、わたしは確信が持てなかった。

振り向きたい衝動を抑えるのはひと苦労だったが、わたしは肩をそびやかして脚を動かしつづけ、ドアを乱暴に開けて印刷室を出た。反動がついたドアに、あとから来るダッシュが顔をぶつければいいのにと思いながら。

だが、そうはいかなかった。わたしが自分の席についたときにはもう、ダッシュがデスクの端に腰かけていた。彼が腕組みをする動きに合わせて上腕二頭筋が収縮する。その筋肉を覆う肌は普通の人とは違い、タトゥーが刻まれていた。

わたしは唾をのみこんだ。「なんの用なの？」

「蛇だって？」ダッシュが官能的な口の端をあげた。おもしろがるように目を輝かせている。

わたしは肩をすくめた。「そのとおりでしょう」

ダッシュが白い歯を見せてにっこりした。額に髪が落ちかかるのを目にして、その髪を直そうと手を伸ばしてしまわないように、わたしは両手を強く握りあわせた。ダッシュの髪はすてきだ。しなやかで豊かで、額にかかった髪はダークチョコレートを思わせる。長さも手を差し入れるのにちょうどいい。もし彼がわたしにのって……。

ああ、そんなことを考えてしまうなんて。キスのせいで頭が混乱し、ダッシュに上手を取られてしまった。なんとかして形勢を逆転させなければならない。だがわたしのデスクの端に腰かけ、罪と誘惑の香りをぷんぷんさせているダッシュを目にしていると、それも難しかった。

「何か用でもあるの？」

「礼くらい言ってくれてもいいだろう」

「何に対して？」

ダッシュは印刷室を頭で示した。「輪転機を修理したことだ」

父の悩みが解決し、新聞社の出費を抑えられたのでなければ、千回死んだとしても頼んでいない仕事に礼を言うつもりなどない。だが輪転機が直ったことで、父が心からほっとしているのが手に取るようにわかった。「ありがとう」

「礼を言うのがそんなに難しいのか？」

「わたしのデスクからおりてくれない？　仕事があるのよ」

「それはできない」

「やめてよ。また〝それはできない〟なんて言わないで」

「昨日の新聞を読んだ」

「それで？」

「記事には……興味深い情報が載っていた」

「それが新聞の役目よ。人々に情報を提供するのが」

「いい仕事をしてるな」ダッシュの褒め言葉は本心からのようだ。それゆえに、その言葉を信じられなかった。

わたしは片方の眉をあげ、ちゃんと聞いていると無言で伝えた。

「停戦にしよう」「提案があるんだ」

「停戦ですって？」思わず鼻で笑う。「そんなものに同意するとでも思ってるの？わたしのほうが勝っているのに」

「そうかもしれないな」

ばかばかしい。「明らかに勝ってるわ」

「わかった、きみは優秀だ。いずれにしても、おれたちの目的は同じだろう。あの女性を殺した犯人を見つけるんだ」

「それはすでにわかっているでしょう。犯人は――」

「おれの親父じゃない」ダッシュが話を聞けと言わんばかりに人差し指をあげた。

「もし親父が犯人なら、おれが間違っていると証明してくれ。だがもしおれのほうが正しければ、いや、実際に正しいんだから、本当の話を記事にしたほうがいいんじゃないか？　誰よりも早く真犯人について書きたいだろう？」

「キング、話の腰を折って悪いけど、この町で事件について新聞記事を書いているのはわたしだけなの。情報を得るのにあなたの助けはいらない。最悪の場合でも警察のプレス発表を記事にするだけで、読者は喜んでくれるのよ」

「でも、それはきみのやり方じゃない」

たしかに違う。わたしはスクープを追っている。ほかのマスコミを出し抜きたいだけではない。警察もあっと言わせたい。「停戦にして、どうするの？　協力しようとでも言うつもり？」

「そのとおりだ。おれたちが協力しあえば、最高だと思う」

わたしの唇を見つめるダッシュの視線に気づいて、顔がかっと熱くなる。わたしたちは一度キスをしたにすぎないが、彼の言葉は正しい。ふたりでいると見えない火花が飛び散るということは、ふたりの相性はとてつもなくいいのだろう。反発しながらも互いを求める熱が花火のようにはじける。ベッドに行ったらシーツを燃やしてしまいかねない。

ダッシュは言葉の端々に体の関係をにおわせているが、彼が求めているものは違うのかもしれない。ダッシュは情報が欲しいのだ。わたしが優位であることを認めたうえでの彼の申し出に気をよくしつつも、わたしは頭を冷静に保った。「アミーナ・デイリーについて知っていることを教えろというのね。協力したらわたしにはどんな利点があるの？」

「同じだ。おれが何か見つけたら、きみに教える」

「それにはあなたが父親から聞いたことも含まれる？」

ダッシュは考えこんでいたが、やがて言った。「ああ」

それにはそそられる。この提案とこの男性の両方に心惹《ひ》かれる。わたしは目を細めてダッシュの表情を観察した。彼は嘘はついていないようだ。とはいえ人を欺くのは得意なはずだ。この話が嘘かどうかは不明だが、わたしにはダッシュの週明けの思いつきをやすやすと信じて情報をすべて提供するつもりはなかった。「なるほどね。考えておくわ」

「いいだろう」ダッシュがデスクから腰をあげたので、わたしは肩から力を抜いた。至近距離にいると、つい緊張してしまう。

「じゃあね」彼の背中に向かって言った。

ダッシュは編集室を出ていくのかと思いきや、意外な行動に出た。通路を横切って父の席に腰をおろしたのだ。

「何をしてるの？」

彼が席についたまま手を振る。「座っているんだ」

「どうしてそこに座っているのよ？」

ダッシュはわたしの問いかけに答えず、父のデスクを見まわしている。ペン立ての横にある写真を手に取り、口元をほころばせた。「きみは別人みたいだな」

わたしは髪を耳の後ろにかけた。「以前はテレビ局で働いていたのよ」

彼が見ているのは一年前に家族三人で撮った写真で、母が写真立てに入れて父にプレゼントしたものだ。新聞社で働くようにとわたしを説得するために、両親がシアトルに来たときだった。何年ものあいだ渋っていたが、わたしはこのときにクリフトンフォージへ帰る決意をした。

あの日、わたしが働いているテレビ局に両親が訪ねてきた。番組が始まる直前だったので、わたしは濃いメイクを施して髪型を整え、紺色のスーツを着ている。

「そうか」ダッシュは写真立てをもとの位置に戻すと、わたしをまじまじと見た。

「おれは今のほうが好きだな」

「わたしもよ」ダッシュから視線をそらし、デスクの引き出しを開けてスケジュール帳を出した。前回ダッシュがここに来て以来、席を外すときにはすべてのものを引き出しかキャビネットに入れることにしていた。今日の予定を見ると、歯科医の予約を取る必要があった。

ダッシュが出ていってからにしよう。

「どうしてテレビ局を選んだんだ?」

スケジュール帳のページをめくる。「まだいるの?」

彼は忍び笑いをもらし、腕を膝に置いて体を前に乗りだした。「質問に答えてもらうまで帰らない」

「どうして? あなたには関係ない話でしょう?」

「好奇心からだ。いつもなら、キスをする前に相手のことをもっとよく知るようにしているんだ」

「そんな言葉は嘘っぽく聞こえるわ」

ダッシュはうつむき、肩を震わせて笑っている。「そうだな、きみの言うとおりだ。いつも会話から始めるとは限らない。だが今日はきみの話を聞きたい」

「質問に答えたら帰ってくれるの?」

「ああ」彼はうなずいた。「誓うよ」

わたしは笑顔になりかけたが、顔をしかめてごまかした。わたしを誘惑しようとしているのだろうか？　言うまでもなく、ダッシュは女性をその気にさせるのが得意なのだろう。ああ、さっさと帰ってほしい。自分のことは話したくないけれど、彼が帰ってくれるのであれば、経歴を披露するのもやむをえない。

「ボーズマンにあるモンタナ州立大学へ行ったのよ。ジャーナリズムの課程がなかったから、英文学を専攻したわ。わたしがジャーナリスト志望なのをお世話になっていた教授が知って、テレビ局でのインターンシップを手配してくれたの。そのときに出会った上司がわたしの才能を認めてくれたというわけ」

魅了されるという言葉は使いたくないが、当時のわたしはテレビ局の華々しい魔力に魅了されてしまった。インターンシップのときは刺激的な面しか見えていなかった。マイクを手にした現場記者に同行し、パトカーの赤と青のライトが点滅する事件現場を撮影するカメラクルーの横に立ち、夜のニュース番組を仕切るプロデューサーの仕事をつぶさに目にした。夜の番組のアンカーウーマンは美人で、頭がよくて、ユーモアのセンスもあった。高級ブランドのスーツを着て、メイク担当から非の打ちどころのない顔にメイクを施してもらう。

すべてが特別に見えた。心躍るものに。

両親の経済的な負担を減らそうと、大学へは実家から通っていた。そのため、普通の学生たちのような経験はできなかった。バスルームを二十人あまりの女子学生たちと共同で使ったことも、男子学生友愛会《フラタニティ》のパーティに参加したり、バーではめを外して飲んだりすることもなかった。一般の学生よりも多くの単位を取り、一年早く卒業した。

新しい冒険を求めていた二十一歳のわたしにとって、テレビ局はうってつけだった。

「テレビ局で何年くらい働いたんだ？」ダッシュがきく。

「長すぎるくらいの年数よ」

人生で最高の時間をテレビの仕事に捧げた。刺激と興奮を求め、出世の階段をのぼった。なんとしてもアンカーの座につきたかった。私生活を捨て、ふさわしい男性と結婚して家庭を持つ機会を犠牲にした。

「どうして辞めたんだ？」

「何年か前、シアトルを離れてモンタナに戻った女性にインタビューをしたの。彼女は武器を密輸していたギャングの内情を書いて、ピューリッツァー賞を受賞したわ」

「サブリナか」

「ええ……そうよ」わたしは目をしばたたいた。ダッシュは思った以上にわたしの過去について調べているらしい。「サブリナ・マッケンジー」

「待ってくれ。彼女なら知っている」

「そうなの？」

ダッシュがうなずく。「プレスコットに住んでいる。兄が同じ町にいてね。義理の姉のエメリンがサブリナと仲のいい友達なんだ」

「世間は狭いわね」

「モンタナでは特にだな」

「サブリナにインタビューして、嫉妬したの」わたしは白状した。「うらやましくてしかたがなかった。彼女は苦労した話もすべて語ってくれたの。ちょうど父が新聞社を買い取った頃で、父に帰ってきてほしいとせがまれていた。でも、わたしはシアトルでサブリナが書いたような話を生みだそうと努力したの。何もできないまま、年月だけが過ぎていって、とうとうあきらめたわ。それでこっちに戻る決心をしたのよ」

サブリナへのインタビュー以降、シアトルに五年間とどまった。特集の案をプロデューサーたちに伝えるたび、彼らはいい話だと笑顔で言った。そしてその案件を別の記者に担当させた。多くの場合、それは男性だった。なぜならわたしはテレビカメラに映るのが仕事だったからだ。内容のよし悪《あ》しに関係なく、ニュースを読んで世間の人々に伝えるだけのお飾りにすぎなかった。

わたしはそんなお飾りでしかない自分にうんざりした。

ここクリフトンフォージ・トリビューン社では、賞を狙うことを目的に据えていない。密輸された武器を町や青少年の手から一掃し、人々の命を救うつもりもない。誠実に仕事をして、真実を伝えるのだ。

家庭を持つのは無理かもしれないが、わたしには新聞社がある。家族ではなく、新聞がわたしの生きた証《あか》しになる。

この新たなキャリアを失うわけにはいかない。

「ほかにききたいことは？」わたしの声は弱々しく響いた。なぜこんな打ち明け話をしてしまったのだろう？　テレビ局で働いていたというだけで理由などないと答えて、会話を打ちきることもできたはずだ。それなのに過去をさらけだし、わたしをさらに知る手がかりを与えてしまった。

ダッシュがわたしの顔を見つめている。悲しみ。敗北感。後悔。シアトル時代に忙しい仕事の合間を縫ってようやくできた数少ない友人たちでさえ、わたしの心の内は知らない。

「いや、もう質問はない」立つときに椅子が大きく動いたので、ダッシュはそれを父の席にきちんと戻した。そして再びわたしのデスクの端に腰をおろす。

「よかった」わたしは体をかがめ、トートバッグからノートパソコンを取りだした。

「今日は忙しいのよ」

「ブライス」

彼の視線を受け止める。「キングストン」

「キングのほうがまだましだな」ダッシュが不満そうに言った。

「わかったわ。もう帰って、キング。仕事があるの」

ダッシュが立ちあがってドアへと向かう。わたしは衝動的に呼び止めていた。

「待って」こんなふうに力をなくしたままではいられない。主導権を奪い返す必要がある。わたしは椅子から立ちあがると、迷いのない足取りでダッシュの前まで行った。手を伸ばして彼の髪に手を差し入れる。思ったとおり、なめらかな手触りだ。ダッシュの目に驚きの色が浮かぶのを見ながら、わたしは彼の顔を引き寄せてその口に唇を押しつけた。

ダッシュは一瞬、体をこわばらせたが、すぐにキスを受け入れた。わたしの背中に腕をまわして抱きしめ、舌を差し入れてきた。舌が絡みあうとシナモンの味が広がった。彼とは対等に渡りあいたかったので、わたしは自分のすべてをキスに注ぎこんだ。

この週末の欲求不満と渇望をぶつけるように、ダッシュの髪をつかんで舌を這わせ、唇を吸いながら口づける。

キスを思いきり味わってから唇を離すと、彼の胸骨に手のひらをあて、力いっぱい押した。

ダッシュは一歩後ろによろめいただけだった。唇を腫らし、荒い息遣いになっている。息が荒いのはわたしも同じだ。彼の顔には欲望だけでなく、混乱も広がっていた。もっとキスをしたかったのだろう。

そして、わたしは力を取り戻していた。

「あなたの父親にインタビューさせてくれたら、停戦を受け入れるわ」わたしは言い放った。「話を通しておいて。インタビューは今夜よ」

9

ダッシュ

「親父？」おれは家の奥へ呼びかけたが、返事はなかった。キッチンとリビングルームの照明は消えている。父のバイクもガレージになかった。

「くそっ」拳を握りしめてつぶやく。

自動車整備工場が抵当に入っているので、父は保釈金を失うような真似はしないはずだ。金曜に郡庁舎へ迎えに行ったときに、強引に話を聞きだしておくべきだった。だが、父は何も言いたがらなかった。今日も話をする気がないらしい。

ブライスと別れて新聞社を出てから一時間が経っても、キスの余韻で頭がくらくらしていた。整備工場へ行ってオイル交換をしながら父が来るのを待った。週末は何も話ができなかった。昨日はメールを送ったが、初めは無視され、夜になってようやく、月曜の朝十時に整備工場へ行くという返事が届いた。だが十一時近くになっても父が姿を現さないので、おれは家まで行った。

父が行方をくらまそうと覚悟を決めたのなら、見つけるのは容易ではない。いったい何を隠しているのだろう？　どうしてこの件について話したがらないのか？　ティン・ジプシー時代には殺人と無縁だったなどとはとうてい言えないが、父が容疑者として逮捕されたのは今回が初めてだ。

ちくしょう。おれは裏口から外に出て、バイクにまたがった。父を捜しまわっても意味はない。父がアミーナ・デイリーについて話す決心をしたら、自分から会いに来るだろう。

整備工場までの帰り道は早かった。父の話が聞けなかった場合、ブライスをどう説得して停戦協定を守らせようかと考える。彼女はひどく怒るだろうし、キスで時間稼ぎができるとは思えない。だが少なくともブライスと唇を重ねられるので、試してみる価値はある。今朝みたいに髪をつかまれながら、彼女の細い体を抱きしめるのは大歓迎だ。

だが駐車場に父のバイクが停めてあり、建物に入ると父がプレスリーと話していたので、おれは驚いた。「いつ来たんだ？」

父が時計をちらりと見る。「五分くらい前だ」

「家まで行ったんだ」

「プレスリーから聞いた。遅れて悪かったな。頭をすっきりさせたくて、朝からバイクを走らせていた」

「町から出なかっただろうな？」

「心配しないで」プレスリーが父に代わって言う。「郡の境界線は越えてないそうよ」

「話をする必要がある」

父はうなずいたが、プレスリーのデスクと向かい合わせに置いた椅子に腰かけたまま動かなかった。「わかった」

「エメットとレオを呼ぼう。プレスリー、アイザイアと一緒に昼食を買いに行ってくれないか？　ついでにエメットとレオにこっちへ来るよう伝えてくれ」

「了解」彼女はバッグを手に席を立った。「サンドイッチでいい？」

「ああ、頼む。これで」財布から五十ドル札を出して渡す。

プレスリーは紙幣を受け取ると、急いで出ていった。二、三分して整備工場にいたエメットとレオが室内ドアから事務所に入ってきた。整備工場のシャッターが閉まる音が背後から響いてくる。

ふたりが腰をおろすと、おれは事務所の表のドアにかけてあるプレートをひっくり返して〝閉店〟にした。かつてクラブハウスで大きなテーブルを囲んで行っていた集会とは勝手が違うので、時の流れをまざまざと感じさせられる。

父が話しはじめるまで、重く長い沈黙が流れた。壁にかかった時計の秒針が心臓とは違ったリズムを刻んでいる。

「ドレイヴン」エメットが口火を切った。

「おれたちは同じ高校に通ってた」父はプレスリーのデスクに散らばった書類に目を落としている。「それくらい古くからの知り合いだ」

ブライスの記事に載っていたので、それはすでに全員が知っていた。父は釈放されてから新聞を読んでいないらしい。だが誰も指摘しなかった。先を急がせることもしない。父はもはやリーダーではないが、敬意は失われていない。

「突然、電話をかけてきたんだ。長いあいだ連絡などなかったのに。そしてモーテルで会った」父が続ける。「数時間かけて近況を語りあい、一夜を過ごした」

「彼女とやったのか？」おれはきいた。

父は厳しい目を向けてきたものの、その視線にかすかな後悔がよぎった。そして無言でうなずいた。

つまり、ブライスの言葉は正しかったわけだ。

「その晩はアミーナと一緒だった。朝起きると家に帰り、シャワーを浴びてから仕事に出た。そのあとはおまえと一緒だっただろう」

「彼女は刺されていた」エメットが言った。両手の指を合わせて顎を支えている。

「警察は凶器を押収したのか？」

父がため息をつく。「ジムによると、警察はおれの狩猟用ナイフをモーテルで発見したそうだ」

「どうして親父のナイフだとわかるんだ？」おれは疑問を呈した。

「おれの名前が刻印されてる。昔、おまえの母さんがくれたものだ」

「くそっ」レオが後ろの壁に向かって頭を倒す。「万事休すだな」

室内に再び沈黙が流れる。レオの言葉は間違っていない。警察は凶器を確保しているので、父と現場を結びつけることができる。彼らにとってはそれで充分だろう。

「ほかには？」

父が首を振る。「わからない。ジムからは何も言うなと助言された。マーカスに二度、尋問された。何があったのか、どうやってアミーナと知りあったのかと。同じ高校に通ってたことしか言わなかった。そのあとはずっと留置場にひとりでほっとかれた。ほかには何もきかれてない」

「そうだろう。尋問する必要がないからな」エメットが言った。「彼女が殺害されたときにあんたが現場にいたのは明白だ。使用されたのは容疑者の所持品だ。その凶器が他人のものだと証明されない限り、警察は容疑者を刑務所送りにできる」

「動機は？」おれは言った。「どうして親父がアミーナを殺すんだ？」

父は足元に目を落とし、戸惑っている様子だった。だが、すぐに顔をあげてかぶりを振った。「わからない」

おれははらわたがよじれた。これまでに父がついた嘘の数にもうひとつ足す。エメットとレオは気づいていないかもしれないが、父には口にできない何かがあるらしい。

エメットとレオの前で白状しろとは言えない。おれとふたりきりになったとき、きだせばいい。今はほかにも話しあうことがある。

「じゃあ、はめられたんだな」そうとしか考えられない。本当に殺していたら、父はおれたちに打ち明けているはずだ。「ここまでして親父を引きずりおろそうとするのは誰だ？」

「そうしたいやつは大勢いる」父が不機嫌そうに言う。

「名前を挙げていこう」エメットが提案する。「なんであれ、手がかりをつかまなくては」

「考えがある」父が言った。「電話をかけさせてくれ。そうすれば犯人候補を絞りこめる」

「いいだろう。それと、話したいことがもうひとつある」おれは言葉を切り、大きく息を吸いこんだ。これから自分が言うことを、父が素直に受け入れるとは思えない。

「今日、ブライス・ライアンと協定を結んだ」

「そいつは誰だ？」父が尋ねる。

「新しく町に来たセクシーな新聞記者だ」レオが答える。「ダッシュは先週ずっと彼女のあとをつけていた」

「そうなのか？」父が目を細める。

「誤解しないでくれ」今度はおれが嘘をつく番だった。「前にも言ったように、彼女は優秀だ。今朝、新聞社に立ち寄って話しあい、協定を結んできた。向こうは自分がつかんだ情報をこっちに渡す。おれのほうからも情報を提供する。だがその前に、親父から話を聞きたがっている」

「だめだ」父は立ちあがり、ドアまで行くと乱暴に開けて出ていってしまった。

「どこへ行くんだ？」おれは急いであとを追った。父は足を速め、おれが追いついてきているのに気づいても止まろうとしない。「親父、いったいどうしたんだ？　話はまだ終わってないだろう」

「今のところはこれ以上話すことはない、ダッシュ。おまえが話をしたいと言うから応じたが、もう充分だ。しばらく時間が欲しい」

「なんのために？」

「なんのためだと？」父が急に振り向いた。目には怒りがみなぎっている。「四十年も昔から知ってる女が死んだんだ。気にかけていた女が。しかもおれのせいで死んだ。ひとりになっていろいろ考えたいんだよ。それすらさせてもらえないのか？」

くそっ。おれはわかったというしるしに両手をあげ、一歩さがった。これはアミーナとは関係ない。

父は母のことを考えている。

母が殺害されたことに対して、父はずっと罪の意識を背負ってきた。

父は自分のせいで最愛の女性が殺されたと思っている。ニックとおれから母親が奪われたのは自分が原因だと。そして、今度は別の女性が殺害された。どれだけ普通の生活を送っていようが、父は今でも狙われている。

「親父が刑務所で朽ち果てればいいと願ってるやつがいる。おれはそんなことになってほしくないだけだ」

「そうか」父が大きく息を吐きだした。「アミーナとは……過去にいろいろあったんだ。今はまともに頭が働かない。ずっと頭の中を整理しようとしてるのに。話をする前に、きちんと考えをまとめたい」

「わかった」父は時間を必要としているが、おれは犯人捜しを続けるつもりだった。たったひとりの肉親が犯してもいない罪を着せられて警察に奪われようとしているのを、指をくわえて見ていることはできない。

父はバイクのほうへ行きかけたものの、足を止めて肩越しに振り向いた。「この事件にはかかわるな、キングストン」

おれは思わず背筋を伸ばした。父は何年ものあいだ、おれをキングストンと呼んだことはない。問題を起こしたとき、息子を戒めようとする母にフルネームで呼ばれたときの感覚を思いだした。

「言いつけを守れ」父が言う。「愚かな真似をして、おまえまで刑務所送りになったりするんじゃないぞ。最悪の場合、おれは数年間オレンジ色のつなぎを着せられるはめになる。だがそんな刑務所暮らしも、おまえが自由の身だと思えればきっと乗りきれる」

おれは父の言葉にうなずいた。

「どんなときでも一番大切なことだ。自由の身でいるのが」父はバイクの前で立ち止まると、ハンドルに手をかけた。ティン・ジプシーはもはや存在しないが、クラブのモットーがガソリンタンクに刻まれていた。

〝走るために生きる《Live to Ride》〟

〝自由にさすらう《Wander Free》〟

おれの父とエメットの父親が一九八〇年代にティン・ジプシーを結成した。友人も引き入れて、クラブはどんどん大きくなった。最初は若者が集まってバイクを乗りまわし、権力や慣習なんかくそくらえだと言っているだけだった。家族のために金も稼ぎたかった。

その頃はスクラップ場で手に入れた部品を再利用してバイクをレストアしていたらしい。そういった部品はブリキ《ティン》といった安い金属で、今みたいに大金を注《つ》ぎこんで買うスティール製とはほど遠い代物だった。

父がその時代について語るのを聞いていると、当時はすべてが単純だった。母が死ななければ、思い出も明るいままだっただろう。

目をしばたたいている父の姿に、おれは胸が痛んだ。泣いているのだろうか？　父が涙を流しているのを見るのは母の葬儀以来だ。そのときでさえ、涙を数粒こぼしただけだった。怒りが大きすぎて泣くどころではなかった。復讐心《ふくしゅうしん》に燃え、悲しみに浸ってなどいられなかった。

父はそれ以上何も言わず、バイクにまたがった。感情を隠すように、頭にのせていたサングラスをかける。そしてダッシュというニックネームはおれではなく、父のものではないかと思うほどの勢いで駐車場から飛びだしていった。

おれは緊張をほぐそうと、うつむいて首の後ろを手でさすった。

「誰がドレイヴンをはめたか、おれたちにはわかっている」エメットの低い声が背後から聞こえた。おれが振り返ると、数歩離れたところにエメットとレオが立っていた。

「そうだな」たしかに見当はついている。「まず親父に電話をかけさせよう」

「おまえが連絡してもいいんじゃないか？」レオが異議を唱えた。

「できなくはないが、おれはやらない。ウォリアーズに接触するのは親父だ。ほかの誰でもない」だからこそ、父の勾留中におれは何もしなかった。

エメットとレオはそれ以上口を開かずにうなずいた。

「仕事に戻ろう」

午後中ずっと車を修理しながら考えていれば、これまでの経緯を頭の中で整理できるだろう。今のところ、おれにはなんの手がかりもない。

「停戦協定は破棄ね」ブライスが背を向けて整備工場から出ていこうとする。「こんな話にのったのが間違いだった」

「待て」おれは彼女を追いかけ、肘をつかんだ。「待ってくれ」

「どうして？」ブライスが振り払う。「これは交換条件よ。互いに情報を提供するはずだった。ドレイヴン本人の口から事情を聞けないなら、わたしがここにいる意味はないわ。だから帰る――」

「親父はアミーナ・デイリーを殺してない」

ブライスは再びおれと向きあった。腰に手をあてて立ちはだかっている。「どうしてそんなことが言え――」

「わかるんだ」おれはブライスの目を見つめた。「親父は殺してない。犯人はほかにいる。きみが本当に真実と正義を求めてるなら、真犯人を見つけたいと思うはずだ」

「警察は――」

「終身刑確定の容疑者を逮捕したと考えている。最小限の捜査をするだけで、真相を探ろうとはしないだろう」

ブライスは納得がいかないらしい。「あなたの言葉をどうやって信じろと――」

「それは――」

「途中で口を挟まないでよ」

おれは口を固く閉じた。

彼女は頰を紅潮させ、息を荒らげて胸を上下させている。「あなたの言葉をどうやって信じればいいの？」

信じる？「それは無理だろうな」

ブライスが鼻を鳴らす。「じゃあ、これからどうするの？」

おれは一歩踏みだした。彼女に近づきたい気持ちに抗えない。ブライスにせめて一度はおれを信用してみてほしいと心の底では思っていた。「おれを信用するな。おれもきみを信用しない。だがふたりで協力すれば、探している答えが見つかるだろう」

「難しいことを言うのね」

彼女の頰へ手をやり、顔を包みこむ。「そうだな」

「ダッシュ」ブライスが距離を取るように手を伸ばしてきた。おれの胸に手をあてるが、押し返そうとはしない。

おれはさらに近づいた。胸にあてられている手から力が抜ける。「きみの唇のことばかり考えてしまうんだ」

ブライスがおれの口元を見る。

おれは彼女の手を包み、おれの胸に押しつけさせた。おれは振り払われるのを覚悟したが、ブライスはTシャツをつかんでおれを引き寄せ、唇にキスした。おれは舌を差し入れ、これまで二回のキスでは探りきれなかったブライスの口の隅々まで時間をかけて味わった。空いているほうの腕を肩にまわして抱きしめ、顔を傾けて彼女の吐息を吸いこんだ。

ブライスは体を震わせ、膝がふらついているが、おれにきつく抱きついている。熱く濡れたキスだ。おれは血液が流入してこわばった下腹部を彼女に押しつけた。

「もっと」ブライスがおれの口にささやきかける。

おれはブライスの手を放し、彼女の体を抱きあげた。ブライスが両脚をおれの腰に巻きつけ、腕を首の後ろにまわしてくる。一番近くにあるのがマスタングだったので、そのボンネットを使うことにする。今日ずっと整備していた車だ。

所有者はハリウッドから来た横柄でいやな男だ。そいつの車の上でブライスと交わろうとしていることに、罪悪感はみじんも覚えなかった。

ふたりは車の前まで来た。おれはブライスをつややかなボンネットの上に寝かせた。

スティール板がわずかにたわんだが、おれは彼女の上に倒れこんで胸を乳房に押しつけた。おれが唇を離すとブライスは息をのみ、おれは彼女の首筋に舌を這わせた。

「いやなら今、言ってくれ」ブライスの鎖骨の上で息をはずませながら言う。

ブライスが首を振り、おれの髪に手を差し入れる。「やめないで」

おれは彼女のVネックのTシャツの胸元を広げて胸を出した。ブラジャーをずらして、あらわになった胸の頂を口に含む。

ブライスが背中をそらし、さらに胸を押しつけてくる。彼女の爪がおれの頭皮に食いこんだ。

おれはTシャツの胸元をさらに広げ、もう一方の乳房もあらわにした。「やめるなら、これが最後のチャンスだ」

固くなった胸の頂を包むように舌を這わせる。

ブライスがささやいた。「やめて」

血管を流れていた煮えたぎる欲望が凍りつき、体が硬直する。くそっ。そんな言葉を返されるとは思いもしなかった。おれは彼女の肌を愛撫《あいぶ》するのをやめ、身を離した。

ブライスはボンネットの上で体を起こすと、おれのTシャツをつかんで体を引っ張った。鼻を突きあわせてささやく。「何度も警告しないで。わからないの？　そんな言葉を聞かされるたびに、あなたが欲しくなるのよ」

それはよかった。「じゃあ、続けよう」

彼女に口を押しつけ、キスをしながらもどかしい手つきで服を脱がせる。おれがボンネットからブライスを立ちあがらせると、彼女は短い声をあげた。すでにおれはブライスのTシャツを脱がせ、おれも上半身を裸にされていた。次はブラジャーだ。ホックに手をかけたとき、風が入ってくるのを感じてふたりともわれに返った。

シャッターがひとつ開いている。今は八時で、外の駐車場はまだ夕日の名残で明るかった。この時期のモンタナでは夜九時を過ぎるまで暗くならない。だが外が明るいことが問題なのではない。整備工場の照明が煌々《こうこう》と輝いているので、通行人がいたらマスタングの上でおれたちが何をしているのかは丸見えのはずだ。

おれはブライスをすばやく抱きあげた。片方の腕で彼女のヒップを支え、反対の手でやわらかな焦げ茶色の髪に触れる。ブライスが再び両脚をおれの腰に巻きつけてきた。おれはブライスの頭を傾けさせて唇を重ね、むさぼるようにキスをしながら壁に向かって歩いていった。

下腹部がこわばっているので歩きにくい。彼女の脚の付け根を押しつけられているのでなおさらだ。なんとか制御盤までたどり着き、赤いボタンを押してシャッターを閉めた。外が暗くなりはじめ、明かりは頭上の蛍光灯だけになる。

ブライスがおれの腹筋からジーンズのウエストまで手を滑らせた。指でボタンを外し、続いてファスナーをさげる。ボクサーパンツの中に手を入れられ、こわばったものをつかまれると、おれはうめき声をあげた。

「ああ」唇を離し、ブライスを横たえることができる場所を探す。作業台に目がとまった。大股ですばやく近づき、出しっぱなしになっていた工具を払い落として彼女をのせた。

ブライスがおれに引けを取らないすばやさでブラジャーのホックを外す。「早く」

「コンドームがいる」おれはジーンズの尻ポケットの財布から避妊具を出した。

作業台の上でブライスがジーンズを脱ごうとするものの、ジーンズが脚にぴったり張りついていてうまくいかない。さっき彼女が修理工場に来たときには、スキニージーンズをはいて歩く姿に見とれた。だが、今は一刻も早く脱いでほしかった。

「まったく」ブライスの脇を支えて作業台からおろすと、はずみで乳房が揺れた。膝をつき、彼女の引きしまった脚から黒いジーンズとショーツを引きおろす。ブライスは倒れないようにおれの肩に手を置き、サンダルを脱ぎ捨てた。

我慢できない。彼女の秘めた部分が目の前にある。顔を近づけ、舌を差し入れた。

「なんてことをするの」ブライスが息をのむ。立っているのもおぼつかない様子だ。おれはにやりとして立ちあがった。再びブライスに口づける。もうすぐ、いや、今すぐ彼女を貫きたい。

ジーンズとブーツを急いで脱ぎ、脈打つ下腹部にコンドームをつける。ブライスを抱え、今度は壁際に向かった。冷たいコンクリートの壁にブライスの背中を押しつけると同時に、彼女の奥まで突きあげる。

「ああっ」驚きと歓《よろこ》びが入りまじったブライスの声が響く。

おれは彼女の首筋に顔をうずめ、たったひと突きで声をあげて達してしまいそうになったのをごまかした。「まったく、最高だ」

ブライスが身もだえながら頭を傾けてくる。かすかに腰を押しつけてくる動きで、もっと欲しがっているのがわかる。

おれはゆっくりと引いてから再び突きあげた。息が詰まり、全身が震える。「いいか?」

「ええ」ブライスがうなずく。「もっと強く」

「わかった、もっと強くだな」一定のリズムをつけ、ブライスの言葉に従う。ブライスの声や動きに合わせながら、熱く濡れた彼女を何度も突いた。空気中に放電されているかのようなすさまじさだ。さらに深く激しくという思いに駆られて正気を失いそうだった。この女性との交わりは夢のようだ。

すべてを感じたいとばかりに互いの手が相手の体を探る。どんなにキスをしても、欲望を満たせない。どうすればもっと快楽を得られるのかを探り、壁の前から離れた。作業台もだめで、最後はマスタングの上に落ち着いた。ふたりの汗と熱気でボンネットに水滴が落ちる。

「ダッシュ」ブライスが身をよじって声をあげたので、おれは指を絡めてその手を赤いボンネットに押しつけた。「もう――」

「いくんだ、ブライス」

彼女があまりにも激しくクライマックスに達したので、おれ自身の目の前が真っ白になった。下腹部を締めつけられ、おれもあえぎながら自らを解き放った。

ぐったりし、ブライスから離れて隣に仰向けになる。「すばらしい……セックスだった」

それ以上は言葉が出ない。ありえないほどの体の交わりだ。これなら毎日でもしたい。ブライスは地球上のどんなドラッグよりも依存性が強い。

大きく息をつきながらも現実に立ち戻り、頭が冷静になるにつれて体が冷えてきた。

おれたちはセックスをした。激しく。互いのプライドをかなぐり捨てて自らをさらけだし、ありのままの姿を見せた。

「大変だわ」ブライスが電光石火の早業でボンネットから身を起こす。おれは横向きになると肘をついて頭を支え、床に向かって足をぶらぶらさせながら彼女の様子を見つめた。これほど急いで服を着る女性を見るのは初めてだ。

正直なところ、そんなブライスの態度に傷ついていた。

「ありがとう。やれてよかったよ」口に出すなり、言ったことを後悔した。

ファスナーをあげていたブライスの手が止まる。彼女はおれを殺しかねない視線を向けてきたが、憤りを抑えてサンダルを履いた。

ブライスから嫌われたほうがいい。おれも彼女を遠ざけておくべきかもしれない。それが互いのためだ。そこで、さらに悪印象を与えておくことにした。

おれは再びボンネットの上で仰向けになり、顔を隠すように腕をのせた。「裏口から駐車場に行ける。自分で掛け金を外して出ていってくれ」

10

ブライス

早く建物に入らなければ。必要以上に長く車内にとどまっている。

クリフトンフォージ高校の駐車場に車を停めてからずっと、わたしはぼんやりと爪を見ていた。昨夜、家で二時間かけてマニキュアを施した。心安らぐ時間だった。頭が考え事でいっぱいのとき、マニキュアを塗るのはちょうどいいストレス解消になる。自動車整備工場でダッシュとのあいだに起こったことが頭から離れない。

彼に追い返されるようにして整備工場を出ると、まっすぐに家に帰った。もちろん本当に追いだされたわけではない。わたしはもう帰るところだった。ダッシュの最後の言葉があまりにもショックだったので、言われたとおりに裏口の掛け金を自分で外してその場をあとにした。

熱いシャワーを浴び、マニキュアを施してから眠れぬ夜を過ごしても、なぜあんなことになったのか理由が見つからなかった。整備工場の中に立ち、わたしがダッシュの言葉を信じるのは無理だと認めた彼の率直な発言に気をよくした。ふたりで協力すれば答えが見つかると言ったダッシュの声に、いつになく弱々しさを感じて心を許してしまった。キスをされて、理性がすべて吹き飛んだ。

まったく、わたしは何を考えていたのだろう？　ダッシュがわたしを誘惑したのは間違いない。わたしは愚かにもその誘惑にのってしまった。あの交わりの意味は明白だ。あれはただのセックスだ。ふたりの人間が体を合わせて欲望を満たす行為だ。わたしたちは一触即発の状態で、はじけるのは時間の問題だった。体を交えたのは自然の成り行きだ。

癪に障るのは、わたしを用済みだと思わせたダッシュの言葉だ。

〝自分で掛け金を外して出ていってくれ〟

ひどすぎる。

そんなわけで、真夜中にマニキュアを塗りはじめた。

ベッドルームのほのかな明かりの中では、わたしが選んだ赤は黒ずんで見えた。こうして昼間に見ると、ダッシュと体を交えた車の色と同じだった。

情熱的なセックスの赤。

買ったばかりの新しいマニキュアだが、今夜、家に帰ったらすぐに捨てよう。

早く建物内に入らなければ。着いてからもう二十分は経っている。事務室が開いているうちに話を聞きに行きたい。学校は夏季休暇中で、ウェブサイトによると事務室は午後三時に閉まる。あと十五分しかないというのに、わたしは車に座って爪を見つめている。

昨日の営みを思いださせる爪。

よく覚えていないが、あの最中に一度か二度はダッシュの肌を引っかいているはずだ。ろくでなし。血が出るほど引っかいてやればよかった。

何よりもわずらわしいのは、こうして自分がうじうじと考えていることだ。ダッシュはどう見ても悪党だ。それがわかっていながら、そこまで悪い人ではないはずだという一縷《いちる》の望みをどうして捨てきれなかったのだろう？　そんな自分が恥ずかしい。体を許したことよりも。

希望を抱いていたことが。

愛情のない交わりは初めてではない。以前、同じ職場の若手プロデューサーと関係を持ったことがある。ハンサムだが自己中心的な男だった。ベッドをともにするようになってから数週間ほど経ち、ふたりで何も身につけずに横たわっていたときだ。彼はエグゼクティブ・プロデューサーに口利きをしてくれないかとわたしに持ちかけてきた。昇格したばかりの彼は、ニュース番組のアンカーウーマンと関係を持てばさらに大きなチャンスをものにできると考えたのだろう。この愚かな男はわたしには影響力があるとにらんだらしい。わたしが悪いニュースを笑顔で伝えるだけの、テレビ局のお飾りだと理解していなかったのだ。

そのときも利用されたと感じたが、今の気持ちと比べたら無にも等しい。

今回の件がこたえているのは、抑制をすべて取り払っていたからだろう。ダッシュに完全に身をゆだね、彼のなすがままになり、われを忘れてしまった。そしてこれほどつらく感じるのは、あんなに夢中になれた交わりは初めてだったからだ。

激しく生々しく、すべてが一変する経験だった。これからの生涯ずっと、昨夜のクライマックスが比較の基準になってしまう。

愚かなプライス。あきれるほど愚かだ。

たしかにダッシュはおれを信用するなと警告した。脚のあいだに残る感覚は、それがわたしの過ちだと痛いほど突きつけてくる。

そもそも自動車整備工場へ行くべきではなかった。ダッシュが提案した停戦など信じたのが間違いだった。ドレイヴンがいないとわかった時点で、すぐに帰ればよかったのだ。

ダッシュを、そして彼がどれほど魅力的になれるかを見くびっていた。わたしの熱意は同時に弱点でもある。ダッシュはそれをまんまと利用した。ドレイヴンがアミーナを殺した犯人であるという事実に疑問まで抱かせた。

ドレイヴンは有罪だ。そうではないのだろうか？　あの男が無実だなんてありえない。これがすべて罠でない限り。

疑念が心の片隅でずっとわたしに訴えかけてくる。それもこれもダッシュのせいだ。

わたしはトートバッグから黄色い取材手帳を出し、カップホルダーに入れてあるペンを取った。新しいページを開き、大きな文字でひとつの言葉を書く。

〝動機〟

ドレイヴンが女性を殺した理由はなんだろう？　彼が現場にいるところを想像してみる。アミーナが刺される前、ふたりは性交渉を持った。ワグナー署長は事件の詳細について固く口を閉ざしているが、現場で凶器を発見したことは教えてくれた。黒の狩猟用ナイフだ。

殺害方法と凶器は明白だ。だが動機はなんだったのだろうか？　なぜアミーナ・デイリーを殺したのだろう？　同じ高校に通っていたものの、わたしの知る限りでは卒業以降はほとんど会う機会もなかった女性を。

痴情のもつれによる犯行だろうか？　ダッシュがわたしにしたように、ドレイヴンもアミーナを利用したのかもしれない。けれどもわたしが裏口から黙って出ていったのとは違い、アミーナは怒りだした可能性もある。または彼女が原因でドレイヴンが激怒し、衝動的に殺害してしまったのだろうか？

その説を信じてみたかったが、それはできない。

ドレイヴンのことはよく知らないものの、息子のダッシュとは体を重ねた。ダッシュはわたしを怒らせるこつを心得ているらしい。互いに相手を怒らせるボタンのようなものを押し、怒りを爆発させる。だがダッシュは短気ではなく、冷静かつ緻密に思考できる。この特質は父親譲りのはずだ。

手帳に書いた言葉に視線を戻す。前後左右、上下とあらゆる角度から見てみる。

ドレイヴンの動機はなんだろう？

昨日の夜、彼にききたいと思っていたことだ。それなのに、整備工場でダッシュに一糸まとわぬ姿にされてしまった。停戦だなんて、とんでもない。

ダッシュは誠実に見えた。彼が体の交わりであれほどの満足感を得ていたのは芝居だったとは思えない。それなのに、どうしてわたしを追いだしたのだろう？　停戦を有効にするのに、そんな態度は逆効果だとわかっているはずだ。

ひとつだけたしかに言えるのは、キングストン・スレイターがわたしを困惑させたことだ。今となってはダッシュを通してドレイヴンの動機を探るのは無理だろう。

別の方法を見つける必要がある。

アミーナが殺されたとき、モーテルの部屋にはふたりの人物がいた。殺人者とアミーナだ。彼女が鍵を握っている。ドレイヴンが無実だとしたら、アミーナの過去を調べることで真実に近づけるかもしれない。

わたしは今日初めての笑顔を作り、トートバッグを肩にかけて校舎へ向かった。建物に入ると玄関ホールに人の姿はなく、わたしの足音が響いた。受付に女性の姿が見えたので、わたしは手を振った。デスクに置かれた名札には〝サマンサ〟と書いてある。「こんにちは」

「こんにちは。どういったご用件でしょう？」

「ブライス・ライアンです」わたしはカウンター越しに手を差しだして握手した。

「新聞社の記者なんですが、うかがいたいことがあって」

「なんでしょうか？」彼女の温かいほほえみに、わたしは緊張がほぐれた。

わたしの通っていた高校の事務の女性は校長よりも怖かった。壁のコルクボードにたくさんのお礼のカードが貼られているところをみると、サマンサは生徒から頼りにされているらしい。

「過去に在籍していた生徒についての情報を探しているんです」

サマンサが顔を曇らせる。「申し訳ありませんが、校長が今、いないんです。生徒の記録については校長にきいていただかないと。情報開示の規則など、いろいろあるものですから」

「そうなんですね」わたしは情熱的なセックスの赤色に塗った爪でカウンターをコツコツと叩いた。「明日はいらっしゃるんですか？」

「残念ですが、二週間の休暇をいただいています。夏のあいだに長期休暇を取ることになっているんです」

「夏休みですものね」わたしは事務室の先に延びる廊下に目をやった。人の気配はなく、ひとつを除いてすべての教室のドアが閉まっている。開いているドアの上に、〝図書室〟という表示が出ていた。わたしはそのドアを指さした。「図書室にある年間《イヤーブック》の記録を見せていただけませんか？」

サマンサが時計を見た。「それはできるはずですが、確認してみないと。あいにく今日は美容院の予約をしていて、もう帰るところなんです。ほかに人がいないので、また明日来ていただけませんか？　イヤーブックを調べるのをお手伝いしますから」

ああ、駐車場でぼんやりと爪を見ながらダッシュのことを考えていたせいで、時間を無駄にしてしまった。

腹立たしくて、女たらしで、営みの魔術師のダッシュ。

「わかりました」わたしは明るい笑顔を見せてうなずいた。「ありがとうございます」

サマンサが手を振る。「では、明日お待ちしています」

「ええ、明日」言葉とは裏腹に、わたしは翌日まで待ちたくなかった。

もう一度図書室を見てから、玄関ホールへと向かう。左手にトイレがあった。女子用と男子用が並んでいる。

いい考えが頭に浮かび、歩く速度を緩めた。

女子トイレだ。

わたしが振り返ると、サマンサは席を離れ、事務室のキャビネットからトートバッグを出していた。こちらに背中を向けている。

今がチャンスだ。わたしは女子トイレに急いで入り、手前から二番目の個室に身を隠した。

これは現実なのだろうか？　あえて何も考えないようにした。息をひそめ、まばたき以外の動きをせずにじっとしていた。スクープをつかみたいという野心に歯止めがきかなくなった？　睡眠不足のせいで思考力が鈍っている？　ダッシュのことをどうしても考えてしまうので、車に戻りたくないがゆえにやけくそになった？　理由がなんであれ、愚かな行為だ。

それにもかかわらず、わたしはそのまま身動きせずに息を詰めて立っていた。

うまくいかなかった場合にはサマンサに見つかり、膀胱《ぼうこう》が破裂しそうだったと嘘をつくことになる。うまくいった場合にはサマンサは帰り、わたしは鍵のかかった高校の校舎に閉じこめられる。すばらしい結果ではないが、なんとか外に出る方法は見つかるだろう。たぶん。

警察署ではトイレに身をひそめる方法が功を奏した。今回もうまくいくかもしれない。

サンダルでパタパタ歩く足音が廊下から聞こえてくる。手のひらに汗をかき、心臓が激しく打つのを感じながら、トイレの個室で身をこわばらせる。廊下からもれてくる明かりが消えると、肩の力が抜けた。大きく息を吐きだす。

念のために五分待ってから、忍び足でトイレを出た。

「車が」手で額を打つ。わたしの車が停まっていることにサマンサが気づいたら、戻ってくるかもしれない。しかしまだ来ないところをみると、大丈夫なようだ。天井の隅に設置された小さな黒い半球に気づき、わたしはゆっくりと背を向けた。監視カメラに手を振ったほうがいいだろうか？　笑顔を見せるべき？

目的を達成する決意は揺るがない。わたしは玄関のドアまで行き、開けるふりをした。そして大げさにため息をつき、困ったように髪をかきあげる。誰に見せるわけでもなかったが、気持ちは落ち着いた。きびすを返して早足で玄関ホールを抜け、廊下を見渡しながら〝誰かいませんか？〟と無言で叫ぶ。他人から見ると、ばかげているだろう。それと同じくらいに自分でもむなしかった。わたしは女優にはなれそうもない。

監視カメラに向けた芝居が終わると、図書室へ直行した。室内は薄暗く、明かりは窓から差しこむ光だけだ。書架にはぶつからなくてすむが、真剣に調べ物をするには暗すぎるので、スマートフォンを出してフラッシュライトをつけた。

「イヤーブック」つぶやきながら奥へ進み、書架を探す。「イヤーブックはどこ？」

ノンフィクションの書架が続き、そのあとはヤングアダルトのコーナーだった。一番奥の棚は古い『ブリタニカ国際大百科事典』が棚の五段分を占めている。二十数年前になるが、子どもの頃に両親がわたしにも買ってくれた。ここにあるのもそれと同じくらい古そうだ。

あくまでわたしの意見だけれど、これは完全に無駄だ。この貴重なスペースにはもっと別のもの、たとえばイヤーブックを置くべきではないだろうか？

「ああ、もう」ちっとも見つからないのでしびれを切らし、帰ろうと思った。サマンサはわたしが明日来ると思っているのだから、そのときまで待てばいい。初めからそうするべきだった。

最後の書架を離れ、司書のデスクの前まで来た。その奥に目をやると、これまで見てきた木製の書架とは違う白い書架があった。辞書のたぐいだろうと思いつつ、フラッシュライトを向ける。並んでいる薄い大型の本を見て驚いた。その背にはそれぞれの年度とクリフトンフォージ高校という文字が箔押《はくお》しされている。

「やったわ」わたしの笑顔は狂気じみていた。

本棚に駆け寄ると、トートバッグを床に放りだして膝をついた。アミーナが在籍していたであろう年代のイヤーブックを探し、六年分を取りだして床に座る。

アミーナが新入生だったと思われる年のものには彼女の写真が見あたらなかった。

二年生の頃のイヤーブックを調べると、すぐに見つかった。フラッシュライトの中に、ブロンドを肩まで伸ばした高校時代のアミーナがいた。あの頃に流行していた、フェイスラインの髪を外に流す髪型をしている。

わたしはそのページに触れた。アミーナは美しかった。モノクロ写真でも輝いて見える自然な笑みを浮かべている。生徒たちの中でも群を抜いて美人だ。どういうわけか、ほかの女子生徒には垣間見えるぎこちなさがアミーナにはない。

わたしは胸が痛んだ。彼女はもうこの世にいない。残忍な殺人犯に命のともしびを消されてしまった。ひどい話だ。アミーナ自身が悪人だと証明されない限り、わたしは彼女を追悼する記事を書くと心に誓った。たいした役には立たないかもしれないが、この写真の女性に対してわたしができるささやかな弔いだ。

そしてアミーナの娘のためにも。

ページをめくり、アミーナがクラブ活動をしたりスポーツに興じたりしている写真を注意深く探す。

「不法侵入か？　こんなことをするなんて意外だな」

低い声が響き、わたしは悲鳴をあげた。わたしが全身を硬直させてその場で固まっていると、ダッシュが身をひそめていた暗がりから姿を見せた。

「ふざけないで」わたしは胸に手をあてた。髪の先端まで鼓動が伝わるくらい、心臓が激しく打っている。「どれだけ驚いたと思ってるのよ」

「悪かった」ダッシュは両手をあげ、口では謝っているが、詫《わ》びる気などつゆほどもない薄ら笑いを浮かべている。

「悪かったなんて思ってもいないくせに」わたしは文句を言った。「あなたなんか大嫌いよ」

ダッシュが大股で近づいてくる。脚が長いので、すぐに距離が縮まった。彼は見つかるのを少しも恐れていないらしく、しんとした建物にブーツの足音を響かせている。

ダッシュが隣に腰をおろすと、わたしと腿が触れそうになった。

「こんなところで何をしてるのよ？」わたしは体を離した。「どうやって入ったの？」

「体育館にある女子更衣室の窓からだ」ダッシュが眉をあげる。「高校時代に、よくそこから忍びこんだ」

「なるほどね」わたしはかすかに嫉妬しながら眉をひそめた。

同時期に高校に通っていた女子学生たちはダッシュを好きになっただろう。当時からタトゥーを入れ、ハーレーで通学していたに違いない。チアリーダーのキャプテンと女子更衣室で体を交えていたはずだ。彼女の恋人で、フットボール部の一番もてる男の子が隣の男子更衣室にいるのを知りながら。

「どうしてここにいるのよ？」わたしは問いただした。

「きみのあとをつけた」

「当然そうよね」あきれた顔で天を仰いだ。ダッシュはわたしの日常生活まで知っていたのだから、ずっと尾行しているに違いない。

ダッシュが身を乗りだす。わたしが見ているイヤーブックをのぞいてくるので、わたしはさらに体を離した。前に置いてあったイヤーブックを彼と反対側にまとめ、手が出せないように自分の体でブロックする。これはわたしが探しだしたイヤーブックで、ダッシュのものではない。だが最後の一冊を手に取ろうとしたとき、彼にすばやく奪われた。

奪い返すには、ダッシュの膝に手を伸ばさなければならない。そこは危険区域だと知らせる警報が頭の中で鳴り響き、わたしは何もできなかった。

「いったい何を探してるんだ？」ダッシュがイヤーブックをめくりながらきく。

「あなたの写真よ」そっけない声で言った。「写真立てに入れて、ナイトテーブルに置くの」

「本当か？」

「もちろん嘘よ」

ダッシュが含み笑いをもらしながらページを進める。「セックスをしても勝ち気なところがなくならなくてよかった」

「それどころか、あなたをもっと嫌いになったわ」

「痛っ」ダッシュが胸を押さえる。「手厳しいな」

「まるで五ドルで買った娼婦《しょうふ》を追い払うみたいなあなたの態度に比べたら、はるかに優しいわ」わたしは手にしたイヤーブックを内容が目に入らないくらいの速さでめくった。ページを見つめて顔をあげなかったので、わたしのひどく傷ついた表情はダッシュには見えていないはずだ。

「ブライス」ダッシュが腕に触れてきた。わたしはページをめくるのはやめたが、手首をつかむ彼の長い指に目を落としたまま、顔はあげなかった。「おれが愚かだったよ。予想外の出来事に……うまく頭がまわらなかった。それに、きみがあまりにもさっさと帰ろうとするものだから。悪かった」

「いいのよ」わたしはダッシュの手を振り払った。「ただのセックスだったんだから」

「ただのセックスだって？　ありえないくらいにすばらしいセックスだったじゃないか」

わたしはどう返せばいいかわからず、肩をすくめた。正直なところ……彼は間違っていない。とはいえ、昨夜あんな態度を取られたのだから、わたしはダッシュを嫌いになるべきだ。

　それなのに、嫌いになれない自分が腹立たしかった。

　再びイヤーブックを調べはじめると、クラブ活動の写真が目に入った。たくさんの集合写真に写った小さな顔に目を凝らす。ダッシュのTシャツから漂ってくる、心ときめく香りを無視しようと努めた。どんな洗剤を使っているのか知らないが、彼自身の自然な香りにさわやかさが加味されている。その絶妙な組み合わせに胸が高鳴った。昨日の夜あんな別れ方をしたにもかかわらず、もううっとりさせられている。

　困った男だ。

　フラッシュライトでページを照らしながら小さい写真を見るうちに、二年生のクラス写真の中にアミーナの顔が見つかった。先ほどの写真よりも髪が長いが、屈託のない笑顔は変わらない。

「それがアミーナか？」

　頰にダッシュの息がかかる。わたしは顔をあげ、彼の横顔を見た。ダッシュの顔はほんの数センチしか離れていないところにあり、キスができる近さだ。こんな至近距離では自分を抑えられる自信がなかったので、わたしは反対側に体を傾けた。

「ええ、そうよ」肩を押しあげてダッシュを突き放そうとした。

ダッシュは自分が手にしているイヤーブックに視線を戻したが、体は少しも揺らがない。腕の熱が伝わってきて、わたしは写真に集中できなくなった。しっかりしなさい、ブライス。わたしはページを見る目を細めた。集中するのよ。

わたしはアミーナの情報を探るためにここまで来た。ダッシュは迷惑以外の何物でもない。それにもかかわらず、彼のせいで体の奥がちりちりしている。

室内で聞こえるのはページをめくる音だけだ。わたしと同じ速さでページをめくっていたダッシュが急に動きを止めた。

「何かあった？」

「いや、なんでもない」次のページに進む。「古い知り合いの写真があっただけだ。もう死んだ人だ」

「まあ」わたしは自分のイヤーブックに戻りつつ、さらにダッシュから離れた。

ダッシュは手にしたイヤーブックを見終わると、床に置いた。そして書架から別の年度のものを取りだした。もっと年代が新しくて分厚い。

「何をしているの？」

彼がにやりとする。目的のページが出てくると、こちらに渡してきた。「おれが最上級生のときだ」

カラー写真がたくさん載ったページの中で、ダッシュはすぐに見つかった。若くて生意気そうに見える。現在の彼とどちらが生意気なのかは定かでない。この頃のキングストン・スレイターはまだティーンエイジャーにもかかわらず、すでに性的魅力を備えていた。そんなことを思う自分がますますいやになる。

今よりも顎が細く、肩が広く張っている。にっこりした目尻には皺ができている。若い頃の写真にすっかり見入ってしまい、昨夜のダッシュと比べている自分に気づいて、わたしはページを無造作にめくってからイヤーブックを乱暴に閉じた。わたしが写真から目を離すのとほぼ同時に、ダッシュがそれまで見ていたイヤーブックを床に放りだして立ちあがった。

「帰るの?」

ダッシュは片手をあげただけで、何も言わずに出ていった。

どうしたのだろう? わたしも帰るべきだろうか? ダッシュが急に行ってしまった理由を探そうとあたりを見まわしたが、特に目につくものはない。トイレに行ったのかもしれない。あるいはわたしのそばに座っているのがいやになったのだろうか?

そんな考えをすべて追い払い、図書室に来た目的に集中する。それにここ最近の行動から推察すると、ダッシュはまたすぐに顔を見せるだろう。

アミーナが二年生だった年度のイヤーブックを見終わると、三年生のほうを調べた。そしてダッシュが見ていた、アミーナが最上級生の年度の表紙を開いたとき、タイヤをきしませて車が停まる音が聞こえた。背筋に冷たいものが走る。

イヤーブックを脇に置いて立ちあがり、書架の陰から外を見た。パトカーが一台、すぐそこに停まっている。

少し離れたところにハーレーにまたがったダッシュの姿があった。校舎を見つめ、待っている。

警察が来ることがわかって立ち去ったのか。あるいは……。

「まさか」わたしは思わずつぶやいた。

彼はわたしのことを警察に通報したの？

玄関のドアをめがけて走ってくる警察官の姿を目にして、わたしはその問いに自ら答えを出した。そう、まさにそのとおりだ。

「あの、ろくでなし」あまりの腹立たしさに、わたしは歯ぎしりした。

ダッシュ

11

おれはイヤーブックから破り取ったページをもう一度折りたたみ、財布に入れてジーンズの尻ポケットに突っこんだ。これ以上見る必要はない。目に焼きついているからだ。

ブライスの隣に座ってイヤーブックをめくっていたときに目を引かれたのはアミーナの顔ではなかった。

母だ。

アミーナ・デイリーと母が並んで笑っている。母はアミーナの肩に、アミーナは母の腰に腕をまわしていた。写真には〝ずっと仲よし〟というキャプションがついていた。

ふたりは友人だったのだ。写真の雰囲気から親友だと思われる。それにもかかわらず、母の口からアミーナ・デイリーという名前を聞いた記憶はない。父は知っていたのだろうが、アミーナがかつて母の友人だったとは一度も言わなかった。昨日も、過去にいろいろあったと曖昧に言っただけだ。なぜだろう？

父はどうしてアミーナが母の友人だと言わなかったのだろうか？　母が死んだのはおれが十二歳のときだ。それ以前に母からアミーナという名前を聞いたこともない。喧嘩別れでもしたのだろうか？　あるいは自然と疎遠になったのか？　理由がわかるまで、この写真のことはおれひとりの胸にとどめておこう。

父はこうしたすべてをひと言で片づけた。

〝過去〟として。

過去なんて、くそくらえだ。

おれたちの過去のせいで、今のすべてが台なしになろうとしている。

ブライスが嗅ぎまわるのをやめたとしても、ほかの誰かが取って代わるだろう。疑念を抱かれずにティン・ジプシーの過去を葬れると考えていたおれたちが愚かだった。手を下した遺体は地下二メートルの場所に眠っていると安心するなんて、愚かもいいところだ。

過去を隠すこと自体が間違いなのかもしれない。事実を、少なくとも合法的な部分だけを打ち明けて、それがすべてだと押し通すのが正しいやり方なのかもしれない。だが、おれは語るべき事実を理解しているのか？　答えはノーだとポケットの写真は告げている。おれは過去の事実など何ひとつ知らないのだと。

「ダッシュ？」プレスリーの声が整備工場内に響く。「出かけたと思っていたけど」

「戻ってきたんだ」おれは作業台に向かって考えこんでいたが、彼女のほうを向いた。「家に帰る気がしなくて」

「戸締まりをしてたところなの」事務所に通じているドアからプレスリーがこちらに歩いてくる。

整備士たちは仕事を終えて二十分ほど前に帰っていた。だがプレスリーは五時の終業時間になるまで決して退社しない。おれたちが帰っていいと言っても、事務所のドアに表示されている営業時間のあいだはここに残っている。

「大丈夫？」

おれはため息をつき、作業台にもたれかかった。「いや」

「話したい？」プレスリーが隣に立ち、肩を軽くぶつけてきた。「わたしは人の話を聞くのがうまいのよ」

「ありがとう、プレスリー」おれは彼女の肩に腕をまわして引き寄せた。

プレスリーがおれを抱きしめてくれる。

母もそうだった。いつもニックとおれをきつく抱きしめてくれた。母が死んで、抱きしめてくれる家族はいなくなった。だが今はプレスリーが整備工場にいる。彼女は握手だけではもの足りないと考える女性だった。

その細い腕でみんなを抱きしめてくれる。プレスリーの身長はおれの胸に届くほどしかないものの、抱きしめるときは誰よりも真剣だ。

プレスリーは美人で、体も細くてしなやかだが、おれたちを抱きしめるときに性的なほのめかしはいっさいない。誰もそんなふうに考えることはない。ここで働きはじめた初日から、彼女はファミリーになじんだ。そしてプレスリーはおれたちを抱きしめて慰めてくれる。これは近しい友人の中でも、とりわけ心優しい友からの慰めだった。

「あることをしてしまった」そう言ってから、おれは大きく息を吐いた。「くそっ、おれはひどい男だ」

「何をしたの？」

「おれがブライスのあとをつけていたのは知ってるだろう？　取材をやめさせたかったんだ。脅してみたが、失敗した。協力を申しでたが、それもうまくいかなかった」

彼女を誘惑する作戦の部分は割愛した。なぜなら誘惑されたのは自分のほうだと言えるからだ。ブライスが息をしているだけで、心を惹きつけられる。それに体の関係を持ったことも話したくなかった。後ろめたく感じているせいではない。逆に、特別な出来事として心に刻みこまれているからだ。しばらくは自分ひとりの胸にしまっておきたい。

「わかったわ。それで……」プレスリーが先を促す。

「それで、おれは……」おれはすべてを話す覚悟を決め、深いため息をついた。「ブライスを警察に逮捕させたんだ。彼女は高校にこっそり残ってイヤーブックを調べていた。おれも途中まで一緒にいたんだが、先に出て警察に通報した。ブライスは不法侵入で連行されたよ」

「まあ」プレスリーもさすがにこの話にはたじろいだ。「あの女は気に入らないわ。ドレイヴンを殺人犯だと決めつけて、その証拠を探そうとしているんだもの。でも、そうだとしても逮捕はひどいわよ、ダッシュ。非情な仕打ちだわ」

非情。昔のおれのやり方だ。おれは女性を物扱いしていた。便利で、取り替え可能で、使い捨てできるものとして。おれが女性を次から次へと利用して捨てていた時代をプレスリーは知らない。彼女がここへ来たのは、おれが悪事から手を引き、まっとうな人間になろうと努力していたときだ。おれはもはや非情な男ではなくなっていた。プレスリーは自動車整備工場で働きはじめ、ハグをする習慣を持ちこんでおれたちの心を癒やしてくれた。

おれたちもそんな彼女の癒やしを素直に受け入れた。

「彼女のことが好きなんでしょう？　だからこそ、自分をひどいと思うのよ」

おれはプレスリーの問いかけに返事をするつもりはなかった。

彼女の肩にまわしていた腕を外して作業台に向かい、出しっぱなしになっていた工具を壁のフックに戻す。「家賃が値上がりするとアイザイアが言っていたな」

「そうね」おれは一方的に話題を変えたが、プレスリーは話にのってきた。「賃貸契約は一カ月ごとの更新なの。大家はアイザイアをいい金づるだと思ってるのよ。それにアイザイアはここで働いているし。この整備工場の給料が高いことは町中に知られてるわ。大家はそれを見越して値上げしてきてるの」

「明日、ここの二階の部屋をアイザイアに見せてやってくれ。もし気に入ったら、しばらくあそこで暮らせばいい」

「オーケー」プレスリーがうなずく。「散らかっているけど、彼にきいてみるわ。家賃はいくらにするの？」

「あいつが自分で片づけるのなら、家賃はただでいい」

「優しいのね」

おれは肩をすくめた。「あいつにも少しくらいはいいことがないと」

アイザイアには前科があるので、アパートメントを借りるのは容易ではない。今の大家もそれを知っていて、足元を見ているのだろう。それは理不尽だし、罪を償ったアイザイアがそんな目に遭うのはおかしい。アイザイアは悪人ではない。おれは極悪人の顔を知っている——自分自身が極悪人だからだ。アイザイアは服役したが、その理由はおれが犯した数々の罪に比べたらずっと軽微な犯罪だ。

「今夜はどうするんだ？」プレスリーにきく。

「別に何もないわ。ジェレマイアは遅くまで仕事だから、夕食はひとりなの。そのあとは、テレビを見たり本を読んだりしながら彼が帰ってくるのを待つわ」

「そうか」不機嫌な顔になったことを気づかれないように、おれはうつむいた。だがうまくいかず、顔をしかめるところを彼女に見られた。

「もう」プレスリーに軽く叩かれる。

「何も言ってないだろう」

「言わなくてもわかるわよ」プレスリーがにらんでくる。「いいかげんに、わたしが彼と結婚するのを認めて」

「あいつが婚約指輪を買ったら認めてやってもいい」

プレスリーは拳を腰にあてて反論した。「ジェレマイアはお金を貯めている最中なの。ダイヤモンドのせいで借金を抱えて結婚生活を始めるなんてごめんだわ」

「やつは金を持ってるぞ、プレスリー」

「どうしてそんなことがわかるのよ？」彼女は引きさがらない。

「おれの勘だ」

プレスリーに言うつもりはないが、おれたちはジェレマイアを調査した。しかも隅々まで。一年ほど前のある朝、出勤してきた彼女は結婚すると発表した。つきあって一カ月ほど経った頃で、同棲《どうせい》を始めたばかりだった。

だがプレスリーと婚約すると同時に、ジェレマイアは結婚を先延ばしにした。仕事で帰りが遅くなり、プレスリーと一緒にいる時間が減った。おれたちにはふたりの関係性が手に取るようにわかった。あの男は決してプレスリーと結婚する気はない。生涯をともにする約束は、彼女をつなぎとめ、その金を利用する手段にすぎないと。

ジェレマイアに浮気をしている様子はないので、おれたちは今のところは何も言わずに状況を見守っている。

おれたちはプレスリーを心配していた。だが、そんなことを打ち明けて懸念を抱いているのがばれたら、彼女は心を閉ざしてしまうだろう。おれたちに対して腹を立てるはずだ。そこでおれと父、エメット、レオの四人で相談し、結婚式の日程が決まるまでは黙っていることにした。そしてふたりが正式に結婚する前に介入する。なぜならプレスリーはあんないいかげんな男と生涯をともにするべきではないからだ。彼女とジェレマイアを別れさせてから、おれたちがあいつの鼻の骨を折ってやるのだ。

おれは両の拳を突きあわせた。あの男を叩きのめすことを想像すると、地下闘技場を閉鎖してからずっと封印してきた興奮がよみがえってくる。ときどき、無性に格闘技が恋しくなった。闘志。勝利。いったんリングにあがれば、すべてが頭から消えてしまう。

「ディナーに行こう」プレスリーを誘った。

「気にしないで。残り物があるから食べてしまわないと。また明日ね」

おれを再び抱きしめると、彼女は事務所に向かって歩きだした。おれは途中で呼び止めた。「プレスリー」

「何？」

「ブライスのことだが」

プレスリーがほほえんだ。「あの人のことが好きなのね」

「そうだな」おれは認めた。彼女のことが好きだ。

そしてプライスを逮捕させたことに罪悪感を覚えた。昨夜、あんなふうに彼女を追い返してしまったことも後悔している。それが最良の方法だと自分に言い聞かせていたにもかかわらず。

もちろん最良なわけがない。

「じゃあね」プレスリーがにっこりして手を振った。

「ああ」

プレスリーの車が駐車場から出ていく音が消えても、おれはその場に残っていた。するべきことはたくさんあったが、気持ちが晴れず、集中できない。結局、仕事を終わらせるのをあきらめ、整備工場をあとにした。

プライスに謝って許してもらわないと今夜は眠れないことだけはわかっているが、許しを請う方法が思いつかない。少なくとも、会いに行くだけは行ってみよう。

最初に自宅を訪ねた。照明がついていなかった。ガレージの鍵をこじ開けてみると、車もなかった。次に新聞社へ行く。プライスにはすさまじい行動力があるので、留置場から出るや、今日の出来事を記事にしようと書きはじめていても驚きはしない。しかし窓に明かりはなく、駐車場も空っぽだった。ジムを確認した。スーパーマーケットにも立ち寄った。コーヒーショップにも行ってみた。

どこにも彼女の姿はない。

おれがイヤーブックのページを破り取ったのに気づかれないうちに高校を出て、ブライスが逮捕されてから数時間が経つ。警察はすでに彼女を釈放しているはずだ。マーカスから叱責と説教を食らっただろうが、それ以上のことにはならないに違いない。一時間もあればすべて終わる。ブライスはどこにいるのだろう？

高校の前を通り、彼女の車がまだあるのを見て胃が痛くなった。さっきと同じ場所に停まっている。

つまり、ブライスはまだ留置場にいるのだ。

「くそっ」おれは警察署へ急いだ。

留置場の簡易ベッドに怒りの形相で腰かけている彼女を想像した。おれを殺す計画を十回以上は練っているだろう。

警察署の駐車場は静まり返っていた。パトカーが建物の壁に沿って並んでいる。おれは正面の縁石ぎりぎりにバイクを停め、エンジンを切って待った。

さらに待つ。

スマートフォンをいじりながら、一時間半やり過ごした。おれの姿は監視カメラに映っているはずで、そのうち不審に思った警察官が姿を現すだろうと思ったが、誰も出てこない。署内に入っていく人もいなかった。

くそっ。ブライスはここにいるのだろうか？　彼女の両親の家は確認しなかった。彼らが迎えに来て、一緒に帰ったのかもしれない。何度目なのかもわからないが、スマートフォンで時間を確認する。太陽が沈みはじめ、あたりはさっきよりも暗くなっている。腹立ちまぎれに小声で悪態をついたとき、見覚えのあるイエローキャブがやってきて背後で停まった。

「よう、リック」手を振って運転席側に歩いていく。

「ダッシュじゃないか。こんなところで何をしてるんだ？」

「迎えなんだ。おまえは？」

「同じだ」

リックの勤務時間は始まったばかりのようだ。やつは自分でタクシー会社を経営している。ここではまだ配車アプリ《ウーバー》が一般的ではないので、酔った客を家まで乗せたりして、そこそこ稼げているらしい。おれも何度か利用したことがある。

このクリフトンフォージで平日の火曜に、しかも人々がバーで浮かれ騒ぎを起こす深夜からはほど遠い時間に、警察署で迎えを待つ者がふたりもいるだろうか？　可能性は限りなくゼロに近い。

「ブライス・ライアンに呼ばれたのか？」

「たしかそうだ。そんな名前で予約が入ったはずだ」

「ほら」おれはポケットから財布を出し、二十ドル札を二枚渡した。「彼女はおれが引き受けた」

「わかったよ。ありがとう、ダッシュ」リックは笑顔でうなずくと、札を手にした。

「じゃあな」おれがボンネットをコンコンと叩くと、タクシーは出発した。テールライトが見えなくなる寸前に警察署のドアが開き、ブライスが走りでてきた。

「ちょっと待って！」彼女はタクシーに向かって手を振ったが、リックの車は行ってしまった。「ああ、もう」

肩を落とし、手で髪をかきあげる。そして歩道に続く階段の下で待っているおれに気づいた瞬間、背筋を伸ばした。

「乗せていこうか」

「お断りよ」ブライスは重い足取りで階段をおりてきた。「歩くわ」

「そう言うな」彼女が最後の段まで来たところで顔を突きあわせた。怒りに燃えるブライスの目はおれの目と同じ高さにある。「家まで送るから」

「近寄らないで。不法侵入で逮捕されたのはあなたのせいよ。手錠までかけられたわ。顔写真を撮られて、指紋まで採られたんだから。わたしは留置場に入れられたのよ」

「悪かった」

「悪かったなんて、これっぽっちも思っていないくせに」ブライスがおれをよけようとしたが、おれはすばやく横に移動して阻止した。

「ブライス」誠実な声で言う。「本当にすまなかった」

「わたしが新しい情報を発見するのがそんなに怖いの？」

「そうだ」

おれの率直なひと言に、ブライスが警戒を解いた。

しかし、すぐに気を取り直した。「あなたのことがわからないわ。わたしの家まで来てキスをした。その次には父の輪転機を修理して、停戦を申しこんだ。わたしたちはセックスをした。あなたはわたしを追い払った。高校までわたしを尾行して、あなたのほうが不法侵入してきた。そして最後にはわたしを警察に逮捕させた。炎と氷のように完全に相反する態度だわ。わたしはもう疲れたの」

「なあ、おれにもどうしてかわからないんだ」ブライスが初めて整備工場に来た日以来、理性と感情がもつれて絡みあっている。「はっきりしてるのは、おれがきみから離れられないことだ。頭では距離を置くべきだと理解しているのに」

彼女は腕組みをした。「理解しているのなら、行動に移しなさいよ」

「きみの車まで送らせてくれ」

「それで？」おれのバイクを指さした。「ごめんだわ」

「怖いのか？」おれはからかうように言った。

ブライスが目を細める。「まさか」

「お願いだ。おれはひどいことをした。本当に悪かったと思ってるんだ。せめて車まで送らせてほしい」

「いやよ」彼女が態度を軟化させようとしないので、おれは論理的に攻めてみることにした。

「交通手段がないだろう。何キロも歩かなければならないし、暗くなってきた。リックはもう次の客のところへ向かっているはずだ。きみはおそらく両親には連絡していないんだろう？　頼む、送るだけだから」

喉の奥でうなる声がした。〝いいわ〟と聞こえなくもなかった。

ブライスはおれをよけて歩きだしたが、おれは今度は阻止しなかった。彼女はバイクの前まで行き、つやつやしたクロームと光沢のある黒で塗られた車体を見つめている。

ブライスの横をかすめ、脚をあげてバイクにまたがる。「乗れよ」

乗り方がわからないとしても、彼女はそれを顔に出さなかった。シートにまたがり、ちょうどいい位置に腰を落ち着ける。そして力を入れすぎないように加減しながら、おれの腰に腕をまわしてきた。

腰を抱かれ、ブライスの腿で尻を挟まれてカーブのたびに締めつけられるのは、整備工場で彼女の上にのっていたときと同じくらい快感だった。高校までの距離では短すぎてもの足りない。

バイクに乗っているあいだに下腹部がこわばってきた。あと数キロ続いたら、我慢できなくなっていたはずだ。高校の駐車場に到着してバイクを停めた瞬間、ブライスが飛び降りた。夢のようなひとときは終わりだ。

彼女はまっすぐに車まで行き、トートバッグに入れたキーを捜している。おれと目を合わせようともしない。

「ブライス」声が届くように、おれはバイクのエンジンを切った。真剣な言葉を聞いてもらえるように。「すまなかった」

「あなたが信用するなと言ったときに、ちゃんと従っていればよかった」

「そんなことを言わないでくれ。きみにはおれを信用してほしいんだ」

「わたしを利用するために？」ブライスがこちらを向いた。目に怒りの炎が燃えている。「それともわたしとセックスがしたいから？」

「一緒に真実を見つけたい。誰がアミーナを殺したのか、きみと解明したいんだ」

「あなたの助けなんかいらない」

「ああ、もちろんだ」おれは手で髪をかきあげた。「だがおれのほうは……きみの助けが必要だと思う」

ブライスがためらいを見せた。彼女は簡単にだまされる人間ではない。毅然《きぜん》として、力強く、並外れた女性だ。プロの記者として、戯言《たわごと》にはごまかされない。本音を言えば、おれはブライスを信用している。なぜか？　理由はうまく言葉にできない。だが、とにかくブライスを信じていた。

これまでに一度たりとも、助けが必要だと女性に言ったことはない。しかし今ここで、おれは彼女に助けを求めている。

バイクのスタンドを蹴りあげ、シートに座ってブライスの顔を見た。父から情報を引きだすことはできない。父には隠し事がありすぎる。第三者であるブライスの目で事件を見つめ直すのが、父の無罪を勝ち取る唯一の道だ。

つまり、今こそ彼女にすべてを話すときだ。隠し事をせずに。ブライスの信用を勝ち取る努力をするのだ。そうすれば、彼女もおれと組む利点を理解してくれるだろう。

「話をしよう。ふざけるのはなしだ。下心もない。話をするだけだ」

ブライスが車のドアにもたれる。「あなたの言葉はすべて新聞に掲載するわ」

「全部はやめてくれ」

「じゃあ、この話はなしね」ドアを開けようとする。

「第二の人生を送っている仲間たちの生活を壊したくない。親父の事件が解決したら、おれを破滅させたいんだろう？　それはかまわない。だが、ほかのやつらは巻きこみたくない」

エメットとレオはクラブが解散したときも、危険を冒して父とおれのそばにいてくれた。やつらは真面目に生活している。まっとうな人生を歩んでいる。おれが自分の人生を棒に振るのはしかたがないとしても、あのふたりを裏切ることはできない。

ブライスが腰に手をあてた。「つまり、どうしたいの？」

「おれはきみの取材に応じる。記事にしてくれてかまわないが、オフレコの部分だけは尊重してくれ」

「わたしのほうは、あなたを信用するしかないのね？」

おれはうなずいた。「そうだ」

「あなたが正直に話していると、どうすればわかるの？」

「おれは自分に愛想が尽きてる」素直に認めた。「おれの心をつかむ人間は多くないが、きみはそのひとりだ。そんなきみに対して申し訳なく思ってる。昨日の夜に口にした言葉を。警察に通報したことを。おれは大きな過ちを犯した。だが、もう一度チャンスをくれないか」

ブライスが警戒の目を向けてくる。「言っておくけど、そんな言葉は全部、戯言だと思っているわ。わたしをだまそうとする新しい罠でしょう」

「きみの気持ちはわかった」おれはため息をついた。「いずれにしても、知りたいことはなんでも質問してくれ。ただし、おれ以外の人たちを傷つける内容を記事にするのだけはやめてほしい。いいか？」

おれの提案はしばらくのあいだ宙を漂っていたが、ブライスはようやくうなずいた。

「いいわ、クラブを解散した理由を話して」

「これは公表してもいい。各メンバーがそれぞれの道を行くことにしたんだ。父とおれはクリフトンフォージに残った。エメットとレオも一緒だ。ほかのメンバーはほぼ全員、別の土地へ移っていったよ」ブライスが眉をひそめたので、おれは弁解するように両手をあげた。「もっと劇的な理由があるとにらんでいるんだろうが、そうじゃない。解散までには時間がかかってる。ぽつぽつとメンバーが各々の理由で脱退していった。だが新しいメンバーは補充しなかった」

「自然減ね。メンバーが徐々に減っていったからクラブを解散したと言いたいの？」

「それが事実だ」

ジェットはおれと同じ年にクラブの見習いになった。ラスヴェガスで恋人ができたのを機に引っ越して、今ではそこで自動車整備工場を経営している。ガナーは何年もかけて貯めた金を手に、ワシントン州へ移って海のそばで暮らしている。父より少し若いビッグ・ルーイはこの町でボウリング場を買い取った。毎週木曜に父と会って、〈ベッツィ〉で酒を飲んでいる。

それ以外のメンバーたちも気の向くまま各地に散っていった。ほかのクラブへ加入するために脱退したやつらもいる。はっきり言って気に食わないが、クラブに所属しつづけたいと思う男たちを責めることはできなかった。

「おれたちのクラブは変わったんだ」おれはブライスに言った。「変化を選択《カット》した。全会一致だ」おれはティン・ジプシーのエンブレムを背中につけた革のベストを着ることを誇りにしていた。ところがある日、それを身につけても誇りを感じられなくなった。その日からすべてに疑問を覚えはじめた。「クラブのあり方、どんな男でありたいか、そういったことに対する思いが同じではなくなってしまったんだ」

「どんなクラブだったの？　あなたたちはどんな男たちだったの？」

「やりたいことはなんでも行動に移していた」気に食わないやつがいれば、そいつの歯をへし折った。おれたちファミリーの一員を傷つけたやつには、命で償わせた。

「怖いものなどなかった。威張りくさっていたんだ。法律は無視した。そして、おれたちには金があった」

「どうやって稼いだの？」

「自動車整備工場だ」

ブライスが顔をしかめる。「誰を相手に話しているかわかってるんでしょうね？　十五年前、噂によるとあなたのクラブには少なくとも三十人のメンバーがいたのよ。あなたの整備工場は繁盛していただろうけど、そんなに大勢を養うのは不可能よ」

ブライスがそこまで調査をしていたとしても不思議はない。おれを完全に油断させ、おれの心をつかむような女性は、ブーツに隠し持っているナイフよりも鋭いはずだ。

実際には当時のメンバーは四十人ほどだった。父と同年代の男たちが十五人くらいいたが、今ではほぼ全員が死んでいる。クラブのメンバーたちの平均余命は一般社会の人々よりも短い。

アメリカ全体で比べるとクラブの規模は小さいほうだが、影響力は大きかった。父は北西部を制覇したいと考えていた。解散していなければ、それも夢ではなかったはずだ。だがそんな父の野心のせいで、ティン・ジプシーは敵対しているクラブから標的にされた。

おれたちの家族も標的にされた。

「この先はオフレコだが、いいか？」ブライスがうなずいてから、おれは話を続けた。「金はドラッグを輸送するやつらの警護をして稼いだ。おれたち自身が密輸することもまれにあったが、ほとんどは運び屋を安全に目的地まで到着させるのが仕事だった。トラックが警察の手入れを受けたり、ライバルの売人に積み荷を強奪されたりするのを防ぐんだ」

「どんな種類のドラッグだったの？」

「ほとんどがメタンフェタミンだ。カナダで製造されたものはなんでも運ぶのを手伝った。マリファナもあった。コカインやヘロインも。それ以外は詳しくわからないが、かまわないか？」

「ええ、問題ないわ」ブライスの目に失望の色が見えたのが残念だ。

彼女の前ではいいところを見せたい。有能でありたい。どうしてだろう？　それは出会った当初からくすぶっている疑問だ。ブライスには何かがある。この女性には、喜ばせたいと思わせる何かがある。彼女の失望した顔を見なくてすむのなら、金庫にある金をすべて手放してもいい。

「そうやっておれたちは金を稼いだ。以前は、つまり国境警備隊の取り締まりが厳しくなるまでは簡単な仕事だった。モンタナとカナダが接している国境線は長くて全部を警備するのは不可能だから、すり抜けることができた」

「じゃあ、あなたはドラッグの売人のために働いていたのね？」

おれはうなずいた。「そのほかの仕事もあった」

「どんな仕事なの？　具体的には」

「用心棒だ。たとえば、町の商店がおれたちを雇い、問題が起きたら解決を頼みに来る。敵対しているクラブも同じことをやっていた。地下闘技場も経営していた。かなり繁盛していたんだ。アメリカ北西部の各地から参戦者が集まったよ。おれたちは主催する側だったが、参加したやつらもいる。主催者は賭け金から上前をはねる。この仕事も大儲《おおもう》けできた」

エメットとおれが父に従っていなければ、今でも地下闘技場は続いていただろう。だが父はすべてを終わりにすると言って譲らなかった。たしかに、父の言葉が正しかった。言うとおりにして正解だ。

「よくわからないわ。大儲けできていたのに、どうしてやめたの？」

「刑務所に入れられたら金は使えないんだよ、ブライス。それに結局はカスタムカーでもかなり儲けられるとわかったからな」

ブライスがおれの顔を探るように見ている。「それが理由なの？」

「そのとおりだ。きみの期待どおりの答えじゃなくて申し訳ないが、おれたちはまともな理由でクラブを解散した。メンバーや家族を危険に巻きこみたくなかったんだ」

「どんな危険から守るの？」

「敵対しているクラブ。因縁の敵。アミーナを殺した犯人も、そうした敵のひとりだとおれは考えてる」

12

ブライス

わたしはこれが現実なのかそうでないのか、自分をつねって確かめたかった。留置場の硬い簡易ベッドでうとうとしたこと、そして今、目の前で展開している状況は夢なのだと頭の半分は思いたがっている。黄金色からオレンジ色に変わる太陽を背にして、誰もいない高校の駐車場でダッシュと向きあっている自分が信じられない。冷たいモンタナの夜風が吹きはじめ、ダッシュの額にかかる髪を揺らす。学校の敷地に沿って植えられた常緑樹の梢《こずえ》が風にそよいでいる。

あまりにも静かだった。現実離れした美しさだ。もしこれが夢だとしたら、まだ目を覚ましたくない。

この先の展開を求めて、バイクにまたがって解散したクラブの話をしている彼を見つめる。

これもすべて嘘で、新たな裏切りである可能性もある。昨夜からずっとダッシュに対して怒りを抱いているが、解散の裏話を知りたい気持ちに抗えず、不機嫌な顔をしながらも真剣に聞いていた。彼の目の輝きから判断すると、正直に話していると思われた。

まったく、わたしは愚か者だ。だけど、帰りたいのだろうか？　いいえ。嘘か真実か、ダッシュの一言一句を精査する。爆竹が次々とはじけるよりも速いスピードで質問が頭に浮かぶ。

「つまり、かつてあなたのクラブに敵対意識を持っていた誰かがアミーナを殺したと考えているの？」

ダッシュがうなずく。「その線が濃厚だ。親父に復讐しようと企《たくら》んでいるやつがいる。おれたちが油断するのを待ってたんだ。すっかり気を抜くまで。それにつけこんで、親父を殺人犯に仕立てあげた」

「それは誰なの？」

「おそらく、別のクラブのやつだ」

「でも、もうティン・ジプシーというクラブはないんでしょう？　あなたの言葉が嘘でなければ」

「そうだ、クラブは解散した」

「クラブが存在しなければ、他人の脅威にはなれないはずよ」

ダッシュが肩をすくめる。「それは関係ない。おれたちがエンブレムをつけているかどうかなんて、復讐する側にはどうでもいい話だ。復讐心に燃えているやつは、時期が来るまでじっと待つ」

それは本当だろう。復讐心にとらわれた者は信じがたい忍耐力を発揮するものだ。ドレイヴンが罠にはめられたのなら、その犯人は頭がいい。ダッシュが言ったように、スレイター家の全員が脅威という言葉など忘れてしまうまで辛抱強く待ったのだ。

「あなたは敵対しているクラブのメンバーが犯人だと言うけど、実際にどのクラブなの?」取材の過程で、わたしもいくつかの名前は聞いていた。モンタナ州だけでも、凶悪なバイカーたちのギャングの数やそのメンバーの人数は驚くほど多い。

「晩年に最大の敵だったのはアローヘッド・ウォリアーズだ。クラブの規模では劣っていたが、リーダーが当時も今も変わらず野心家で銃を使うことも辞さない。一時はおれたちのクラブの見習いになりたがってる者たちに近づいて、金と力を見せつけて自分たちのほうに引きこもうとしていた。弱いやつらをたぶらかすのがうまいんだ。おれたちのクラブではなく、自分たちのクラブに入るよう若い連中を説得してまわってた」

「いずれにせよ、あなたはそんな若者を欲しいとは思わなかったんでしょうね」

ダッシュは鼻で笑った。「忠誠心のないやつらを失っても、痛くもかゆくもない」

「ほかには？」

「ウォリアーズも独自のドラッグの輸送ルートを掌握していたが、おれたちの売人のほうが規模は大きかった。そこでおれたちに奇襲をかけて弱いクラブだと見せかけて、売人が向こうへ乗り換えるように仕向けた。もちろん、おれたちは報復した。その報復にまた報復される。最後には、事の発端もわからなくなるほどだった」

わたしは首筋の産毛が逆立った。「報復についてはくわしくきかないほうがいい？」

「そうだな」ダッシュの声にかつて敵対していたクラブへの恨みがにじんでいるのを感じて背筋が寒くなる。「状況が変わったのは、義理の姉が標的になったときだ」

「なんですって？」思わず息をのんだ。「お義姉《ねえ》さんは大丈夫だったの？」

「ああ、なんともない。さらわれかけたが、おれたちはついていた。地元警察が阻止してくれて、ことなきを得た。だが、それはあいつらが越えてはならない一線だった。メンバーは襲われてもしかたがない。それはクラブに入ったときから承知済みだ。妻や恋人も同様で、事態が悪化すると狙われた。だが兄のニックはクラブに加入したことすらない。ましてや、兄の妻のエメリンはクラブとはまったく無関係だ」

この男たち、つまり犯罪者たちが掟を守りながら生きているとは興味深い。彼らには守るべき境界線があるらしい。だがエメリンが危険にさらされたのであれば、その境界線は曖昧だと言わざるをえない。この拉致未遂事件はニュースになったのだろうか？　明日出勤したら、アーカイブを調べよう。

ダッシュがアスファルトに視線を落とす。「当時のリーダーは親父だった。エメリンの拉致未遂騒動があってから、親父の中で何かが変わったんだ。ニックがどれほど妻を愛しているか知ってたから、今後は彼女が犠牲になるような事態を招くまいと誓った。おれたちの母親が死んだときにはそんなことは思いもしなかったのに」

「あなたのお母さんが？」わたしは心臓が止まりそうになった。これまで読んだ過去の新聞記事では、ダッシュの母親について語っていたのはドレイヴンとダッシュのほかに二、三人しかいない。その話によると、彼女は家で不幸な事件に巻きこまれたらしい。クラブの関与や死の詳細については記述がなかった。「いったい何があったの？」

ダッシュは悲しそうにほほえんだ。「その話はまたの機会にしよう」

「わかったわ」この件についてはそれ以上きかなかった。ダッシュは詳しい話をするのがつらそうだ。無理強いすると、この会話自体が終わりかねない。

「何事もタイミングだ」ダッシュが言った。「父はエメリンの事件後にクラブの集会で、ドラッグの輸送から手を引くことを考えてみてくれと全員に頼んだ。一年早ければ、声をそろえて〝絶対にごめんだ〟と言っていただろう。だが国境の警備が厳しくなり、逮捕者が数人出ていた。すでに刑期を終えた者と、まだ服役中の者がいた。そしてエメリンの拉致未遂のあと、おれたちの最古参メンバーのひとりだったエメットの父親が殺された」

わたしは体に緊張が走った。「殺されたですって？　誰に？」

「ウォリアーズだ。あいつらとは十年以上にわたって抗争が続いていた。互いにこれが最初の犠牲者というわけじゃなかったが、その事件はおれたちが限界を認識するのに充分だった。やつらはおれたちがプレーオフゲームを見ながらビールを飲んでいた〈ベッツィ〉までやってきた。ストーンがトイレに立った。ストーンというのがエメットの父親の名前だ。そこでウォリアーズのメンバーが数人待ち伏せていた。そいつらはストーンを外に引きずりだし、彼が戻ってこないのをおれたちが不審に思いはじめる前に、ひざまずかせて眉間に銃弾を撃ちこんだ」

わたしはその場面を想像してたじろいだ。エメットを気の毒に思った。わしづかみにされたように胃が痛くなる。わたしはクラブについてもっと知りたいのだろうか？　こうした暴力行為はアローヘッド・ウォリアーズに限ったことではないはずだ。ティン・ジプシー、ひいてはダッシュもそうした手段に訴えたことがあるに違いない。

　彼も人を殺したのだろうか？　その問いに対する答えは知りたくなかった。

「ストーンはクラブの設立当時からのメンバーだった」ダッシュはうつむいている。その目には悲しみがあふれていた。「おれにとってはおじのような存在だった。初めてバイクを修理するときは手伝ってくれたし、十四歳になったときにはコンドームをおれに渡して、いつもポケットに入れておけと教えてくれた。フルネームはニール・ストーンというんだが、自分のファーストネームを嫌ってた。赤ん坊の尻みたいにつるつるの頭で、それを補うように白いひげを伸ばして三つ編みにしていた」寂しそうな笑みを浮かべ、頭を振った。「くそっ、今でも会いたいよ。エメットは事件の直後、自暴自棄になった。ひどく心配したが、あいつはちゃんとクラブに戻ってきた。父親を殺害された事件との折り合いをつけた。少なくとも、そうしようと努力した」

「大変だったのね」

「まったく、ひどい話だ」ダッシュは目をしばたたいてから、わたしを見た。「とにかく風向きは父に有利だった。メンバー個人に、そしてファミリー全体にとってつらい事件が重なって、今後を見つめ直すことになった。変わるべき時期だったんだ。それだけは明白だった」

「だから解散したのね」

「即時とはいかなかったが、解散する方向で動きだした。まず初めにウォリアーズと協定を結んだ。向こうのリーダーは自分たちがやりすぎたことをわかっていた。クラブのメンバーだけでなく、愛する者たちが危険にさらされているのを理解していたから、両クラブは停戦に合意した」

「あなたは停戦が得意なのね」わたしはささやいた。

ダッシュが口角をあげてにやりとする。「おれたちはドラッグの輸送ルートをウォリアーズに売り渡した。恨みを買わないように、売人にも了解を取りつけた。ドラッグ関係の仕事からはきっぱり足を洗ったんだ」

「そんなに簡単に？」

「そうだ。そのときに稼いだ金を使うたびに笑みが浮かぶよ」

莫大《ばくだい》な金額になったのだろう。札束をベッドの下に隠したり、裏庭に埋めたりしてあるに違いない。

「それ以降、ほかの違法な活動も順次やめていった」ダッシュが先を続ける。「地下闘技場。町で用心棒をして稼ぐ見かじめ料。すべてから手を引いた。刑務所送りになったら元も子もないからな。全部の片をつけるのに五年かかった」

「それから解散したのね」

ダッシュがうなずく。「そこでクラブを終わりにした。法律の枠内でクラブを続けることもできなくはなかったが、いろいろ変わってしまった。それにティン・ジプシーには悪い評判がつきまとっていた。どんなにいい行いをしたとしても、世間からは恐れられる。最悪の事態を想定されてしまう」

そのとおりだろう。だが自分の生き方だと信じてきたクラブに別れを告げるのがどれほどつらいか、わたしには想像もできない。クラブはダッシュの世界と人生のすべてだった。ファミリーでもあった。手足をもぎ取られるも同然だったに違いないが、彼はやり遂げた。

メンバー全員が。

わたしたちは向かいあって立っていた。沈黙の中、聞こえてくるのは風のそよぎと頭上を飛び交う鳥のさえずりだけだ。ダッシュの話を頭の中で整理しながら、わたしはそれが事実であることを祈っていた。

ダッシュの話したことは真実に思える。実際にそうだろうか？　ダッシュはわたしを信用して話してくれたのだろうか？　彼に信用されていると思うと、どうしても胸がいっぱいになってしまう。

ダッシュは嘘をついていないと直感が告げている。話のほとんどがオフレコだったので、今のところはそう感じられるだけで充分だ。彼が秘密を守りたがっている理由をようやく理解できた。すべてが暴露されれば、解散後に築きあげた信用が失われてしまう。警察から新たに捜査を受けることにもなるだろう。

「ちょっと待って」わたしは首をかしげた。「停戦協定を結んだのに、どうしてウォリアーズはドレイヴンをアミーナ殺しの犯人に仕立てあげようとするの？」

「いい質問だ。リーダーの許可を得ずにメンバーのひとりが勝手な行動をしているのかもしれない。おれたちの元仲間で、あとからウォリアーズに加入したやつの仕業とも考えられる」

待って、なんですって？「ティン・ジプシーを抜けたあとにウォリアーズに入った人たちがいて、彼らが陥れたというの？」仲間のことをクラブではたしか、こう呼ぶはずだ。「自分たちのブラザーを？」

ダッシュがあきれたように笑った。「そうだ。だが正直で勤勉な整備士の生活に向かないやつらもいる。その多くは二十代前半だ。クラブに所属して生きることに魅了されてるんだ。驚くことじゃない」

「元メンバーがドレイヴンをはめたと考えてるのね？」

「現時点ではさまざまな可能性が考えられる。ウォリアーズには五人が移籍していて、おれはそいつらが怪しいとにらんでいる」

もしダッシュの立場なら、わたしもその五人から疑ってみるだろう。彼らの名前を知りたかったが、ダッシュが教えてくれるとは思えない。ウォリアーズとの会合にも同席させてはもらえないだろう。

再び沈黙がおりる。鳥たちは遠くの木の枝に居場所を見つけて鳴いている。わたしはダッシュの話を反芻《はんすう》してみたが、いい質問が思い浮かばなかった。

「これからどうするの？」

「これから？」ダッシュがまたがっていたバイクから離れ、わたしのほうに歩いてきた。「きみが決断してくれ。おれの話を聞いてどうしたいか。この話を信じるか、信じないか。おれを信用できるか、できないか。記事にするか、しないか。少なくとも、きみがどんな男たちを相手にしているのかはわかったはずだ。長年にわたって悪意を抱いてきた男たち。限界を知らず、スレイターという姓の男と関係しているというだけで、その女性を狙うようなやつらだ」

「関係した。一度だけ。過去形よ」

ダッシュが近づいてくると、彼の体から発する熱で風の冷たさが和らいだ。わたし

は鳥肌が立った腕をウエストの前で組んだ。

ダッシュがけげんそうに片方の眉をあげる。「過去形だって?」

「あなたはわたしが逮捕されるように仕向けた。明日、わたしは裁判所に出頭しなければならないのよ。過去形に決まってるわ」

「そうか」ダッシュはわたしの顔の高さまで手を持ちあげたが、頬には触れなかった。代わりに、髪をわたしの耳の後ろにかけた。彼の指が耳にほんの少し触れただけで、わたしはつま先まで震えが走った。

自分が情けない。この男のせいで何時間も留置場に入れられた直後なのに、こうして心臓が激しく打っている。

「あなたがわたしに話をしたのはそれが理由なの? 話せばわたしがまたセックスに応じると思ったから?」

ダッシュが頭を振りながら一歩さがった。「本当の理由を聞きたいか?」

「聞きたいに決まってるでしょう」

「助けてくれ。真相をつかむのを手伝ってほしい」

わたしは本当にダッシュを助けたいのだろうか？　彼を信用する？　たしかに協力しあえばわたしの記事の内容はよくなるだろう。さらに深く詳細に伝えられる。認めるのは悔しいが、わたしがそういう記事を書きたがっていることをダッシュは理解している。

「あなたが何かを隠して、そのせいで記事の内容が事実と異なったり、わたしが危険な目に遭ったりした場合にはすべてを書くわ」ダッシュに警告する。「ひとつ残らず全部。オフレコであろうとなかろうと。あなたや仲間の人生が破滅するとしても、世間にぶちまけてやる」

そんな事態になれば、わたしは新聞社を危機に陥れてしまう。ジャーナリストとしての倫理観を疑われ、誰からも情報を提供してもらえなくなるだろう。さらには元バイカーたちから報復され、命を失う可能性もある。わたしは仕事と信念と命を危険にさらすはめになる。だがダッシュから情報を得るにはそれしか方法がない。

しばらくのあいだは、あたり障りのない事実だけを書くことになるだろう。公表してもいいと許可されたことだけを。そのほかは発表しない。

「はったりじゃないわよ」ダッシュの顔の前で人差し指を振る。「隠し事はなし。あなたを信用できないとわたしが判断すれば、協定は無効になる」

ダッシュはためらいの表情を見せながら手をポケットに入れると、ようやくうなずいた。背を向けてバイクまで戻り、長い脚を振りあげてシートにまたがる。

「取り決めに異存はないでしょうね？」わたしは彼がエンジンをかける前に叫んだ。

「ああ」ダッシュはセクシーな笑顔を見せた。

過去の新聞記事を調べるのは普段から心はずむ仕事ではないが、今日は拷問に近かった。何十年も前のクリフトンフォージの新聞記事は、退屈なのに加えて中途半端だった。

三十年分をさかのぼり、ダッシュの母親についての記事を探す。以前にティン・ジプシーについて調べたときは、クラブとドレイヴンやダッシュといった主要メンバーに関連する記事にしか目を向けず、クリッシー・スレイターには関心がなかった。不幸な事故で亡くなったという死亡記事を目にしたものの、それ以上は調べなかった。だが昨夜の会話以来、好奇心がふくれあがっている。

クリッシーはどんなふうにして亡くなったのだろう？　不幸な事故とはなんだったのか？　ダッシュはまたの機会に話すと言ったが、表情から察するに楽しい内容ではないはずだ。

そんなわけで、こうして朝から調べている。過去の新聞記事で詳細がわかれば、彼に話をさせて悲しい思い出をよみがえらせる必要がなくなるかもしれない。前回は死亡記事を読み、ドレイヴンとまだ少年だったふたりの息子の写真を見ただけだ。

息子たちの肩に手を置いたドレイヴンの姿からは大きな悲しみが伝わってきた。逮捕されたときでさえ自信たっぷりの男に見えたが、この写真のドレイヴンはまったく別人だ。巨石にのしかかられているかのように肩を落とし、悲痛な表情を浮かべている。写真はモノクロなので定かではないが、目は泣いて赤くなっているはずだ。

少年時代のダッシュとニックはよく似ていた。ダッシュは中学にあがったくらいの年齢で、途方に暮れた顔をしている。だがニックは違った。苦悩をあらわにしている父と弟とは対照的に無表情だ。悲しみだけでなく、怒りが心に渦巻いている。彼がクラブに入らなかった理由もこの写真を見れば理解できる。

ニックは同じ道を歩むのを拒否することで、父親を罰しているのだろう。だがニックと弟のダッシュの関係はどうなのだろうか？　わたしはその疑問を頭から追い払い、立ち入るまいと決めた。ダッシュの家族関係はわたしが首を突っこむたぐいのものではない。それは個人的で私的な事柄だ。彼の問題であって、わたしには無関係だ。

わたしは興味がないのだろうか？　もちろんある。しかし境界線を越えて関心を持ちすぎれば、わたし自身がその代償を払うはめになる。

関心を持たない。関心を持たない。絶対に関心を持たない。

関心を持つことはできない。

わたしの職務は最高の記事を書くために情報を入手することだ。感情に流されたら、しくじるだろう。

これはダッシュに関しての調査ではない。事実を解明するのだ。アミーナのために真犯人を突き止めるのが目的だ。

ダッシュは父親の無実を確信している。わたしはどうだろう？　わからない。今のところはまだ。だがダッシュの確信は無視できないくらいに強いものがある。ドレイヴンが犯人だという結論に対する疑念をわたしの心に植えつけた。

もし本当にドレイヴンが殺人犯だとしたら、ダッシュはどうするだろう？　ダッシュが傷つくと思うだけで、わたしは胃がわしづかみにされたかのように痛んだ。

まったく、何をやっているのだろう。

わたしは関心を持っている。

アーカイブシステムからログアウトして、取材手帳にいくつか書きこんだ。クリッシー・スレイターについて調べる過程で、今まで読んだティン・ジプシーの記事も改めて目を通すことができた。

彼らの歴史を知ってから再読するのはおもしろかった。記事には表面的なことしか書かれていないが、それは驚くにあたらない。メンバーがクラブを裏切って秘密を口外しない限り、部外者に真実が知らされることはないからだ。

だけど、わたしは知っている。

昨日ダッシュから聞いたことを考えあわせると、そんな記事でも内容のつじつまは合う。彼はわたしに本当のことを話したのかもしれない。

もしくは、わたしがダッシュを裏切るかどうか試された可能性もある。わたしは信頼にそむいたりしない。彼が秘密にしておきたいことを聞いたら、それは墓場まで持っていく。そう約束したからだ。

ただし。

ただし、ダッシュがわたしをだましたら話は別だ。その場合、わたしは自分が宣言したとおりの行動に出る。わたしはひとつ残らず全部、世間に公表し、彼は破滅することになる。

昨夜、家に帰ってから、わたしは数時間かけてダッシュが語ったことを全部書き記した。すべてはコンピュータに入っており、そのコピーファイルはクラウドストレージに暗号化して保存した。

わたしの身に何かあったときは、父にそのクラウドストレージへアクセスしてほしいと遺言に書いてある。

情報が多すぎて頭がいっぱいになり、わたしは両手で額を支えながらこめかみをマッサージした。ダッシュが話してくれたことを考えずにはいられない。

彼を信じるのはおかしいだろうか？　彼の言葉を信用するのは？

なぜそう思うのだろう？　体の関係を持ったから？　ダッシュとは距離を保っておくべきだった。だが、あの自信満々の男は見事にわたしの心をつかんだ。高校での逮捕劇を仕組まれたにもかかわらず、わたしは彼を完全に忘れてしまうことができない。

うめき声がもれる。ああ、わたしは哀れな女だ。

「どうしたんだ？」

わたしは背筋を伸ばして振り返った。父が印刷室から出てきて、自分の席についた。

「なんでもないわ」

「そうか。てっきり、一時間後に裁判所に出頭しなければならないから落ちこんでいるのかと思ったよ」

「知ってたの？」わたしは顔をしかめた。逮捕されたことは両親に知らせないつもりでいた。だが少し頭を働かせれば、そんなのは無理だとわかるはずだった。ここはクリフトンフォージだ。シアトルではない。「誰から聞いたの？」

「マーカス・ワグナーと定期的に会って話をしているのは、おまえだけじゃない」父がゆっくりと頭を振る。子どもの頃に父を失望させると、父はいつもそんなふうに頭を振った。母から木のスプーンでお尻を叩かれるよりも、父にがっかりされるほうが十倍つらかった。「いったい何を考えていたんだ？」

「何も考えていなかったの」わたしは認めた。「愚かだったわ」

「そうだな」

「お母さんも知ってるの？」

父は〝どう思う？〟という表情を向けてきた。両親は互いに秘密を持つのをよしとしない。ひとり娘に関することはなおさらだ。

「ばれているのね」

「尻に嚙みつかれるのを覚悟しておけよ」父は得意技である失望した表情を見せるだけで、説教はいつも母に任せていた。母のほうが口達者だからだ。「殺人事件の取材はどうなってる？日曜版にはどんな記事を載せる予定だ？」

「今のところ、たいした情報はないの。警察の発表もないし」

「おまえは何をつかんでいるんだ?」

「具体的な事実はひとつもないわ。まだ」記事にすべき情報をつかんでいたら、父に真っ先に報告している。「そろそろ裁判所に行くわ。遅れたくないから」

父が含み笑いをもらす。「ハーヴィー判事によろしく伝えてくれ」

判事に父からの言葉は伝えなかった。前に立たされ、三十五年分の母からの説教も取るに足りないと思えるほどの説諭を受けた。

幸い、成人そして記者としての責任に関する判事の説諭が最も厳しい罰という結果ですんだ。今後は学校で決められた時間を守り、図書室に行くときは許可を得るようにと命じられ、わたしはすぐさまそうすると誓った。高校への不法侵入に対する処罰は留置場に勾留されていた時間と相殺されたので、間違いなく説諭のほうが重い罰になった。

すっかり疲れてしまい、夜はひとりでゆっくり過ごしたかった。裁判所を出たあとは仕事に戻らず、エンチラーダの材料を買いにスーパーマーケットへ直行した。そして、ジムにも寄らずに家へ帰った。

エンチラーダにはチーズの量を二倍にして入れてやると自分に言い聞かせる。カロリーなんてどうでもいい、チーズを食べたいのだと思いながら家に通じる道路へ入った。その瞬間、夕食のことが頭から吹き飛んだ。家の前に黒く光るハーレーが停まっていた。

その所有者はわが家の玄関ポーチに座りこんでいる。

わたしは私道に入り、車から降りた。買い物袋を持って玄関に向かう。「ここで何をしているの？」

「その袋には何が入ってるんだ？」

「夕食よ」

「ふたり分あるか？」ダッシュは立ちあがると、わたしの買い物袋を持った。上腕二頭筋に力が入る。袋は重くないが、たくましい腕の血管が浮きあがり、わたしの口の中に唾がわきだした。

自分が情けなかった。

二日前の夜に体を交えたせいで、ホルモンがひどく乱れている。体がちりちりして、身もだえしてしまう。体のくびれを探る彼の長い指が忘れられない。素肌を這うやわらかい唇。皮膚の下まで見透かすような刺激的なハシバミ色の目。ダッシュのそばにいると、整備工場での出来事を思いださずにはいられない。彼に対して激怒していなければ、昨日の夕方にバイクのシートに乗っていただけでクライマックスに達していたかもしれない。

「夕食に招待してほしいの？」玄関の鍵を開けながら、わたしは赤くなった頬をダッシュに気づかれませんようにと祈った。

「何を作るんだ？」

「チーズをたっぷり入れたエンチラーダよ」

「それならイエスだ」ダッシュはわたしのあとについてキッチンに入ると、買い物袋をカウンターに置いた。わたしが買ってきたものを出しているあいだに、ダッシュは勝手にリビングルームへ行った。「いい家だな」

「ありがとう。いったいなんの用？　夕食に乱入しに来たわけじゃないわよね」

「昨日、気に入らないことを言われたからだ」

「あら、そう？」シュレッドチーズの袋をカウンターに出す。「なんて言ったかしら？」

「きみは〝関係した。一度だけ。過去形よ〟と言った」

「そうね」彼が一言一句を正確に覚えているので驚いた。「それがどうしたの？」

「気に入らない」

「それは悪かったわね。わたしはあなたのことが気に入らないわ」

「ふん」ダッシュは腰に手をあて、リビングルームの窓から外を見つめている。そしてガラスに向かってうなずいてから、振り向いてこちらに大股で歩いてきた。彼が近づくと、キッチンの温度が二十度もあがったかに感じられた。ダッシュはわたしの目の前まで来て、ようやく足を止めた。波が押し寄せるように彼の胸から発散される熱が伝わってくる。ダッシュはたこのできた硬い手のひらでわたしの顔を包みこんだ。

「おれは文法が得意じゃない」

「あら、そうなの？　わたしは得意よ」ダッシュが唇を近づけてきたので、声がうわずった。

彼の息がわたしの唇にかかる。「本気で言ったのか？」

「何を？」ダッシュとの距離があまりにも近いので、わたしの脳の回路はショート寸前だった。

「〝一度だけ〟というのは」ダッシュがわたしの口元に優しくキスをする。「整備工場であれほどすばらしかったんだ。ベッドルームではどうなるか、興味はないか？」

「ないわ」これは嘘だ。

興味は大ありだと答えたかったが、プライドが許さなかった。わたしの心がイエスと言わせない。整備工場で体を交えたあと、ダッシュはわたしにひどい扱いをした。

だが、あれはただのセックスだ。行きずりの関係で、深い意味などない。どうでもいいことだ。

そう、どうでもいいはずだ。

それにもかかわらず、心とは裏腹に体のほうは、自分の手ではなく男性によるクライマックスが欲しいと叫んでいる。

はっきり認めよう。そう、わたしはダッシュとベッドをともにしたい。わたしはカウンターの端を手でつかみ、ダッシュの熱いキスを受けるのに備えた。彼のほうからキスをさせるのだ。ところが空気が動くのを感じて目を開けると、ダッシュが背中を向けてキッチンから出ていくところだった。

首の後ろに手をまわして黒いTシャツを頭から脱ぎながら、廊下を抜けてベッドルームへと歩いていく。

わたしが追ってくるのを承知しているのだ。

ふざけた男だ。

13

ダッシュ

「ダッシュ」タッカー・タルボットがおれの手を握る。「それじゃあ」

「ああ。じゃあな、タッカー」おれはアローヘッド・ウォリアーズのリーダーに手を振り、バイクにまたがった。

父が別れの挨拶としてタッカーにうなずくと、タッカーが連れてきた五人の男たちも父に向かってうなずいた。

五人は元ティン・ジプシー・モーターサイクル・クラブのメンバーだ。

向こうの六人は皆、ベスト《カット》を着ている。その黒い革のカットの背中にはウォリアーズのエンブレムが縫いつけてあった。矢尻《アローヘッド》のマークをクラブの名前と創設年度の文字で縁取ったデザインだ。装飾的なティン・ジプシーのエンブレムに比べると、ウォリアーズのものは白一色でシンプルだった。

出かけるときにカットを着ようとする習慣が抜けるまでには一年ほどかかった。あの革のカットは当時、手持ちの服の中で一番大切なものだった。カットを着ないでよそのクラブとの会合に参加するのはおかしな感じがした。

カットが与えてくれた力強さやステータスが懐かしい。

おれが今、着ているのは、カットに永遠の別れを告げて一カ月ほどしてから買った黒い革のジャケットだ。ジャケットは暑苦しかったが、脇のホルスターに差したグロックを隠す必要があった。

父とおれはウォリアーズと別れてから幹線道路に入った。タッカーとその仲間たちと会ったバーから八十キロほど離れたあたりで、父がバイクを路肩に寄せた。目の前に草原が広がる小さな待避所だ。バイクを降り、木々や遠くにそびえる山々を見ながらアスファルトと草地の境界を歩く。

「タッカーの言葉は本当だろうか？」父にきいてみた。

父がため息をつく。「わからんな」

「あいつらと来たのは賢いやり方だな」タッカーは副リーダーや幹部たちと一緒に現れると思っていた。ところが、かつてティン・ジプシーに忠誠を誓っていた男たちを連れてきた。

タッカーは、アミーナの殺害に関係しているかどうか、その男たちに単刀直入に質問することをおれたちに許した。五人のことはよく知っている。以前はともにバイクを乗りまわした仲間だ。父をはめる計画とは無関係だと各人が誓ったので、おれたちはその言葉を信じることにした。

この五人は容疑者リストから除外する。

タッカーの名前の横には、まだ疑問符がついていた。

過去のいざこざが原因で父への復讐を企む可能性のあるやつらといえば、ウォリアーズの名前が一番に挙がる。そうした理由から、父はタッカーとの会合を手配した。ウォリアーズの本拠地はクリフトンフォージから三時間ほど離れたアシュトンという町だった。そこまで行くのは父の保釈条件に違反するため、郡境に近いバーで会うことになった。おれたちの町からもかなり距離がある場所だったので、ウォリアーズの連中は中立地帯だと見なした。

父はただ会合を申しこんだ。説明はせず、理由も言わなかった。タッカーには必要ない。おれたちよりも、やつのほうが相手の状況をよく把握しているからだ。

「タッカーが嘘をついているとは断言できない」父が言った。「ただ、あの男の言うことにも一理ある。やつらがおれをはめる理由はなんだ？」

ウォリアーズはおれたちが譲ったドラッグ輸送ルートのおかげで以前よりも金を稼いでいる。今では互いの縄張りを食いあうこともない。ウォリアーズのやつらはティン・ジプシーが解散して喜んでいる。タッカーはさっきも自らそう言った。

「おれたちを怒らせて、クラブを復活させるような危険を冒すとは思えない」おれは父に言った。

「そうだな」

「やつはメンバーの行動を把握してるんだろうか?」

父が鼻を鳴らす。「タッカーがクラブをまとめる力は当時からお粗末だった」

父を罠にかけたのがタッカーでなくても、メンバーの誰かがやった可能性はある。命令にそむくメンバーは以前にもいた。

エメリンをさらおうとしたやつらは、自分たち独自の理由で勝手に行動した。エメリンを引き連れてクラブハウスに凱旋《がいせん》し、リーダーから認められたいと考えたが、失敗に終わった。タッカーはそいつらをたたえるのではなく、見せしめにした。

自分の命令にそむく者があってはならないのだ。

タッカーはエメリンの拉致を企んだやつらを父の前に連れてきた。そしてティン・ジプシーはそいつらを始末した。ふたりは山奥の、決して見つからない場所に埋められている。

ウォリアーズのメンバーにタッカーの意図が伝わっているかどうかは定かでない。ほかにも愚かなやつがいて、名を揚げるために強硬手段に出た可能性はある。

「ウォリアーズのメンバーが犯人だった場合、おれたちに知らせてくることはないだろうな」父が言う。「タッカーはメンバーの裏切りを二度も認めるような真似はしないだろう。絶対に」

「こっちはどうすればいい？」

「わからない」父はそよ風になびく草原の緑を見つめている。「記者のほうはどうなった？　まだ問題なのか？」

ああ、大きな問題だ。彼女のことが頭から離れない。

「イエスでもあり、ノーでもある」おれは言った。「おれたちに敵対するのではなく、協力させるまでは漕《こ》ぎつけた。だが、代償がある」

「いくらだ？」父は新聞社の前オーナーに金をつかませ、何年ものあいだおれたちに関する記事を最小限に抑えさせていた。

「金じゃない。取材だ。彼女はクラブについて知りたがっている。なぜ解散したのか。何をやってきたのか。公表を許可した部分もあるが、大半はオフレコだ」

父が腰に手をあててこちらを向いた。「その女は口をつぐんでいると思うか？」

「黙っているはずだ。彼女は誠実な人間だから」

この言葉はブライスをうまく言い表している。彼女がオフレコにすると言えば、記事にはならない。ブライスの記者としての行動規範だ。おれが取り決めを守って事実を話している限り、ふたりの関係は互いにとって有益だろう。

ブライスには難しいことではないはずだ。あの焦げ茶色の目で見つめれば、彼女には真実かどうかがすぐにわかる。おれが嘘をつこうとすれば、すぐに見抜くに違いない。ブライスの目は美しい。そして狡猾《こうかつ》だ。

昨夜は二度、体を交えたあと、ブライスはすっかり疲れきって裸のまま眠ってしまった。シルクのようなつややかな髪が枕に広がっていた。眠っているのに口角が少しあがり、かすかなほほえみを浮かべているのを見ると、帰りたくなくなった。

しかし、おれは女性と朝まで過ごさない。翌朝になって一緒に目を覚ませば、女性はその先を考える。指輪。赤ん坊。そのどちらもごめんだ。

後ろ髪を引かれる思いだったが、おれは笑みを浮かべて眠るブライスを残して帰った。夜明けまで彼女を腕に抱いていたいという強い思いをなんとか抑えた。

家に戻ったのは正解だった。誘惑に負けないでよかった。バイクに乗って帰ると、ブライスに心惹かれはじめたのは正確にはいつだっただろうかと自分のベッドに横になりながら何時間も考えた。悔しいが、それは最初に会ったときだ。

整備工場に初めて来た彼女が日差しの中に立っている姿を目にしたときから惹かれていた。

「どれくらいその女と寝てるんだ？」父が尋ねる。

「それほど長くない」おれの態度はそんなにわかりやすいのだろうか？「どうしてわかったんだ？」

「知らなかった。だが、おまえが白状した。そんなことをしていていいのか？」

「よくないだろうな」おれは認めた。

一夜限りの出会いを求めて〈ベッツィ〉に来るような軽い女とベッドをともにするほうがよほど安全だ。ブライスはどう考えても軽い女ではない。彼女は手ごわい。ユーモアと生意気な言葉でおれを笑わせる。おれに挑んでくる。そしておれを怒らせていないときには夢中にさせる。

「正直に言えば、心を奪われて、もうどうしようもないんだ」

「おまえの母さんのときもそうだった」父が静かに言った。頬が緩んでいる。「初めて会ったのは小学生のときだ。当時は何も思わなかった。校庭で遊んでいる女の子たちのひとりにすぎなかった。だが高校の新入生になったクリッシーと再会した。黄色いワンピースを着て笑ってた。黄色が好きで、いつも着ていたよ」

「覚えている」

「ひと目見たとたん、目が離せなくなった」父の顔から笑みが消えた。「クリッシーはおれとつきあうべきじゃなかった。もっとほかのいい男を見つけたほうが幸せだっただろう」

おれは父の肩に手を置いた。「もし母さんがこの場にいたら、尻を蹴飛ばされるぞ。そんなことを言ってると」

父が笑い声をあげる。「おまえの母さんは気が強かったからな。それをときどき忘れてしまう。ああ、会いたいよ。毎日そう思う。喧嘩をしたい。脱いだソックスは洗濯かごに入れろと注意してほしい。いつも日曜に焼いてくれていたチョコレートチップクッキーをまた食べたい。黄色い服を着た姿が恋しい」

「おれもだ」

父はつらそうな顔で唾をのみこんだ。感情を抑えようと、サングラスの下でしきりに目をしばたたいている。父のこんな姿は見たことがない。父はこれまで母のことをあまり語らなかった。

アミーナ・デイリーの事件以降は母の話が増えた。

「母さんが最上級生だったときのイヤーブックを見た」ポケットの財布から、二十ドル札と一緒に入れてある、破り取った写真を取りだした。

この写真のことはブライスには隠している。昨日の夜、ふたりで話をしていたときに言いかけたものの、結局はポケットから出さなかった。情報を共有すると約束したので近いうちには話すつもりだが、これは家族の問題だ。ブライスに見せる前に父から話を聞きたかった。

今日はすべてを打ち明けてくれるかもしれない。

「これだ」写真を父に渡す。父は驚いたとしても、顔に出さなかった。「母さんとアミーナだ。ふたりは友達だったのか？」

「親友だった」父が訂正する。「ふたりを引き離すのは不可能なほどだった」

「仲たがいしたのか？」

「高校を卒業したあと、アミーナは引っ越してしまった」父は肩をすくめた。「そのせいで疎遠になったんだと思う」

「思う？」疎遠になっていたとしても、普通なら母の葬儀には来るはずだ。

「ああ」父は写真を折りたたんで返してきた。この話は終わりという意味だ。

それだけか？　父は激怒している。アミーナとベッドをともにしたということは、彼女に対してある種の感情を抱いているのだ。おれの知る限り、母が死んで以降、アミーナは父が関係を持った唯一の女性だ。父に詳しく話すようせっつこうかとも考えたが、無駄に終わるに決まっている。

「おれを罠にかけようとしてるやつの噂を耳にしたことがないかと、何人かに電話をかけてみた。だが誰も心あたりはなかった。みんなが真っ先に思いついたのもウォリアーズだった」

「トラヴェラーズはどうだ？」その名前を口にするだけで、おれは胃が締めつけられた。やつらへの憎悪は生涯消えないだろう。

「全員が死んでいる」

「確かなのか？」

父がサングラスを外して頭にあげた。言葉を裏打ちするように焦げ茶色の目でおれを見つめる。「やつらは死んだ。ひとり残らず。間違いない」

「わかったよ」おれは父の言葉を信じた。「ほかに誰がいる？」

「まったくわからん。今、できるのは待つことだけだ。誰かが口を開くまで」

「それだけか？」父の口から出た言葉とも思えない。「こんなにあっさりあきらめるのか？　親父自身が窮地に陥ってるんだぞ。自由を失ってしまう可能性だってあるのに」

「これでいいのかもしれん。これまで犯してきた罪をいよいよ償うときが来たんだと思う。終身刑を食らってもおかしくないことは知ってるだろう。もしそうなったら、受け入れるつもりだ」

この男は誰だ？　母を殺したトラヴェラーズに復讐を誓い、残虐な暴力に訴えてそれを見事に果たした男とはまるで別人だ。妻を殺害されてもなお、生き方を変えるのを拒否した男とは違う。

「本気で言ってるのか？」

「もちろん本気だ」父は抗うのをやめたのだ。

おれは頭を振ると、父に手を振ってからバイクのほうへ歩いていった。父はあきらめたとしても、おれはまだ納得がいかない。

クリフトンフォージまでの道は早かった。父へのいらだちをぶつけるように、エンジンをふかして風を顔に受けながら、道路をバイクで走り抜けた。セントラル・アヴェニューまで来たが、家の方角にも整備工場のほうにも曲がらずにまっすぐ走り、ブライスの自宅がある静かな地区へ向かった。

彼女なら新鮮な目で、違った角度から物事を見ることができる。ウォリアーズとの会合にも連れていきたかったくらいだ。

家の前にバイクを停めたとき、ブライスはキッチンにいた。シンクの前に立つ姿が大きな窓から見える。おれがドアベルを鳴らし、手で髪をかきあげて待っていると、彼女の足音が聞こえてきた。

ドアを開けるブライスに驚いた様子はなかった。「また来たの？　毎日来る気じゃないでしょうね？」

キッチンからいいにおいが漂ってきて、おれは奥をのぞきこんだ。「何を作ってるんだ？」

「ローストよ。スロークッカーで一日かけてじっくり火を通しているの」

朝食をとったきり何も食べていなかったので、腹が鳴った。しかも、大きな音で。おれを哀れに思ったのか、ブライスがドアを大きく開けて中に招いてくれた。

「入って。冷蔵庫にビールがあるわ」

おれはブーツを脱ぎ捨て、彼女のあとについてキッチンへ向かった。ビールを出して蓋をひねり、コンロの前に立つブライスの背後から鍋をのぞきこむ。「マッシュポテトか？」

「塩味のグレイビーソースを好きだといいんだけど」彼女は小さな鍋でソースをかきまぜている。「わたしはこれしか作らないのよ」

「文句なんて言わない」おれはブライスの肩にキスをして、背中を震わせる姿を楽しんだ。昨日の夜は互いに敏感なところを探った。肩はそのうちのひとつだ。

ブライスが振り向き、おれの大胸筋に手を這わせて親指で乳首に触れる。おれはにやりとした。そこはおれが感じる場所のひとつだ。

またもや腹が鳴り、夕食のほうが先だと叫んでいた。昨夜は結局エンチラーダを食べたのは真夜中近くになってからだった。今も彼女を裸にしたいのはやまやまだが、このままでは腹が減りすぎていてまともに動けない。

「皿は冷蔵庫の横にある食器棚の中よ。ナイフとフォークはその引き出しにあるわ」

ブライスはシンクの横を指さした。「アイランドカウンターで食べない？」

「オーケー」おれはブライスが料理を山盛りにしてくれた皿を受け取り、カウンターに置いた。ひと口食べただけで、ジーンズの中で達しそうになった。エンチラーダにはかなわないが、同じくらいおいしい。「これはうまいな」

「気に入ってもらえてよかったわ」

「こんな料理をずっと食べさせてくれたら、自分の家には帰らないな」

「あら、これが最後の食事よ」ブライスがにんまりする。「今日はなんの用？」

「親父と一緒にウォリアーズのやつらに会ってきた」

「そうなの？」彼女はフォークを持った手を空中で止めた。「それで、どうなったの？」

「向こうのリーダーは自分たちの仕業ではないと請けあった。ティン・ジプシーからウォリアーズに鞍替《くらが》えした五人を連れてきていて、そいつらも殺人事件には関与していないと断言した。おれはその言葉を信じようと思う。しかし単独で親父を罠にかけようとしたやつがいる可能性も残ってる。だが実際に捕まえて彼らの前に突きださない限り、向こうはそんな男がいるとは認めないだろう」

「なかなか興味深い話ね」ブライスはフォークの先をまわしながらおれの話を反芻している。「これからどうするの？」

おれは肩をすくめた。「わからない。だからここに来たんだ。きみはどう思う？」

「そうね」ブライスは料理を口に運び、咀嚼しながら考えている。「ドレイヴンを罠にかけた犯人の手がかりがつかめないのであれば、アミーナのほうから調べるべきだと思うわ。少なくとも、クリフトンフォージに来ていた理由はわかるかもしれない。アミーナがこの町にいたのを知っている人をうまく見つけることができれば、可能性を絞りこめるわ」

「おれの勘では、アミーナを殺した犯人は親父を尾行していたんだと思う。罠にかけるタイミングを見計らっていたんだ」

「なるほどね。それと、アミーナが殺されたのは怨恨が理由だとは考えられない？七回も刺されているのよ。犯人は彼女を知ってたんじゃないかしら」

「そうかもしれないな。あるいは親父がベッドをともにしたあとに殺したと思わせるために、怨恨に見せかけた可能性もある」いまだにおれは父がアミーナと関係していたとは思いたくなかった。

「一理あるわね。ただ、あなたのお父さんを罠にはめた人物の手がかりは皆無だから、今は被害者を調べるしか選択肢がないわ」

「ああ。調べる価値はあるだろう」グレイビーソースのかかったマッシュポテトを口に運んだ。塩加減がちょうどいい。

父が無実だという証拠がつかめないのであれば、アミーナの人生を調べることで、少なくともアミーナと母の関係は明らかになるだろう。

父のおざなりな答えはなんの助けにもならなかった。母は自分の人生に人を引きこむたぐいの人だった。親友との仲が自然消滅するなどありえない。何かが起こったに違いないが、それがなんであれ、父は話してくれなかった。

「ほかには？」ブライスがきく。

今がちょうど、イヤーブックの写真について話すときなのだろう。ページを破り取ったことを隠し通すために警察に通報したのだと白状するべきだが、そんなことを言えば喧嘩になる。今夜はブライスと口論などしたくない。彼女の勝利が明白なのだからなおさらだ。

料理を口に入れながら、おれから打ち明ける前に彼女が写真を見つけたりしないようにと強く祈った。「ない。これは本当にうまいな」

「さっきも聞いたわ」ブライスがほほえむ。

「何度も言いたくなるほどだ。おれはあまり料理が得意じゃないし、習ったこともない。母親は家族のために料理を作るのが好きだった。母親が死んで以降は、親父はキッチンに立って母親の代わりを務めようとしなかったから、外食ばかりになった。ニックはそんな食事に嫌気が差して、自分で作りはじめた。兄貴は料理が上手なんだ。兄貴が学校を卒業して家を出ると、親父とおれはまた外食に戻った」

「わたしは母から習ったの。母に会ったことはある？」おれがかぶりを振ると、ブライスは言った。「そうでしょうね。あなたとは行動範囲が違うもの。金曜の夜には

〈ベッツィ〉でビールを飲むよりも、友達と集まって、さいころゲームをするタイプだから」

おれは最後のひと口を食べながら、彼女の言葉に笑ってしまった。「今夜もごちそうさま」

「どういたしまして」

皿を持ってふたり同時に立ちあがったが、おれはブライスの手から皿を取った。

「おれが片づけるよ」

「気にしないで」

「ゆっくりしててくれ。おれがやるから」シンクへ行き、水を出す。「ニックが料理で、おれが後片づけの担当だったんだ」

「ティン・ジプシーはどういう経緯で結成されたの？」ブライスが背後から尋ねる。

皿を水で流しながら、おれは思わず笑みを浮かべた。彼女はいつも質問ばかりしてくる。生きているあいだに、思いついた質問を全部、きくことができるのだろうか。

「祖父がこの町の小さなクラブに入っていたのがそもそもの始まりだ。メンバーはバイクに乗るのが大好きな連中だった。祖父はゼロから整備工場を立ちあげて経営していて、そこがクラブのたまり場だった。親父は将来は自分が継ぐ覚悟をしてたんだが、その前にクリフトンフォージを出て大学へ行こうとした。ところが親父が高校を卒業した一週間後に祖父が死んだ。父はクリフトンフォージに残って家業を継ぎ、クラブにも入った」

父は町から出られなかったことを決して後悔していない。母がいたからだ。母は実家の家族と仲がよく、できれば地元にとどまりたいと考えていた。とはいえ、父と一緒にいることを何よりも大切に思っていた。

「親父の高校時代からの友人が卒業後にカリフォルニアへ行った。ストーンだ。このあいだ、話しただろう。エメットの父親だ。ストーンは向こうの大きなクラブのやつらとつきあうようになった。そのクラブには入らなかったが、多大な影響を受けて、モンタナに帰ってくると親父のいる地元のクラブに入った。そしていくつかの変化を経てクリフトンフォージ・モーターサイクル・クラブから、ティン・ジプシー・モーターサイクル・クラブへと生まれ変わったというわけだ。あとは知ってのとおりだよ」

「それじゃあ、あなたのおじいさんがティン・ジプシーを作ったことになるの？」

「大もとをたどればね。だが実質は親父とストーンの功績だ。ストーンはリーダーになるのをいやがったから、親父がなったんだ」

「あなたのお父さんがずっとリーダーだったの？」

おれはうなずいた。「おれがリーダーだった五年間を除けばそうだ。ストーンが副リーダーで、おれのときはエメットが務めてくれた」

父とストーンは当初、ティン・ジプシーをこんなに大きくするつもりはなかったと聞いたことがある。予想以上に大きく展開したらしい。それに比べ、自動車整備工場の稼ぎは限られていた。ストーンも整備士として働いていて、彼にも父にも養うべき家族があった。クラブのブラザーたちにも金が必要だった。そこで父はメンバーたちが困らないように、違法行為にも手を出す決断をした。

おれの知る限り、母が死ぬまで、父はその危ない決断を後悔したことがなかった。そして取り返しのつかない事件が起きた。父は怒りにわれを忘れ、復讐を強行した。

「どうしてダッシュと呼ばれているの？」

おれは皿を食器洗い機に入れた。「母親のせいだ。物心がつく頃から、すでにそう呼ばれていた。走りまわってばかりでじっとしていないから、母親がダッシュというニックネームをつけたんだ。キングストンと呼ばれるのは、こっぴどく叱られるときだけだった。おれはスピードが大好きな子どもだった。七歳のときには自転車で競走している途中に転んで骨を折った。ニックが木箱で作ってくれたゴーカートのブレーキを壊したのは十歳の頃だ。そんなことばかりしていたよ。母親にできたのは、おれにヘルメットをかぶせることくらいだ」

「ベッドをともにしている相手がアドレナリン依存症だとは知らなかったわ」ブライスはくすくす笑った。「ビールをもっと飲む？」

「きみの答え次第だ。おれはバイクに乗って帰らなければならないのか？」

「その質問に答える前に、ひとつききたいことがあるの」

「なんでもきいてくれ」おれは食器洗い機に皿を入れ終え、彼女と向きあった。

「わたしたちはどういう関係なの？」

「セックスをする関係だ」おれはにやりとした。「本当にすばらしいセックスだった」

「わたしたちは、その……限界を決めておくべきじゃない？」

「限界か」おれは片方の眉をあげて考えた。「アナルはやめてくれとか？」

「そうじゃないわ。まったく、なんて人なの」ブライスが目をぐるりとまわして笑った。「セックスの限界じゃないわよ。もちろんそれについてもいくつかあるけど、わたしが言いたいのはこうやって会うことよ。あなたは真剣な関係なんて求めていないんでしょう？」

「そのとおりだ」

「わかったわ。じゃあ、この関係には限界があるわね」

「お互いにうんざりするまでというのはどうだ？　そうなったら終わりだ」ブライスの限界の内容にもよるが、ふたりの体の関係がさらに熱くなっていけば、そしてその可能性があるというだけでも、おれは当分ブライスに飽きることはないだろう。「それでいいか？」

「いいわ」彼女はスツールからおりると、おれのほうへゆっくりと歩いてきた。「ねえ、知ってる？　皿を片づけるあなたはとてもセクシーだって」

ブライスが至近距離でおれの胸に手を這わせたので、おれの下腹部は熱を帯びた。

「今夜は泊まろうかな。明日の朝食をきみが作ってくれたら、おれが皿を片づける」

「わたしは朝食は作らないの」

彼女の口にキスをして、閉じた唇に舌を這わせる。「おれが言いたいのは後片づけの話じゃない」

おれのキスを受けながら、ブライスがほほえんだ。「それなら泊まっていってもいいわよ」

14

ブライス

「まったく、どこなの？」わたしは着ようと思っている緑色のTシャツを捜して、乾燥機の足元にある洗濯かごの中を引っかきまわした。ペアにできるのかも不明なほどたくさんのソックスや、五枚ほどのタオルの下敷きにもなっていない。

そのかごをあきらめて、洗濯機の横に置いたかごをあたっても見つからなかった。クローゼットのハンガーにもかかっていなかった。洗濯室のかごは三つとも全部見た。あと考えられる場所といえば乾燥機だ。ジーンズにブラジャーという格好で、その中を捜す。

「何をしてるんだ？」

「きゃっ！」わたしはダッシュの声に驚いて胸を押さえた。「びっくりさせないでよ」

「すまない」

「謝らなくてもいいわ」乾燥機の中の洗濯物をひっくり返していると、ひと晩中眠らせてくれなかったダッシュに対するいらだちがこみあげてきた。眠れなかった原因はロマンチックなものではない。「ゆうべはいびきがひどかったわよ」

ダッシュは笑いをこらえているらしく、胸を震わせている。「悪かった」

彼は戸枠にもたれかかって、あくびをした。黒いボクサーパンツしかはいておらず、髪はぼさぼさで目は眠たげだ。わたしはダッシュの体にそそられ、口の中に自然に唾がわいてきた。

そんな姿の彼を見ていると、機嫌を悪くしたままではいられなかった。朝からこの光景を目にできるのであれば、眠れない夜も悪くはない。

割れた腹筋とその下の引きしまったVラインは毎日見つづけてもほれぼれする。ボクサーパンツの裾がぴっちりと張りつくくらい、腿の筋肉はたくましい。発達した腕の筋肉にはしなやかで太い血管とタトゥーが走っている。その体を見ていると、いびきのせいで眠れなかったいらだちも忘れてしまう。

片方の腕には髑髏《どくろ》のタトゥーがある。顔の半分にはボヘミアン調のジュエリーが施され、もう半分はつややかなメタリックという凝ったデザインだ。二の腕には黒いインクでそれぞれ違ったバングルのようなタトゥーが入っている。そして髑髏とは反対の腕には笑顔の女性の肖像画があった。

ダッシュとタトゥーの話はしたことがなかったが、それは彼の母親なのだろう。そのタトゥーはダッシュの腕をセクシーに見せはしないけれど、わたしの心をとろけさせた。そんな男性がわたしのベッドで眠った。わたしが最後に男性と眠った――正確には眠ろうとしたのはいつだろう？　ベッドのマットレスにふたり分の重みを感じたのは久しぶりだ。

ダッシュは死んだように眠っていた。いびきをかいていたので、もちろん生きてはいる。今朝はわたしが何も着ていない背中に置かれたダッシュの腕をどけてベッドから出ても、彼は目を覚ます気配すらなかった。

シャワーを浴びながら少し怖くなった。冷静に考えると、ダッシュは将来を考えられる相手ではないだけでなく、ある意味では敵だ。

心を許すべきではない。

体の交わり。それだけの関係だ。

わたしは何度も繰り返し自分に言い聞かせた。そうして頭に叩きこんでおかなければ、ダッシュが信用できないことを忘れてしまう。それ以上に、今よりもさらに強い感情を抱いてしまう危険もある。

深い愛情や心のつながりを感じてはならない。しかし目覚めたときに彼の長い指に触られているのはいいものだ。ダッシュは夜のあいだずっと、わたしに触れていた。体を動かすと、いつも彼の手が追ってきた。だが、そんな慰めをダッシュに求める必要はない。心の安らぎが欲しければ、母に抱きしめてもらえばいい。

ダッシュとわたしは情報を得るために協力している。夜には体を求めあう。それがわたしの定めた限界だ。アミーナを殺した真犯人を見つけたら、あるいはドレイヴンが犯人だという証拠を発見して、父親が殺人犯であるとダッシュが認めたら、この関係は終わる。

ダッシュがわたしのベッドでいびきをかくのに慣れてはいけない。セクシーな体と日焼けした肌がずっとそばにあると過信してはいけない。洗濯室の戸枠にもたれ、わたしがTシャツを捜しているのを見ながら居眠りしてしまうのを、かわいらしいなんて思ってはいけないのだ。

求めている緑色が乾燥機の奥に見えた。「あったわ」笑顔になって引っ張りだし、頭からかぶって着る。Vネックでゆったりしているが、だぶついているわけではない。小さなポケットが胸元についている。

わたしが顔をあげると、目を覚ましたダッシュがそのポケットを見つめていた。

「今日のおれたちの予定は？」顔をこすりながらきく。無精ひげが濃くなって、顎ひげのようだ。わたしは顎ひげが好きだった。

「おれたち？」

ダッシュがうなずく。「今日は金曜だ」

「そうね。今日は一日中ずっと金曜日よ。だから？」

「つまり、おれは仕事が休みだ。一緒に過ごそう」

「一緒に」わたしはダッシュの言葉を繰り返した。デートをしようと誘っているのだろうか？　調査とベッドをともにするだけの関係なのに？　金曜を一緒に過ごすのは、つきあっているカップルがすることだ。ダッシュとはつきあっていないが、わたしは彼とベッドをともにできるチャンスにノーとは言わない。

「そうだ」ダッシュが肩をすくめた。「アミーナを調べるには、次に何をすればいい？」

「ああ、そうね」アミーナを調べるのだ。これはセックスをするのとも、彼と休日を一緒に過ごすのとも違う。わたしはすっかり舞いあがっていたが、現実に戻らなければならない。「彼女が高校卒業後に町を離れた理由を知りたいわ。そのあと、どこにいたのかも。そしてなぜクリフトンフォージに戻ってきて、あなたのお父さんに連絡したのか」

「オーケー」

わたしは立ちあがると、ダッシュの横をすり抜けて洗濯室を出た。「もう一度高校に行って、イヤーブックを調べるのを終わらせるわ。警察を呼ばれたせいで、最後まで見られなかったから」

「いつまでその話を蒸し返すんだ？」彼は素足で歩きながらキッチンまでついてきた。

「一生よ。いい？　わたしはあなたなんか嫌いなの」

「わかったよ」ダッシュは含み笑いをもらすと、わたしのマグカップを顎で示した。

「コーヒーはまだあるかい？」

「ええ」わたしはマグカップを出し、コーヒーマシンに置いた。カフェポッドをセットしてから、彼のほうを向く。ふたりのあいだにはアイランドカウンターがあるので、タトゥーを入れたダッシュの腕には触れられない。彼の腕……ああ、そそられる。ダッシュは腹立たしいほどセクシーだ。すぐにでも服を着てもらわないと、目のやり場に困る。「一緒に高校へ行きたい？」マグカップを渡しながらきく。ダッシュを連れていったほうが、受付のサマンサと話をしやすいだろう。逮捕されたので、彼女と顔を合わせるのが気まずい。助手がいればサマンサの注意は分散されるはずだ。それがダッシュのようにハンサムな男性であればなおさらだ。

「ああ……そうだな」ダッシュはコーヒーを飲みながら眉間に皺を寄せた。「アミーナの家の住所は知ってるんだろう？　ボーズマンだったよな？　たしか記事にそう書いてあった」

「ええ」アミーナに関する仮報告をもらうときに、ワグナー署長から得た情報だ。「高校はやめて、ドライブにしよう」

わたしも近いうちにボーズマンへ行こうと思っていた。片道二時間かかるので、取材の状況次第では丸一日つぶれるだろう。日曜版の原稿はすでに提出し終わり、今は水曜版の準備をしている。アミーナについて次の日曜版に書くのであれば、すぐにも新しい情報が必要だ。

「いいわよ」わたしはうなずいた。「だけど、もう一度高校にも行きたいの」

「どうしてだ？　そんなに多くのことは見つからないと思うが」

当時の写真をもう少し調べてみたい。ティーンエイジャーのアミーナを捜すというより、卒業後にも交流があったと思われる人々を知りたいからだ。「そうね、あなたの言うとおりかもしれない。高校はやめて、ドライブにしましょう。今日は出社できないと父にメールで連絡するわ」

「よし」ダッシュがにっこりした。「シャワーを浴びてもいいかな？」

「どうぞ。タオルは背の高いキャビネットにあるから」

「一緒に来るか？」彼がウインクをする。

わたしは脚のあいだがかっと熱くなったが、それを無視した。「時間がないわ」

「ベイビー」ダッシュはアイランドカウンターにマグカップを置くと、わたしのほうにゆっくりと歩いてきた。一歩近づくごとに、わたしの鼓動が跳ねあがった。カウンターの縁を手でつかみ、彼の足元にひれ伏してはならないと体に言い聞かせる。ダッシュのざらついた声は、わたしの髪に差し入れられた指先と同じ感触だった。「世界にはまだ時間がたっぷりある」

「早く行かないと」言葉とは裏腹に、わたしに説得する気持ちはなかった。

「明日はひとりで先にシャワーを浴びるなよ」

今日が明日であってほしいと瞬時に思った。

ダッシュはからかうようにわたしの耳を引っ張ると、髪から手を離してキッチンを出ていった。先ほどとは違い、きびきびした足取りだ。仕事に行く準備をする男性の動きだった。

わたしは目を閉じて胸の高鳴りがおさまるのを待った。バスルームから聞こえてくるシャワーの音を耳にしながら、トラベルマグふたつ分のコーヒーを淹《い》れた。

数メートルしか離れていないところに濡れて一糸まとわぬ姿のダッシュがいる。わたしはバスルームに足が向かってしまわないように、食器洗い機からきれいになった食器を出して片づけた。それが終わるとトートバッグからアミーナ殺害事件に関係のない取材手帳を抜いて、ドライブの準備をした。アイランドカウンターでコーヒーを飲みながら待っていると、昨日と同じ服を着て、いつもの生意気そうな笑みを浮かべたダッシュが来た。

「どうぞ」トラベルマグをダッシュに差しだす。

「バイクにはカップホルダーがないんだ」

わたしは目をしばたたいた。「なんですって？」

「カップホルダーだ」ダッシュは玄関に行ってブーツを履きはじめた。「バイクにはついてない」

「じゃあ、わたしが車を運転するわ。車ならカップホルダーがついてるから」

ダッシュが背中を伸ばした。「バイクで行く」

「いやよ。わたしが運転──」

「バイクは楽しいぞ。おれの言うことを信じてみろ」

「〝おれを信用するな〟って言ったじゃない」

ダッシュがにやりとする。「例外もある。夏のモンタナをバイクで走るのは最高だ」

「わかったわ」わたしはトラベルマグを彼の下腹に押しつけるようにして渡してから、自分の分を喉を鳴らして飲んだ。眠くなってバイクから落ちないようにカフェインを摂取する。

「思ったより簡単に説得できたな」ダッシュも渡されたコーヒーを飲んだ。

「うるさいわね」わたしはダッシュのハーレーに乗りたいとひそかに思っていたのだろうか？　イエス。だが素直に認めるくらいなら死んだほうがましだ。

トラベルマグをアイランドカウンターに戻し、そこに置いてあったトートバッグと財布から必要なものだけを取りだす。現金、クレジットカード、運転免許証、リップグロス、ヘアゴム、ガム、スマートフォン。わたしがはいているジーンズは脚にぴったりしているので、ポケットに全部入れるのは無理だ。ヘアゴムを手首につけ、ガムと現金とクレジットカードだけをポケットに入れた。ほかのものを入れるには別のポケットが必要だ。

わたしはダッシュを見て笑みを浮かべ、玄関へ行って目の前に立った。わたしがダッシュのジーンズのポケットに指をかけて手前に引っ張ると、彼がはっと息をのんだ。わたしは自分のポケットに入りきらなかったものを全部ダッシュのポケットに入れ、彼の腿を軽く叩いてから一歩さがった。「準備完了」

「気をつけろよ」ダッシュはファスナーに手のひらをあてると、わざとらしく脚のあいだにあるものの位置を直してみせた。「取りだすときにはこっちに手を入れさせようかな」

「ぜひ、そうさせて」わたしの下腹部に軽い衝撃が走る。

外に出てダッシュのバイクまで歩いていった。朝の新鮮な空気が心地よい。朝露で濡れたシートに彼が先にまたがった。「乗れよ」

「ヘルメットは？」町をゆっくり走るだけならヘルメットなしでもかまわないが、幹線道路を使うはずだ。絶対にヘルメットをかぶりたい。

ダッシュはいらないと言おうとしたようだが、わたしの顔を見て口をつぐんだ。不安がまじった表情に気づいたのだろう。

「お願い」

彼がため息をついた。「整備工場にあるから、寄っていこう」

「ありがとう」わたしはダッシュの後ろに乗り、彼の腰に腕をまわした。バイクが走りだし、エンジンの音を響かせながら通りを進んでいく。

整備工場に着くと、まだ閉まっていたのでほっとした。ダッシュのバイクに乗っているところを従業員たちに見つかって、〝どうしてあの女がボスと一緒にいるんだ〟という不審の目を向けられたくない。ダッシュが小走りで建物に入ってヘルメットを手に戻ってくる様子から、彼もまだわたしとの関係を知られたくないのだと思った。わたしはダッシュに説得され、彼の革のジャケットを着た。わたしはつや消しの黒いヘルメットもかぶったが、ダッシュのほうはヘルメットはいらないと言い張った。準備が整うと出発し、町を抜けた。冷たい朝の空気の中を走っていると、コーヒーの効果とは比べものにならないくらい目が冴《さ》えてきた。カーブした幹線道路を飛ばすダッシュの後ろに乗っているのは気分爽快だ。

カーブに差しかかるたびに体重を移動させるので、ダッシュの筋肉が動くのを感じる。彼の力強さとマシンの感触が脚に伝わってくる。ダッシュは何度か片方の手をハンドルから離し、わたしの腿を長い指でつかんで大丈夫かどうか確かめてくれた。わたしは彼の腰にまわした腕に力を入れて、大丈夫だと知らせた。

ボーズマンに着くと、自分が育った町への懐かしさがこみあげてきた。今、走っているのは初めて車の運転を練習した道だ。通っていた高校や、毎年父の誕生日を祝ったレストランの前を通り過ぎる。学生時代にはなかった店や建物もできていた。わたしが都会で暮らしているあいだに、この町も変化したということだ。

わたしはずっとこの町に戻って家庭を持つという夢を描いてきた。ボーズマンで夫と一緒に家を探し、わたしと同じ学校に子どもたちを通わせたかった。

こうしてここにいると、ほろ苦い気分がこみあげてきた。思い出とかなわなかった夢とがないまぜになる。わたしは心によぎる悲しみを振り払った。夫と子どものいない欠落感など抱えこみたくない。

夫と子どもがいなくても幸せだ。

だがそう確信するのと同じ強さで、家庭を持つことも望んでいた。

交差点の手前に来るとダッシュに左折するよう指示して、アミーナの家まで誘導した。近いうちに来ようと思っていたので、事前に住所を調べて黄色い手帳に書いておいた。

住宅街に入ると、ダッシュがスピードを落とした。わたしは家に表示されている番地に目を凝らした。

「あったわ」外壁が薄い桃色に塗られた二階建ての家を指さす。

バイクが停まると、わたしは先に降りてヘルメットを脱いだ。ダッシュが風で乱れた髪を手櫛で整える。二度かきあげるだけで、ちょうどいい具合になった。わたしはヘアゴムを手首から外して髪をまとめた。

「これが彼女の家か？」ダッシュがアミーナの家を見た。

「すてきね」家は小さな公園に面していた。ベンチと一体になったピクニックテーブルがふたつと子ども用の遊び場のある公園を馬蹄形に囲んで、似通った家が五軒並んでいる。アミーナの家には〝売り物件〟という真新しい看板が玄関先の芝生に立てられていた。「こんなに早く売りに出されるなんて思わなかったわ」

「これからどうする？」ダッシュがきく。

「これから」わたしは彼に手を差しだした。「わたしの電話を出して、不動産業者に連絡して内覧を申しこむわ」

電話をかけると、家の中を見せてもらえることになった。すぐに担当者が来てくれるらしい。

「それにしても、早々と売りに出されたものだな」ピクニックテーブルに座って不動産業者を待っていると、ダッシュが言った。

「もうアミーナは帰ってこないしね。娘か誰かわからないけど、不動産の売却を任された人はこの夏のあいだに市場に出したかったんでしょうね。冬が来る前に売れるように」

「ああ。いい家だしな」

「そうね、新しく開発されたのね。わたしがこっちに住んでいた頃は、このあたりは農地だったのよ」

もしわたしが母親で家を探しているとしたら、この地区は最終候補に残るだろう。子どもを育てるには理想的な環境だ。近所づきあいができるし、日曜の午後には子どもたちが集まって遊べるだろう。

クリフトンフォージにあるわたしの家は、通りに並ぶほかの家々と同じく平屋建てで、小さな庭がついている。歩道の雪かきは自治会で行う。隣人は老夫婦や、配偶者に先立たれた退職者たちばかりで、わたしが一番若いという事実を引っ越してから知った。

近隣住民の中で唯一の未婚女性だが、わたしは地域にうまくなじんでいた。

車のドアを閉める音がした。不動産業者が手を振りながら、笑顔でこちらに歩いてくる。「こんにちは」

「こんにちは」わたしも笑顔で挨拶した。ダッシュとふたりでピクニックテーブルから離れ、彼女のほうへ行った。ダッシュの手を取ると、彼が腕の筋肉をこわばらせるのが感じられた。

手を握られたとき、彼はこんな反応を示すのだ。不動産業者が握手しようと手を差しだしながら足早に近づいてくるので、ダッシュの反応にいらだっている暇はなかった。

互いの簡単な自己紹介が終わると、彼女は家に案内してくれた。「いいタイミングでお電話をいただきましたわ。昨日の午後に売りに出したばかりなんです。近隣の環境がとてもいいので、すぐに売れてしまうでしょうね」

「すてきな家ですもの」わたしは笑顔でダッシュを見あげ、幸せな夫婦のふりをする。不動産業者が玄関へ続く階段をあがりだすと、わたしは彼の手を握りしめた。「このポーチもいいわね、ハニー」

「ああ……」

困った男だ。わたしに手を握られて、頭の中がショートしてしまったらしい。わたしはダッシュの顔を見ながら目をぐるりとまわし、〝芝居をして〟と声に出さずに口だけ動かした。

「そうだな」こわばっていた彼の腕から力が抜けた。「ちょうどいいな」

不動産業者が玄関のドアを開け、わたしたちを先に通した。自身も入ってきて、照明をつけて説明を始める。

「ベッドルームは三部屋あって、バスルームがふたつにシャワールームがひとつあります。ご覧のとおり、キッチンとダイニングルームに仕切りのない設計になっています。築六年で、所有者がずっとお住まいでした。手入れが行き届いた家で、所有者は家具つきでの売却がご希望です」

「ちょうどいいと思わない、ハニー？」わたしはダッシュに言った。

彼はわたしの肩に腕をまわした。「そうだな。家具も替えたかったし。あのソファはわが家にあるものより、ずっといいな」

わたしは会話に合わせて笑ってから、室内を見てまわるためにダッシュから離れた。アミーナの手がかりを求めて写真を探す。不動産業者が一緒なので調べにくいと思った矢先、彼女の電話が鳴りだした。

「ちょっと失礼して、電話に出てもかまいませんか？」彼女はすでに外へ足を向けている。「自由にご覧になっていてください。すぐ戻りますから」

不動産業者が電話を耳に押しつけて公園のほうへ歩いていくのを見送ると、ダッシュがドアを閉めた。

わたしはサイドテーブルに駆け寄って引き出しを開けた。中は空だった。その横の引き出しも開けてみる。こちらにはテレビのリモコンが入っているだけだ。次にキッチンへ行き、同様に引き出しを調べる。

肩越しに振り返って玄関に注意を払いながら、ダッシュもキッチンへ来た。「何を探してるんだ？」小声できく。

「アミーナを知る手がかりになるものよ」

「わかった」ダッシュもほかの引き出しを調べようとしたが、わたしはにらんでやめさせた。

「あなたは見張りをしていて」ダッシュをキッチンから追い払う。「彼女が戻ってきたら、注意をそらして」

ダッシュが顔をしかめる。「どうやって？」

「そうね、彼女に笑顔を見せて。そうすれば、ほとんどの女性はあなたの足元にひれ伏すみたいだから」

「きみには効かなかったけどな」彼はぶつぶつ言った。

ダッシュの言葉を訂正せず、わたしは調査に専念した。彼の笑顔にはわたしを破滅させるほどの影響力があるが、本人に知らせる必要はない。

キッチンには一般的な台所用品以外のものはなかった。古い手紙がまとめて押しこまれた引き出しもない。娘が来て、私物を片づけたのだろうか？　それとも、アミーナは整理するのが好きだったのだろうか？

わたしは階段を駆けあがると左右に目をやり、どの部屋から調べるべきか判断した。初めに右側のメインベッドルームへ向かう。階下には写真が一枚もなかった。サイドテーブルに写真立てはなかったし、マントルピースの上にもない。メインベッドルームも同じだ。

この家には人の住んでいる気配がまったくない。それには驚かなかったが、写真くらいは残っていることを期待していた。

メインベッドルームの引き出しを調べ、ついでにバスルームの引き出しものぞいた。だが思ったとおり、全部空っぽだ。客用のベッドルームもひととおり見終わったところで、階段をあがってくるダッシュの声が聞こえてきた。

「いいえ、子どもはいないんです。幸いなことに」

本気だろうか？　最後の言葉まで言う必要がある？　ダッシュとはベッドをともにするだけの関係でよかった。夫婦のふりをするだけでも疲れる。手をつなぐのは好きではないようだし、子どもまで嫌いだとは。

わたしは笑顔を作り、髪を払いながら廊下に出た。ダッシュの隣まで行って腕を組む。「本当にきれいな家だわ。ここで暮らせたらいいわね、子どもも作って。子どもはたくさん欲しいわ」

ダッシュがあからさまに顔をしかめる。

「物件の詳細についてお知りになりたいのでしたら、オフィスのほうへいらしてください」不動産業者の瞳には仲介手数料の金額が映っているかのようだ。「そちらは仲介業者を通さないということでしたね？」

「そうです」わたしは言った。「まず、ふたりでよく話しあおうと思います。昼食でもとりながら。また改めて電話をかけるということでかまいませんか？」

「もちろんです」ポーカーでいかさま師が袖口からエースを出すよりもすばやい手つきで、彼女が名刺を渡してくる。

家を出ると、不動産業者が車に乗りこむのを尻目に、わたしたちは歩道にぐずぐずとどまっていた。不動産業者は運転席につかないうちから携帯電話で話しはじめている。車が行ってしまうと、わたしはすぐにダッシュから離れた。

「何も見つからなかったわね」わたしは顔をしかめた。「これほど早く売りに出されるなんて意外だったわ。それに私物は全部持ちだされていたし。アミーナの家族は事件後すぐに片づけに来たのね。写真も何も見つけられなかった」

「おれも驚いたよ」

「しかたがないわね」わたしが歩きはじめたところに、ベビーカーを押した女性が角を曲がってきた。最初は気にとめなかったが、彼女がアミーナの家の隣の家に入っていくのが見えた。「すみません」わたしは手を振りながら近づいた。「隣の家の方をご存じですか?」

「アミーナね? もちろんよ」女性が肩を落とす。「事件のことを知って驚いたわ」

「わたしもです」わたしは手を差しだした。「ブライスと申します。ジャーナリストで、アミーナの記事を書いているんです。追悼の意味をこめて」まったくの嘘ではない。

「あら」彼女はわたしの手を握った。「それはいいわね」

「アミーナが暮らしていた町を訪ねて、どんな人生だったか知りたいと思っているんです。この家は彼女にぴったりですね。きれいで感じがよくて」

「まさにアミーナを表した言葉ね」若い女性が言った。「彼女みたいな人が隣に住んでいて、喜んでたのに」

「アミーナはひとり暮らしだったんですよね?」

女性がうなずく。「娘さんがたまに訪ねてきていたわ。先週も来て、お母さんの遺品を整理していたの。気の毒よね。全部ひとりでしなければならないから、つらそうだったわ」

「まあ、それは大変ですね。ほかにご家族は？」

「いないわ」彼女が残念そうに首を振る。「来客もあまりなかったみたい。娘さんが年に二回ほど、それにときどき週末に恋人が来るくらいだったわ。だから普段はアミーナひとり。わたしが出産した直後には、二週間も食事を届けてくれたのよ」

「優しい人だったんですね」わたしはあたり障りのないことを言いつつも、彼女が口にした言葉が気になっていた。「アミーナに恋人がいたとは知りませんでした」

「あら、そうなの。もしかすると、恋人というのは適切な言葉じゃないかもしれないわ。ふたりがどれだけ真剣だったかわからないし。とにかく、男の人がときどき来ていたわ」

「男性の名前はご存じですか？」

「いいえ、アミーナはその人についてはあまり話さなかったの。彼が来ても、ずっとふたりきりでいたし。言いたいことはわかるでしょう？　いつも金曜の夜遅くに来て、日曜の朝、教会へ行く時間までには帰っていったわ」

「そうなんですね」アミーナを訪ねていた男性は恋人というより、体を交えるだけの相手だったらしい。ドレイヴンだろうか？　ふたりは以前から深い関係だったのだろうか？「ありがとうございました。あまりお気を落とさないでくださいね」

「ありがとう。すばらしい追悼記事になるよう祈っているわ。アミーナは本当にいい人だったの」

わたしは手を振って立ち去ろうとしたが、足を止めた。「もうひとつうかがってもかまいませんか？」

「もちろんよ」

「男性はどんな外見でしたか？　そのアミーナの恋人は」

「アミーナと同じくらいの年齢ね。もしかすると年上かもしれない。彼と同じくらいの身長だったわ」女性はダッシュを指さした。彼はまだアミーナの家の前にいた。「二、三回しか見たことがないのよ。いつも帰るときだった。さっきも言ったとおり、アミーナは彼の話はあまりしなかったから、わたしも詮索しなかったの。昔からの知り合いで、思い出を共有しているみたいだった」

「どうしてそんなふうに思ったんですか？」

女性が肩をすくめる。「うまく言えないわ。たぶんアミーナがその男性について話さなかったからでしょうね。ほとんど何も言わなかったわ。一度、彼と楽しい週末を過ごしたのかと尋ねてみたの。でもアミーナはほほえんだだけで、返事をしなかった。

まるでふたりには隠し事があるみたいだった。彼には奥さんがいるんじゃないかとわたしはにらんでいたの」

「そうかもしれないですね」

その女性は自分が口にしたことに気づいて、驚いたように目を見開いた。「まあ、大変。違うの、こんなことを言うつもりはなかったのよ。お願いだから、これは記事に書かないで。アミーナはとても親切で、優しくて、寛大な女性だったわ。彼女のことを家庭を壊す女だとか、愛人だとか思わないで。ふと頭によぎったことを言っただけなの。彼は絶対に結婚していないと思うわ。アミーナはそんな女性じゃないもの」

「心配しないでください」わたしは笑顔を見せた。「事実以外は書きませんから。憶測は記事にしません」

彼女は顔を引きつらせている。「お願い、彼は結婚していないと断言するわ。そしてアミーナはすばらしい女性なの。

「あなたの言うとおりだと思っています。本当よ」

女性は玄関へ急ぐと、ベビーカーごとすぐさま家に入った。おそらく口を滑らせたことを後悔しているのだろう。

ダッシュとわたしはその場をあとにした。黙ったまま歩き、わたしがヘルメットをかぶるまで何も話さなかった。

「興味深い話が聞けたわね」わたしは静かな声で言った。「アミーナには週末に訪ねてくる男性がいた」

「聞いてたよ」

「あなたのお父さんが週末にどこへ行っていたか知ってる?」

ダッシュは顎をこわばらせた。「親父は彼女を殺してない」

「そんなことを言ってるんじゃないわ」わたしは眉をひそめた。「ドレイヴンがどれくらいの期間、アミーナ・デイリーと体の関係を持っていたのか正確に知りたいの。彼女の相手があなたのお父さんでなければ、ほかに恋人がいたことになる。アミーナがクリフトンフォージでドレイヴンと会っていたことをその男が知ったら、どうすると思う?」

「その恋人を捜しだす必要があるな」

「そうね」

ダッシュはバイクにまたがった。「隣の住人と会えてよかった。そうでなければ、無駄足になるところだったからな」

「ラッキーだったわ」わたしは彼の後ろに乗った。「家が売りに出されているのもよかったわね。中に入れたから」

「もし売り物件になっていなかったら、どうしてた？」ダッシュが肩越しにきく。

わたしは肩をすくめた。「玄関のドアをピッキングするか、窓ガラスを割って侵入したでしょうね」

ダッシュが口角をあげてにやりとすると、目尻に皺ができた。それから彼は大きな声をあげて笑いだした。肩を震わせて笑う声があたりに響く。「きみは最高の女だな。おれを嫌っているのが残念だ」

「そうよ、あなたのことなんか好きじゃないわ」全然、好きじゃない。

15

ダッシュ

ブライスとおれはタコスの店に寄って軽い昼食をとってからクリフトンフォージに戻った。帰り道はふたりとも口数が少なく、ボーズマンへ向かっていたときほど打ち解けて心躍ることもなかった。おれの腰にまわした両腕には力がこもっていなかった。腿を挟む脚もそっと添える程度だ。

バイクに慣れて、体重移動も難なくできるようになったのかもしれない。だが触れているのがわからないほどでは、かえってブライスの体が離れていくように感じられた。

それにしても、夫婦の芝居をさせられるとは思わなかった。考えてみればブライスがそれを思いつくのは当然で、すぐに察しなかったおれが愚かだった。

だいたい……そんな柄じゃない。おれは家庭的なタイプではない。マイホーム主義者はニックのほうで、おれは違う。姪《めい》や甥は驚くほどいい子だ。義理の姉もすばらしい女性だ。おれに説教をするが、母が父を愛したように兄を深く愛している。

だが自分がニックみたいな人生を送るところは頭に思い描いたこともなく、想像するのさえごめんだった。

絶対にお断りだ。

母が死んだとき、家庭を持ったばかりに父の人生が打ち砕かれるさまをこの目で見た。エメリンがさらわれかけたと知ったときのニックの恐怖も目のあたりにした。

これまでボクシングの試合や喧嘩のおかげで目のまわりに数えきれないほど黒いあざを作り、尺骨と鎖骨を一度ずつ、鼻骨は二度折り、脳震盪《のうしんとう》も何度か経験した。体の痛みならなんとでもなる。だが心の痛みはどうすればいい？

どうしようもない。だから父や兄の立場に立ってみることすら無意味だ。

ブライスが腹を立ててもおれの心は変わらない。おれの生き方には過去も現在も未来も口出しは無用だ。彼女は妻でも恋人でもないのだから、将来手に手を取って生きる気もないうえに、子どもがたくさん欲しいなどと聞いてげんなりするおれに怒る権利はない。

クリフトンフォージに着く頃には、おれのほうが頭に血がのぼっていた。ブライスとは行きずりの仲で、いっときベッドをともにしているだけだ。彼女の家に泊まったりするべきじゃなかった。

おれがブライスの家の前にバイクを停めるや、彼女はすばやく降りてヘルメットを取った。「アミーナを訪ねていたのがあなたのお父さんなのかどうか、本人に確かめる必要があるわ」

「そうだな」

「同席してもいい?」

「かまわない」おれは眉根を寄せてブライスの表情をうかがった。怒っているようには見えなかった。どうやら気分を害してはいないらしい。疲れているだけという顔つきだ。

アミーナの家での反応を深読みしすぎたのか。ブライスは隣人から得た情報に気を取られているだけなのかもしれない。おれの考えすぎだったということか? 本当にそうならいいのに。ブライスに結婚でも迫られるのではないかと案じないですむのなら、それに越したことはない。

「明日、十時に整備工場へ来てくれ」おれはポケットから彼女の持ち物を出して返しながら告げた。

「わかったわ」それだけ言うと、ブライスは背を向けて玄関へと歩いていった。

彼女が家に入るのを見届け、おれはその場を去った。あとひと晩ですら、とどまるのはごめんだ。ベッドは寝心地が悪く、枕も硬すぎる。しかもブライスが早起きするから、せっかくの休日ものんびり寝ていられなかった。

十分後に自宅へ帰り着いた。わが家は町外れにあり、広い庭に囲まれているので狭苦しいと感じたことがない。玄関に入るなり、ウォークインシャワーに直行した。ブライスが使っている石鹸《せっけん》の甘ったるいココナッツの香りを洗い流したかった。彼女の名残など、ひと晩たりともとどめておきたくない。

タオルで頭を拭くと、毛先から水が滴った。おれは裸のままベッドルームへ行き、日暮れにはまだ早いがキングサイズのベッドに倒れこんだ。手足を投げだし、枕を殴って丸めると頭をのせた。

このほうがずっと気持ちがいい。

それなのに、おれは寝返りを打ってばかりいた。しかも手はひと晩中、何かを探し求めて動いていた。

「おはよう」翌日、エメットが整備工場の開いたドアから入ってきた。

「よう」おれはマスタングの脇の床で横になったまま応じた。その日の朝に取りつけたバンパーが申し分なく、どこにも異常がないかどうか再確認しているところだった。

床から跳ね起きたおれに、エメットがコーヒーのカップを差しだす。

白い蓋の飲み口からひと口飲んだとたん、クリームとチョコレートの味がしたので驚いた。「なんだ、これは？」

「ダブルモカなんとかだと。何かわからない。ゆうべ、コーヒースタンドで働いているブロンドといいことをして、今朝、店まで送ってやったらサービスしてくれた」

おれは低い笑い声をもらした。「そいつはよかったな」

「何かあったのか？」

「全員そろったら話す」

今朝、土曜の午前六時にエメットとレオに電話をかけた。ふたりとも休日の早朝に起こされて不機嫌だった。だが父に電話をかけた午前四時でなくて幸運というものだ。

父も早起きしていた。

おれはそれぞれに十時までに整備工場へ来るよう頼んだ。

壁の時計は九時四十五分を指している。そのとき、白のアウディが駐車場に入ってきた。

エメットが車からおれへ視線を移す。「彼女が来るのを知ってたのか?」

「おれが呼んだ。彼女はすでに今度のことに関与しているからな」

「何に関与してるって?」エメットが眉間に皺を寄せた。

「真相を突き止めることだ。敵にまわすより味方につけておいたほうがいい」

エメットがおれの顔をしげしげと見る。「彼女と何かあったのか?」

「まあ、そんなところだ」今さら否定しても始まらない。ブライスが近くにいるとつい目で追ってしまう。彼女が整備工場に入ってきたら、エメットがそれを見逃すはずがない。

「賢明なことだと思ってるのか?」

おれは大きくため息をついた。「いや。だが、もう引き返せない」

「深い仲というわけか」

毎日どっぷりと骨まで浸《つ》かっている。

おれは外に出て、車を降りるブライスの姿に見入った。相変わらず魅力的だ。背中まで届くつややかなストレートの髪。たちまち昨夜、彼女の家に泊まらなかったことを後悔する。

ブライスがサングラスをかけていたので、そのまなざしは見えなかった。だが胸を張って顎をあげている様子から、闘志をみなぎらせていることがわかる。

一戦交えるつもりだ。

こちらへ歩いてくる彼女は、裾をくるぶしで折り返したルーズフィットのジーンズをはいていた。その下に隠された腰まわりについては想像するしかないが、おれはどんな曲線美か知っている。黒いTシャツは胸からみぞおちにかけてぴったりと張りついている。ハイヒールのサンダルで歩く姿から、おれは目をそらすことができなかった。けれどもたとえブライスがジャガイモを入れる麻袋をかぶっていたとしても、視線は彼女に釘《くぎ》づけになっていただろう。

何を身につけてもしゃれた色気と華やかさがある女性だ。それは何事に対しても不屈の精神で挑む生き方に根差しているのだろう。おれに盾突くやつは男でもそういない。だが彼女は闘士だ。決してへこたれず、与えられた情報の裏に隠れた真実を探りだそうとする。

だからこそブライスは今日この場にいるべきだ。

彼女ならおれが見逃すかもしれないことに気づいてくれるはずだ。

耳慣れたエンジン音が整備工場のスティール板の外壁に反響したかと思うと、レオのバイクが駐車場に入ってきた。レオはブライスの歩みに合わせてスピードを落とし、彼女の真横につけた。バイクを停めてサングラスをずらすと、たいていの女をとりこにして〈ベッツィ〉のトイレに連れこめる笑みを投げかけた。

おれは拳を握りしめた。レオに言い渡さなければならない。ブライスに手を出すのは許さないと。おれとブライスが関係を切りあげることになっても、彼女をやつのベッドには近づけさせない。エメットも同様だ。

「整備工場は休みだ、べっぴんさん」レオがバイクにまたがったまま声をかけた。「でも車は月曜に見てやるよ。特別サービスだ。きみだけのために残業したっていい」

「まあ」ブライスがレオの横で足を止めた。片手を胸にあてる。「本当に?」

「こいつは見ものだ」エメットがささやいた。いつの間にかおれの横に並んでいる。

「本当だ」レオがウインクをして片手で髪をかきあげる。「車を直したらバイクに乗せてやるよ。最高のお楽しみを教えてやる」

「楽しいことは大好きよ」ブライスが初めてここに来た日におれに使ったのと同じ声音だ。甘ったるいセックスアピール。あのときと同じ餌でレオを釣ろうとしている。

おれはなんておめでたいんだ。まんまとブライスにたらしこまれたわけか。レオが誘惑されているさまを目のあたりにすると、自分がなぜ彼女の罠にかかったのかわかる。

「ちくしょう、なんて女だ」ブライスは落ち着いて自信たっぷりに立っている。男の目をくらますために体を見せびらかす女たちのような真似はしていない。胸を突きだしたり恥ずかしそうにほほえんだりもしない。その笑みに猫をかぶって恥じらう様子はみじんもなく、だからこそ太刀打ちできないのだ。

ブライスは女神のごときオーラを放ち、レオが自分に惹かれていることを承知のうえで相手の視線をとらえて離さない。今や主導権を握っているのが自分であることを百も承知している。

おれは下腹部がこわばった。昨日の夜、ブライスと過ごさなかったことがよほどストレスになっていたらしい。彼女とはつかの間の関係だが、続く限りはその楽しみに浸りたい。今夜は同じへまをするものか。

「どうだい？」レオが唇をなめる。

ブライスがレオに一歩近づいた。「甘いわね、にやけたお兄さん。特別サービスはベッドで言いなりになる娘のために取っておくことね」

レオが口をぽかんと開けた。

ブライスがレオに背を向け、こちらにやってくる。「あなたたちときたら、女をベッドに誘うのに同じ口説き文句しか使えないの？　バイクに乗せてやるですって？そんなのでうまくいくのかしら？」

おれはにやりとした。「いつもうまくいく」

「いつもとは限らないでしょう」ブライスが意地の悪い笑みを浮かべる。

「ごもっとも」彼女が初めて整備工場に来た日、おれはレオと同じ手を使って、はねつけられた。「このせりふは夏季限定だ。冬はバイクを乗りまわせないから別の手を考える」

「あなたたちの評判から察するに、腕をあげたのね」

おれは肩をすくめた。「いつもこの手を使うとは限らない。やあと呼びかけるだけですむときもあるからな」

「この話はもうやめない？」その声にはいらだちと嫉妬がこもっていた。どんな気分だったにせよブライスはそれを振り払い、エメットに片手を差しだした。「ブライス・ライアンよ」

「エメット・ストーンだ」エメットはブライスを敵か味方か見きわめるように正面から見据えた。

「何者だ？」エメットの隣に来たレオが、ブライスをまじまじと見る。

「ブライス・ライアン」彼女とおれは同時に答えた。「町の新しい新聞記者だ」

「ああ、また面倒な女が来たもんだ」

「あら、あなたたちのボスの汚名をそそぐための強力な助っ人《すけと》かもしれないわよ」

「頭を冷やせ。レオ、彼女はおれたちの仲間だ」おれはレオをにらみつけた。「今後、協力して動くことになる」


新たなエンジンの爆音が近づいてきて、レオがさらに顔をしかめた。

整備工場にやってきた父はレオの横にバイクを停めると、ためらいなくブライスに近づいて握手を求めた。


「ブライス。おれがドレイヴンだ。この前はここにいながら顔を合わさなかったが」

「ええ」ブライスは父と握手をした。「先日は少々取りこみ中だったものね」

逮捕の件を蒸し返すなんて、彼女はいったいどういうつもりだ？　自分が臆していないというメッセージを送ってこの場を取り仕切ろうとしているのだろうか？　だがブライスの言葉は侮辱と取られかねない。現に父は口をきつく引き結んでいる。

まいったな。おれは男たちとブライスの仲介役を引き受けるはめになるのか。


「中で話そう」おれは手ぶりでみんなを整備工場へ招き入れた。

おれたちは思い思いの場所に陣取った。レオとエメットは作業台に飛びのった。おれは壁にもたれた。父は作業場の真ん中で腕組みをして立っている。

そしてブライスはおれをなぶるつもりか、マスタングに寄りかかった。

「彼女はどのくらい知っている？」父がブライスを見据えながらきいた。

「欺かれたら、あなたを葬ってやれるぐらい」ブライスが答える。

「危険を伴うことはわかっている」おれが言い換える。「おれたちは取り決めをした。おれと彼女とのあいだの取り決めだ。今はそれについて話しあう場じゃない」

「彼女は部外者だ。ここに加わる必要なんか——」

おれは片手をあげてレオを制した。「そこまでだ」

整備工場の中が静まり返った。ブライスがあたりを見まわし、反対意見が出るのを待つ。だがレオに続く者はいなかった。とりあえず彼女がいるこの場では反対者はいない。エメットはあとから議論を吹っかけてくる気だろう。父は反対しないはずだ。追いだすにはもう遅いとわかっている。父が文句を言うとしたらおれがミスをしたときだけで、ふたりともブライスに自分たちの過去を暴かれることを恐れていた。

「エメット、レオ」おれはふたりに目を向けた。「誰が親父をおとしめようとしているのか、町で噂を聞いてないか？」

ふたりはそろってかぶりを振り、エメットがはっきりと言った。「そんな噂はない。毛ほども聞かない。おれはウォリアーズに移った元メンバーのうち、ふたりに会った。やつらが嘘をついてるのかもしれないが、火の元ではなさそうだ」

「タッカーたちに会ったときに聞きだした話と合致するな」レオが言う。

「みんながドレイヴンの仕業だと思ってるからだ」

ブライスと目が合った。おれの言いたいことを無言で支持してくれている。アミーナを殺したのは父ではない。「聞いてくれ。昨日ブライスとおれは――」

「アミーナとの体の関係は何年続いていたの？」ブライスが父に質問を放った。

「なんてことだ」おれは思わずつぶやいた。いきなり昨日の話を持ちだす前に、少し説明するつもりだったのに。

「あの夜は彼女と一緒だった」父が答え、整備工場の空気が一気に張りつめた。「だが、それはとっくに知ってるだろう」

「アミーナが殺された夜のことじゃないわ」ブライスがかぶりを振る。「もっと前の話よ。何回ぐらいアミーナの家を訪ねたの？」

父が眉をひそめる。「家を訪ねただと？」

「おれたちは昨日、ボーズマンのアミーナの家に行った」おれが説明した。「近所の人の話では、背丈はおれぐらいで年は親父ぐらいの男が、ときどき週末に彼女を訪ねていたそうだ。親父じゃないのか？」

「違う。アミーナがここに来た日に、二十数年ぶりに会ったんだ」

「アミーナはなぜ来たの？」ブライスがきく。「理由を聞いた？」

「来てみたかったそうだ。このあたりがどんなふうに変わったのか見たかったと。整備工場にいたおれに電話をかけてきて、どこかで一杯やらないかと誘ってきた。おれはモーテルの部屋まで迎えに行った。だがそこで話しはじめて、結局外には出かけなかった」

おれはブライスに目を向けた。「じゃあ、恋人はほかにいるということだな。親父が帰ったあと、嫉妬に駆られて殺したのかもしれない」

「痴情絡みの殺しならつじつまが合う」エメットが言う。「遺体には複数の刺し傷があったらしいからな。だがドレイヴン、そいつはどうやってあんたのナイフを手に入れたんだ？」

「知るか。もう何年も狩りには行ってないからな。ナイフの置き場所さえ思いだせない。たぶん家のどこかにしまってあったんだろう」

「だったら、恋人とやらにもナイフのありかがわかったはずがない」おれは片手で髪をかきあげた。「あるいはナイフの持ち主が誰か知らずに盗みに入ったか。嫉妬に狂った男が他人に罪を着せるような手間をかけるわけがない」

「もし……」ブライスが左右の足に重心を移動させながら体を揺らしはじめ、眉根を寄せた。「アミーナがクリフトンフォージに住む誰かとつきあっていたとしたら？彼女はもっと前から戻ってきていたのかもしれない。何十年もこの地を離れていたというのは嘘だったのかも。恋人がこの町の男なら、あなたを陥れるのはいかにもありそうだわ。ドレイヴン、とりわけあなたをよく知っている男なら」

「アミーナは嘘をついてない」父が言った。「おれをだます理由がない」

「でも彼女が一枚加わっていたとしたら？」ブライスが手ぶりを交えながら切り返した。「アミーナはその恋人と一緒に町へ来たのかもしれない。アミーナがあなたをモーテルに呼びだしているあいだに、恋人はあなたの家に行ってナイフを盗みだした。ナイフは別の犯行に使う計画だったのかもしれない。ところがモーテルに戻ってきた恋人は、あなたたちふたりがベッドにいるのを見てかっとなった。そこでアミーナを殺したうえで、あなたに濡れ衣《ぎぬ》を着せた」

ありえない話ではない。説得力には乏しいが。

「アミーナがおれを欺くはずがない」父は引きさがらなかった。「彼女は……彼女はそんな女じゃない」

「アミーナとは過去にいろいろあったと言ってたな。彼女が親父を刑務所に送りこむはずがないと確信しているのか？」

「もちろんだ」

「どうして――」

「キングストン」父のひと言で、おれに異論を挟む余地はなくなった。「おれは信じてる。何者かがおれを陥れて、罪のない女を殺した犯人に仕立てあげた。アミーナは何年かぶりに町を訪ねてみたかっただけだ。そして高校時代の旧友としておれに会いたかった。それだけだ」

ブライスがなおも何か言いかけたが、おれの目配せで口を閉ざした。これ以上父と話しあっても無駄だ。ブライスは父をよく知らないが、父の声の調子には固い信念がこもっていた。

「それで状況はどうなってるんだ？」エメットが髪を束ねながら尋ねた。

「何も変わってない」父がため息をつく。「誰が仕組んだにせよ、おれは逮捕された。警察はおれが現場にいたと確信している。凶器にはおれの指紋があった。あとは真犯人の頭がどうにかなって、自白してくれるのを期待するしかない」

「そんなことが起こるわけがないだろう」おれは拳を握りしめた。「誰も口を割るはずがない。真犯人が誰か知らないが、恐ろしく慎重なやつだ。おれたちを警戒して息をひそめていた」

「おそらく息をひそめたままでいるだろう」エメットが言った。「今のところはな。ドレイヴンがどうなるかと様子をうかがっているに違いない」

「たしかに」レオが小声で言う。「そのあいだ、おれたちは身動きが取れない。なんらかの進展があるまで、びくびくしてなきゃならないのか」

「あるいは」ブライスが低い声で言った。「つかんだ手がかりを利用するのよ。例の恋人はドレイヴンを狙ってアミーナとつきあいはじめたわけではないことを確かめるの。もし殺人犯がドレイヴンとアミーナの関係を知っていたなら、最初から彼女を利用したはずだもの」

「そのとおりだ。そいつの正体を突き止める必要がある」おれは言った。

「どうやって？」レオが尋ねる。

「アミーナの娘にきけばいいわ」ブライスが提案した。

「だめだ」父の荒々しい声が響き渡った。

「なぜだ？」おれは壁から離れ、身を乗りだした。本気で刑務所に入るつもりなのだろうか？「娘なら母親がつきあっていた相手を知ってるかもしれないじゃないか」

「だめだ」父がおれの顔に指を突きつけた。「娘には近づくな。母親を亡くしたばかりなんだぞ。うるさく騒ぎたてる新聞記者や母親殺しの容疑者の息子に追いまわされるなど、もってのほかだ。そっとしておいてやれ。これは命令だ」

父が命令を下したのは何年ぶりだろう。クラブのリーダーのエンブレムをつけて、おれにではなくメンバーに命じていたとき以来だ。

「わかったか？」父がエメットとレオにも念を押す。

「了解」ふたりは同時に答えた。

続いてこちらに向けた父の目は鋭く、強い意志をたたえていた。「ダッシュは？」

くそっ。ブライスは憤然としているが、おれはどうにも身動きが取れなかった。父にはどうしても逆らえない。理不尽に我を押し通されているときでさえ。「わかった」

「リーダー《フレズ》に従う」エメットが言い添えると、レオが同意のしるしに軽くうなずいた。

「よし」父が言った。「そこの女も同じだ。アミーナの娘を追いまわすなら、二度と記事を書けないようにしてやる。両手を失ったら、さぞ不自由だろうな」

まずい。父の言葉はまったくの逆効果にしかならない。やりすぎだ。ブライスを怖がらせるつもりだろうが、かえって反発を招くだけだ。

ブライスの顔が紅潮した。おれは部屋の端からでも感じ取れた。マスタングの塗装も溶かすほど彼女が激怒していることを。

だがおれは、父が悠々とドアから出ていくのを見送りながらひと言も発しなかった。

「話は終わりだな」父のバイクが整備工場を去ったとたん、レオが作業台から飛びおりた。自分のバイクのほうに後ろ向きで進みながら、ブライスに向かってバイクを顎で示す。「気が変わったら乗せて――」

「ダッシュを呼ぶわ」

レオはおれたちを交互に見てようやくぴんときたらしく、笑い声をあげた。「そういうことか。幸運を祈るよ、ブラザー」

エメットもレオに続き、自分のバイクに向かいながら手を振った。「まわりの噂に注意を払っとくよ」

「そうしてくれ」おれは言った。「いい週末を」

「ああ」エメットがにやりとする。「コーヒーがもう一杯必要かもしれないな」

ふたりのバイクのエンジン音が遠ざかり、整備工場内が静かになる。おれはブライスに向き直った。

「脅迫されたわ」

「そうだな」

ブライスは顔をあげた。「父親の味方につくの？」

当面の答えはイエスだ。おれは常に父を支持し、父も自分の態度をはっきりさせてきた。しかしその結果がブライスを傷つけることになるなら、答えはノーだ。「いや。だがきみはアミーナの娘を苦しめたりしないだろうから、どうでもいい。きみは思いやりがあるからな」

「娘と話さないと」ブライスが即座に言う。「恋人の存在は取るに足りないことかもしれないけど、わたしたちにとっては唯一の新しい情報なのよ」

「親父の言うことは的を射ている。アミーナの娘は母親を亡くしたばかりだ。それにデンヴァーに住んでいるとしたら、母親が誰と週末を過ごしていたかなんて知らないだろう。悲しみに追い打ちをかける必要はない」

「それで自分の父親が残りの人生を刑務所で過ごすことになってもいいの？　わたしがあんなふうに脅されても、まだ父親が無実だと思ってるの？　わたしは両手を切り落としてやると脅されたのよ」

おれは片手で髪をすいた。「親父はそんなことはしない」以前ならやりかねなかったが、今は心配ない。「きみを震えあがらせたかっただけだ。それに親父は潔白だ。だが犯してもいない殺人の罪で一生刑務所暮らしを望むのなら、それが現実なんだろう」

「そうしなければならないわけじゃないわ」

そう、殺してはいない。なぜ父は抗おうとしない？　何を隠している？ドレイヴン・スレイターは秘密を守り抜いたあげく、余生を刑務所で過ごそうとしている。くそったれ。おれは歯を食いしばり、レンチをつかんで投げつけたい衝動を抑えた。なぜ父は黙っている？　そんなのは父らしくない。

しかも父自身が闘おうとしないのに、どうしておれが無罪放免を求めて奔走しなければならないんだ？

「どうしたらいいかわからない」おれは本音を明かして首を振った。「もううんざりだ、まったく。だが親父の言うとおりだ。正直言って、アミーナの娘が情報をくれるとは思えない。それに親父がやる気にならなければ、お手あげ状態だ。おれにできるのは、親父の意向を尊重しながら無実を主張することだけだ。無実だとわかってるからな。これがきみの父親だったらどうする？」

「わからないわ」ブライスの表情から怒りが消え、声が穏やかになる。彼女はおれの前に来て、優美な手をおれの腕に置いた。「わたしたちふたりとも真実を知りたいけど、わたしには記事があるわ。審理の様子をつぶさに記事にできる。有罪判決までの経緯も。結局、有罪になるとわたしたちにはわかっている。わたしは父が殺人者なのだと信じる。正義はなされたと。それを真実として受け入れるわ。あなたは？」

「あれはおれの親父だ」おれは小さな声で言った。「それが親父の選んだ道だ」

「わかった。それじゃあ、わたしたちの仲もここまでね」

「ああ、そうだな」

ブライスは手を離して後ろにさがった。「じゃあ、またね、キング」

「またな、ブライス」おれは胸が痛んだ。父は有罪になり、おれは彼女を失う。エメットはおれとブライスが深い仲であることを言いあてた。だがブライスとは深い仲というだけではない。おれは彼女のとりこだ。自分で認めるよりもはるかに夢中になっている。

ブライスは軽快にヒールの音を鳴らして整備工場の外に出た。だが、そこで立ち止まって振り返った。「最後にもう一度だけ、夕食はどう?」

最後にもう一度だけ。

「手土産にビールを持っていくよ」

16

ブライス

わたしはキッチンのカウンターテーブルでチキンサラダ・サンドイッチをかじっていた

整備工場で話しあった日、つまり最後にダッシュと過ごした夜から二週間が経っていた。夕食をともにしたあの夜から、正面の窓に目をやっては彼のバイクが轟音《ごうおん》を発しながらやってきて路肩に寄せられるのを待ちかねていた。

夕食時に誰も押しかけてこないのが寂しい。日を追うごとにダッシュが恋しくなる。それもベッドをともにする相手としてだけではなく。彼と語りあい、声を聞きたい。わがもの顔に部屋を歩きまわる姿が恋しい。いびきの音さえも恋しい。

それなのに、ダッシュからなんの連絡もない。最後に別れたのが……本当の最後なのだろうか。

愚かにも、ダッシュはわたしのことを忘れられないだろうと楽観していた。すぐに会いたくてたまらなくなるだろうと――わたしと同じように。体の相性は抜群だと思っていたが、あいにく大間違いだったらしい。

ダッシュはきっと〈ベッツィ〉で次の恋人を見つけて、気ままに過ごしているのだろう。ダッシュ・スレイターにとって、喜んでベッドに迎え入れてくれる女性を見つけることなど簡単だ。やあと呼びかけるだけですむときもある。ダッシュがほかの女性にそんな言葉をかけると考えると胃がよじれる。

わたしはサンドイッチをほとんど食べないまま捨てた。先週からあまり食欲がない。アミーナ・デイリーの記事が手つかずのままで、いらだちが募り、耐えがたいほどだ。

どうしてドレイヴンはアミーナ殺しの真犯人を突き止めようとしないのだろう？どうしてダッシュはせっかくの手がかりを追えなくてもかまわないのだろう？　父親の潔白を固く信じているなら、なおさらじっとしていられないはずなのに。

納得できない。ダッシュはあきらめてしまったみたいだ。

この二週間、アミーナの事件についてもティン・ジプシーについても書かなかった。わたしの記事は町で催される夏のイベント、きたる独立記念日のパレードとさまざまな祝祭が中心となっていた。

なぜなら、まだ何を書くべきかわからないからだ。アミーナ殺害事件に関する新たな情報もなく、いつドレイヴンが法廷に引きずりだされるかもわからない現状では、何も新聞に載せられない。かつてのティン・ジプシー・モーターサイクル・クラブの記事を書く準備もできていない。

ダッシュから仕入れた公表してもかまわない情報は、日曜版の気軽に読める連載物として手頃に思えた。一般受けしそうでもある。だが、わたしには退屈だ。読み物としては今ひとつで、オフレコの話をまとめたほうがずっとおもしろい。けれどもダッシュはわたしに隠し事をしないという約束を守ったのだから、わたしもオフレコの部分を暴く気はなかった。

だがダッシュは本当に約束を守ったのだろうか？

整備工場での会合が何度も頭に思い浮かぶ。アミーナの娘に会わせまいとするドレイヴンの主張が頭から離れない。わたしはドレイヴンのことをまったく知らなかったが、相当かたくなだった。

いつもあんな調子なのだろうか？　それともわたしを脅したかっただけ？　いや、ドレイヴンの言葉は口先だけではなかった。ダッシュの脅しよりもすごみがあった。もしアミーナの娘に会いに行けばどんな目に遭うかわからない。本当に危害を加えられるかもしれない。

だからこそ会いに行くべきだ。

ドレイヴンは、母を亡くして悲しみに暮れる娘を思いやっているだけではない。何か隠している。それを見抜いたのはわたしだけだろうか？

ダッシュは父親に対する忠誠心に目が曇っていて気にならないのだろう。あるいはすでに父親の秘密を知っていて、わたしがオフレコの部分まで記事にする危険性を考えてわたしをだましているのかもしれない。

わたしは何か噂が流れるのを待っていたが、無駄に終わりそうだ。分別のある殺人犯なら自分がした行為について触れまわったりしない。名うての犯罪者に罪を着せたことを自慢げに吹聴《ふいちょう》するわけがない。そして、アミーナを殺した犯人はかなり頭が切れる。

ドレイヴンの脅しがなんだというのだろう。わたしにこんな寂しい思いをさせるダッシュもだ。それにわたしが出かけたところでドレイヴンにわかるはずがない。尾行でもしない限り。

わたしは携帯電話を取ってユナイテッド航空のアプリを開くと、明朝のデンヴァー行きの便を予約した。

続いて傍らの黄色い手帳を開いて、すでに何度も読んでいるジェネヴィーヴ・デイリーの住所を確かめた。

「ありがとう」わたしはウーバーで頼んだ運転手に礼を言って車を降りた。

昼前のコロラドの空気は新鮮で暖かく、日の光がまぶしく降り注いでいる。わたしは外がまだ暗いうちに起きてボーズマンまで車を運転したあと、飛行機の小さな窓から日の出を眺めた。そしてジェネヴィーヴの家まで車を頼んだ。

この町のコンドミニアムはどれも同じで、側面に白い格子窓がついた黄褐色の建物が並んでいる。ジェネヴィーヴの家では、紫とピンクのペチュニアが咲き誇るプランターが玄関前の階段を彩っていた。

わたしは深く息を吸って姿勢を正すと、玄関のドアまで歩いていった。はっきりと音をたててノックして待つ。

まず電話を入れるべきだったのかもしれないが、逆にあれこれきかれたりドレイヴンに知られたりすると困るので、あえて突然の訪問に踏みきった。ジェネヴィーヴが在宅かどうかも運任せだけれど、土曜だから在宅してる確率は高いだろう。もし留守なら、会えるまで帰りの便を遅らせればいい。

軽快な足音がしたかと思うと、鍵を開ける音がしてドアが開いた。

「こんにちは」女性がにっこりする。

「こ……こんにちは」わたしは思わずまじまじと見た。目の前の女性はアミーナにそっくりだった。親しみやすいだけではなく、もっと違う何かが感じられる。はっきりとは言えない何かが。

彼女は長い黒髪にボリュームのあるスパイラルパーマをかけていた。ハート形の顔にきれいな肌。焦げ茶色の目はどこか見覚えがある。口元から顎にかけては母親譲りだ。

「どなたですか？」

わたしは気を取り直し、笑みを浮かべて片手を差しだした。「はじめまして、わたしはブライス・ライアンよ。あなたはジェネヴィーヴ・デイリー？」

「ええ」ジェネヴィーヴはおずおずと握手をした。「わたしを知っているの？」

「いいえ、会うのは初めてよ。わたしは『クリフトンフォージ・トリビューン』の記者なの」

「まあ」ジェネヴィーヴがあとずさりしながらドアに手をかける。

「あなたの力を貸してほしいの」わたしは閉めだされる前に呼びかけた。「あなたのお母さんの特集記事を書いているの。彼女がどういう人でどんな生涯を送ったのか、記録として伝えたいのよ」

ジェネヴィーヴが眉をひそめる。「なぜ？」

「アミーナの死が恐ろしくて悲劇的だったからよ。あんな形で命を奪われた人は、その生き方ではなく死にざまで人々の記憶に残ってしまうから」

ジェネヴィーヴはわたしの言葉を吟味しているようだった。てっきり目の前でドアを乱暴に閉められるかと思ったとき、彼女の顔からためらいの色が消え、ドアが大きく開かれた。「どうぞ入って」

「ありがとう」わたしは安堵の息を吐き、ジェネヴィーヴのあとに続いた。息を吸うとチョコレートとブラウンシュガーのにおいが鼻腔をくすぐり、お腹《なか》が鳴った。機内で小袋に入ったプレッツェルを食べただけだったので空腹だった。「とてもいいにおいね」

「チョコレートチップクッキーを作ったの。母のレシピよ。今日は母を偲《しの》んでたの」

「心からお悔やみを言うわ」

ジェネヴィーヴは悲しげな笑みを浮かべ、こざっぱりとして居心地がよさそうなリビングルームを通り、キッチンと分かれている朝食用スペースに案内してくれた。

「ここ数日、すべてが現実だと感じられないの。電話をかけたら母が出るような気がしたりして」

「お母さんとは仲がよかったの？」椅子を勧められながら、わたしは尋ねた。

「よかったわ。子どもの頃から母と娘のふたりきりだったから。母は親でもあり、親友でもあったわ。ティーンエイジャーのときにはたいていの親子と同じく喧嘩もした。でも常にそばにいて、いつもわたしのことを一番に考えてくれた」

「すばらしいお母さんだったのね」

ジェネヴィーヴは涙ぐんでいる。「あの男はどうして母をあんな目に遭わせたの？」

〝あの男〟とはドレイヴンのことだ。ジェネヴィーヴは母親を殺したのはドレイヴンだと思っている。わたしはダッシュの話を聞いてから、彼の父親は無実だという可能性のもとに行動していた。

だが世間では、そしてジェネヴィーヴが知っている限りでは、ドレイヴン・スレイターはアミーナを殺した犯人とされている。

「わからない。こんなことにならなければよかったのにと思ってるわ」

「わたしも」ジェネヴィーヴは突然テーブルを離れてキッチンへ行くと、ヒッコリー材の食器棚からグラスをふたつ取りだした。冷蔵庫から出したミルクを注いで、テーブルに運んでくる。続いて、焼きたてのクッキーが山盛りの皿を持ってきた。「わたし、悲しみをまぎらわすために食べつづけているの。あなたが帰ったあと、この皿に一枚でもクッキーが残っていたら、きっと自分にもあなたにもがっかりするわ」

わたしは笑い声をあげながらクッキーに手を伸ばした。「大丈夫、そんなことはありえないから」

一枚目のクッキーはたちまち消え、すかさず二枚目も平らげられた。わたしたちは三枚目を食べたあと、喉を鳴らしてミルクを飲みながら、互いの顔を見て笑みを浮かべた。

ジェネヴィーヴに親近感を抱いたのは、彼女の気さくな人柄によるのかもしれない。本当に人なつっこい女性だ。見ず知らずの記者を自宅に招き入れ、母親の思い出を分かちあおうとするわたしを信用してくれた。お人よしなのだろうか？　たぶん少しだけ。というより、世間の荒波にもまれていないのだろう。人はだましあい、奪いあうものだとは思ってもいないに違いない。

うらやましい。

「ああ、最高においしい」わたしは四枚目のクッキーを手に取った。

「本当に？　母がどこで覚えたのかは知らないけど、わたしに教えてくれた唯一のレシピなの」

「じゃあ、あなたから盗まないといけないかも」

「教えたら記事にしてくれる？　これが世界中に広まったら母は喜ぶと思うの」

わたしは胸に手をあてた。「喜んで書かせてもらうわ」

ジェネヴィーヴがわたしの背後のリビングルームに視線を移す。なんだか遠い目をしている。「母とはあまり会わなくなっていたの。母がボーズマンで仕事について、モンタナに引っ越してからは会う機会が減ってしまったから」

「あなたはデンヴァーで育ったの？」

「そうよ。ここから八キロほど離れたところに住んでいたわ。通っていた高校は、あなたがここに来る途中に通り過ぎたはずよ」

わたしの通った高校の五倍はある、赤いれんが造りの大きな建物だ。「お母さんは仕事をするためにボーズマンへ移ったのね？」

「ええ、母は配管設備会社に勤めてた。その会社が手を広げてボーズマンに事業所を開いたの。母は自ら進んでそこに行ったのよ。そんなことはとっくに調べて知っているだろうけど」

「知っているのは会社の名前だけよ」インターネットのおかげで、その会社や支社及び製品についてはすべて調べがついた。しかしアミーナ個人についてはわからなかった。インターネットは彼女の人となりまでは教えてくれない。「お母さんは有能な社員だったの？」

「そうよ」ジェネヴィーヴが誇らしげに答えた。「会社が設立されたときから勤めていて、みんなに慕われてたわ。家族みたいだった。わたしは小さい頃から母の同僚を知っていた。夏休みに庭の芝生を刈るアルバイトをさせてくれた人も何人かいたわ。わたしの大学の卒業式には、みんながそろって来てくれたの」声が途切れた。「母の上司が葬儀の手配を手伝ってくれたわ」

わたしは胸が締めつけられた。自分の母の葬儀など、とても想像できない。「お母さんは友情に篤《あつ》くて、一生つきあえる仲間を作るような人だったのね」

「友達を大事にしていたわ。だから誰からも好かれて、常に仲間に囲まれていた。わたしの祖父母はわたしが生まれる前に亡くなったから、何もかも母ひとりでやってきたの。でも愚痴ひとつこぼさなかった。わたしをお荷物扱いしたこともなかった。そうやって母とわたし、ふたりのための人生を築いたのよ。幸せな人生だった」

ジェネヴィーヴがうつむいて鼻をすする。わたしは胸がふさがり、言葉を失った。

やがてジェネヴィーヴは涙をぬぐって顔をあげると、無理してほほえんでみせた。

「前もって電話をかけるべきだったわ。ごめんなさい。突然訪問して驚かせてしまって。ちゃんと連絡するべきだったのに」わたしは最低だ。ドレイヴンの言ったとおりになってしまった。

わたしはダッシュから音沙汰がないことにいらだっていた。そのあげく、人生で最も大切な人を亡くしたばかりの若い女性の心に土足で踏みこんでしまった。

「いいえ、来てくれてうれしいわ」ジェネヴィーヴがクッキーをもう一枚取った。「こんなふうに母について話すのは何週間ぶりかしら。あれから……ずっと夢の中にいるみたいなの。みんながとてもショックを受けて、わたしは母の葬儀の準備に追われていた。そのときは母を偲んで語りあったわ。だけど葬儀が終わると、そういうこともなくなった。みんな自分の生活に戻っていったの」

「それであなたもここにいるのね」

「ええ、悲しくてやりきれない」ジェネヴィーヴはクッキーをかじり、顎を震わせながら食べた。「でも母がどんなにすばらしい人だったか話せてうれしいわ。どんな最期だったかという話じゃなくて。今週、母のことで話をした相手といえばクリフトンフォージの検察官だけ。どうしても裁判の行方を知りたくて」

「まだ予定が立ってないわよ」

「わかってる。わたしはあの男を刑務所に閉じこめてやりたいの。町から追いだして、この世から消してしまいたい。そうでもしなきゃ忘れられないわ。絶対に許せない……」声がしだいに小さくなった。ジェネヴィーヴはテーブルにのせた片方の手を、白くなるほどきつく握りしめている。「母のお墓参りをしたいわ。モンタナに埋葬されたことは知ってる？」

「いいえ、知らなかったわ」アミーナの葬儀の詳細までは把握していなかった。死亡欄に掲載された記事には墓所の記述がなく、デンヴァーで内輪だけの葬儀を行う旨が記されていた。わたしは埋葬したのもデンヴァーだと思っていた。

「母は死んだらクリフトンフォージに埋葬してほしいと望んでいたの。遺言で知ったときはショックだった。だけど両親のそばに帰りたかったのね、きっと」

「じゃあ、あなたはクリフトンフォージに来たの？」

「いいえ」ジェネヴィーヴがかぶりを振る。「つらくて行けなかった。モンタナまで行って、母の所持品をまとめてから家を売りに出したわ。だけど、それが精いっぱいだった。あの町にはまだとても……わかるでしょ？　だけど来週には行くつもりよ」

「クリフトンフォージに来るの？」わたしは目を見開いた。

ジェネヴィーヴがうなずく。「自分の目で確かめたいの。葬儀社はお墓を建てる場所と墓石の実物大の模型の写真を送ってくれたけど、それではわからなくて。だからこの次の日曜にひとりで行ってくるつもり。急いで行って、急いで帰ってくるわ。まさかとは思うけど、あの男に出くわしたりしたくないから」

たしかに、ドレイヴンに会うのはまずい。「もし連れが必要なら、喜んで一緒に行くわよ」

「ありがとう、ブライス」ジェネヴィーヴの温かい焦げ茶色の目で見つめられ、わたしは痛いほど親愛の情が増すのを感じた。「お言葉に甘えるかも」

「遠慮しないで」出会ってからわずかな時間しか経っていないのに、わたしは大変なジェネヴィーヴびいきになっていた。彼女が母親の墓参りに来ているあいだ、寄り添うことで力になれるのなら、喜んでそうしよう。

記事のためではない。すでに友人も同然のこの女性のためだ。

わたしはジェネヴィーヴに本音を語りたかった。アミーナのためにすばらしい記事を書こう。クッキーのレシピも盛りこめるだろう。いきなりジェネヴィーヴの前に姿を見せたことへの罪滅ぼしだ。

ジェネヴィーヴは空になった自分のグラスをシンクに持っていって洗った。わたしも自分のグラスを運んで彼女に渡した。「もうひとつ質問してもいい?」

「いいわよ」ジェネヴィーヴが声をたてて笑う。「あなたは新聞記者なのに、あまり取材してないじゃない」

「まだ肩慣らしどいうところね」わたしはウインクをした。「お母さんにはほかに親しい人はいなかった？　親友とか、恋人とか。ほかにも記事にすべきエピソードを教えてくれそうな人がいれば教えて」

ジェネヴィーヴが長いため息をついた。「母にはつきあっている男の人がいたわ。リーっていう人」

わたしはその場に立ちすくみ、恋人の情報をひと言も聞きもらすまいとした。

「リーね」

「リーよ」ジェネヴィーヴが口元をゆがめる。「わたしが生まれてこのかた、母は男の人とつきあったことなんてなかった。ただの一度も。だけど最近、様子がおかしかったの。口数が少なくなった。きっと彼のせいだったんだわ」

「真剣な交際だったの？」

ジェネヴィーヴは肩をすくめた。「わからない。それがおかしいのよ。母は以前とは違うそぶりを見せるようになったんだけど、恋人については何も話さなかったの。リーの存在を知ったのだって、わたしが母を驚かせようと思って週末に突然ボーズマンまで訪ねていったら、母が彼に電話をかけてデートの予定を取りやめたからよ。リーのことをきいても、いつも答えてくれなかったし。行きずりの関係だとすれば隠すのもわかるけど、母はその場限りの恋愛なんかする人じゃない。誰にでも真心をこめて接していたもの。母の友情は何十年経っても続いていたわ」

「じゃあ、その人のことは知らないのね？」

ジェネヴィーヴがうなずく。「ええ、会ったこともないわ。姓も知らない」

手がかりがついえてしまった。「お母さんはあなたが彼のことをよく思わないんじゃないかと心配したのかもしれない」

「ええ、わたしもそう思うわ。母の人生に他人が加わるなんて、なんだかおかしなことに思えたの。わたしが落ち着かない気分でいると、母にはすぐにわかるのよ。母が恋人といるところなんか想像できなかった」ジェネヴィーヴがシンクの前で振り返った。窓から差す日の光が目に反射してきらきらと輝いている。

なんて美しい目だろう。

「お母さんについて、もっと聞かせてもらえない？」わたしは尋ねた。「世の中の人たちに教えてあげたいすてきな思い出とか」

「母の笑顔はいつも満面の笑みだったわ。にっこりして、白い歯を見せて笑うの。中途半端に笑うことができないみたいに」ジェネヴィーヴのほほえみに再び悲しみが広がり、涙が光る。

「アミーナの記事を書けることを光栄に思うわ。写真はない？　あなたのお気に入りをぜひ何枚か掲載したいんだけど」

「喜んで」

それから一時間、わたしとジェネヴィーヴはソファに並んで座り、彼女はいくつものプラスチックの収納ケースにしまわれていた昔の写真や少女時代の記念の品などを丁寧に調べた。それらはすべてアミーナの家にあったもので、ジェネヴィーヴは荷造りしてコロラドに持ち帰ったものの、これまで見る勇気がなかったのだと打ち明けた。

「つきあってくれてありがとう」最後のケースの蓋を閉めた。「まさかこんなおかしな展開になるとは思わなかったでしょ？　ごめんなさい」

「謝る必要はないわ」わたしは片手を彼女の手に置いた。「ここに来られてよかった」

ジェネヴィーヴと一緒にいればいるほど、彼女を好きになっていた。古い写真を眺めながら、ジェネヴィーヴは母親の思い出を次から次へと話してくれた。親子で車の旅をしたときの写真。コロラドの山々に何度か出かけた特別なキャンプ旅行の写真。

ジェネヴィーヴの話では、アミーナはある町角にいるホームレスにしょっちゅう何ドルか施していたそうだ。アミーナ自身もシングルマザーで、人に分けるほどの金銭的なゆとりなどないにもかかわらず。そしてジェネヴィーヴは母から、強い意志を持って何事もあきらめず正直に生きるよう教わったという。

話を聞き終えたわたしは、整備工場で、アミーナがドレイヴンをだましていたかもしれないのだと悪しざまに言ったことがまったくの見当外れだったとわかった。アミーナは決して不実な女性ではない。

すばらしい娘も育てあげた。

どの写真にも、アミーナの輝く笑顔が写っていた。母と娘が並んで写っているときは必ず互いに触れていた。手をつないだり、肩を抱いたり、どちらかにもたれたり。ふたりの絆《きずな》はことのほか強く、写真からそれを感じ取ったわたしは、新たな決意でアミーナの記事に取り組むことにした。

母親のために。

娘のために。

アミーナにふさわしいのはその死以外で、人々の記憶に残ることだ。

「申し分ないわ」わたしはジェネヴィーヴに言った。「なんだかお母さんと知り合いだったみたいな感じ。わたしの記事で故人の思い出をきちんと伝えることができればいいけど。もうひとつオフレコで質問してもいい？」

「もちろん」ジェネヴィーヴはソファに座ったままこちらに向き直った。

「ここにある写真に写っているのは、ほとんどあなたたちふたりだけね」赤ちゃんの頃でさえ、アミーナとジェネヴィーヴふたりしか写っていない。折々の友人や近所の住人と一緒のものもあるが、ほとんどは母と娘のみの写真だ。「お父さんは？」

「母は父のことを話してくれなかったの。何ひとつ」ジェネヴィーヴが肩を落とす。

「昔、きいたことがあるわ。母は、父はすてきな人だけど、わたしの人生にはかかわらないのだと答えた。父と結ばれたのは過ちだったものの、かけがえのないプレゼントをもらったって、いつも言ってたわ。わたしもそれ以上は追及しなかった。母がいたから、その答えで満足することにしたの。わたしは母がいるだけで充分だった」

「わかるわ」

「もっとも母が亡くなった今となっては、父がどこの誰なのか教えてもらっておけばよかったと思うわ。もしまだ生きているならね。もうひとりの親の存在がわかるといいんだけど」

わたしははらわたがよじれ、叫び声をあげそうだった。アミーナが娘の父親について口を閉ざしていたことと、秘密の恋人がいることは偶然ではない。その恋人こそがジェネヴィーヴの父親ではないだろうか?

「お父さんの名前も聞いてない?」

ジェネヴィーヴがかぶりを振る。「聞いてないわ」

彼女の父親がアミーナの恋人だとしたら、すべての説明がつく。なぜアミーナはジェネヴィーヴをリーに会わせようとしなかったのか。なぜリーを誰の目からも隠していたのか。父と娘を引きあわせる覚悟がなかったからだ。

心臓が早鐘を打ちはじめる。それでつじつまが合うだろうか? アミーナを殺したのはリー? 彼は今になってジェネヴィーヴに接触しようとしている? リーは自分に娘がいることを知っているのだろうか?

さまざまな疑問が頭の中を飛び交ったが、わたしの憶測はジェネヴィーヴのひと言で打ち砕かれた。「名前は聞いてないけど、まわりからプレズと呼ばれてることだけ教えてくれたわ」

プレズ。どこかでその名前を聞かなかっただろうか? 名前ではない、ニックネームだ。

プレズ。

全速力で打っていた心臓が音をたてて止まった。

〝プレズに従う〟

整備工場で話し合いをしたとき、エメットがドレイヴンにそう言った。ドレイヴンをプレズと呼んでいた。

わたしはジェネヴィーヴの目を見つめた。この目には見覚えがある。ドレイヴンは焦げ茶色の髪を息子に与えた。

そして焦げ茶色の瞳を娘に与えたのだ。

17

ダッシュ

「もう一杯いくかい？　ダッシュ」

おれはグラスの底に残ったわずかなビールを揺らして答えた。「ああ、頼む、ポール」

ポールがおれの今の気分のように暗い色をしたギネスを注ぎに行くと、おれはこみあう店内を見まわした。〈ベッツィ〉は暑い夏の土曜の夜を楽しむ地元の客でにぎわっていた。どの客も店の中をあてもなくうろついてはぶつかりあい、大音量の音楽に負けじと声を張りあげてしゃべっている。エメットとレオはビリヤード台のそばにいて、それぞれの片腕に女をまとわりつかせている。

おれの視線をとらえたエメットが、手ぶりでゲームに誘ってきた。さっきからおれに色目を使っている女が、ビリヤード台のそばをぶらぶらしている。

おれはかぶりを振って断ると、酒のボトルがずらりと並ぶ、目の前の壁を見つめた。そのときポールが注ぎたてのビールを置いてくれた。おれはひと息でグラスの半分を流しこんだ。早く酔っ払いたい。今夜は酔わないことにはとても楽しめない。

くそっ、ブライスめ。彼女のおかげで土曜の楽しみがぶち壊しだ。

この二週間というもの、ブライスの姿が頭にちらついて離れなかった。整備工場でオイル交換をしながらふと、彼女は何をしているのだろうと考えた。夜寝るときはブライスの肌の感触を懐かしみ、毎週日曜と水曜は朝早く町に出て、食料雑貨店が開くなり新聞を引っつかんだ。

読むのはブライスが書いた記事だけだ。おれや父や元クラブに関する記事が一面に載っていないかと期待するが、もはやおれたちのことなどスクープにはならないのだろう。それでもつながりが欲しくて、ブライスが書いた一言一句を読まずにいられなかった。

昨夜は仕事を終えて腹がすくあまり、危うくブライスの家を訪ね、彼女の帰りを玄関ポーチで待ちたい衝動に駆られた。愛想笑いをして夕食にありつこうかと考えた。まあ、関係を終わらせた今となっては、自宅でピーナッツバターとジャムのサンドイッチを食べるしかなかったが。

ブライスのことはさっさと忘れよう。それぞれの道を行くのが互いのためだ。そうするべきだった。

土曜の夜が味気なくなる前に、〈ベッツィ〉をつまらなく感じる前に気づくべきだった。

店で唯一くつろげるスツールがこれだが、ブライスもここに腰かけていた。いつもなら〈ベッツィ〉は気の置けない連中とたむろする場なのに、今夜はどいつもこいつも神経を逆撫《さかな》でする。こんなにつまらないやつばかりだっただろうか。ブライスの足元にも及ばない。おまけに好奇心をそそられる女がひとりもいない。

残りのビールを一気に飲み干し、ポールにお代わりの合図をした。ポールが即座にうなずき、おれは三十秒後には注ぎたてのギネスを手にしていた。ポールはブライスの胸をじろじろ眺めているところをおれに見つかったから、迅速なサービスで取り繕おうとしているらしい。

「ここで何をしてるんだ?」レオがおれの肩を叩き、おれと右隣に座っている男とのあいだに割りこんできた。振り返って笑みを浮かべながら店内を見渡し、そばを通った女にウインクをして、店の隅のテーブルを顎で示す。

少し前まではおれもそうだった。このバーのキングはおれ。ここはおれの楽園も同然だった。

そこへブライスが現れて、セクシーなほほえみと、つやのある髪を武器にすべてを崩壊させた。そしておれをも崩壊させた。

おれは喉を鳴らして一気にグラスを空け、げっぷをもらした。カウンターを手のひらで叩いて言う。「ポール、今度はウイスキーをくれ」

「機嫌が悪いな」レオが小声で言った。「ひと勝負どうだ。手加減してやるから」

「やめておく」

「なあ、ブラザー」レオが肩を寄せてきて低い声で言った。「元気出せよ。あの隅っこにいるブロンドを家に連れて帰れ。きっと気分がよくなる。それか、まあ、トイレで口でしてもらえよ」

「興味がない」おれのものを口に含んでほしいのは、美しい新聞記者ただひとりだ。

「しかたがないな」レオは顔をしかめると、ポールに手ぶりをして言った。「好きに飲ませてやれ。帰りはおれが面倒を見る」

幸い酔いがまわりはじめていたので、おれはレオにうなずいた。「助かる」

「あら、ダッシュ」華奢《きゃしゃ》な手で腿を撫でられ、おれはレオから店の隅にいたブロンドの女にすばやく視線を移した。「元気？　二週間もご無沙汰だったじゃない」

「元気だ」彼女の手がズボンのファスナーに届く前に、おれは自分の手を重ねた。

「きみは？」

だが女の答えは聞けずに終わった。

誰かにTシャツの後ろを乱暴につかまれて首が絞まりそうになる。振り向いて誰か確かめようとしたところを思いきり引っ張られたので、おれはスツールから転げ落ちかけた。レオがすかさず支えてくれなかったら、汚い床に手足を投げだして尻もちをついていただろう。

よろけながら立ち直ったおれは、尻に蹴りを入れてやるつもりで相手に顔を向けた。だが、そこにはどうしても殴れない顔があった。「ブライス。どうして――」

「このろくでなし」ブライスが両手でおれの胸を突き飛ばし、スツールに追いやった。レオが腕をつかんでくれたおかげで倒れずにすんだ。おれがブライスにつかみかかると思ったのかもしれない。

突き飛ばされて喜ぶ趣味はないが、ブライスに会えてうれしかった。だが彼女の顔は真っ赤で、目もぎらぎらと光っている。怒った顔がまた美しい。

おれは怒りの波状攻撃には取りあわず、前に飛びだしてブライスを抱きしめ、胸に押しつけた。

「やめて、放して」彼女は必死にもがき、おれの腕から逃れようとした。

だがおれはますます強く抱きしめ、ブライスの髪に鼻をうずめた。砂糖のような香りがして、床にしみこんだビールや正面のドアから漂ってくる煙草《たばこ》のにおいを消し去った。

「ダッシュ」ブライスの鋭い声音はおれの胸でくぐもった。「放してよ、このろくでなし」

「おれに会いたかったのか？」おれは含み笑いをもらした。久しく笑っていなかったので、顔が引きつる。「正直言って、嫉妬しているきみが大好きだ」

「嫉妬ですって？」ブライスがおれの腕の中で立ちすくんだ。「わたしがあのブロンドの女に焼きもちを焼いたと思ってるの？　あなたが彼女と寝ようが何をしようが、知ったことじゃないわ」

「彼女と寝るだと？」おれはブライスを放した。

その結果、興奮したブライスに頬を引っぱたかれるはめになった。ピシャリと。

いったいどういうことだ？

「この大嘘つき」ブライスが息巻く。「わたしを二度もだまそうとしたって、そうはいかないから。お遊びにつきあわされるのはもうたくさん。こうなったらどんな手を使ってでも、全力であなたたち全員をひざまずかせてやる」言い終えると、背を向けてバーを飛びだしていった。

気がつくと店内の視線がすべておれに注がれていた。おれは狼狽《ろうばい》して目をしばたたき、平手打ちされて赤くなった頬をさすった。それからレオを振り返る。「今のは夢じゃなかったのか？」

「あいにくな」ドアを見つめているレオが満面に笑みを浮かべた。「かんしゃく玉みたいな女だな。おまえが結婚しないのなら、おれがする」

「うるさい」おれはレオを押しのけ、店のドアへと駆けだした。「ブライス！」

駐車場は満杯だった。車やバイクですっかり埋まっている。ブライスの姿はなかったが、少し離れたところを走るヘッドライトの閃光《せんこう》が目にとまった。

おれは一箇所しかない出口を目指して走った。ビールのせいで脚がもつれそうだったが、ひび割れたアスファルトをブーツで強く蹴る。道の真ん中で立ちはだかったそのとき、ブライスのアウディがおれの膝すれすれのところで停止した。

ブライスが窓を開ける。「どいてよ」

「どかない」おれは両手をボンネットに置いた。「いったいどうしたんだ？」

「本気で言ってるの？　とぼけないで」

「勘弁してくれ。おれは酔ってる。きみが店に現れたから有頂天になった。そうしたらさんざん毒づかれて、頭がこんがらがった。必死で走ったせいで心臓が破裂しそうだ。ここでぶっ倒れても轢《ひ》かないでくれよ」

「冗談はやめて！」ブライスが叫ぶ。彼女のいらだちが夜気に満ちた。だがブライスが涙をぬぐうのを見て、おれは胸が締めつけられた。「あなたはわたしをだました。これで二度目よ。おめでたいことに、またまんまと引っかかってしまったわ」

おれは胃がきりきりと痛んだ。何かよくないことが起こったらしい。重大な何かが。今のところ、イヤーブックの写真の件しか思いつかない。だがあれは彼女がここまで逆上するような問題じゃない。

「車を降りて話してくれ」おれはボンネットに置いた両手をあげ、後ろにさがった。

「頼む」

ブライスはハンドルを握ったままバックミラーをぼんやり眺めている。十秒が過ぎた。本気でおれを轢こうかどうしようか迷っている。だがようやく決心したように顎を引き、駐車スペースに車を停めた。

車から降りたブライスはぴったりしたジーンズを身につけ、ハイヒールを履いていた。灰色のシャツは皺が目立ち、それを着たまま寝たか、明け方からずっと着ているようだ。

おれは少しだけ車から距離を取ると、彼女は腕組みをして車に寄りかかった。「なぜ嘘をついたの？」

「嘘なんかついてない」いまいましいイヤーブックの写真のほかには。ブライスは母とアミーナが親友だったことを突き止めたのか？

「今、また嘘を言ったわね」ブライスがあきれた顔で天を仰ぐ。「芝居をするのはやめて」

「なあ、いったいなんの話だ？」

「彼女はあなたに似ている。わかるまでに時間がかかったけど、鼻がそっくりよ」

「誰がだ？」おれはポールに何杯飲まされた？　話がまるで見えない。母のことを言っているのか？「誰の話をしてる？」

「あなたの妹よ」

おれの妹？「おれに妹はいない」

「時間の無駄だわ」ブライスは向きを変え、ドアハンドルに手を伸ばした。「あくまでしらを切るつもりね」

おれは車まですっ飛んでいくと、ドアを開けさせまいとブライスを車に押しつけた。

ほろ酔い気分は消え去っていた。彼女の声の真剣さにたちまち酔いが覚める。

ブライスはいったい何を探りだしたんだ？

「おれに妹はいない」おれは繰り返した。

ブライスが身をよじったので、おれは少し体を引いて彼女をこちらに向かせた。ブライスの表情はつかの間、石のように硬かった。やがて怒りの色が消えて冷静になると、彼女は目を見開いて片手で口を覆った。「ああ、なんてこと。知らなかったのね」小さな声で言う。

「知らないって何を？」おれは問いつめた。「きみは何をしたんだ？」

ブライスが息をのむ。「デンヴァーにいるアミーナの娘に会いに行ったの。今朝の飛行機で発《た》って帰ってきたばかりよ。彼女と何時間も話をしたわ。母親のことや子ども頃について。それに……」

「続けろ」言いよどむブライスに、おれは低い声で迫った。

「父親のことも尋ねたけど、ジェネヴィーヴは何も知らなかった。アミーナから聞いていたのは、父親が仲間からプレズと呼ばれていたことだけ。ジェネヴィーヴの父親は……ドレイヴンで間違いないと思う。つまりジェネヴィーヴはあなたの妹なのよ」

まさか。おれはよろよろとあとずさりしながら、かぶりを振った。「まさか。そんなのはありえない」

「アミーナがここまでドレイヴンに会いに来たのも、それが理由だったのかもしれないわ。ふたりのあいだにできた娘のことを話しあうため。そうだとしたら、つじつまが合う」

「ばかな。おれに妹がいたら知らされているはずだ」両手を握りしめてブライスと向きあう。妹などいるはずがない。父は母が死んでからすっかり人が変わった。だが葬儀のあと、アミーナとベッドをともにして妊娠させたのかもしれない。「彼女の年はいくつだ？」

「二十六歳よ」

肺から空気が全部もれだして息ができない。しゃがみこまないように両手を膝について耐える。母が死んだのはおれが十二歳のときだ。中学生だったおれは兄の車で家に帰り、死んでいる母を見つけた。庭の小道に血だまりができていて、傍らには黄色い花を並べたプラスチックのトレイがあった。

その妹とやらが二十六歳なら、おれの九つ下だ。おれたちから母親が奪われたとき、彼女は三歳だったことになる。三歳だと？

「嘘だ。ありえない」父と母はどうしようもないほど愛しあっていた。ずっとだ。喧喋をしているところなど見た覚えがない。母に腹を立てた父がひとりソファで寝た夜もなかったはずだ。

「ダッシュ、ジェネヴィーヴは——」

「嘘だ！」おれは声を荒らげた。「親父が母を裏切るはずがない。絶対にありえない」

ブライスは何も言わなかったが、その目が事実を語っていた。父は人殺しの不実な男だと。それでもおれは父を守り抜く気でいた。

「車に乗れ」おれはブライスの車の前を通って乱暴に助手席のドアを開けた。彼女が動かないのを見て、ルーフ越しに怒鳴りつける。「乗れ！」

ブライスがぎこちなく動きだす。正面をまわってから運転席に座ってシートベルトを締める。おれも乗りこんだが、シートベルトを締める気はなかった。面倒だ。

「出せ」

ブライスがうなずいて車のギアを入れる。だがブレーキから足を離す前にこちらを見た。「ごめんなさい。あなたは知ってると思っていたの」

「知ってることなんか何もない」両手で腿をきつくつかんで窓の外を見つめる。窓ガラスを叩き割りたい衝動を必死にこらえていた。

ブライスがコンソールボックスを越えて手を伸ばしてきた。「ダッシュ——」

「おれに触るな」

彼女はびくっとして手を引っこめ、ハンドルに戻した。

慰めなど欲しくない。ブライスのなめらかな肌のぬくもりも欲しくない。彼女の口から出る言葉をひと言たりとも信じたくない。

ブライスは間違っている。大きな間違いを犯している。それを証明してやる。今夜のうちに。

「出せ」おれは再び命じた。

「どこへ？」

「右だ」

ブライスはおれのそっけない指示に黙って従い、町を抜けて、おれが子ども時代を過ごした閑静な通りに入った。おれが実家の前の縁石を指すと、彼女は車を寄せた。

おれたちはまったく口をきかずに車を降り、ブライスがおれのあとに続く形で裏口まで行った。

おれが拳を叩きつけるようにして五回ノックすると、中で明かりがついた。

父がドアまで来て鍵を開けた。「ダッシュか？」

おれは父の脇をすり抜け、足音も荒くキッチンに入った。

母のキッチンだ。

ここで母は毎日食事を作ってくれた。蓋にアニメのキャラクターが描かれたアルミのランチボックスに食べ物を詰め、小さな魔法瓶にミルクココアをいっぱい入れてくれた。ここで毎晩父にキスをして、その日の出来事を尋ねていた。

ありえない。父は全身全霊を傾けて母を愛していた。一度たりとも裏切ってなどいない。誤解しているブライスには、父自身から真実を聞く証人として立ちあわせ、娘などもうけていないことを聞かせてやる。

父が明かりのまぶしさに目を細めながらキッチンに入ってきた。パジャマのシャツは着ておらず、チェックのズボンだけをはいている。

そのあとからブライスがそっとキッチンに来て、冷蔵庫を背にして立った。内心は不安と緊張でいっぱいだとしても、表には出していなかった。自信をなくしているとしても、それも態度に表していない。

ふざけるな。ブライスに何がわかる。おれを育ててくれたふたりが生涯かけて愛しあっていたことも知らないくせに。母が殺されたとき、父まで悲しみのあまり死んだも同然だったことも知らないだろう。

「どうした？」父が尋ねる。

「本当のことを知りたい」おれは緊張で胸が波打ったが、平静な声を保とうと努めた。「隠さずに話してくれ」

父は身じろぎもせず、落ち着いている。「本当のこと？」

「ブライスがアミーナの娘に会いに行った」

父が目を閉じ、顔を伏せた。

まさか。

息子たちを失望させたとき、父はいつもうつむいていた。

「じゃあ、本当なのか？　彼女は親父の娘なのか？」父が小さくうなずいた瞬間、おれは部屋を突っきって頰を殴りつけた。鋭い音がキッチンに響き、ブライスが小さな悲鳴をあげて飛びあがった。「あんたはもうおれの親父じゃない」

おれは言い捨てると、大股でキッチンを出た。四方から壁が迫ってきておれを閉じこめようとしている。おれは裏口から外へ駆けだし、あえぎながら夜気を吸いこんだ。

手が優しく背中に触れた。「ごめんなさい」

「おれの母親はあいつを愛していた。あいつも……」言葉が喉につかえる。とても口に出せない。信じられない。父が母を裏切っていたとは。

母は夫がしたい放題にしていても、しかたがないと我慢してきた。そのあげく、命を失った。一方、おれが愛していた男、尊敬していた男は、妻の高校時代の親友をはらませていた。

母とアミーナの仲たがいがようやく腑《ふ》に落ちた。ふたりはだんだん疎遠になったのではなかった。母は知っていたのか？　それとも父は家族全員からアミーナと娘の存在を隠し通していたのか？

「ちくしょう」おれはブライスの車へと歩いていった。背後に彼女の足音が響く。

ブライスは押し黙ったまま車を走らせた。

おれはうなだれて両手を髪に突っこんだ。「ニックに話さないと」

何年もかけて、父と兄はやっと親子関係を修復した。それなのに、おれは電話一本で再びめちゃくちゃにしようとしている。

「ごめんなさい。本当にごめんなさい」ブライスがハンドルを握りながら繰り返した。その目は前方の道を見つめている。「あなたは知っているとばかり思っていたの。わたしに嘘をついてお父さんをかばっているんだと。わたしにはもっと違うやり方があったはずなのに。違うやり方を選ぶべきだったのに」

「妻を裏切って息子の尊敬を失ったのはきみじゃない」

ブライスが肩を落とす。「それでも申し訳なかったわ」

「きみのせいじゃない」知らず知らずおれはブライスの肩に手を触れたが、彼女は体をこわばらせた。くそっ。おれが怖いのか？　たしかに怒ってはいたが、ブライスに対してではない。「さっきは悪かった」

「気にしないで」ブライスの緊張がほぐれたらしい。「あなたがかんしゃく持ちなのはわかってるから。わたしのほうが大人だし。怒鳴りつけてくる男の扱いだって慣れっこよ。でも、しょっちゅうはごめんだから」

「これから気をつける」二度とブライスを怖がらせたくない。道を眺めていたおれは〈ベッツィ〉に向かっているのだと思ったが、店の前まで来ても彼女はスピードを落とさず、そのまま通り過ぎた。「どこに行くつもりだ？」

ブライスは静かにほほえむと、〈ベッツィ〉から二ブロック先にある脂っこい料理で知られるバー〈ストックヤード〉の駐車場に車を乗り入れた。「お腹がすいてない？　わたしはぺこぺこ。昼食はクッキーだけだったんだもの」

18

ブライス

「いい店だな」ダッシュが大きなチーズバーガーを両手で持ったまま、薄暗いバーを見渡した。「ここに来たのは久しぶりだ。〈ベッツィ〉よりずっと静かだし、料理もうまい」

「よかったわ」わたしも自分のチーズバーガーにかぶりつき、満足のうめき声をあげた。

わたしの両親は〈ストックヤード〉の大ファンだ。〈ベッツィ〉のように騒々しくて怪しげなバーより好みに合っているらしい。この店は優しい音楽と豊富なメニューを提供して、クリフトンフォージの穏やかな住民の要求を満たしている。もう深夜に近いので、店内はがらがらだった。

なぜこんな時間までオープンしているかというと、この町で深夜に食べ物を提供してくれる店がほかにないからだ。きっともうすぐ〈ベッツィ〉から流れてきた客や、締めの食事で酔いを覚まそうとする客でこみあうだろう。もちろん奥のテーブルでポーカーをする客にも進んで料理を出している。そこでは七人の男がチップを囲み、赤毛の若者が気取った笑みを浮かべてカードを配っている。

ダッシュは彼らに背中を向けていたが、十分ごとに振り返っては少し離れたそのテーブルを見やった。

「ポーカーが嫌いなの？」わたしはまた難しい顔になったダッシュにきいた。

「灰色のパーカーを着ているやつは、プレスリーのフィアンセのジェレマイアだ」ダッシュが眉根を寄せる。「今頃プレスリーはひとりぼっちで家にいるだろうに、やつは金を巻きあげられて飲んだくれてる。いいカモにされてるだけなのに、彼女はフィアンセの戯言を我慢している」

「彼女にしてみれば、そういうのは余計なお節介でしょうね」

「まあな」ダッシュは困ったものだとばかりに頭を振った。「みんなで何度もプレスリーを説得しようとしたが、必ず喧嘩になってしまうんだ。だから今は口を出さないことに決めた。とりあえずふたりが正式に結婚する直前まで待って、いよいよとなったら全員で反対するつもりだ」

「結局、介入するの?」わたしは笑い声をあげた。

「幸運を祈るわ。あとで事の顚末《てんまつ》を聞かせてね」

プレスリーとは整備工場で顔を合わせた程度だけれど、決断力のあるタイプに思えた。彼女が決めたことにノーと言うのは、わたしに言うのと同じくらい厄介だろう。

ダッシュとわたしはそれから無言で食事を終えた。店に入って注文をすませてからずっと、互いにドレイヴンの家で起こったことは話題にしなかった。けれども料理をひと口食べるごとにそのときは近づいてきた。絶対に避けては通れない出来事だから、やむをえない。

ダッシュが脂のしみがついてくしゃくしゃになった紙ナプキンを少しだけフライドポテトが残った皿に放り、わたしと視線を合わせた。「それで……」

「あのことについて話したいの?」

ダッシュは顎の無精ひげに手をやった。「あいつが妻にした仕打ちが信じられない。おれの母親はたいした女性だったよ。楽天家で愛情深くて、不実な夫にはもったいないほどの人だった。ずっと気づかなかったんならいいが。死ぬまで夫の真心を信じていたと思いたいよ」

「お母さんはどうして亡くなったの?」

「家の外で殺された」ダッシュはテーブルに肘をついて身を乗りだし、苦しげな低い声で打ち明けた。「見つけたのはおれたちだ。おれとニック」

わたしは思わず胸を押さえた。とても想像できない。痛ましすぎる。ダッシュを抱きしめてあげたいけれど、今はこらえてささやきかけた。「気の毒に」

「ニックは十六歳で車を持っていた。あの日、おれは学校から家まで車に乗せてほしいとニックにせがんだ。バスで帰るのがいやだったんだ。兄貴は文句たらたらだった。それなのに、おれを乗せて帰ってくれた。兄貴は常に家族を優先する。それは十代の当時夢中になっていた女の子と、やっとドライブする約束に漕ぎつけていたからだ。頃から変わってない。家に着くと、母親が小道で横向きに倒れていた。ガーデニングの最中だったらしく、おれが母の日に贈った手袋をはめていた」

わたしは片手を伸ばしてダッシュの手を握りしめた。

ダッシュが握り返してきて、指をわたしの指に絡めた。「モンタナにはもうひとつ、ティン・ジプシーと張りあっていたグループがあって、トラヴェラーズと呼ばれていた。ティン・ジプシーとは何年も小競りあいを繰り返していたが、大事には至らず、命のやり取りに及ぶこともなかった。その頃、ティン・ジプシーは勢力拡大に乗りだしていた。ドラッグの輸送ルートを確保してクラブの資金源を増やし、ほかのクラブの縄張りまで荒らした。トラヴェラーズのほうはおもしろくないから脅しに出た。だが親父は相手にせず、どんな要求もはねつけた。それがやつらの暴走を招いたんだ」

「そしてお母さんが襲われたのね」

ダッシュがうなずく。「やつらは車でおれの家まで来て、黄色い花を植えていた母親の後頭部を撃ち抜いた。顔は判別できなかったよ。吹き飛ばされてめちゃくちゃになっていた」

わたしはダッシュの手を強く握って目を閉じた。ダッシュの身になって想像したら、チーズバーガーを戻しそうになった。母親の遺体を発見するという子どもにとって最悪の体験をするなんて、どんなに恐ろしかっただろう。

「ダッシュ……本当に気の毒だわ」

「ああ」彼はしばらく黙ってテーブルに目を落としていた。バーテンダーが来て皿をさげ、グラスに水を注ぎ足しても、ダッシュはじっとしたままわたしの手を握り、ふたりだけになるのを待った。「親父はティン・ジプシーのメンバーを率いてトラヴェラーズのやつらを皆殺しにした。ひとり残らずだ」

わたしは何か言おうとして口を開いたが、言葉が見つからなかった。この暴力と殺《さつ》戮《りく》の応酬は理解しがたい。そんな環境で生きてきたダッシュのことも、よくわからない。一方で、ダッシュやニックばかりかドレイヴンも復讐を果たせたことをよかったと思う自分がいる。どちらが白でどちらが黒というわけではない。それがダッシュがわたしを引き入れた世界だ。善と悪の境目が曖昧で、わたしが抱いてきた価値観は通用しない。

ダッシュはテーブルから視線をあげると、握っていたわたしの手を自分の手で包みこんだ。「ブライス、おれたちは善良な人間じゃない」

「そうかもしれないわね。だけど、あなたはわたしにとっていい人よ」

「本当にそう信じてるのか？　おれはきみを留置場にぶちこませた。いつも大事にしてきたわけじゃない。今夜は怒鳴りつけたんだぞ」

わたしは彼の目を見つめた。「信じてるわ」

ダッシュはまわりの人たちを愛して生きてきた。誠実で優しい。わたしを怒らせて楽しんではいるものの、しゃれにならないほど怒らせたことはない。冗談と本気の境目を超えても、まだ許せるレベルにとどまっている。もっとも、謝ったそばから人の神経を逆撫でするけれど。

留置場に入れられた一件にしてもそうだ。

ふたりの立場が逆だったら、わたしも同じ行動に出たはずだから、しかたがない。

いつでもすぐに許すとは限らないが、あとになって受け入れることはできる。

勘定をすませたあと、ダッシュとわたしは夜の闇へと足を踏みだした。

「これからどうするの？」わたしは車に向かって歩きながら尋ねた。

「きみの家に押しかけてもいいかな？」

わたしはトートバッグから車のキーを出した。「いびきをかいたら、横っ腹にパンチをお見舞いするわよ」

ダッシュが含み笑いをもらした。「おれがいびきなんて、かくわけがないだろう」

午前四時に目覚まし時計がけたたましく鳴って、わたしは目を覚ました。ダッシュを起こさないように急いでアラームを止める。

彼は顔を反対側に向け、手足を投げだして寝そべっている。だが片手はわたしの背中のくぼみに置いていた。親指を動かして、小さな円を描く。「まだ早い」

「新聞社に行って、新聞ができあがっているかどうか確認しないと」わたしはベッドをおりた。

父はおそらくすでに出社していて、はつらつとした笑顔を振りまいているはずだ。今朝は父と顔を合わせたくない。いつもなら、日曜と水曜の朝はベッドでぐずぐずしたりしないのだが。

　今日はダッシュがいるので、後ろ髪を引かれる思いだ。

　手早くシャワーを浴び、最低限のメイクで目の下にできたくまを隠す。普段は土曜の深夜まで起きていることなどない。けれども昨夜は例外だ。例外尽くしだった。ジーンズとテニスシューズとTシャツを身につけると、コーヒーを淹れようとベッドルームのドアへ向かったが、ダッシュの姿が目に入った瞬間ためらった。じゃあねと言うべきだろうか？　それとも黙って出かける？

　だがダッシュはたぶん眠っている。いびきはかいていないけれど。もう出かけよう。

「ブライス」

「何？」わたしは小さく答えた。

「おいで」

　そろそろとベッドのそばに行って身をかがめる。「何？」

「キスをしてくれ」ダッシュが目を閉じたまま命令した。黒いまつげが頬にかかっている。

　わたしはほほえんで、片手を伸ばして彼の額にかかる乱れた髪をかきあげ、こめかみにそっと口づけた。「じゃあね」

車で新聞社に向かうあいだも自然と笑みがこぼれた。二、三時間しか眠っていないが、疲れなど吹き飛んで気分爽快だ。

昨夜のダッシュとわたしは精神的に疲れ果てていたうえに満腹だったので、すぐさまベッドに倒れこんだ。彼はわたしを抱こうともしなかった。ふたりとも力尽きていた。ダッシュはボクサーパンツ一枚になって寝た。わたしはタンクトップとショーツだ。彼の手がタンクトップの下に滑りこんできたと思ったら、ふたりとも眠りに落ちていた。

ダッシュの温かい手のひらが、ひと晩中わたしの肌に置かれていた。

たぶん彼は、わたしが家に入るのを見届けたあと、自宅に帰るつもりだったのだろう。昨夜のダッシュは強い衝撃に押しつぶされていて、なんらかの答えを出す時間が必要だった。もし誰かにじっくり話を聞いてもらいたいときには、わたしがいる。それだけは知っておいてほしかった。

昨日の夜、事態はわたしの記事から離れた。もはやわたしの問題ではない。アミーナ・デイリーでもジェネヴィーヴでも、ましてやドレイヴンの問題でもない。ダッシュの問題だ。

わたしのダッシュに対する思いは、もはや気づかないふりで押し通すことなどできないだろう。父からティン・ジプシーのネタについてきかれたら、適当にごまかさなければならない。紙面を割くほどの価値はない。

記事に書くことでダッシュを絶望させたくなかった。彼はこれまでにどれだけ絶望の淵《ふち》に立たされてきたのだろう。これ以上わたしの記事で心を痛めてほしくない。

建物の裏口から印刷室に入ると、父がゴスのそばに立っていた。「おはよう、お父さん」

「調子はどうだ?」父がわたしの頰にキスをした。

「上々よ。お父さんのほうはどうなの?」

父は手にしていたゲラをこちらに渡してきた。「ほぼ完成だ。あと一回まわせば終わりだよ。B・Kが配達の準備をしている」

わたしは一面に目を通し、ウィリーが特集した鉄道で移動する季節労働者を扱ったシリーズの最終回を読んで顔をほころばせた。彼の記事はわたしを含め、読者を魅了する。

「申し分ないわ」わたしは父に言った。「B・Kを手伝ってくるわね」

一時間後、新聞を束ねて配達区域ごとに積み終えたわたしたちは、搬出口で配達員たちを迎えた。五人の親がそれぞれひとりずつ子どもを連れて、ほぼ同時に駐車場に入ってきた。彼らが町や周辺地域に朝刊を配達してくれる。

大半の購読者は七時前に新聞を受け取るだろう。

「今日は何をする予定だ?」父が印刷室の明かりを消しながらきいた。B・Kは帰りがてら何軒かに配達するため、すでに姿は見えなかった。

「別に。洗濯物でも片づけるわ」わたしは小声で答えた。「お父さんはどうするの?」

「ひと寝入りする。ところで母さんが夕食をとるのに〈ストックヤード〉へ行きたいと言っている。一緒にどうだ?」

「ありがとう。考えておくわ」これはやめておくという意味だと、互いにわかっていた。

昨夜チーズバーガーを食べたのに、さらにもうひとつ食べるのかと思うと、胸やけがひどくなる。新聞を束ねながらコーヒーをがぶ飲みしたせいもあるが、何より寝る前にこってりした料理を食べたからに違いない。

家に帰ったら、トーストを何もつけずに食べよう。まだ胃のあたりに残っている脂を吸い取ってくれるといいけれど。

「お父さんの意見をききたいネタがいくつかあるんだけど、明日も来る?」

「もちろん。遅くとも八時には来ているよ。そのときに話しあおう」父がわたしを抱きしめ、わたしは手を振りながらドアに向かった。「ブライス」

「何？」わたしは振り返った。

「ティン・ジプシーの連中の件を持ちださなくなったな。もうあきらめたのか？」

「それが、報告することがあまりないのよね」わたしはほっとした。父は決して無理に記事を書かせようとせず、報告さえしていればわたしの好きに取材して希望どおりに進めることを許してくれる。

「そうか。殺人事件の捜査はどうなってるんだ？　マーカスは新しい情報を公開したか？」

「最近は全然。裁判が始まるまで、たいした情報は得られないと思うわ。アミーナ・デイリーの追悼記事を書きたいんだけど、事件から間もないからまだ早すぎると思ってるの」未定のことばかりだ。「でもいつかは書きたいわ」

「わかった。じゃあしばらくはいいニュースを刷ることになるかな。それは悪いことじゃない」

わたしはにっこりした。「そうね、悪いことじゃないわ」

「また明日」

「じゃあね、お父さん」わたしは再び手を振って外に出た。熱気を帯びた陽光が顔にあたって気持ちがいい。二度寝するには中途半端な時間だったが、車を運転しているうちにとてつもない疲労感に襲われた。これでは家に着くなりベッドに倒れこんでしまうだろう。

トーストはすっかり目が覚めるまでお預けにしよう。

車をガレージに停め、うとうとしながら家に入った。

「きゃっ!」わたしは思わず叫び声をあげた。心臓が飛びだしそうになり、胸を強く押さえる。「いったい何をしてるの?」

ダッシュがたたんだタオルを積み重ねたタオルの上に置いた。「洗濯物をたたんでる」

「てっきり自分の家に帰ったものと思っていたわ」

「シャワーを浴びたんだが、バスルームにタオルがなくてね。それで探しに行って洗濯かごから一枚借りた。ついでにかごの中身をたたんでやることにした。ところが洗濯物はかごもうひとつ分あるじゃないか。おまけにもうひとつ」

「ええと、なんて言うか、わたしは洗濯物をたたむのが嫌いなのよ」

ダッシュがにやりとする。「かごふたつ分のあたりで察しはついたよ」

わたしはリビングルームの奥に進み、ソファの肘掛けに腰をおろした。ダッシュがさらに一枚タオルをたたむ。「本当は何をしていたの？　わたしの洗濯物をたたむためにいたわけじゃないでしょう」

「隠れていた」

「隠れていた」わたしは繰り返した。

「そうだ」ダッシュはたたみ終えた衣類でいっぱいの洗濯かごを持ちあげてソファに置いた。「ここにかくまってくれないか？」

その声の奥にひそむもろさを感じ取り、わたしは胸が痛くなった。「もちろんよ」

「ありがとう」ダッシュがわたしの前に来た。裸足でカーペットに立ち、両手でわたしの顔を包む。「キスをしてくれ」

「今日はキスばかり要求するのね」

ダッシュの唇がおりてくる。「好きだろう？」

彼の舌がわたしの唇をかすめるや、熱いものが体を貫いた。ダッシュの言うとおりだ。わたしが唇を開くと、ダッシュが舌を差し入れてきた。わたしはその舌を味わい、両手をダッシュの腰に伸ばして彼を引き寄せた。

ダッシュがわたしの脚のあいだに腿を割って入れた。わたしの顔を手で包みこんだまま、かがみこんでわたしを後ろに押しやる。

唇をねじれたり、めくれたりさせながら、わたしたちは執拗《しつよう》に求めあった。室内が急に暑くなり、互いの素肌を重ねたくて胸が熱を持つ。ダッシュを受け入れてからの数週間はあまりにも長く、彼に対する欲望が抑えきれないほど激しくなっていた。わたしは息を切らし、欲情の炎をなおもかきたてようと、ダッシュのTシャツをつかんで彼をさらに引き寄せた。

ダッシュが唇を引きはがし、わたしのヒップをつかんで体を回転させたので、ソファに座る彼の膝にわたしがのる体勢になった。こわばった下腹部がジーンズのファスナーの下からわたしの脚の付け根をこする。

「脱いで」わたしがダッシュのTシャツをめくりあげて胸をあらわにする一方、彼はわたしのジーンズのボタンを外してファスナーをおろした。

「準備はできてるか?」ダッシュがショーツに手を滑りこませ、中指がすでに熱く潤った秘めた部分を探りあてる。ダッシュの顔に笑みが広がった。指が深く入ってきて、わたしは歓びに息をのんだ。

「ええ」わたしはうめくように答えると目を閉じて首を傾け、騒ぐ心を静めようとした。「あなたが欲しかった」

体だけではなくもっと欲しいものがあったけれど、口には出さなかった。

ダッシュがわたしの首に吸いつき、キスをして舌を這わせた。自由なほうの手でわたしのTシャツを脱がせようとする。「おれもきみが欲しかった」

ダッシュが欲しがっているのはわたしの体だけだ。だがわたしは心の片隅で、ほかにも何かあるかのようにふるまうことにした。

手で脚のあいだを容赦なく攻められ、からかわれて、息が詰まりそうになる。だけど指だけでのぼりつめたくない。震える膝に力を入れてダッシュの膝からおり、ジーンズとショーツを床に脱ぎ捨てた。

わたしがTシャツをすばやく脱いでダッシュを振り返ると、彼もTシャツを脱いでジーンズを腰の下まで引きおろしていた。たくましく盛りあがった腹筋。ダッシュは避妊具を装着し、脈打つこわばりに片手を添えている。

わたしはダッシュの腰にのって、両手で彼の顔を包みこんだ。「なんてセクシーなの」

「知ってるよ」そう答えて笑いかけてくるダッシュの唇の端にキスをする。

鼻持ちならない自信家だが、彼は自分のことをよくわかっている。しかもわたしにすべきことを心得ている。

わたしはダッシュの欲望の証しに秘めた部分をあてがい、ゆっくりと身を沈めて包みこんでいった。まるであつらえたような張りつめたものに満たされて背筋がぞくぞくし、たちまちクライマックスに達してしまいそうになった。

「くそっ」ダッシュが悪態をつく。わたしが体を少し持ちあげて再び沈めると、彼の首筋がぴんと張った。「きみのせいで体がばらばらになりそうだ」

互いにわれを忘れるほどの激情に身を任せたとき、ダッシュがせっかくたたんでくれた洗濯物を入れたかごがソファから転がり落ちた。わたしは夢中になって動いていたけれど、疲れてきたのでペースを落とした。そのときダッシュがあとは任せろとばかりに胸をぶつけながら体勢を変え、わたしは彼の体の下で脚を大きく開いた。主導権を握ったダッシュが覆いかぶさってくる。

わたしは彼の体を支える雄々しい手と脚に目をみはり、何度も突きあげられてついに身も心も解き放たれた。クライマックスの波が激しく長く押し寄せ、わたしはぐったりと横たわって余韻に浸った。

ダッシュもほどなくクライマックスを迎えて自らを解き放った。たくましい胸筋と腹筋が大きく収縮している。ずいぶん長いあいだこの眺めを目にしていなかった。だが、これはわたしのものだ。すべてがわたしのもの。あと少しのあいだだけは。

「じきに回復する」ダッシュがわたしの上に崩れ落ちて、荒い息をわたしの髪に吐きかけた。わたしの首をかすめるようにキスをしてから、立ちあがってすばやく歩きだす。「すぐ戻るよ」

ダッシュが避妊具を処理するあいだに、わたしはゆっくりと息を整えた。体中に熱いものがみなぎっている。電気が流れているかのようだ。帰ってきたときは疲れきっていたのに、今はもっと彼が欲しい。

ダッシュがリビングルームに戻ってきて、わたしをソファから立たせようと手を差し伸べた。立ちあがった瞬間、わたしは彼の下腹部に手を伸ばした。ダッシュも第二ラウンドに挑もうと意気ごんでいるかもしれない。

「まだだめだ」ダッシュがにやりとしてわたしの手をどけた。「もうコンドームがない」

「まあ」がっかりだ。「わたしも持ってないわ」

「あとでひとっ走りして買ってこよう。どのみち自分用が欲しいからな」

自分用が欲しい？　わたしは目をしばたたいた。聞き間違いだろうか。「どういう意味？　わたし以外の誰かのために避妊具が必要だというふうに聞こえたんだけど」

そんなことは絶対にさせない。

「なんだって？　違う」ダッシュが両手でわたしの顔を包んで額にキスをした。「きみだけのためだ。だがクラブの仲間で、相手がコンドームをいやがったばかりに妊娠させてしまったやつがいる。それで自分で用意するのが習慣になってるんだ」

「手を使えば――」

「ストップ」ダッシュが再びキスをする。「そう、妊娠させられたのはきみじゃない。それでもおれはコンドームを買う」

「わかったわよ」わたしは腹が立ったので、ダッシュの手から逃れ、廊下を通ってベッドルームに向かった。わたしを信用しないで避妊具をつけようとすること、これまで彼とベッドをともにした女性たちと同じように扱われたことがおもしろくなかった。

「そう怒るな」ダッシュが追いかけてきてわたしを抱きしめた。「傷つけるつもりはなかった。子どもが欲しくないだけだ。いい父親になれるとは思えないから、子どもは作らない」

なぜわたしはこれほどまでに自分にふさわしくない男に惹かれてしまうのだろう。結婚という形を恐れる男とつきあったのは初めてではない。わたしが出会う男たちときたら、どうして家族を作ることを死刑宣告のように考えるのだろう。

「わかったわ」わたしは小声で言ったが、声にいらだちがにじみでた。ダッシュが悪いわけではない。彼は自分の心に正直なだけだ。厄介なのはダッシュじゃなく、わたしのほうだ。「ちょっと疲れてるの」

精神的にも肉体的にも。

ダッシュが抱擁を解いた。「しばらくやすもう」

そうしてこの話は忘れようというのだろうか。なぜダッシュは子どもが欲しくないのだろう？ 子作りを目指しているわけではないから、気にしなければいいだけの話だけれど、これはベッドをともにするより大事なことかもしれない。もっとも、わたしたちが恋人同士であるという意味ではない。わたしはダッシュの一時的な避難所であって、将来の約束を交わしたわけではない。

ダッシュもベッドルームに入ってきたが、わたしはシーツの下に潜りこんで顔をそむけた。それでもダッシュはわたしをひとりで寝かせる代わりに両手で抱きしめてその胸に包みこみ、わたしの頭を撫でて傷ついた心をなだめてくれた。やがてふたりとも眠りに落ちた。

数時間が経って部屋に日の光が差した頃にわたしたちは目覚めたが、すぐには起きあがろうとしなかった。ダッシュの胸に抱かれたわたしの背中のくぼみに、彼の指がさまざまな形を描いている。

「ニックになんて話せばいいのかわからない」ダッシュがわたしの髪に向かって言う。

「それは例の……」ジェネヴィーヴのことだ。わたしは言葉にはしなかった。彼を悩ませているのはそのことだけではないかもしれない。ダッシュはすばらしい異母妹について深く知ろうとしていない。

「そうだ。その……彼女のことを」ダッシュがため息をついた。「兄貴と親父は母親が死んだあと、仲たがいした。しこりが解消するまでには何年もかかったよ。エメリンが拉致されかけるといういまいましい事件がきっかけで、もとに戻れたんだ。今度の一件で、ふたりの仲はまためちゃくちゃになるだろう。親父は息子と、今度は孫たちも失う。ニックが親父を許すはずはない」

わたしは顔をあげてダッシュの目を見た。ほの暗い明かりに映えて金色に輝いている。魅惑的だけれど、悲しげでもある。「ニックに電話をかける前に、どういう事情だったのか確かめるべきかもしれないわ」

「無理だ」ダッシュが顔をしかめる。「親父と話なんかできない」

「でも、いつかは話さなければならないのよ」ドレイヴンが殺人罪で刑務所行きにならない限りは。その結果、ダッシュが父親と縁を切る可能性もある。結局は後悔するはめになるだろう。「お父さんのためじゃなくて、解決策を得るためよ。ニックにどう話すかは、それから決めればいいじゃない」

ダッシュが長いため息をついた。わたしはなかなか説得できないことに気分が沈んだが、次の瞬間、彼がベッドを飛びだしたので、はずみで転げ落ちるところだった。

「行こう」

「今から?」

「今からだ。きみも来てくれ」

「わたしが? なぜ? あなたとお父さんふたりだけのほうがいいと思うわ」すでに昨日の夜、ドレイヴンの家のキッチンに押しかけるという非礼を働いている。

「おれが逆上して親父を殺そうとしたら止めてもらわないと」

わたしは彼をにらんだ。「冗談はやめて、ダッシュ」

「だったら……おれのために来てくれないか?」ダッシュが手を差し伸べた。「頼む」

19

ダッシュ

「ここがあなたの育った家?」ブライスが私道に車を進める。

彼女が尋ねたのは、おれがここで育ったのかどうかではない。ここが母の死んだ家かどうかということだ。

おれは庭の小道に目をやった。「そうだ」

「まあ」ブライスが車を駐車スペースに入れる。「引っ越したと思っていたわ。事件のあと……」

「いや、親父が敵に後ろを見せるのを嫌ったんだ」

ブライスが口をぽかんと開けた。「なんですって?」

「とにかくそれが親父の言い分だった。だが本音は、ほかの場所で暮らす気になれなかったんだろう。ここは結婚して数年後に、親父が妻のために買った家だから」

両親が愛しあった家。産院で生まれたニックとおれを連れて帰った家。家族が作られた家だ。

外壁は淡い緑に塗られ、栗色《くりいろ》の木部が玄関のドアと調和している。塗装がはげかけていたのを、数年前に父の指図で塗り直した。塗装工にはもとの色と寸分たがわぬ色で仕上げるよう指示した。すべて四十年前に母が選んだ色だったからだ。

「壁の中に母親がいるんだ。床にも、部屋にも、廊下にも。だから親父は離れられない。母親の家どころじゃない。家そのものが母親なんだ」

「奥さんを愛していたのね」

おれはうなずいた。「親父にとってほかの何にも代えがたい、最愛の存在だった。少なくともおれはそう思っていた。今は……わからない」

おれは父のことをよくわかっていなかったのかもしれない。おれが崇拝していた父親は妻を裏切るはずがないのに。

なぜだ？　理解できない。母を深く愛しながら、なぜ別の女を抱こうとする？　なぜ母を裏切るような真似ができた？

すぐには車のドアハンドルに手を伸ばさず、ふたりともしばらく動かなかった。一日たりとも忘れたことはない母の身になって考えると、怒りがおさまらない。

最低だ。

「ダッシュ」ブライスがおれの膝に手を置く。「あなたの心に浮かぶ疑問がわたしにもわかるわ。お父さんを問いただして、答えを得るのよ」

彼女が家に視線を移したので、おれはそれを追った。父が正面の窓辺に立って、車を降りかねているおれを眺めている。遠くのガラス越しでも、頰の傷が見えた。思ったよりひどく殴ったらしい。どうりで拳が痛む。

父を殴ったのは初めてだ。父に手を出すなんて夢にも思わなかった。

まさかこのおれが手を出すとは。

おれは大きなため息をついた。ブライスの言うとおりだ。答えを得なければならない。「行くぞ」

ふたり同時に車を降り、彼女の手を取って裏口まで足音も荒く歩いていった。おれたちがノックをせずに家の中へ入ると、父はリビングルームの革張りのソファに座って待っていた。

おれは無言で父の向かい側の椅子に座った。ブライスがもうひとつの椅子に腰をおろす。この二脚はソファとセットだったが、母が死ぬ二、三カ月前に深緑色の布地に張り替えていた。ひどく悪趣味ではあるものの、父がほかの椅子に替えようとしたら、おれはこの二脚だけは自宅に持ち帰るつもりでいた。

父の青ざめた肌は目のまわりだけ赤く腫れていた。間近に見るとかなりひどい傷で、おそらく数針は縫う必要があるだろう。白髪まじりの髪は乱れて脂っぽく、ちゃんと洗っていないようだ。

昨夜、おれがどうにかブライスのベッドで眠った一方で、父は一睡もしていないのだろう。

「理由を知りたい」口火を切ったのはおれだ。ここに来たのは父のためではないので、進行役は任せられない。おれが仕切る。「なぜ母さんを裏切ったか、理由を知りたい」

「過ちだった」父がかすれた声で答える。「おまえの母さんとアミーナは友人だった。いや、親友だった」

ブライスが体をこわばらせ、はじかれたようにおれを見る。「あなたは知っていたの?」

イエス。おれは黙っていた。おれがあのくだらないイヤーブックの写真の話などしたら、ブライスは怒って席を立ってしまうだろう。今日だけは彼女にこの場にいてもらいたい。いわば緩衝材として。おれが激高しそうになったら、ブライスに抑えてもらわないと。この部屋でおれと父だけにされたら、どうなるかわからない。

父がおれを見据える。イヤーブックのことをごまかしていると見抜いたようだが、おれの嘘など自分の犯した罪に比べればかわいいものだとわかれば黙っているはずだ。

「続けろ」おれは父を促した。

「おれたちは三人で過ごすことが多かった。おまえの母さんはいつもアミーナと一緒だった。アミーナのことが大好きだった」

親友が自分の夫とベッドをともにしていたのなら、いわば母の片思いだ。

「おれは知らなかった」父がうなだれた。「気がつかなかった。だが母さんは気づいていたのかもしれん。おれは最上級生のときには、アミーナと距離を置くようになっていた。だから、おれは気づかなかった」

「何に？」おれは尋ねた。

「アミーナはあなたを愛していたのね」ブライスがずばりと言った。

父がうなずく。「彼女は友人だった。おれにとってはそれ以上でも以下でもない。クリッシーのほかに愛した女はひとりもない」

「だったらどこをどうしたら、その友人と寝て妊娠させるような真似ができたんだ？」おれは拳を膝に打ちつけた。

ブライスが手を伸ばし、おれの拳を覆う。やはり一緒に来てもらってよかった。もうここを出たい。だがブライスの手に押さえつけられ、椅子を立つことができない。

「アミーナは高校を卒業すると、クリフトンフォージを離れた。おれはあまり気にとめなかった。アミーナと母さんが二年ほど口をきいていなかったからだ。気が合わなくなったのだろうと思っていた。だがある日の午後、アミーナから母さんに電話があった。週末に訪ねるから町で会わないかと。ふたりはクラブハウスのパーティで、ひと晩過ごした」

「じゃあ、そのときに――」

「いや、違う」父がかぶりを振る。「そのときじゃない。アミーナはデンヴァーに帰った。だがそれ以来、毎年こっちへ来るようになった。いつも夏で、決まって週末だった。アミーナはクラブハウスのパーティに顔を出しては酒を飲み、男と遊んだ。おまえたち兄弟がまだ小さかったから、母さんはクラブハウスに足が向かなくなっていた。正直なところ、おれも性に合わなかった。だがアミーナは独身だったから、おれたちはあまり気にしなかった」

話が進むにつれ、おれは体がむずむずしてきた。だが顎を引きしめて黙っていた。

「そうしているうち、クリッシーとおれのあいだは気まずくなっていった。おまえとニックはまだ子どもだった。おれと母さんは喧嘩ばかりしてたよ。四六時中、のべつ

「いつの話だ？　ふたりが喧嘩してたことなんて覚えてない」

「母さんが隠していたからだ」父は片手で髪をかきあげた。「おまえたちの前では笑って、余計なことは知らせまいとしていた。昼間は我慢したが、夜、おまえたちが寝たあとはひどい言い争いをしていた。母さんはクラブが悪事に手を染めるのを嫌い、おれたちは危ない橋を渡っていたから母さんには内情を隠した。夫婦仲はすっかりこじれ、おれは追いだされた」

「だけどずっとこの家で暮らしていただろう」父が出ていったことを、おれが忘れるはずがない。

「おまえはまだ八歳で、ニックは十二歳だった。おれは急用で出かけるということにした。しばらく帰れないと偽って、クラブハウスに三週間、寝泊まりした」

それなら覚えている。父がそんなに長いあいだ家を空けたことはなかったし、母は悲しそうだった。父がいなくて寂しいのだとばかり思っていた。まさかほかの理由があったとは。

「そういえば、おれが出場したゴーカートのレースを見に来なかったな。せっかく優勝したのに、あんたが見てくれなかったから、おれは頭にきていたんだ」おれはあざけるように言った。

「レースで勝つところは、百メートルほど離れた場所から双眼鏡で見ていた」

「おれたちをだましていたのか」

父がうなずく。「母さんに頼まれたからだ」

「母さんのせいにするな」おれは嚙みついた。「絶対に」

父が片手を軽くあげた。「母さんのせいにはしていない。おれのせいだ。何もかも」

「それであなたがクラブハウスにいるあいだに、アミーナが訪ねてきたのね」ブライスが言った。

「そうだ。みんなでパーティを開いた。おれもアミーナも酒に酔って興奮していた。おれは頭が朦朧《もうろう》としたまま、彼女をベッドに連れていった。翌朝目を覚まして、恐ろしい間違いを犯したとわかった。アミーナにもひと夜の過ちだと告げた。するとアミーナが泣きだして、おれを愛していると告白した。だが彼女はそんな自分を憎んでもいた。クリッシーのことを大切に思っていたからだ」

アミーナなど知ったことか。あの女は父を愛してはならなかった。父はアミーナのものではない。だいたい人の夫を寝取るぐらいだから、母を親友だなんて思っていなかったに違いない。アミーナが刺殺されたことが初めて気の毒に思えなくなった。

母にそんな仕打ちをした父も絶対に許さない。

「あんたが憎い」

父が皮肉っぽい笑い声をあげる。「おれは二十六年間、自分を憎みつづけてきた」

「母さんは？　母さんもあんたを憎んだのか？　あんたは家に帰ってきたじゃないか。幸せそうだった。それとも全部芝居だったのか？」

「おれは帰った。ひざまずいて家に入れてくれと母さんに頼みこんだ」

「それで許してもらえたのか？」おれは目をむいた。「ばかな」

父の顔は蒼白《そうはく》で、目に涙がたまっている。

「黙ってたのね」ブライスが小さな声で言う。「奥さんは何も知らなかったんだわ」

「妻は知らなかった」父の声はかすれて、くぐもっていた。「アミーナとおれは、あの夜のことを決して口外しないと約束した。クリッシーが知ったら、絶望のどん底に突き落とされるだろう。アミーナはデンヴァーに戻り、それきりこっちに来なくなった。しかし、おれは罪の意識にさいなまれつづけた。そしてようやく告白する決心をした。真実を話そうと決めた。だが、その矢先——」

「母さんが殺された」われながら抑揚のない声だ。生気もなく、墓の中でひとりぼっちでいる母のようだ。

「おまえの母さんにはつらい思いばかりさせた」ドレイヴンの頬を涙が伝って落ちる。「アミーナとのことを打ち明ける勇気さえあったならと、何年も悩んだ。そうすれば、クリッシーはおれのもとを去っていたはずなのに。別れていればよかったんだ。あの日、花なんか植えていなければよかった。だがおれは臆病者で、クリッシーに捨てられるのが怖かった」

「どのみち失ったじゃないか」

父の目からまた涙がこぼれ、逮捕されて以来伸ばしている顎ひげに落ちた。「秘密にしたのは一生の不覚だった」

おれは喉が焼けるようにひりつき、心は引き裂かれそうだった。もし父が洗いざらい話していたらどうなっていただろう？　母はまだ生きていただろうか？

「娘についてはどう考えているの？」ブライスが質問する。「彼女はあなたのことを知らないのよ」

「おれも知らなかった。先月、アミーナが電話をかけてきて、エヴァーグリーン・モーテルで会うまでは」

おれは目を閉じた。それ以上聞きたくない。だが席を立つ勇気もなく座ったまま、美しかった母がどれほど理不尽な仕打ちを受けたか考えていた。母がしたのは自分本位で臆病な男を愛したことだけだ。そいつに人生をめちゃくちゃにされた。その男はほかの女とのあいだに子どもまでもうけていた。

「あの晩、ジェネヴィーヴについて話しあった」父が言った。「おれは自分に娘がいることを理解するのに数時間かかった。そしてアミーナがそれをずっと隠していたことにひどく腹を立てた」

「だがそのときも、あの女とベッドをともにしたんだろうが」またしてもその売女《ばいた》を抱いたのだ。

おれの剣幕に父は目を伏せた。父は母の墓に唾を吐きかけるような真似をした。

ブライスがおれの手を固く握る。「あなたがやったの、ドレイヴン？　あなたがアミーナを殺したの？」

おれは目を開けて父を見据えた。父がイエスと答えれば、話は簡単だ。父はやがて刑務所の独房で朽ち果て、おれは父のことなど二度と考えずにすむ。

「違う、殺してない」それが真実か。「頭を冷やしてから、ふたりで何時間も話しあった。アミーナはジェネヴィーヴの存在を隠していたことを謝ったが、一方で怯えてもいた。クリッシーが殺されたと知ったからだ。おれにかかわれば、娘が危険にさらされかねん。だから近寄らなかったそうだ」

「なぜアミーナは今になって戻ってきたの？」ブライスが尋ねる。

「今が娘に父親のことを知らせるいい時機だからだと言っていた。クラブが解散したと聞いて、もう安全だと確信できるまで待っていたんだろう」

安全だと？　おれはすばやく席を立って窓辺に行った。「安全なときなんかあったか？」

父を愛した女性がふたりとも無惨に殺された。アミーナを実際に刺してはいなくても、父が殺したも同然だ。母を死なせてしまったように。

「あんたは刑務所で一生を送るべきだ」おれは窓ガラスに向かって言った。

「そのとおりだ」父が即座に応じた。「おれはそれだけのことをした」

おれは父に腹を立てていたが、本当に刑務所暮らしをさせるつもりはない。父のためではなく、おれたち全員のためだ。もし誰かがドレイヴン・スレイターを叩きのめそうとするのなら、必ずおれたちは立ちあがる。

それに父はこの家で生涯暮らすべきだ。いわば自分で作った刑務所だからだ。ここで、たったひとりで、死ぬまで妻の亡霊につきまとわれて暮らすがいい。父が自身に科しているのは、判事も陪審員も考えつかない刑罰だ。

「ほかに言うことは？」おれは尋ねた。

「ない」

「わかった」おれは父に背を向けて窓を離れ、まっすぐ部屋を出た。

ブライスはためらったが、おれが待たないのを見て取ると、急いで追ってきた。

彼女の車に近づいたとき、父に呼びかけられた。裏口からではない。父は正面玄関からポーチに出てきた。

だが、ひと言も発さない。代わりに拳を握りしめてポーチの石の階段を一段ずつおりた。最後の段に来ると、セメントの小道の上で足を踏みだすのを躊躇したが、どうにかおりた。小道に着いたブーツの足は重く、なかなか動こうとしない。

父はゆっくりとつらそうに、母が倒れていた場所に向かって小道を歩いていった。

最後にそこにいる父を見た日は、おれの人生で最悪の日になった。

ニックが走って父を呼びに行った。叫び声はすさまじく、通りまで響き渡った。おれは母の体のそばにしゃがみこんで、甲高い声で泣きじゃくりながら悪い夢でありますようにと願った。

父が整備工場から駆けつけた。バイクを飛び降りると、おれを押しのけて母に駆け寄った。母を抱きあげ、胸が張り裂けるほど泣き叫んでいた。

おれたち家族の暮らしはめちゃくちゃになった。

記憶が忍び寄ってきた。胸の痛みは耐えがたく、脚が震えて頭がくらくらする。おれは両手を伸ばし、つかまるものを必死で探した。

そこにブライスがいた。おれの隣に来てくれている。おれが彼女をよりどころにしたとき、父が足を止めてうつむいた。

「すまなかった」小声で言い、それからおれを見た。「すまなかった」

「クラブなんか作らなければよかったんだ」思いもしなかった言葉がおれの口をついて出た。

母の死をクラブのせいにしたことなどなかったのに。ニックはクラブのせいにしたが、おれはそうは思わなかった。報いを受けるべきは銃の引き金を引いたやつで、父はおれに約束したとおり、そいつを残虐な手口でじわじわと死に至らしめた。

それが今はどうだ？　自分がティン・ジプシーのひとりでなければよかったと思っている。

「おまえの言うとおりだ」父がうなずく。「クラブを結成しなければよかった」

今はもはや存在しないが。

おれはブライスを促し、父に背中を向けて車に乗った。

ブライスもおれを待たせなかった。すばやく運転席に乗りこみ、私道から来た道へと戻った。父は小道の同じ場所にたたずんで、まるで母の体がそこにあるかのように足元を見つめていた。

おれはうなだれ、両手で頭を抱えてきつく目を閉じた。胃がむかむかして、手に力が入る。目の奥に白い点がいくつも現れた。切れ味の悪い刃でこめかみをゆっくりと刺されるように頭がずきずきと痛む。

パニック発作というやつか？　不安神経症？　こんな感覚は初めてだが、今にもブライスの車の中で嘔吐《おうと》しそうだ。

「車を停めたほうがいい？」ブライスがきく。

「いや、走ってくれ」おれは唾をのみこんだ。「運転を続けてくれ」

「わかったわ」ブライスは片手でおれの背中をさすってくれてから、手をハンドルに戻した。

深呼吸をして不快な感覚と闘いながら、アスファルトをこするタイヤの低い音に意識を集中させる。何キロも進み、吐いたり泣き叫んだりする恐れがなくなってから口を開いた。

「母さんが恋しいよ。幸せそのもので、おれたちを愛してくれた。おれたちみんなを。あいつさえも」

ちくしょう。涙がこぼれたので手でぬぐい、それ以上こぼすまいとした。

「あなたのお父さんがお母さんに打ち明けていたらよかったのに」ブライスが言う。

「そうだな」おれは喉が詰まりそうだった。

「でもそうしなかったから、お母さんはアミーナのしたことを知らずにいられたのよ」ブライスがいたわるように言う。

心のどこかで、母が父を責めたてるところを見たかったと思う。不実を働いたかどで家から叩きだして罰するところを。だが、それでは母の心もずたずたになっていただろう。「おれもそう思う」

ブライスは町を抜け、あてもなくあちこちの道を曲がりながら走った。

おれはようやく落ち着きを取り戻した。「バイクを停めた場所まで行ってくれ」

「いいわ。乗っても大丈夫なの？」

「ああ。どんな気分だったと言えばいいのかな。おかしな感覚だったが」

彼女は悲しげな笑みを浮かべた。「強いて言うなら嘆きかしら」

「消えることのない嘆きだ」

車は数ブロック走ってセントラル・アヴェニューに出ると、〈ベッツィ〉に向かった。「ジェネヴィーヴはアミーナの恋人の姓を知らなかったわ。その男を探りあてないと。あなたがまだそうしたいなら」

「おれが親父の刑務所行きを望んでないと決めてかかっているみたいだな」

「ちゃんとわかっているんだから。あなたはわたしと同じく、真実を知りたがっている。アミーナを殺した人物こそ法の裁きを受けるべきなのよ」

「賛成だ」おれのファミリーがそいつに脅かされるのを指をくわえて見ているわけにはいかない。ニックとエメリン。その子どもたち。エメットとレオ。プレスリー。今やみんな大事なファミリーの一員だ。「どうやってその恋人を探りだす?」

「ジェネヴィーヴの手元には彼の写真がなかったの。アミーナが撮らなかったからだと思う。彼のこともあまり話さなかったらしいわ。わかってるのはリーという名前だけ」

「ジェネヴィーヴか」口の中に苦い味が広がる。

その女に対しては憎しみしかわいてこない。

筋違いだとわかってはいるが、今日は感情的になっているからどうしようもない。

彼女は妹ではない。生きて呼吸をしていることを忘れたい赤の他人だ。

「ええ、彼女の名前よ」ブライスが眉をひそめる。「アミーナとあなたのお父さんの一件でジェネヴィーヴを責める前に、彼女が母親を亡くしたばかりだということを忘れないで。ジェネヴィーヴはとてもすてきな女性よ。いたわってあげて」

「彼女のことはどうでもいい」

「好き嫌いはともかく、あなたにとっては母親違いの妹なんだから。ジェネヴィーヴもいずれはドレイヴンのことを知るわ。あなたのことも。でも今は、たったひとりの親を殺した犯人がドレイヴンだと思っている。母親を殺した男が実の父親だと知ったら、どんな気持ちになると思う？　彼女に冷たくあたらないで。怒るのは見当違いよ。ジェネヴィーヴは何も悪いことをしてないんだから」

「まいったな」おれはぶつぶつ言った。「きみはいつも理路整然と話さないと気がすまないのか？」

「そうよ」

おれは笑みを浮かべそうになるのをこらえた。「それで今はなんだって？　その──」

「ジェネヴィーヴ」

「ジェネヴィーヴで行きづまっている。次はどうする？」

「わからない」ブライスがため息をついた。「正直に言えば、この二日間で起こった出来事について整理する時間が必要だわ。次にするべきことを思いつくまで、ひと息入れないと」

休息と時間はおれにも必要だ。

〈ベッツィ〉の駐車場はがらがらだった。おれのバイクは昨夜停めたときと同じく、店の建物の脇にあった。〈ベッツィ〉の客は触れもしなかったのだろう。

ブライスは運転席にとどまり、おれが車から降りるのを待った。「じゃあね」

「あとで電話をかける」

「わたしの電話番号を知らないくせに」

おれは片方の眉をあげた。「それはどうかな?」

電話番号は彼女がオイル交換と偽って整備工場に来た日から覚えている。ウィリーに電話をかけたら教えてくれた。ブライスは、自分の会社で働く社員がおれたちの地下闘技場の常連客だったと知っているのだろうか。ウィリーはいつもおれに賭け、おれもずいぶん儲けさせてやったから、電話一本でたいていの情報は流してもらえる。

「いいわ。どんなことでも電話して」

ブライスが車を出し、おれはバイクの横に立って走り去る彼女を見送った。

たっぷり五分待ったあと、ポケットから携帯電話を出す。

「嘘でしょう?」ブライスが笑みを含んだ声で答える。「まさかストーカーになったわけじゃないでしょうね？」

そのまさかだ。おれはもはやブライスを閉めだす必要がない。この二十四時間、彼女がそばにいてくれたおかげで状況が変わった。最初からブライスは何もかもが違っていた。

「こういうのはどうだ」バイクにまたがりながら持ちかける。「夕食を作ってくれたら、残りの洗濯物をたたんでやるよ」

「夕食だけど朝食のメニューよ。ビスケットとグレイビーソースが食べたい気分なの」

おれは口の中に唾がわいてきた。「朝食もいいな」

「ビスケットの材料はありあわせよ。面倒だし、そこら中が散らかるから、洗濯物に後片づけも追加ね。六時なら来てもいいわ」

まるで魔法だ。

この女性はなぜ、あんな午後を過ごしたあとで心を和ませてくれるのだろう。

「行くよ」

20

ブライス

「おはよう」わたしは挨拶をしながらクリフトンフォージ自動車整備工場に足を踏み入れた。初めて訪れた日に見かけた男たちのひとりが、一番手前の区画でバイクの整備をしている。

「ああ、どうも」彼は床にしゃがんだまま、肩越しにこちらを見て答えた。

エメットではなかった。エメットは長髪でもっと大柄だ。「アイザイアね?」

「そうだ」彼はボルトのような何かを、レンチのような道具で締めあげている。わたしもここに出入りするなら、自分の車の部品や工具の名前ぐらいは覚えておかないとだめだ。彼は工具を床に置いて立ちあがった。「きみはブライスだろう」

「そうよ。また会えてうれしいわ」歩み寄って握手を求める。

「すまない、油まみれなんだ」アイザイアが両手をあげたので、わたしは手を引っこめた。「どんな用だい？」

「ダッシュに会いたいの」

「今朝はまだ来ていない。たいてい、もう少ししてから来るんだ」

たしかにまだ七時半だけれど、ダッシュを起こしたのは六時だ。わたしは朝早くから新聞社に行き、しばらく父と過ごした。ダッシュも自宅に帰ったから、シャワーを浴びて着替えをすませ、ほどなくやってくるはずだ。八時には整備工場が開くのだから、わたしは一度戻ってまた出直す気にはなれなかった。

「ここで待たせてもらってもいい？」わたしはアイザイアに頼んだ。

「かまわないよ。おれは作業を続けてもいいかな？」

「どうぞ続けて」一メートルほど離れたところにキャスターつきの黒のスツールがあった。わたしはそれに腰かけ、アイザイアには仕事に戻ってもらった。

整備工場にしては明るくて清潔だ。オイルと金属のにおいが、開かれたシャッターの向こうから流れこんでくるすがすがしい朝の空気とまじりあっている。カーサインがかかっている壁と工具がかかっている壁がある。新築と言ってもいいぐらいだ。

マスタングはまだ一区画を占めている。あのボンネットの上で野生の獣のようにダッシュと抱きあってからずっと、マニキュアの色は情熱的なセックスを象徴する赤にしている。このことはあの車の持ち主が知りえない、わたしだけのささやかで官能的な秘密だと思うと、頰が緩む。

「ダッシュから聞いたけど、ここにバイクや車のメンテナンスを頼むセレブもいるそうね。あなたが修理しているのも有名人のバイク？」

「違う、これはおれのだ」

「あら。あなたもクラブのメンバーだったの？」

「いや」アイザイアがかぶりを振る。「おれはここに来たばかりだ。ただこいつが安かったから買おうと思った。それで手入れをしているんだ」

どうりでダッシュの豪華なハーレーに比べて、古びて見えるはずだ。

「どこから移ってきたの？」わたしはそう尋ねてから、アイザイアが答える前に手を振って質問を取り消した。「ごめんなさい、つい記者の悪い癖が出てしまったわ。仕事の邪魔よね。わたしのことは気にしないで」

「大丈夫だ」彼は肩をすくめ、わたしの質問には答えないまま仕事に戻った。

アイザイアはどんな経歴の持ち主なのだろう。ハンサムな顔。短い黒髪。がっしりした顎。彼が笑顔を見せたら、うっとりするほどすてきに違いない。今のところはにこりともしないけれど。それにアイザイアの瞳にはどこか陰りがある。ずっとそんな瞳なのだろうか。ききたいことはたくさんあったが、わたしは黙っていた。どうせ答えてはもらえないだろう。人あたりはいいのに、どことなく他人を寄せつけない雰囲気がある。礼儀知らずでも、喧嘩腰なわけでもない。だが何を考えているのかわからない感じだ。

低く重々しいエンジン音が近づいてきた。ダッシュだと思い、わたしはスツールから立ちあがった。

「仕事を頑張って、アイザイア」

「ありがとう、ブライス。それじゃ」彼は手を振った。

抱きしめて放したくなくなるようなまなざしだ。なんて寂しい、なんて悲しい目をしているのだろう。胸が締めつけられる。ここの仲間はアイザイアの過去を知っているのだろうか？　ダッシュは？

駐車場を見ると黒いバイクが停まっていたが、ダッシュの姿はなかった。そこで事務所をのぞくと、別のスレイターと鉢合わせしてしまった。

失敗した。事務所に来る前に、もっとフェンスに近寄って確かめるべきだった。だが言い訳になるかもしれないけれど、アイザイアのバイク以外は後ろから見るとどれもよく似ているのだ。

ドレイヴンが立っているドアの奥は彼のオフィスだろう。ドレイヴンはうつろな顔をしている。

「あの、失礼」思わず一歩退く。「わたし――」

「ダッシュならいない」

「そうみたいね」ここでダッシュを待つか、アイザイアのところへ戻るか。楽な道を選ぼう。わたしはドアのところまで戻りかけたが、ドレイヴンに呼び止められた。

「入ってくれ」

わたしはおざなりにほほえんで彼のオフィスに入り、デスクを隔てて向かい合わせになっている椅子に腰をおろした。今度、朝ここに来るときは九時以降にしよう。

「それで……」ドレイヴンがペンを四回ノックした。「あんたは彼女に会ったんだな」

「彼女？」

「ジェネヴィーヴだ」

「ええ、会ったわ」

ドレイヴンはペンを見つめている。「どんな子だった？　まっとうな娘か？　健康面やら何やらは大丈夫か？」

まいった。この人をどうしても嫌いになれない。その声からは自責の念が感じられるのだから、なおさらだ。ドレイヴンは余計な弁解をしようとしない。やや自暴自棄になっているようにも聞こえる。わたしは気持ちが和らいだ。ドレイヴンが不実な夫だったことは疑いようがない。だが彼は息子たちを愛している。

そして娘のことを知りたがっている。

「お嬢さんと過ごしたのはほんの数時間だけど、元気そうだったわ。お母さんの事件をひどく悲しんでいた。でも気立てのいい、とてもすてきな女性よ。少しあなたに似ているわ。目はあなた譲りね」

「アミーナが写真を見せてくれたよ」ドレイヴンは気持ちの高ぶりを抑えこんでいるように見えた。「きれいな子だった」

「わたしの見たところでは、外見も内面もきれいだわ」

「娘に会いたいが、それがいい考えかどうかわからない」ドレイヴンが低い声で言った。「おれは子どもたちを失望させた。自分の子どもだと知らなかった子にさえ、何もしてやれない」

「ええ、ジェネヴィーヴには会おうとしないほうがいいでしょうね。彼女はあなたがアミーナを殺したと思っているから」

ドレイヴンは動揺を隠さず、力をこめてペンを握る拳が白くなった。「ああ、そのとおりだ」

「親子の名乗りをあげたいなら、わたしたちであなたの無実を証明しないと」

「わたしたち？」

「ええ、わたしたちで。わたしは真実が知りたい」昨日、わたしはドレイヴンにアミーナを殺したのかと問いただした。その結果、彼が犯人ではないと確信した。ドレイヴンはアミーナを愛していたのだ。「アミーナを殺した犯人を見つけたいの」

「あんたの記事のためにか」

記事のため？　そもそものきっかけは記事だった。ペンをふるってジャーナリストとしての自分の力を証明するため。シアトル時代の上司に、わたしが負け犬でないことを見せつけるため。

といっても、わたしは負け犬ではない。父のキャリアを振り返れば、数えきれないほどの記事を書いてはいるが、抜きんでてすばらしいものはない。父が売りこめるほど有望な会社の部門もない。それでも父はわたしのヒーローだ。父が記事を書くのは、ニュースを世の中に届けたいと心底思っているからだ。

わたしも同じだ。

自分の価値を認めさせるために、もはや過去になったギャングの悪事を暴く必要なない。必要なのは真実だ。

アミーナ殺しの犯人を捜しだすのは、わたしのため。そして……。

「ダッシュのためよ」

思えば、ゴス社製の輪転機を修理してくれたときから、洗濯したタオルをたたんでくれたときまでのどこかで、ダッシュはわたしの心に忍びこんでいた。ダッシュが過去に犯した罪を糾弾しないですませられる？　ダッシュが重ねた暴力や計り知れない悪事を忘れられる？　ええ、できる。

彼はもはやかつてのダッシュではない。わたしにとっては別の男だ。

昨夜わたしのキッチンで、鉄のフライパンを洗い、ビスケット作りで散らかったカウンターをきれいに拭く彼を見ていて、つくづく思った。わたしたちはお似合いだと。わたしはダッシュの石鹼で泡まみれの手で、心をわしづかみにされた。

これで子どもが欲しいと言ってくれさえすればいいのに。

だが子どもを作らないことが大きな枷《かせ》になるだろうか？　それを問題視しなければ、迫りくるふたりの関係の終わりに向きあわなくてもすむかもしれない。

子どもを持つのはとっくにあきらめているのだから、そんなことにこだわらず、ダッシュとの関係を続ければいい。今の時点でわたしが子どもを産めるかどうかもわからないのだし。たぶんわたしたちは、道を隔てた向かいに住む、七十六歳のケイシー夫妻のようになるだろう。あの夫婦にも子どもがいないけれど、いつ見かけてもこのうえなく幸せそうだ。

このうえなく幸せに暮らすなんて、夢のようだ。

新しい夢。

そのときオフィスのドアが開き、ダッシュが顔をのぞかせた。すぐ後ろにエメットもいる。

「よう」ダッシュは部屋に入ってくると、ドレイヴンをちらりと見たあと、父がその場にいないかのようにふるまった。自分の家に帰ってからひげを剃《そ》り、シャワーを浴びたらしい。髪はまだ乾いておらず、濡れた毛先が首のまわりでカールしている。そこがいい。ぞくぞくするほどハンサムだ。「ここで何をしてる？　変わりないか？」

わたしはうなずいた。「ええ、問題ないわ」

エメットがダッシュを押しのけるようにして入ってきたが、やはりドレイヴンには目を向けようとしない。ダッシュがわたしの家を出てここへ来るまでのあいだに、ドレイヴンの不倫の話を聞かされたに違いない。

ドレイヴンが肩を落とす様子を、わたしは視界の端にとらえた。彼は何を期待していたのだろう。ひと晩過ぎれば許されるとでも思っていたのだろうか。

ダッシュは打ちのめされていた。思い出の中の母親は神聖化されている。この場にいないクリッシーに代わって、ダッシュがドレイヴンを罰しようとしている。

唯一の問題は、殺人犯を見つけだすためには罰を与えたい気持ちを抑えておく必要があることだ。

「今朝ここに来たのは、わたしがずっと考えつづけていたことについて、あなたの意見を聞かせてほしいからなの」わたしはダッシュに告げた。

「話してくれ」ダッシュが壁に寄りかかり、エメットも並んだ。

「警察は殺人現場で発見された凶器をドレイヴンのものだと断定したわ。わたしたちはそのナイフがドレイヴンのものであるという前提のもとに手を尽くしてきた。でもこれは計画的に仕組まれたとも考えられる。ナイフが偽物だとしたら？　ナイフの柄には名前が彫ってあるそうだけど、誰かがそっくりのナイフを用意して、あなたをはめたんだとしたら？」

ドレイヴンがかぶりを振った。「ナイフにはおれの指紋も残っていた」

「指紋だって偽造できるんじゃないの？」殺人事件を扱ったミステリー映画で見たことがある。あながち無理とは言いきれないはずだ。犯人はドレイヴンのバイクのハンドルから指紋を採ったのかもしれない。

エメットがうなずく。「それもありうる。たやすい技じゃないが」

ダッシュが顎をさすった。「どんなナイフだ？」

「バック社のナイフだ」ドレイヴンが言う。

「柄がチェリー材だった」エメットがつけ加えた。「何年か前、狩りに行くときに借りたことがある」

チェリー材？　それは変だ。わたしはトートバッグから黄色い取材手帳を引っ張りだすと、ナイフについての詳細を書きとめたページを開いた。数週間前にワグナー署長から聞きだした、プレス発表には載っていない情報だ。

「チェリー材じゃないわ。黒よ。現場で見つかったナイフの柄は黒かった」

「ナイフの柄はチェリー材だった」エメットが首を振る。「この命を懸けてもいい」

わたしは鼓動が速くなった。もうひとつのナイフがあるのなら、偽物を作った人物の痕跡をたどれる。ナイフの柄に名前を彫る人がモンタナにどれだけいるだろう？

藁《わら》にもすがる思いだけれど、これは大きな前進だ。

けれどもダッシュが眉根を寄せた。「待ってくれ。黒いナイフも持ってただろう？」

ドレイヴンが答えようとしたとき、再びオフィスのドアが開いた。

「おはよう」快活な声が聞こえ、プレスリーが入ってきた。だが彼女の笑顔は、来客用の椅子に座るわたしを目にするなり曇った。

「よう、プレスリー。おまえが親父の名前を彫ったナイフを覚えてるか?」ダッシュがきいた。「何年か前のクリスマスに、おまえからプレゼントしたやつだ」

「ええ。ドレイヴンがもうひとつのナイフは古くなって、刻印がすり減ってきたって言ってたから。それがどうかしたの?」

ダッシュが身を乗りだす。「柄は何色だった?」

「黒に決まってるじゃない。あなたたちの大好きな色よ」

全員の視線がドレイヴンに集まった。

「親父、そのナイフはどこにある?」ダッシュが尋ねる。

「ああ……プレスリーにもらったあと、クラブハウスのオフィスに置いておいたはずだ。箱に入ったままかもしれん」

「冗談でしょう?」プレスリーが両手を腰にあてて勢いこむ。「プレゼントしたのは四年も前よ。一度も使ってくれていないの?」

「すまない、プレスリー。だが古いナイフのほうが気に入っていたんだ。手になじんでたから」

ダッシュが無言で足早にオフィスを出た。エメットがすぐあとに続く。わたしもはじかれたように椅子から立ちあがってふたりを追った。ドレイヴンのブーツの音がわたしの後ろで重く響いた。

外は思わず目を細めるほど朝の光がまぶしかった。ダッシュは足を速め、クラブハウスへと突き進んでいく。彼は脚が長いので、わたしはとても追いつけなかった。

整備工場を訪れるたびに、わたしはクラブハウスに興味をそそられてちらちらと見ていた。建物は木々に囲まれて不気味にそびえ、危険をはらんだ影を投げかけている。近くまで行くと、細部が目に飛びこんできた。

木製の羽目板は黒く見えるほど濃い茶色に汚れていた。ところどころ日に焼けて色あせ、白っぽくなっている。黒いトタン屋根には、朝露がまだ残っている。軒下の隅にクモの巣が張っているが、幸いドアからは離れていた。

窓は少なく、建物の正面に二枚あるだけだ。どちらの窓もいつ見かけても暗かったが、その理由がわかった。汚れたガラスの向こうにベニヤ板が打ちつけられている。板には何箇所か貯木場の緑色の刻印が見受けられた。

ダッシュは二段の広い石の階段を、建物の幅と同じ長さのコンクリートの広い壇までつかつかとあがった。そこはわずかに張りだした軒先の陰になっている。ダッシュがジーンズのポケットからチェーンにつなげた鍵を出し、わたしたちは彼の背後に集まった。ドアの取っ手に巻かれたチェーンの南京錠が開く。

かびとむっとする空気のにおいが漂い、続いてアルコールや煙草や汗のよどんだ悪臭が鼻を突いて、わたしは気分が悪くなった。だが情報を得るため、においをかき分けるようにしてダッシュのあとから建物に足を踏み入れた。

そこは広々としたホールだった。ドレイヴンはわたしたちを押しのけて天井に一列に並んだ蛍光灯のスイッチを入れると、廊下を左へ折れた。

わたしの右側には長いバーカウンターがあり、その後ろの棚は空っぽでほこりが積もっていた。棚の奥に貼られた鏡はところどころひびが入っている。ビールのブリキの看板が数枚と、古めかしいネオンサインも飾られていた。テーブルの下にスツールが一脚だけしまいこまれていた。左側にはビリヤード台が置かれ、壁のラックに数本のキューがかけられている。台の後ろの壁に、二枚の旗がピンでとめられている。国旗とモンタナ州の旗だ。

「ここはどういう場所なの？」わたしは尋ねた。

「共有スペースだ」

ダッシュがそう答えると同時にエメットも言った。「パーティルームだ」

ティン・ジプシーのパーティルームは絶対に〈ベッツィ〉に引き継がれている。「ナイフが消えてる」ドレイヴンの声がホールにこだまするとともに、本人が飛びこんできた。「デスクに積もったほこりの乱れた跡が真新しい。盗まれたのは最近だ」

「監視カメラを確認しよう」エメットが指を鳴らしたかと思うと、早くもバーカウンターの後ろのドアに向かっていた。「何か映っているかもしれない」

ドレイヴンもエメットに続き、ダッシュとわたしがあとに残された。

わたしは部屋をくまなく見るのに気を取られ、しばらくダッシュの様子に気づかなかった。彼は凍りついたようにその場から動かず、目の前の両開きのドアを無表情に見つめている。

「ねえ」わたしはダッシュに寄り添い、手を彼の手に滑りこませた。「大丈夫？」

「ここに入ったのは一年ぶりだ。おかしな感じだな」ダッシュがわたしの手を強く握った。「近寄らないほうが楽だった。頭から閉めだすために」

「外で待っていたい？」

「ときには真正面から向きあわなければならないこともある」ダッシュはわたしをパーティルームの右側にある廊下へと引っ張っていった。ドレイヴンがナイフを捜しに行ったときに通った廊下ではない。「おいで」

廊下は薄暗く、両側にあるドアは閉まっていた。外から見るとそれほど大きな建物には見えなかったが、それは錯覚だった。高さは外観とほぼ同じにもかかわらず、広さは整備工場の二倍はある。

ダッシュはわたしの手を握ったまま、ドアのひとつを顎で示した。「ここは住む家のない連中が泊まる部屋だった。というか、とにかく寝たい連中の部屋だった」

「あなたの部屋は？」

彼は廊下の突きあたりにあるドアの前に立つと、チェーンにつなげた別の鍵でデッドボルト錠を開けた。一瞬、間を置いて、ドアを押し開ける。

この部屋はにおいが違った。やはりほこりっぽいけれど、かすかにダッシュの自然な香りが漂っている。窓はほかと同様に板を打ちつけてあった。部屋の真ん中を、シンプルなカーキ色のキルトで覆ったベッドが占めていた。

枕はない。ナイトテーブルもない。電気スタンドもない。ベッドのほかは隅に古い木製のチェストがあるだけだ。

「ここがあなたの部屋？」わたしは歩を進めてダッシュの手を放し、電灯のスイッチを入れた。チェストに積もったほこりを指でなぞってみる。

「おれの部屋だった」ダッシュが戸枠に寄りかかった。「以前とは違って見えるんじゃないかと思っていた。違う世界のように。それが懐かしく思える気がしてた」

「そうじゃなかったということ？」

ダッシュがうなずく。「二日前なら懐かしんでいただろうな。だが今は無理だ」

ああ、ダッシュ。絶望にとらわれた彼をただ見ていることしかできないなんて。ダッシュの大切な、かつて愛情を注いだクラブがつらい記憶をよみがえらせる場所になってしまったのは残念だ。

「これは何？」ベッドのそばに行ったわたしは、キルトの上にきちんとたたんで置かれていた四角い革製品を手に取った。

「おれのカットだ」

「あなたたちがクラブのベストと呼んでいるものね？」

ダッシュがうなずき、わたしのすぐ後ろに来た。「クラブの見習いになると、カットが与えられる。背中にはクラブのエンブレム、前には見習いのエンブレムがつく」

「見習いの期間はどれくらい？」

「六カ月だ。ただしエメットとおれは例外で、普通は一年ぐらいだ。そいつの根性を見きわめて、クラブにふさわしい男かどうか判断できるまでだな」

「それからどうなるの？」わたしはベッドの上にそっとベストを広げた。左肩の下の白いエンブレムに触れてみる。黒い糸で〝プレジデント〟――〝リーダー《President》〟という刺《し》繍《しゅう》が施されている。

「クラブのメンバーとして迎えてもらえる。ファミリーの一員になれるんだ」わたしがベストをひっくり返して背中のエンブレムに見入っていると、彼も見おろした。

「すばらしいわ」古い新聞記事で見た、ティン・ジプシーのエンブレムの数少ない写真はモノクロだった。実物のデザインは目の覚めるようなすばらしさだ。技巧に富むと同時に威圧的だった。

一番上にクラブの名前がオールドイングリッシュ体で記されている。その下は丁寧に縫い取られた精緻なデザインの髑髏だ。

ダッシュの腕のタトゥーと同じ髑髏。

顔面の片側は銀色の糸だけを使ったメタリックなイメージだ。バックはオレンジ色と黄色で先端が赤い猛火の炎。もう片方の側は白でシンプルだ。だが頭にカラフルなバンダナを巻き、眼窩《がんか》と口と鼻のまわりは女性らしいとでも言えそうな優しく繊細なステッチで飾られている。無慈悲で凶暴な鋭さを持つ砂糖細工の髑髏のようだ。

〝走るために生きる《Live to Ride》〟

〝自由にさすらう《Wander Free》〟

髑髏の下に縫い取られている言葉は、着古したためか糸が灰色になっている。

ダッシュはこのベストをどのくらい使用したのだろう？　何日くらい身につけていたのだろう？　打ち捨てられてほこりまみれになったこの部屋にベストを置いて去るのは、身を切られるほどつらかっただろう。

ダッシュがわたしの肩に両手を置いて自分のほうを向かせ、わたしの顔を手で包みこんだ。唇をおろしてきて、ありがとうと告げるようにゆっくりと優しくキスをする。

彼は唇を離すと、額をわたしの額につけた。

「この部屋で、数えきれないほどの女性にキスをしたんでしょうね」わたしはささやいた。

「何人かね」ダッシュが認める。「誰もきみには及ばなかった」

わたしはいつの間にか目を閉じていた。こんなやり取りをするには場所もタイミングもふさわしくないが、ふたりのあいだでどっちつかずになっていることを確かめたかった。「ダッシュ、わたしたちはこれからどうなるの？」

「わからない。想定外というやつだ」ダッシュはわたしの髪を耳にかけた。「気づいたらきみに夢中になっていた」

わたしはにっこりした。「わたしも気づいたらあなたに夢中になっていたわ」

二度目のキスはゆっくりでも優しくもなかった。ダッシュは唇を激しく押しつけ、両手をわたしの背中にまわして、たくましい胸にわたしの体を引き寄せた。彼にはこれが必要だった。昨夜わたしを必要としたように。わたしの体に溺れ、安らぎを求めていた。

わたしはダッシュの首に腕を絡めて顔を傾け、さらに深く味わおうとした。わたしもダッシュに溺れていた。彼と一緒だと、何もかもが冒険になる。洗濯物をたたんだり、食器を洗ったりする姿を見ることさえも。この人を失いたくない。まさにあの瞬間、あの場で、ダッシュと離れられるわけがないと悟った。

ダッシュはわたしの人生を、そしてゲームの流れを変えた。

互いの服をはぎ取らんばかりになったとき、ドアのところで咳払いをする音がして、わたしたちはとっさに離れた。唇が腫れた顔を向けた先にはエメットがいた。

「ダッシュ」彼は顎で廊下を示した。「こっちに来て見てくれ」

21

ダッシュ

ブライスとおれはエメットについて地下室に行った。そこにはブライスを入れたくなかったが、閉めだすわけにもいかない。

階段をおりながらあたりを見まわした。上階よりきれいだ。むしろコンクリートの壁と床のほうがちりやほこりが目立たないのだろうか。

このクラブハウスは父が創設時のメンバーとともに建てた。地下室は燃料庫などにしていた。部屋はすべて広さが異なり、まるでコンクリートの迷宮だったが、どの部屋も真ん中に排水設備があった。大量の血がそこで洗い流された。いまだに漂白剤のにおいが残っている。最後の地下闘技場の試合を終えてメインルームをきれいに掃除してから、一年以上が経つというのに。

いくつかの小さい部屋では、ボクシングよりはるかに残虐なことが行われていた。

こうしてクラブハウスの中にいるのも不思議だが、何より静まり返っているのが信じられない。ここに寝泊まりしていた二十代の頃、自分がパーティの中心にいない場合は、自室でドアの向こうの乱痴気騒ぎを聞きながらでも眠れるようになった。

ここにはいい思い出がいろいろある。子どもの頃、家族で来てバーベキューをした。父のブラザーだという男たちも一緒だったが、彼らは実のおじではなく、のちにおれのブラザーにもなった。独立記念日には駐車場で、ニックとおれは打ち上げ花火に点火した。おれたちが初めてビールを飲んだのもクラブハウスだし、そのあとも多くのことを経験した。

ずっとクラブのメンバーになりたかった。学校の同級生たちが話す夢は大学や職業についてだった。おれは父のクラブに入ることしか考えていなかった。ニックも母が死ぬまでは同じ夢を見ていた。だがニックがクラブを避け、高校を出たあと遠くで暮らすようになっても、おれの気持ちは変わらなかった。

自分のベスト《カット》を手にするずっと前から、おれはティン・ジプシーのひとりだった。

昨日、父にクラブなんか作らなければよかったと言ってしまった。頭にきていたからだ。つらかった。心のどこかでこの場所を拒絶したがっていた。母の死をクラブのせいにして永久に背を向けていれば、楽には違いない。すべて焼き払い、ついでにおれの人生がこうむった打撃も燃やしてしまうのだ。

ただしそのときには、いい思い出も捨てざるをえないが。

いい思い出もずいぶんあった。

ひとつ、たしかなことがある。ブライスがクリフトンフォージに移ってきたのが、クラブを解散したあとでよかった。まだクラブを率いているときだったら、彼女はおれごときには目もくれなかっただろう。これほどすばらしい女性が犯罪者とかかわるはずがない。今のおれならどこまでもブライスを追いかけていける。

だが将来を見通すことができないから、彼女の顔を見られない。

ブライスは敢然とおれに挑み、おれの戯言を暴いた。真心や愛情、誠実さといった、おれがクラブや仲間に抱いていたのと同じものを与えてくれた。おれの心に空いた穴を埋め、それ以上のことをしてくれた。

「ここだ」エメットが小さい部屋のひとつに入った。数年前に監視基地を設けた部屋だ。エメットはセキュリティシステムの管理とハッキングが得意分野だ。エメット自身は趣味だと言うが、おれは天賦の才と呼んでいる。

父がモニターに身を乗りだして、静止画像を見つめている。

「何が見つかった？」おれは父と場所を交替した。

エメットが椅子に座って映像を早戻しした。「アライグマの事件のあと、センサーをオンにしておくべきだったな。これを見てくれ」

エメットは再生ボタンを押すと、ブライスに場所を譲った。彼女が迷わずおれの横に来たので、手を取りあった。クラブハウスのすべての窓の上部に設置した隠しカメラのひとつがとらえた映像をともに見る。男がひとり、建物に近づいていた。

暗視装置を使っているため、画面に映る色は緑と白と黒ばかりだ。男は黒の目出し帽で顔を隠し、黒っぽいシャツとズボンを着ている。

建物のそばに来た男はポケットから万能工具を取りだし、ガラス窓をこじ開けた。

「くそっ、地下室の窓にも板を打ちつけておくべきだった」地下室の窓はどれも小さく、幅五十センチに満たないので気にしていなかった。そのうえ窓から床までは三メートルはある。このコンクリート製の隠れ家は小さくない。しかもこの冬まで、窓という窓に人感センサーを設置していた。

男の体格はおれとあまり変わらないようだ。だが男が腹這いになって体を揺すりながら、脚から先に窓を抜けて入ろうとしたとき、おれたちは見た。

背中のエンブレムを。

「あいつめ」おれの太い声が壁にこだました。

おれはブライスの手を放し、室内をせわしなく歩きまわりながら顎をさすった。なぜ父が壁にもたれて無言で怒気を発しているのか、ようやくわかった。

「何が見えたの？」ブライスが尋ねた。

「アローヘッド・ウォリアーズのエンブレムだ」エメットが答え、画面をタップした。男が地下室へおりる前の映像で一時停止させる。

「まあ」ブライスが目を見開く。「これはいつ撮られたの？」

「アミーナが殺される前の夜だ」父が答える。「やつはおれがアミーナとモーテルにいるあいだにここに押し入ってナイフを盗み、おれがモーテルを出るのを待って彼女を殺したに違いない」

「やつが誰なのか思いあたるふしはないのか？　なぜ親父がアミーナと一緒にいることを知っていたんだ？」おれは尋ねたが、父はかぶりを振るばかりだ。「エメット、画像をプリントアウトできるか？」

エメットがうなずき、デスクの下のプリンターから紙を一枚取りあげた。「もうできてる」

「今日はセンサーを全部オンに戻してから帰れ」おれはエメットに命じた。「それからレオに、地下室の窓もふさぐように言え」

「了解」

「タッカーに電話をかけてくれ」おれは父に言った。

「ああ。続きはチャペルで話そう。ブライスを座らせたほうがいい」

おれははっとしてブライスに目を向け、彼女の顔が真っ青になっているのを見て、あわてて駆け寄った。「どうした？」

「大丈夫よ」ブライスは手でおれを払いのけようとしたが、気分が悪そうだ。「ここは変なにおいがするから」

「来い」彼女の肘をつかんで上階に連れていく。パーティルームもなかなかのにおいだが、チャペルまで来ると腐ったビールの悪臭は消えた。

チャペルはクラブハウスの心臓であり、建物の中心に設けられている。パーティルームから両開きのドアを開ければすぐだ。そこは細長い共有スペースで、奥行きと同じ長さのテーブルが置かれていた。テーブルは二十名ほどが席につけるよう作られていたが、長い年月、席が空いたためしがなかった。座るのは決まって幹部と古参のメンバーだった。おれは何年ものあいだ壁に寄りかかって、さまざまな問題に決定が下されるのを聞いていた。

背もたれの高い黒の椅子は、すべてテーブルの下に押しこまれている。ほこりにまみれていることを除けば、室内は清らかな雰囲気を保っていた。壁にずらりとかけてある写真は、並んだバイクの前に集まるメンバーを写したものがほとんどだ。ティン・ジプシーのエンブレムが旗に仕立てられて、上座の後ろの壁にかかっている。

リーダーの席だ。

父はその席をおれに譲ろうとした。無意識に座ろうとして、すぐ間違ったことに気づいたらしい。ブライスがいなければ、おれは遠慮なくその席について、父に身の程を思い知らせてやるところだ。父はリーダーの席にふさわしくない。

だが、そうするのはやめておいた。おれは真ん中あたりの席をブライスに勧め、隣に腰をおろした。

「アライグマの事件って?」ブライスが身を乗りだして尋ねる。

「この前の冬、エメットとおれがセンサーの警報を聞いた。この冬一番というぐらい寒い日の午前三時に鳴った。大事なところまで凍りそうになりながら、急いで調べに行ったら、キッチンにアライグマが三匹いたんだ。古い排気フードから潜りこんだらしい」

「あいつらときたら、そこら中に糞《ふん》をして、めちゃくちゃに散らかしていやがった」エメットがこぼす。「とにかく寒い日で、追いだすのにとんでもなく時間がかかった。

だいたいどうして巣穴から出てきたのかわからない。もっと暖かい場所を探していたのかもしれないな」

「それ以来、排気フードをふさいで、センサーも切っておくことにした」おれは言い添えた。「ここは空っぽだったからだ。盗まれて困るものなど何もなかった」

「というより、ないと思っていたのね」ブライスが小声で言う。

「ああ、そうだ」おれはうなずいた。「そう思っていた」

父がエメットの隣の椅子を引いて出した。リーダーの席ではないのに、父が腰をおろすと、そこに代表者がいるという空気が室内に満ちた。秩序立った話し合いが始まる雰囲気だ。父の許可を待つかのように、誰も口を開こうとしなかった。

おれは何年もリーダーの席に座っていたのに、堂々たる威厳が身についていない。それで父のように崇拝される存在になれないのではないかと、気にした時期もあった。もっと年月が経てば自然と備わったのかもしれないが、おれがリーダーに選出されたときはすでに、クラブはさまざまなことから手を引きはじめていた。おれの責務はティン・ジプシーの仲間を未来に向けてリードしていくことではなかった。おれはそれまでに犯した悪事を残らず覆い隠し、みんなが普通の生活を送れるように気を配るためのリーダーだった。

「ウォリアーズをどうする?」おれはテーブルについた肘に体重を預けた。「タッカーはおれたちをだましていた」

「いや、やつは知らなかったのかもしれん」父が反論する。「だが、あいつが計画したとも考えられる。待てよ、あいつはおれたちと同じく、手がかりを残すようなへまはしないだろうから、ほかの誰かの復讐か? おれをずっと尾行していたら、何十年かぶりに女と一緒にいるところを見て、攻撃の口火を切ったとか」

「なんの復讐なの?」ブライスが尋ねる。

父があざけるように答えた。「知るか。恨みを買ったことなら百万回は下らない」

「百五十万回はある」おれは小声で言った。

おれたちはかつてウォリアーズのクラブハウスを焼き打ちにした。再建には相当な金がかかったらしい。エメリンをさらおうとしたウォリアーズのメンバーふたりは地下室で父に手厚くもてなされ、このコンクリートの壁に囲まれて息を引き取った。

「どうする?」エメットがため息をついた。「やつらを追うのか? また抗争を始める気か?」

「おれたちが負ける。勝ち目はない」おれは言った。

「抗争は避けたい。今回は戦いたくない」父がかぶりを振る。「まずおれがタッカーにプリントアウトを見せて、やつがどこまでかかわっているか確かめる。そこで犯人の名前を聞きだせて決着がつくかもしれん。最悪の場合、タッカーが手下をかばってしらを切るなら……その公算が高いが、おれがアミーナ殺しの罪を着せられることになる」

「終身刑を食らうぞ」昨日はそれでよかった。怒り狂っていたからだ。だが冷静さを取り戻した今日は、父を刑務所送りにするという考えに納得できない。

「おまえとニックが巻き添えにならずにすむなら、そうなってもかまわん」

「おれたち全員が狙われる可能性もあるんだ」エメットが言った。「あんたから始まった事件だが、きっとさらに面倒なことになる。おれはずっとびくびくしながら生きていくのはごめんだ。こっちに勝ち目がなくても反撃するべきだ」

「合法的に戦えばいいじゃない」ブライスが提案する。「合理的な疑いを証明できる証拠をつかむのよ。そのプリントアウトの写真を町中にばらまくの。そしてドレイヴンが潔白だという噂を立てる。そうすれば警察署長だってもっと詳しく捜査せざるをえなくなるわ」

「規則を守る側につけというんだな」父が大きな笑い声をあげた。「おれたちはおまわりと手を組むのは苦手でね」

「それをいうなら、あなたは規則を破って大切な人たちの命を守り抜くことも苦手よね。だったら異なる方法を試してみるべきだわ」

まったく、なんて女だ。いっさい手加減なし。あまりにずばりと言ってのけるので、こっちが冷や冷やする。エメットも驚いている。父にこんな口をきく者は、しかもこの部屋の中ではまずいない。

だがブライスは怖いもの知らずだ。その瞳の中に燃えたつ炎を見ていると胸がいっぱいになる。彼女を突き動かしているものは誇りだろうか。それとも愛か？　両方か？

思えばブライスにほれたのは、彼女の家の玄関ポーチから追い返された夜だ。いや、ブライスが整備工場に現れて、自信に満ちた挑戦的な態度を取った日かもしれない。

「ブライスの言うとおりだ」おれは父に告げた。「規則を守るためじゃなくて、ウォリアーズを二度と思いあがらせないためだ。勝つために一度だけ、警察と手を組もう」

エメットがうなずく。「タッカーが何か知っているなら、おれたちが報復するのを待ち受けているだろう。鼻先に警察が現れたら、やつは腰を抜かすはずだ」

「動かぬ証拠を見つけなければだめだ。それも早急に」おれは言った。「じきに州の弁護士が裁判の日程を組むだろう。審理が始まってしまえば、別の容疑者がいると人々に考えさせるのはもっと難しくなる。審理を延期させないと」

「おれたちは何をすればいい？」父が尋ねる。

おれはブライスに視線を投げた。「記事を書いてくれ。マーカスはいいおまわりだが、おれが新たな証拠を手土産に持っていっても信じてくれないだろう。親父が犯人だという考えに凝り固まっているからな。親父のナイフが盗まれたことをみんなの頭に植えつけるところから始めるしかない。何者かがクラブハウスに押し入った写真も載せてくれ。きみの記事ならマーカスも無視できないだろう」

「今日から取りかかって、日曜版の特集記事にするわ。でも……」ブライスはテーブルの向かい側に座る父を見据えた。「あなたとアミーナがモーテルにいた理由を記事にできれば、もっといい結果を生むはずよ。娘のことを話しあうためだったと知れば、読者はあなたを血の通った情のある人だと思うわ」

父は深く息を吐いたが、首を縦に振らなかった。「娘に会えないうちはだめだ。ジェネヴィーヴに対しては多くの義務がある。おれが父親だということを新聞記事で知らせるわけにはいかない。あんたが言ったように、ジェネヴィーヴはおれが母親を殺したと思ってるんだから」

「それについては力になれるかもしれない」ブライスは進んで戦闘に加わろうとするように片手をあげた。「うまくいけば幸運をつかめるわ。週末にジェネヴィーヴを訪ねたとき、今度の日曜にアミーナのお墓参りに来ると言っていたの。電話で再確認してみて……何時に着けばいいか伝えるわ。その朝、新聞を手にしなければいいんだけど。どうなるかはわからないわ。だけど、うまく取り繕えるかもしれない」

「そうしてくれ。もっと父とアミーナの関係を説明する記事が欲しい。事実関係をはっきりさせて、親父が彼女を殺すわけがないことを証明するんだ。おれの妹に登場してもらうのが手っ取り早い」

「わたし、ジェネヴィーヴをだまし討ちにしようとしているみたいだわ、ダッシュ」ブライスが不安げなまなざしを向ける。

「気を配ってやってくれ」父が小声で言った。「気がとがめるの」「頼む」

「約束するわ」ブライスが請けあう。

「おれたちは犯人捜しを続けよう」エメットがテーブルに拳を打ちつけた。「ドレイヴン、タッカーと連絡を取ってほしい」

父がうなずく。「やっと会おう。おれひとりで」

「こまめに連絡してくれ」おれは立ちあがると、ブライスに手を貸して椅子から立たせた。ほどなく全員が計画を実行に移すべく、クラブハウスを出た。おれはブライスと一緒に車まで行った。彼女が特集記事作りに意気ごみを見せているのは明らかだが、帰す前に体調を確かめたかった。「気分はどうだ？」

「あまりよくないけど、大丈夫。お腹が痛いだけ。クラブハウスのにおいが……強烈すぎて。これから仕事に行くわ。あとで電話をかけて」

おれはうなずいた。「おれも整備工場の仕事がたまっている。今度の事件にかかずらってるあいだ、整備工場のほうはアイザイアとプレスリーに任せきりだったからな。そろそろ自分の手を汚して注文の車を仕上げないと」

「夕食の前にはちゃんと手を洗ってね」ブライスはウインクをすると、つま先立ちになってキスをした。つかの間の別れだ。どの恋人同士にもあることだろう。だが、おれたちは恋人同士ではない。

真剣につきあっているわけじゃない。なんの約束も交わしていない。だが彼女が去るのを見送っていると、この先ほかの女性のキスを受けることは二度とないと思えた。キスの相手はブライスだけ。彼女ただひとりだ。

父の影がおれの影に重なった。「彼女を愛しているのか？」

おれは答えなかった。その答えを最初に聞かせるべき相手はブライスだ。黙って整備工場に足を向ける。「仕事に戻らないと」

「ダッシュ」父が手を伸ばしておれを止めた。「すまない」

「あんたがアミーナを殺してないのなら、刑務所送りにはしたくない。だけどおれたちのあいだは？　もうおしまいだ」

父が肩を落とす。「わかった」

「しばらく整備工場でひとりにさせてくれ。考える時間が欲しい。あんたは思っていたような男じゃなかった」

「おれはずっとヒーローじゃなかった」

父の焦げ茶色の目とおれの目が合った。「だけど、おれにとってはヒーローだった」

これは痛烈な一撃だったらしい。父はふいにパンチを食らったように顔をゆがめ、苦しそうにあえいでいる。

おれは父を道にひとり残して整備工場へ向かったが、途中で足を止めて振り返った。まだ声が届く距離だ。「ニックにも知らせなければならない。あんたかおれか、どっちかが話そう」

父はうなずいただけだった。

二時間後、マスタングの下に潜っていると、父がバイクで去る音が聞こえてきた。

そして三十秒後におれの携帯電話が鳴った。

車の下から出て、ポケットから携帯電話を出す。画面にニックの名前が光りながら表示された。「よう」

「おれからの電話を待っていたみたいだな」

「そろそろ来るかと思ってた。親父が電話をかけたのか？」

「そうだ。おれたちに妹がいるそうじゃないか」驚いたことに、ニックの声音は穏やかだった。昔の父との確執から、てっきり激怒すると思っていたが。

「ショックじゃないのか？」

「そりゃあ驚いたよ。あわてふためいて、ちゃんと話を聞いてなかった気がする。だが失望したというのがおおかたの気持ちだな。母さんが気の毒だ。知らないままでよかったよ。おれは怒ってはいない。おれに言わせれば、親父はとっくの昔に化けの皮がはがれていた。人として欠陥があるんだ、ダッシュ。ずっと前からそうだった」

「じゃあ、どうすればいいんだ？」

「どうしようもない。あきらめて前へ進め」

「ああ、そうするしかないな」おれは開けっぱなしのシャッターまで行き、外を眺めた。各区画の前に一台ずつ車が停められている。エメットとアイザイアとレオが、少しても早く客に引き渡すべく迅速に作業をしていた。

整備工場のビジネスはうまくいっている。人並みの暮らしができるのもここのおかげだ。ちょうどニックがプレスコットで経営している整備工場のように。

前へ進む。ブライスがいる今では、それも悪くないと思える。互いに人並みの仕事、人並みの家に恵まれたが、世間にはそれすらも持っていない人たちがたくさんいる。

「いい女に出会ったんだ」

話したいことは、父と殺人事件について言いたいことはたくさんある。だが、どうでもいい。今はブライスのことを兄に話したかった。彼女の存在を家族と分かちあいたい。

「本気なのか？」ニックが尋ねる。

「おれにとってのエメリンだ」ブライスへの思いを表現するのに一番いい方法だ。

ニックは全身全霊を捧げてエメリンを愛している。「まだつきあって日は浅いが」

兄が含み笑いをもらす。「おれはエメリンと出会った夜にとりこになったよ。過ごした時間の長さは関係ない」

ニックとエメリンは初めて会ったその夜に結婚した。それから苦難の道が続いたが、ずっと支えあってきた。

「それはめでたい。弟よりも賢くてハンサムな兄貴から無料のアドバイスを授けてやろうか？」

おれは頬を緩めた。「ぜひ聞きたいね」

「彼女を見つけたからには、手放すな」

22

ブライス

わたしは最終稿をクリックして保存してから、共有ドライブにアップロードした。これを父が明日の紙面にレイアウトする。父はすでに写真の分類と見出しのレイアウトを終えていた。あとは記事のデータを入力するだけだ。

ダッシュかエメットが新たな情報をくれないかと期待して、文章を推敲《すいこう》しながら、最終決定をぎりぎりまで延ばした。だがこの五日間というもの、ティン・ジプシーのクラブハウスに押し入ってドレイヴンのナイフを盗んだ男のことは何ひとつ明らかになっていない。おそらくその男がアミーナ・デイリーの死にかかわっているというのに。

ちなみにドレイヴンはチェリー材の柄のナイフを見つけた。思ったとおり自宅で、狩猟道具を入れたバッグに無事しまいこまれていたそうだ。

エメットがプリントアウトした監視カメラの画像は、日曜版の一面に載せる予定だ。凶器は盗まれたものだという仮説も添えられる。わが社の新聞は事実しか伝えないので、わたし個人の推理はどこかへ追いやられている。けれどもこれらの事実の中には事件を解くヒントが含まれていて、疑問という種の苗床になる。ドレイヴン・スレイターの独占インタビュー記事と隠し子に関する告白も加えるから、この計画はうまくいくかもしれない。

わたしがすべきなのは、明日クリフトンフォージに来るジェネヴィーヴが、わたしがドレイヴンのことを告げるまで記事を読まないでいてくれるよう祈ることだけだ。ジェネヴィーヴに電話をかけて地方紙を買わないように頼む手もあるが、彼女はどのみち買う気がする。ジェネヴィーヴの性格が少しでもわたしと似ていたら、余計に買いたくなってしまうだろう。だから下手な小細工はやめて、ジェネヴィーヴは『クリフトンフォージ・トリビューン』の最新号など読まないと考えることにした。

「あとはよろしくね」わたしはデスクにいる父に向かって、椅子ごとくるりとまわった。

「ありがとう」父がほほえむ。「昼食のあとで入力する。マーカスには記事を書くことは話してあるのか？」

「いいえ、町の人たちと同じ時間に読むことになるわ」

「なんだと」父が眉をひそめた。「そうか、わかった」

「何？　それじゃあだめだってこと？」

「この一カ月で多くのことが変わった。おまえはつい最近までワグナー署長のチームに加わって、気に入られようとしていた。それが今は……」父がコンピュータを指した。「予想もしなかった原稿を書いている」

「違うわ、そうじゃないの」わたしだってこんな原稿を書くとは思ってもいなかった。「でも、これは伝えるべき真実なのよ。ドレイヴンはアミーナ・デイリーを殺していない。真犯人はほかにいるから、わたしは署長のお尻に火をつけて再捜査してもらわなければならないの」

「それでも、予告しておくことには意味があるかもしれん。それが礼儀というものだ。署長との関係は大事にしたほうがいいぞ、ブライス」

わたしはため息をついた。「どうせこんなことをしたら嫌われるわ」

記事が出たら最後、どんなにリコリスを積んでも、ワグナー署長には信用してもらえないだろう。

「電話をかけるだけでも心証が違う」父が勧める。「おまえが完全に寝返ったわけではないと思わせておけ」

「お父さんから電話をかけてもらったほうがいいかもしれない」なぜなら本当に寝返ってしまったからだ。もはやマーカス・ワグナーに忠誠を誓えない。六月はどっちつかずだった。七月は灼熱《しゃくねつ》の太陽がクリフトンフォージを包みこんだ。暦が刻々と過ぎていくにつれて、優先順位が変わってしまった。

わたしはかつて犯罪者としての正体を暴こうとした男と恋に落ちてしまった。厳密に言えばダッシュは犯罪者、あるいは元犯罪者だ。けれどもほとんどの場合はわたしのもの。脛《すね》に傷持つ身でありながら、わたしのものなのだ。

「ほかにききたいことはある？」わたしはあくびを嚙み殺しながら尋ねた。「なかったら、家に帰るわ」

「まだ疲れが抜けないのか？」

「そうなの」父に弱々しくほほえむ。「今週は長かったわ。もうへとへと」

「寝不足だろう。少しやすむといい。今夜、夕食をとりに来ないか？　母さんが料理の腕をふるってくれるぞ」

そういえば、両親の家にはもう何週間も行っていない。母は顔を見せるようにとうるさかったから、父に協力を求めたに違いない。「そうね、予定もないし、喜んで行くわ。お母さんに電話をかけて、何を持っていけばいいかきいてみる」
そのとき編集室のドアが押し開けられた。「こんにちは、おふたりさん」
「噂をすればなんとやらだ」父が席を立って部屋の真ん中まで来た母にキスをした。
「お母さん」わたしは椅子に座ったまま手を振った。「今日はなんだかきれいね」
「ありがとう」わたしと同じ焦げ茶色の母の髪には、何本か灰色の筋が現れていた。
だが染めようとしないのは、父とふたりでシアトルに来たときに、あるウエイターに
わたしと姉妹に間違えられたからだ。たいていの女性なら若い男の見え透いたお世辞
でも喜ぶところだが、母は憤慨した。そのウエイターをやんわりとたしなめて、自分
たちは母と娘だと教えた。そしてわたしの母であることが大変な誇りだとまで告げた
のだ。
父が口癖のように言っているとおり、テッサ・ライアンは愛すべき人物だ。
母は椅子から動かないわたしの前まで来て、身をかがめて抱きしめてくれた。続い
てわたしのデスクの端に腰かける。「今夜、夕食をとりに来ない？」
わたしは思わず笑い声をあげた。「お父さんに同じことをきかれたばかりよ。もち
ろん行くわ。何か持っていったほうがいい？」
「あら、手ぶらでいいわよ。ご心配なく。実は彼氏を連れてくるなら、特別メニュー

も考えているんだけど」

彼氏。ダッシュはわたしの彼氏なのだろうか？　彼がその言葉を聞いたら鼻白むだろう。ダッシュのような男には子どもっぽくて似合わない。鋭くて危ういイメージの言葉ではないからだ。バイカーたちの用語ではなんと言うのだろう。わたしの男とか？　それとも旦那？　いつかダッシュと結婚したら……彼の誓約恐怖症を考えるとまずありえないけれど、わたしは彼の〝かみさん〟になるのだろうか？

わたしも鼻白んだ。もしダッシュにかみさんなんて呼ばれたら、ひと月は一緒に寝てやらない。

「久しぶりに会うんだから、今夜は親子水入らずがいいわ。ダッシュは次の機会に誘うから」

「はいはい」母が不服そうに口をとがらせた。「でも、そのうちに会わせなさいよ」

「約束するわ」わたしたちは互いの家族に紹介しようとする段階まで来ている。わたしたちは。

ダッシュとは、クラブハウスで始めた話の続きをする必要がある。ふたりの関係をはっきりさせたいのに、この五日間どちらからも言いださなかった。とても尋ねる勇気がない。ダッシュも未知の領域に足を踏み入れた気がしているのではないだろうか。

わたしはまたあくびを嚙み殺しながら、デスクの上のものをトートバッグにしまった。「じゃあ、六時でいい？」

母がうなずく。「体は大丈夫なの？」

「疲れているだけよ」

母はわたしの顔を両手で挟んでのぞきこみ、次いで手のひらを額にあてた。わたしが幼い頃もこうして熱を測ってくれたものだ。わたしは目を閉じて笑みを浮かべた。わたしがいくつになっても、母は変わらず見守って励ましてくれる。「熱はないみたいね」

「病気じゃないわよ。月に一度のあれ。それで調子が悪いの」

「ああ、そうだったの。わたしも月のものが来た週はぐったりしていたものよ。もうタンポンはいらなくなったけれど、十分ごとにホットフラッシュが起こって、うっとうしかったわ」母はそう言って顔をあおいだ。

わたしはくすくす笑った。「わたしの場合は――」

みぞおちが重くなった。最後に生理が来たのはいつだっただろう？

母が何か言っているけれど、頭の中がぐるぐると渦を巻いている。六月のその週はいつだったたか。最後に食料雑貨店でタンポンを買ったのはいつだったか。記憶をさかのぼれるのは五月のいつかだ。春の重いべた雪が降ったから覚えている。あのときはホルモンの作用で涙もろくなっていた。というのも、町では花盛りを迎えようとしていた木々の枝が雪の重みで折れてしまったからだ。

ああ、なんてこと。わたしははじかれたように椅子から立ちあがり、トートバッグをつかんだ。

「どうかしたの?」母が尋ねる。

「別に」とっさにごまかして、母とも父とも目が合わないようにした。「ちょっと急ぎの用を思いだして、そこが閉まるまでに行かなければならないの。また夕食でね」

それだけ言って新聞社を出ると、すぐさま食料雑貨店まで車を飛ばした。

いりもしない爪楊枝《つまようじ》、ライム、チーズスプレッドをかごに入れながら、女性衛生用品が並ぶ通路を何度も通り、棚を見つめては怖じ気づいて立ち去った。だがとうとう四リットルボトルのオレンジジュースを加えたところでかごがずっしりと重くなり、本来の目的からそれ以上逃げていられなくなった。

深く息を吸って通路を進む。妊娠検査キットの棚へ行き、見覚えのある商標に目を走らせて、異なるタイプのものを三つ、すばやくつかんでかごに入れる。次の瞬間には誰にも見とがめられませんようにと祈りながら、小走りでレジに向かった。

ありがたいことに、レジ係は何も言わずにレジ打ちをすませてくれた。かごの中身はすべて無事に紙袋におさまり、わたしはそれを車にのせて家へ帰った。

胃が沈みこむ感覚は耐えがたいほどになっていた。不安に押しつぶされそうだ。わたしは妊娠したのだろうか？　急いで検査キットを買いに走ったが、買ったあとの展開については考えていなかった。けれども自宅のトイレが近づくにつれて恐怖に胸を締めつけられ、骨の髄まで凍る思いがした。

ひと月前は、子どもができたらうれしくて笑いが止まらないかもしれないなどと考えていた。だけど今は？　赤ちゃんが生まれたら、わたしはダッシュを失うのだろうか？　自分ひとりで子どもを育てて満足できる？　もし検査の結果が陰性だったらがっかりする？

最後の疑問については、三種類の検査キットの結果が出るまでは心配する必要がない。

「よう、ベイビー」ダッシュがノックもしないで玄関から入ってきた。

わたしはキッチンのカウンターテーブルに座り、灰色の御影石《みかげ》でできたカウンターの縞《しま》や粒の模様をぼうっと眺めていた。両親との夕食は断り、ダッシュにメールを送って来てもらったのだ。

「ニュースがある」ダッシュがそばにスツールを引き寄せ、わたしの額にキスをした。

「今日、親父がタッカーと会った」

「そうなの？」わたしはウォリアーズのリーダーとの会合の話に興奮しているふりをした。「彼はなんて言ったの？」

「タッカーはウォリアーズの仕業ではないと断言したそうだ。写真をひと目見てわかったらしい」ダッシュは少し体を傾けて財布を取りだした。そこからエメットが監視カメラの画像をプリントアウトしたものを出し、カウンターに置いた。

わたしは顔を近づけた。「何？」

「ここをよく見てくれ。矢尻の下に炎があるだろう？」彼は男のベストに刺繍されたウォリアーズのロゴを指した。

「ええ」

「タッカーが言うには、二、三年前にエンブレムのデザインを変えて、縁取りをなくして炎も取り除いたそうだ。クラブのメンバー全員に、新しいベスト《カット》を配ったと」

「古いものは回収したの？」

「いや。つまりしばらくのあいだは、古いカットを持っていれば誰でもウォリアーズのメンバーを名乗ることができたわけだ。そして元ティン・ジプシーのメンバーで、ここ一年でウォリアーズへ移ったやつらは犯人じゃないということになる」

つまり、ウォリアーズのメンバーのひとりが抗争を再開しようとしているということか。「メンバーのリストは手に入る？」

「タッカーには頼めない。やつは何があっても手下をかばうだろう。だが親父が名前を書きだすことにした。エメットとレオと一緒に整備工場で取りかかってる。おれもすぐ行くと言っておいた。きみも来るか？」

「いいえ、やめておくわ」整備工場まで行く気分ではない。それにわたしが子どもができたことをダッシュに告げたら、彼もわたしと一緒に行く気が失《う》せる気がする。

「本当に？」

「ええ」

「それじゃあ、ええと……ジェネヴィーヴのほうはどうなってる？」ダッシュは不快そうな顔で彼女の名前を口にした。まだ妹の存在を認めたくないらしい。

「今夜遅くのフライトで着くわ。ボーズマンに泊まって、こっちには明日、車で来るの。午前中の半ばには町に到着するそうよ。電話をもらって、墓地で落ちあうことにしているの」

「彼女が帰るときに電話をくれ。様子を聞きたい」

「わかったわ」

ジェネヴィーヴにドレイヴンの娘であることをどう打ち明ければいいだろう。おまけに母親を殺したのが彼でないことまで納得してもらえるように説明しなければならない。チョコレートチップクッキーを介して結ばれたばかりの友情など、あっという間に壊れること間違いなしだ。

ダッシュが食器棚へ向かい、グラスを出して冷蔵庫の水を注いだ。早く整備工場に行きたくてたまらないようだ。

「出かける前に……」ああもう、なんて言えばいいのだろう？　わたしはせわしなくプリントアウトを折りたたんでダッシュの財布に戻そうとした。ふたつ折りになった財布を広げて中にしまおうとした瞬間、もう一枚の折りたたまれた紙が目にとまった。引きだしてみると、モノクロ写真だった。写っている子どもたちの背後の陳列棚に見覚えがある。クリフトンフォージ高校のイヤーブックに、膨大な数の写真の背景として載っていた。

「これは何？」

ダッシュがグラスを唇から離して目を閉じた。「あ……くそっ」

わたしは写真を広げ、改めてしげしげと見たが、学生の写真であること以外、顔の判別もつかない。けれども裏面には、アミーナの若かりし日の顔があった。もうひとりの女子学生と並んで笑っている。

死亡欄で見たことのある顔を若返らせたらこの顔になる。

クリッシー・スレイターだ。

「ダッシュ、これはなんなの？」

彼は後ろめたそうな顔をするだけの良識は持ちあわせていた。「イヤーブックを調べているときに見つけたページだ」

「あなたはこれを見つけておきながら、わたしに見せてくれなかったのね」写真をくしゃくしゃに丸めてダッシュの顔に投げつけてやりたい。

「見せるつもりだった。嘘じゃない。だがきみがおれの母親とアミーナが友人同士だったことを突き止めたあとは、どうでもいいように思えたんだ」

「どうでもいいですって？」開いた口がふさがらないとはこのことだ。わたしはスツールから立ちあがった。「隠し事はなしだと約束したじゃない。それなのに、お母さんとアミーナが友達だったことを知らないふりをしていたなんて。ほかにも隠してることがあるんでしょう？」

「ない」

「あなたを信じていたのにこの仕打ち？　全部突き止めたあとだからって？　あなたを信じていたのに」いけないと思いながら、ダッシュの言うことを信じた。彼を信じた。

「頼むよ、ブライス。こんなのはたいした問題じゃないだろう」ダッシュが一歩近づく。

「いいえ、たいした問題よ」わたしはあとずさりした。「あの日、あなたが警察を呼んだのはこのため？　だからわたしはページが破り取られたことに気づかなかったんだわ」

「そのとおりだ。悪かった。だけど、あのときは立場が違っていたじゃないか。おれたちは協力していなかった」

「そう、あなたとは体を交えただけよ。わたしはあなたが飽きるまで相手をするための女にすぎなかった。まだしたい気分？」

ダッシュが歯を食いしばり、顎をこわばらせる。「そうじゃないことは知ってるだろう」

わたしは目を閉じ、叫びだしたいのをこらえる。信じられるわけがない。あれほど一緒の時間を過ごして、打ち明ける機会はいくらでもあったのに黙っていたのだから。しかもこれは秘密にする必要があるようなものでもない。ささいなことをわざわざ隠していたせいで、話がもつれてしまった。必要以上に事を荒立てたのはダッシュのほうだ。

いや、わたしが大げさに騒ぎたてているだけなのかもしれない。妊娠が判明したショックで、疑心暗鬼になっているのだろうか。だがダッシュがわたしを信頼してくれていないのなら、彼と一緒になれるわけがない。ふたりで子どもを育てていくこともできない。

ダッシュがわたしの目の前に来た。「大げさに考えすぎだ」

「そうかもしれない」わたしはささやいた。「でもなんだか……すっきりしないわ。わたしたちの根本的な問題みたい」

「根本的な問題？　たかが写真一枚だぞ。たしかに話しておくべきだったが、途中で重要なことじゃなくなったんだ」

「秘密は作らない約束だったでしょう。隠し事はなしだって。そうでなければ、すべてを記事に書くって言っておいたわよね？」

「待て」ダッシュが目を細める。「そういうことか。きみの記事か」

わたしの記事？　彼は何を言っているのだろう？「なんのこと？」

「やっぱりな。くそっ、おれは愚か者だ。おれたちはまんざらでもない関係だと思ってた。だがきみは、初めからおれを利用していただけだった。きみが書きたくてうずうずしていた暴露記事を事実だと認める証人にしたかったんだ」

「違うわ」

「記事を書いたんだろう？」ダッシュはカウンターに置かれているトートバックの中のノートパソコンを指した。「とっくに準備万端なんだろう？」

「ええ、書いたわ。あなたに裏切られたときに備えて。だけど、ただのバックアップ用よ。印刷なんかしないわ」

「そんなことがおれにわかるはずがないだろう」

わたしは両手を投げだすようにあげた。「だから記事は無関係だと言ってるじゃない。わたしはあなたに嘘をつく癖もないのよ」

「ずっと記事のためだったんだな。最初から。おれはおめでたいことに、きみがもうネタを欲しがっていないんだと思った。代わりにおれを欲しいのかと」

「わたしが欲しいのは……ちょっと待って。いつの間にこっちが悪者になったのよ？　本当のことを言わなかったのはあなたでしょう。あのふざけた写真を隠していたのはあなたよ」なぜわたしが悪かったと思わなければならないのだろう?

「あんな写真はどうでもいい。おれたちふたりともが知ってることだ。きみは、おれが愛する人たちの人生を台なしにしかねない記事を書いた。初めから人を色眼鏡で見ていたんだ」

わたしは何か言い返そうと口を開けたが、すぐに固く閉じた。床にくずおれそうになるほどの絶望に圧倒されて肩を落とす。

「写真や記事がどうというんじゃないの。わたしたちはお互いを信頼していない。そんな状態でどうしたら今度の計画がうまくいくというのよ?」

ダッシュから怒りが消え、彼はかぶりを振った。「わからない。悪いが、わかったら教えてくれ。今のおれは何かが実際に始まる前に終わってしまった気分だ。じゃあ、もう行くよ」

ダッシュは乱暴に財布を取ってジーンズのポケットにねじこみ、キッチンを出た。

「待って」重苦しい話題をもうひとつ追加しなければならない。玄関のドアを出る前に知らせないと。「大事な話があるの」

彼は腰に手をあてて振り返った。「あとにできないのか?」

「できないわ」わたしは喉につかえている熱いかたまりをのみこんだ。ダッシュに言わなくては。「子どもができたの」

ぞっとするような沈黙が部屋を支配した。一秒が一時間に、一分が一日に思える。ダッシュは立ちすくみ、呼吸すらしていないかのようだ。

こうなることはわかっていた。

彼の言葉を待てば待つほど胸がずっしりと重くなって、痛みを覚えるほどだ。ようやくダッシュがわれに返ったように目をしばたたき、頭をかすかに振った。「ありえない。おれはコンドームを欠かさなかった」

彼の大事ないい避妊具ね。

「どれかが欠陥製品だったのよ」

確証はないけれど、おそらく関係を持ってすぐの頃だ。マスタングの上で体を交えたときかもしれない。だが、いつできたかを考えても意味はない。ドレイヴンに脅されたあとに二週間途切れたほかは、わたしたちはしょっちゅうベッドをともにした。

再び沈黙がおりた。涙があふれて、いくらまばたきをしても視界がぼやける。

シアトルに住むテレビ局時代の友人は夫に妊娠したと告げるとき、大量のベビーフードと、胸に〝パパ〟と書かれたロンパースを家に並べて大騒ぎしたそうだ。翌朝、出勤した彼女は夫が大喜びしていたと報告した。

わたしは彼女に嫉妬していた。わたしだって笑いたい。興奮を味わいたい。家族が増えると知った夫からキスを贈られたい。

「何か言って」わたしはささやいた。沈黙に胸がつぶれる。けれどもそれが今、ダッシュの伝えたいことだとしたら、わたしは泣き叫んでしまうだろう。

ダッシュがゆっくりと床から顔をあげたとき、その目にはまぎれもない恐怖が宿っていた。

彼は背を向けた。乱暴に玄関のドアを開けると、閉めもせずにバイクへと急ぐ。そしてエンジン音の余韻すら残らないほどの猛スピードで走り去った。

わたしは悪態をついて玄関まで行き、まばたきして涙を払いながらドアを閉めて鍵をかけた。もしダッシュが戻ってきても、ドアベルを鳴らさなければ入れないように。ダッシュはいつかは戻らざるをえない。そうでしょう？　彼がわたしを捨てられるはずがない。そうよね？　これからたったひとりでダッシュに頼ることなくやっていくのかと思うと体中が痛む。ふたりで乗りきれたらいいのに。一緒に乗りきりたい。

そうするべきだ。わたしたちは一緒にいるほうがいい。彼にはそれがわからないのだろうか？　もちろん、わたしひとりでも大丈夫だ。だが望んでひとりになりたいわけではない。ダッシュにそばにいてほしい。

彼にはわたしを永久に拒むことなどできない。〝わたしたち〟を拒むことなどできない。そもそも同じ町に住んでいるのだから。ダッシュに心構えがあろうとなかろうと、ふたりの赤ちゃんが生まれるのだ。彼は楽しいおじさんで通すつもりかもしれないけれど、わたしは子どもに父親のことをきちんと伝えずに育てるつもりはない。ダッシュにはドレイヴンのようになってほしくない。子どもの成長を見届ける機会を逃して後悔することになってはならない。

キッチンに戻ったわたしは、カウンターテーブルに拳を打ちつけ、悪態をついた。ダッシュと話しあわなければならない。それも今すぐ。ダッシュは赤ちゃんが生まれる前に、男らしく責任を取るべきだ。

わたしがそうさせてみせる。

ぐずぐずしている場合ではない。わたしは携帯電話を取り、母にやはり夕食に行くとメールを送った。気分もよくなってきた。母の返信には、笑顔と紙吹雪の絵文字がいくつも並んでいた。

明かりを消し、トートバッグと母への土産のワインを、わたしには一年間無用になったワインを手に取る。ほどなく両親の家で親子水入らずの楽しいひとときを過ごし、ダッシュと赤ちゃんのことは考えないようにした。

帰宅したときは、すぐにもベッドに倒れこみそうなほど疲れていた。弱々しくまばたきをしながら足を引きずって歩く。

家の中は暗かったが、明かりをつけなくてもベッドルームに行けた。ソファに置かれた洗濯物のかごを隠してくれる暗闇がありがたかった。ダッシュがシンクのそばに置いたグラスも隠してくれる。

だがその闇は、黒ずくめの格好でわたしの帰宅を待っていた人物の姿も隠していた。

23

ダッシュ

「おはよう」アイザイアが短い髪を手櫛で整えながら、整備工場に現れた。「しばらくそれにかかりっきりだったな。徹夜したのか？」

「ああ」おれは清掃用のぼろ布を手に、マスタングのドアを荒っぽく閉めた。

昨夜ブライスの家を出てから、ずっとバイクに乗っていた。何キロも飛ばしながら、彼女が落とした爆弾発言を理解しようとした。あのひと言で世界が変わってしまった。天地がひっくり返ったも同然だ。

子どもができた。

納得できない。おれたちは気をつけていた。避妊具は女性と過ごすときの必需品で、ブライスだけを特別扱いはしなかった。たとえ避妊具をつけずにブライスを抱きたくなったとしても、用心するだけの理由があった。

男にはいい父親に向いているタイプがいる。ニックがそうだ。だがおれは暴力沙汰を始め、非道の限りを尽くしてきたから、とうていまっとうな父親にはなれない。ブライスがなんと言おうと、おれがどれだけ彼女を信じたいと思おうと、おれはくずだ。おれの子どもなんてろくな人間にならないに決まっている。だから用心に用心を重ね、ちゃんと避妊具を使っていたのに、今となってはその努力も水の泡だ。

あと何カ月かしたら、おれは父親になる。

それが死ぬほど恐ろしかった。どうしたらいい父親になれるかわからない。手本にするべき身近な例を見るがいい。妻のいる玄関の前に暗殺者どもを招いたり、義理の娘のベッドルームに拉致犯を呼んだりするような父親だぞ。

父のようにはなりたくない。あいつはとんだ食わせ物だ。おれは父に洗脳され、三十五年ものあいだ、そのあとをついていった。

父が作ったクラブのメンバーになった。父の椅子を受け継いだ。引退した父に代わって整備工場も引き継いだ。おれの子も三十五年のあいだに父親を見て、自分の道を進めばよかったと思うだろうか。

おれは長々とバイクを飛ばしたあと、整備工場に戻った。中は薄暗かったが、父とエメットが残って、ウォリアーズのメンバーの名前について話しあっていた。おれは無言で中に入り、マスタングの整備に取りかかった。

やがておれに話に加わる気がないとわかったふたりは、おれを残して帰った。時間はあっという間に過ぎたが、マスタングの最後の作業も終わった。そこで車内を隅々まで掃除した。外側も同じように手入れしたら、顧客に電話をかけて納車の段取りをつけよう。

こんな車、とっとと追いだしてやる。直感が告げていた。妊娠させたのは、マスタングの上でブライスを抱いたあの夜だ。

「終わったのか?」アイザイアが言い、ボンネットに触れる。

「ほとんどな。ゆうべ、起こしてしまったんだったら悪かった」アイザイアの部屋が整備工場の二階にあるのに、おれときたらほとんど気にかけずに作業をしていた。階下でひと晩中大きな音をたてていたのが聞こえたはずだ。

「気にするな。どうせあまり眠れないんだ」

「不眠症か?」

アイザイアがかぶりを振る。「刑務所のせいだ」

アイザイアは前科について、過失致死罪で三年間服役したというほかはあまりしゃべらない。おれも根掘り葉掘りきかなかった。そういうものだと考えている。なぜならクラブがそういうものだったからだ。

おれたちは仲間に迎える男がどんなやつかわかるまで話を聞く。そして過去の過ちではなく、本人の人柄をもとに判断する。

整備工場は独特な兄弟愛の象徴みたいなものだ。もっとも、女性であるプレスリーがエメットやレオやアイザイアと同じくファミリーの大事な一員であることを考えると、兄弟という言葉はおかしいが。

「それで、ええと、あんたたちは……うまくいってるのか？」アイザイアがきく。

おれは咳払いをしてはぐらかそうとしたが、つい口にしてしまった。「ブライスが妊娠した」

アイザイアが目を見開く。「どんな気分だ？」

おれは乾いた笑い声をあげた。「さっぱりわからない」

「ブライスはどうしてる？」

「長居しなかったから、きけなかった」事実だ。昨夜は恋人にあるまじきふるまいをした。そのうえ予想どおり、すでに未来の父親としても最低だ。ぼろ布を床に放って車に寄りかかる。「どうすればいいのかわからない。子どもも、身ごもった女性も扱ったことがない」

「身ごもった女性はひとりだけ知っていた」アイザイアが言葉を切った。「彼女は……特別だった」

だった。昔、つきあった女性だろうか。だが亡くしたのかもしれない。

「彼女も怖がっていた。自分以外の人生に責任を持つんだからな。大喜びしながらも恐れていた。あとになってからは、ちゃんと受け止めていたが」

「怖がっていたって言葉はぴったり来るな」

「ブライスも同じ心境だよ、きっと」

「そうだな」思わず顔を伏せる。ブライスも怖い思いをしているはずだ。しかも自宅で、ひとりぼっちでこの事実に向きあっている。

おれはここで何をしている？　この恐怖を取り除く力を持つ人物はただひとりだ。しかも彼女は整備工場にいない。

「行かないと」アイザイアに手を振り、出入り口へ向かう。そのときポケットの中の携帯電話が振動したので取りだした。知らない番号からのメールだ。足取りを緩めながら開いた画面には写真が添付されていた。

心臓が凍りついた。

ブライスがひざまずいている。ジーンズの下の地面には松や広葉樹の落ち葉が散り敷き、背後に太い幹の木々がそびえている。画面は暗いが、ブライスの恐怖におののく顔ははっきり写っている。汚いぼろ布で猿ぐつわを嚙まされている。目は赤く、頰には涙の跡が残っている。

しかも、こめかみに銃口を押しあてられている。

「なんだこれは」おれはへなへなとセメントの床にくずおれた。やめてくれ。深く息を吸って、平静を取り戻そうとする。再び写真を見て、銃を持っている人物に目を凝らした。女だ。横顔を見せて銃を握りしめている。

この女は誰だ？　なぜブライスをさらった？

メールにメッセージがないかどうか見直したが、何もなかった。写真だけだ。

「ダッシュ？」父がやってきた。バイクの音すら聞こえなかった。「どうした？」

おれは目をしばたたき、父に助け起こされながら、自分でぴしゃぴしゃと頰を叩いて気を取り直した。一瞬置いて、父の顔に携帯電話を突きつける。「この女は何者だ？」

「どの女だ？」

「こいつだ」おれは画面を指した。「ブライスの頭に銃を押しあててる」

恐怖が憤怒《ふんぬ》に変わり、おれは拳を握りしめた。動悸がおさまってきた。何年も抱かなかった殺意が、復讐心を伴って怒号を放ちながらよみがえり、体中に満ちた。激しい怒りで血が煮えたぎっている。

この女が誰であろうと、死をもってあがなわせてやる。写真を撮ったやつも殺してやる。

「これは……」父がサングラスをずらして目を凝らす。次の瞬間、あっと口を開けた。

「ばかな」

「どうした？」

「そんなはずはない」父が首を振る。

「どうしたんだよ？」おれが耳元で大声をあげると、父はびくっとした。「この女はいったい誰だ？」

「ジェネヴィーヴだ……アミーナが写真を見せてくれた……たぶんジェネヴィーヴだ」父はむせ返るように言った。

「あんたの娘だと？」ふざけるな。「その女がブライスをさらって、頭に銃を押しあてるっていうのか？」

「ありえない。そんなばかな」父が不安をぬぐうように片手で顔をさする。

ありえようがありえまいが、そいつを殺してやる。

「どうした？」アイザイアが駆けつけた。

「これだ」おれはアイザイアに写真を見せた。アイザイアはクラブのメンバーではなかったが、隠している場合ではない。ブライスを取り戻すほうが先決だ。アイザイアは罵りの言葉を吐き、おれはエメットに電話をかけた。エメットは二度目の呼び出し音で出た。「来てくれ」

「十分で行く」

一度電話を切ってからレオにも招集をかけたあと、父に向き直った。「あんたの娘がブライスをさらったのはなぜだ？」

「わからん」父が答える。

「ジェネヴィーヴはあんたのことを知ってるに違いない。しかもあんたに母親を殺されたと思ってる。その仕返しにブライスを連れ去ったんじゃないのか？」

「違う」父は折れなかった。「ジェネヴィーヴはおれが父親だとは知らない。アミーナが娘には教えていないと断言していた」

「アミーナが嘘をついたんだ。親友の夫を寝取って、できた子どものことを二十年以上も黙ってた女だ。信じられるか」

「ブライスが真相を教えたのかもしれん」

「そうは思えない。ふたりは今日の午前中に会う予定だった。それにこの写真が撮られたのはおそらく夜だ」

不安でみぞおちがきりきりと痛んだが、思いきってもう一度写真に目をやる。ブライスが生きていると信じたかった。あるいはこのときまで生きていたと。次のメールの写真はブライスの死んだ姿になるのか？

許さない。おれは目をきつく閉じて、まぶたに浮かぶイメージが真っ暗になるまで彼女の姿を頭から追いやった。ブライスは生きなければならない。おれたちにはすべきことがある。話しあわなければならないことが。妊娠期間を無事に切り抜けなければならない。

子どもも育てなければならない。

一緒に育てよう。

エンジンの爆音とともにレオのバイクが整備工場に突っこんできて、スリップして停まった。エメットも十分と言いながら五分とかからず、レオのすぐあとに到着した。

ふたりに事情を説明するのに長くはかからなかった。

「ジェネヴィーヴは早めにデンヴァーから来たに違いない」レオが言った。「ブライスがひとりになるのを待ってたんだろう」

おれが彼女をひとりにしたばかりに守ってやれなかった。ブライスだけでなく自分にも責任があることについて、こんなところでうじうじ考えていたばかりに。

ブライスが無事でいてくれたら、許しを請おう。

だが許してもらえなかったら、そのほうがふたりにとってはいいのかもしれない。

「ちくしょう!」おれはわめいた。横にいたアイザイアが飛びあがる。

こんな理不尽なことがあるか。嘘だ。今、こんなことがブライスの身に起こるなんて。ブライスはおれにとってただひとりの女性だ。彼女をこんなにも必要としていたことが今、わかった。おれの相棒。親友。愛する女性。犯人が誰であろうと、この報いは受けてもらう。おれの手で必ず血であがなわせてやる。

もしブライスを救えなかったら……だめだ、そんなことは考えられない。彼女を無事な姿で連れ戻さなくては。傷つけられていたら、おれがすべて十倍返しにしてやる。

「おかしい」さっきから父が繰り返し小声で言っている。

「何がおかしいんだよ?」おれは嚙みつくように言った。まったく、いらいらさせられる。

「いったいなぜジェネヴィーヴがこんな真似をするんだ? どうしておれたちのこと

を知っている？　アミーナの復讐をしたいのなら、なぜおれでなくブライスを狙うんだ？」

「おれたちは何か重要なことを見落としている」エメットが口を挟む。「事情はわからないが、この女は事件にかかわっているんだ。たぶん最初から」

「そして自分の母親を殺したというのか？」父が声を荒らげる。「ジェネヴィーヴは関係ない」

「母親に腹を立てていたとしたら？　アミーナと喧嘩をしたのかもしれない。写真は別の誰かが撮っている」おれは携帯電話を振った。「ナイフを盗んだのはジェネヴィーヴじゃないかもしれないが、おれたちは全員、ウォリアーズのやつがクラブハウスに押し入る映像を見た。この写真を撮ったのもそいつだろう。そして指令を出してるのがおれの妹だ」

「どうする？」エメットが尋ねた。「ここで手をこまねいているわけにはいかない。ブライスはもう――」

「よせ」おれは片手をあげた。「言うな」

頭に浮かぶのは最悪の事態ばかりだ。これ以上、いやな話を聞きたくない。

「おれたちでブライスを捜しだす。きっと生きている」生きていてくれ。おれにひとりぼっちで惨めな一生を送らせないでくれ。

ブライスを取り戻したら、おれの家に閉じこめて、二度とそばを離れない。

「親父、タッカーに電話をかけてくれ。まだ白状してないだけで、もっと情報をつかんでいるかもしれない」

父はうなずいたが、すでにポケットから携帯電話を出していた。

「エメット、ジェネヴィーヴの足取りをつかめ。いつモンタナに着いたか。どこに隠れているのか」

エメットが小さくうなずき、クラブハウスに走っていった。

「何か……あー、わからねえ」レオがもどかしそうに指で髪をすいた。

「なんだ？」

「その場所に見覚えがある」

「どこだ？」

「もう一回写真を見せてくれ」レオが近づき、おれの手から携帯電話を受け取る。すぐに目を細め、指で画面の隅のほうを拡大させた。「ほら、見えるか？」

「何がだ？」

「ずっと向こうの建物だ。見えるだろう？」

ブライスと銃に気を取られてほかの部分をよく見ていなかった。だがレオの言うとおりだ。画面の奥、木々のあいだに古い丸太小屋がある。

「ここがどこか知っているのか？」レオに尋ねる。

「見た覚えがあるんだよな」レオは目を閉じ、しばし考えこんだ。次の瞬間、はじかれたように目を開けて指を鳴らした。「キャッスル・クリーク・ロードの近くで、ここから車で一時間ぐらいだ。山の中にあって、古くて険しい道をのぼっていく。もう十年ほど前だが、ウォリアーズの古いメンバーがふたり隠れてたロッジに似てる。おれは外で見張っていた」

「間違いないか？」あて推量で一時間もかかる山に向かう余裕はない。ブライスの命にかかわるし、もし身代金を要求する電話が入ったら、電話がつながらないと困る。

「確かだ、ブラザー」

父が顎をこわばらせてやってきた。「タッカーはウォリアーズの仕業ではないと断言している」

「あいつはジェネヴィーヴのことを何か知っているのか？」

「何も知らない」

「あの野郎、嘘をついてやがる」レオがおれの手から携帯電話を引ったくり、父に丸太小屋の写真を見せた。「覚えてるだろう？　あんたがおれとジェットとガナーに見張らせたロッジを。これだよ」

「タッカーの野郎め」父が悪態をつく。

「行くぞ」おれはレオを指さした。「案内しろ」

「待て」父がおれの腕をつかんで制止した。「罠かもしれん。タッカーは、おれたちがウォリアーズを黒幕だと思っているのを知ってる。ブライスとジェネヴィーヴを拉致してすべてを仕組むくらい、あいつならやりかねん」

「あるいはジェネヴィーヴは精神病質者《サイコパス》なのかもしれない。もしかしたらあんたの子でもないかもしれないぞ。全部、頭がどうかしたやつの仕組んだ罠だったのかもしれない。それも、あんたが脚のあいだについてるものをちゃんとしまっておかなかったせいだ。そうじゃないなんて誰にもわかるわけがない。おれにわかってるのはブライスの身が危険で、彼女を救うためならおれはなんだってするということだ。ブライスがそのロッジの近くにいるなら、そこへ行くまでだ」

父が大きなため息をつく。「おれも行こう」

「おれたちはアミーナの話をうのみにしたが、どこまで本当かわからない。まったく間抜けぞろいだ。すぐ頭に血がのぼって、大事なことを忘れてしまう」おれは父とレオを交互に見た。「最初から守りに立たされていたが、そろそろ自分たちが何者か思いだそう。クラブがあろうとなかろうと、おれたちにちょっかいを出したらどうなるか。この報いを受けるのはどこのどいつか。まず撃て。それから埋めろ」

レオの顔が険しくなる。「そうだ、その女をやっちまえ」

父はまだジェネヴィーヴを犯人だと思いたくないらしい。「娘と話がしたい」

「ジェネヴィーヴがブライスを傷つけるようなことがあれば、一生を失意のどん底で過ごすはめになるぞ」

父はどちらの側につくか選ばなければならないが、ここでおれの味方にまわるほうがいいことは火を見るよりも明らかだ。

「わかった。レオ、案内しろ」父はサングラスをかけ直した。

それぞれが足音も荒くバイクに向かった。おれは歩きながらエメットに電話をかけて、クラブハウスを出てあとから来るよう伝えた。おれが携帯電話をポケットに突っこんだとき、人影がそばをよぎった。

「おれも行く」アイザイアが自分のバイクに向かって走っていく。

まずい。死傷者が出るかもしれない場にアイザイアを連れていくことはできない。

「だめだ、おまえは残れ」

「頼む、手伝わせてくれ」

しかたがない。もめている暇はなかった。

「バイクは整備済みか？」

「大丈夫だ」

「よし。飛ばすからな」自分のバイクの前まで来たおれは、シートの下のコンパートメントの鍵を開けた。そこからグロックを取りだし、ジーンズのウエストに突っこむ。続いてもう一挺《ちょう》を取りだし、アイザイアに渡した。「使い方はわかるか？」

「わかる」

「相手を直接狙えばいい」

今日はどれだけの血が流れることになるのだろう。

ブライスの血でなければ、いくら流れたってかまうものか。

24

ブライス

「ダッシュはきっと助けに来るわ」わたしは拳を固め、後ろ手に縛られている両手のダクトテープを引っ張った。

「期待してる」目の前に立っている黒ずくめの男が腕組みをする。「もう黙ってろ」

わたしは歯を食いしばり、ダイヤモンドも粉々にできそうなほど奥歯をこすりあわせた。男に従って口をつぐんだのではない。凍えそうに寒くて、しゃべりたくなかったからだ。つま先や手の指先は何時間も前から感覚がない。今、何時だろう。太陽の位置はあまり高くなく、霧に包まれた森にしみついた冷気を追い払ってはくれない。

隣でジェネヴィーヴがすすり泣いていた。わたしの腕に押しつけられた彼女の腕が震えている。ジェネヴィーヴは全身を激しく震わせていて、心底怖がっているのが見て取れた。

何時間か前はわたしも怖かった。自宅から拉致されて車のトランクに押しこまれたときは、生きた心地がしなかった。涙が涸《か》れるほど泣いた。だが両手両足を縛られて暗いトランクの中に横たわっているあいだに恐ろしさは消えた。恐怖におののいている場合ではない。新たに宿った命がわたしを頼り、しっかりしてと叱りつけた。

怒りのおかげで生きつづけられる。血が凍らず、胸の炎は真っ赤に燃えつづけている。頑張らなければならないのだから。戦わなければ。望んでいた未来、無条件で愛せる子どもをようやく授かった。それをこんな人間のくずに奪われてたまるものか。

最低の男。この男はティン・ジプシーのクラブハウスに侵入した男と同一人物だろう。服装がほぼ同じだ。黒のジーンズに黒の長袖の保温性シャツ。目出し帽で髪と顔を覆っている。手にぴったりとした黒の革の手袋。そして背面にウォリアーズの古いロゴがついたベスト。

男の目もサングラスで隠れている。あたりは薄暗いのに、レンズもフレームも黒い。ひとつだけむきだしになっているのは唇だが、まるで特徴がない。

体格はごく普通だ。ということは、わたしたちがなんとかここを逃げだすことができても、男の身元が特定できる情報を警察に提供できない。逃げだすのは不可能だろうけれど、黒ずくめの男を見て希望がわいた。わたしたちを殺すつもりなら、あんなに徹底して正体を隠そうとはしないだろう。

　わたしたちは助かるかもしれない。

　まわりは薄暗い不気味な森だ。松の木のにおいが漂い、地面は粘土質の重い土だ。男に連れてこられたこの場所は、生い茂る常緑樹のせいでほとんど日が差さない。ぞっとするほど陰気だが、暗いことは逃げだす算段をするときにこちらに有利に働くかもしれない。低木の茂みに隠れるとか。だが松や広葉樹の腐りかけた落ち葉の中にうずくまるところを想像すると、顔が引きつる。

　後方には、古いロッジが木々に囲まれて立っている。男にトランクから引きずりだされたときに、目にとまった。おどろおどろしい雰囲気の建物で、窓はすべて誰かが十年前に板を打ちつけたまま存在を忘れ去ったかのように真っ暗だ。まるでホラー映画から抜けでてきたかのようだ。地下室をのぞくと、切り刻まれた死体がいくつも転がっていたりするかもしれない。もし逃げだすことができたとしたら、あのロッジとは反対の方向へ行こう。

　男のポケットで携帯電話が鳴った。男はわたしたちに背を向け、木立の奥に姿を消して見えなくなった。

けれども男はそこにいる。待っている。待ち構えている。

「わたしたちをどうするつもりかしら？」ジェネヴィーヴが歯を鳴らしながら尋ねる。

「わからない」わたしはささやいた。「でも落ち着いて」

ダッシュがきっと見つけてくれる。それが男の狙いなのだから。男はダッシュをおびきだそうとしている。だが、どうしてだろう？　しかもジェネヴィーヴまで利用したのはなぜ？　どうやってジェネヴィーヴのことを知ったのだろうか？　なぜ彼女がここにいるのだろう？

自宅から拉致されて車のトランクに押しこまれたわたしは、男がカーブを切るたびに体中をぶつけた。おそらく町を通り抜けていたのだろう。だがアスファルトの上を旋回するタイヤの走行音が高まったとたん、男はスピードを落として平坦《へいたん》な一本道を進みだした。

わたしは身も心も疲れ果てて眠りに落ちた。それから十分後か一時間後かわからないけれど、車が停まった衝撃で目が覚めた。息が詰まりそうな苦しさに襲われながら待っていると、車のドアが開く音がした。だが男はやってこない。

恐怖で心臓が激しく打ったが、ようやくトランクが開いた。仰ぎ見ると駐車場の明かりがまぶしかったものの、やがて目が慣れて男の姿がわかるようになった。その瞬間、もうひとり縛られてもがいている人が抱えあげられていることに気づいた。

猿ぐつわを噛まされて縛りあげられたジェネヴィーヴが、わたしの顔をひと目見て固まる。互いを認めた直後に男がトランクを乱暴に閉め、中は真っ暗になった。わたしたちは身動きする隙間もなくぎゅう詰めにされた。わたしはこんなに大きなトランクのある車は持ったことがない。

猿ぐつわのせいでふたりともしゃべれなかった。話をする代わりに何時間も涙を流しているうちに車が速度を落とし、わたしたちはガタガタと揺さぶられた。明らかに舗装されていない道を進んでいる。

あたりがまだ暗いうちにふたりとも車から引きずりだされ、逃げようとしたら喉を切り裂くと脅された。男のウエストの鞘《さや》には大きなナイフがおさめられていた。

次にわたしたちは二キロ近く山道をのぼってこの場所まで連れてこられ、わたしはひざまずかされた。男はジェネヴィーヴの縛《いまし》めを解いて拳銃を持たせ、弾丸は抜いてあるのでつまらない気は起こすなと告げた。それから彼女をわたしのそばに立たせて、震える手でわたしのこめかみに銃口を押しあてるよう指図した。

ジェネヴィーヴの猿ぐつわがほどかれた。手首と足首に残っていたダクトテープもはがされた。男は彼女にじっとして泣くのをやめるよう命じた。

結局、ジェネヴィーヴはわたしを殺そうとしている芝居をさせられた。

男は何枚か写真を撮ると、再びジェネヴィーヴを縛りあげ、わたしと並んで木の根元に座らせた。ありがたいことに、もう猿ぐつわはされなかった。だけどなぜ猿ぐつわをしないのだろう？　ここなら叫んでも誰にも聞こえないからだ。

男の姿は見えないが、遠くへ行っていないことはわかる。わたしたちが逃げようとしても見つかるに違いない。手のダクトテープをはがそうとしても、きっと見つかる。わたしたちは呆然《ぼうぜん》と座っていた。やがて男が戻ってきてぬっと立ち、無言でわたしたちを監視するのだろう。

わたしは男を挑発しないように顔を伏せた。どんどん寒くなってきている。両親の家で夕食をとったときから、足元はサンダルだ。ジェネヴィーヴは裸足で、黒のシルクのパジャマのズボンをはいている。ボーズマンのホテルに泊まっているところを拉致されたに違いない。白のトップは生地が薄いけれど、長袖だから少しはましだろう。だが背中が開いていて、ストラップのついた緑色のスポーツブラが見える。身を乗りだしたときに木の幹ですりむいたのか、見るも痛々しい赤い傷が背中を走っている。

彼女の足は長時間山の中を歩かされたせいで、皮がむけて血だらけだ。

ジェネヴィーヴがすすり泣く。「どうしてこんなことになったの？」

わたしはジェネヴィーヴに寄りかかり、こめかみを彼女の頭にそっとのせた。抱きしめてあげたいけれど、今はこれが精いっぱいだ。「聞いてほしいことがあるの」

「何?」ジェネヴィーヴの震える体がこわばった。

「デンヴァーに行ったとき、教えてくれたわね。あなたのお父さんがプレズと呼ばれているって。わたし、その呼び名に聞き覚えがあって、それで……お父さんが誰だかわかったの」

ジェネヴィーヴの頭がわたしから離れた。彼女は飛びだしそうなほど目を見開いている。「わかったの? 誰?」

「話す前にお願いがあるんだけど、先入観を捨ててほしいの。信じてもらえる理由がないのは百も承知だけど、わたしを信じてほしいのよ」

ジェネヴィーヴが小さくうなずく。「教えて」

わたしは深く息をしてから話しだした。「ドレイヴン・スレイターはあなたのお母さんを殺していない。間違いないわ。証拠はないけど、本心からそう思ってるの。彼はお母さんを心から愛していて、絶対に危害を加えていない」

ジェネヴィーヴが険しい顔で目を細めた。「警察に証拠があるわ。母を殺したのはドレイヴン・スレイターよ。モーテルに誘いだして刺し殺したの」

「お母さんのほうから彼をモーテルに呼びだしたのよ。話したいことがあったから。彼はあなたのお父さ――」

「やめて」ジェネヴィーヴは目を閉じてかぶりを振った。

「ごめんなさい。でも本当なの。ドレイヴンがあなたのお父さんよ。お母さんはあなたのことを教えたくて、モーテルに来るよう彼に頼んだのよ」

「やめて」ジェネヴィーヴが鋭く言った。怒りと失望がないまぜになった声音だ。

「ドレイヴンはギャングのリーダーだった。メンバーにプレズと呼ばれていたわ」

「そのニックネームは別人のものかもしれないじゃない」

「ジェネヴィーヴ」わたしは寂しげにほほえんだ。「あなたの目はドレイヴンと同じ色よ。それに少しダッシュにも似ているわ」

「ダッシュって誰？」

「わたしの恋人。あなたの母親違いの兄でもあるのよ」

ジェネヴィーヴはわたしから体を離してそっぽを向いた。真実を告げることが彼女にとってよかったのかどうか、強引すぎるやり方だったのかどうかわからない。わたしはただジェネヴィーヴにドレイヴンの強さを受け継いでいてほしかった。ここから逃げるときは一緒に来てほしいからだ。

「わたしたちを拉致したあの男があなたのお母さんを殺したと、わたしは思ってるの」

ジェネヴィーヴは固く目をつぶったまま首を振った。その目が開いたとき、新たな涙がとめどなく流れた。「どうして？」

「たぶんドレイヴンのクラブに関係がある罠よ。昔の恨みを晴らそうとしているとか。わたしたちはどういうわけか、それに巻きこまれてしまったんだわ」

ジェネヴィーヴが唾をのみこみ、鼻をすする。「母のお墓参りがしたかっただけなのに」

「できるわ」わたしはすばやく身を寄せた。「ここから逃げるのよ。ダッシュがきっと迎えに来てくれる」

今の望みは手遅れにならないことだけだ。

ふたりは押し黙った。ジェネヴィーヴはおそらく頭が混乱しているからで、わたしは逃げる手段を必死に考えていたからだ。手は縛られたままでも走れるが、足を縛られていては無理だ。

「あの男からこっちが見えると思う？」ジェネヴィーヴにささやく。

「見えてると思う。わたしからは見えないけど」

「脚を自由にしないと。あいつはダクトテープを使った。はがすか切るかできると思うけど、あいつに見えるのならやりたくないわね」

「用を足すのは？」

「ここで？」ありえない。

「もう我慢できないって訴えるのよ。そうしたらダクトテープを取ってくれるかもしれない」

「なるほど。名案ね」緊張が緩んだ。

脚がしびれて感覚がなくなっていたが、脚を組み替えたら余計に冷気や湿気が体にしみ入りそうな気がする。わたしたちが待っていると、男が十五メートルほど先の木の後ろから現れた。いつから隠れていたのだろう。男は計画がうまくいっているという自信に満ちた足取りでこちらに歩いてくる。

これはチャンスだ。今日死ぬにしても、戦わずして死ぬのはごめんだ。

「トイレに行きたいの」わたしは呼びかけた。

「じゃあ、やれ」

「ここで？　座ったまま？」わたしはぽかんと口を開けた。

男が無言で肩をすくめる。

「冗談じゃないわ」わたしは歯噛みし、新たな怒りがわきあがった。わたしは粗暴ではないけれど、この男のナイフを奪って目に突き刺してやりたい。もじもじしてみせた。「ねえ、一生のお願いだから。自分がもらしたものにまみれて死ぬなんていや」

「いいだろう」男は革の鞘から大きなナイフを出した。刃が一瞬きらりと光り、男がわたしの脚にナイフを近づける。それがひらめいたと思ったら、両の足首が自由になっていた。

「わたしもお願い」ジェネヴィーヴが大きな目を潤ませ、哀れを誘うように男を見る。男はナイフをひと振りしてジェネヴィーヴの脚も自由にすると、わたしたちを立たせようとした。

両脚がふらふらして力が入らず、腕もしびれて感覚がなくなっている。平坦な道を歩くのさえひと苦労なのに、でこぼこの山道を走るなんて自殺行為だ。逃げだすチャンスをつかんだと思ったけれど、これではすぐに捕まってしまう。

望みは絶たれたのだろうか？　わたしたちはもうすぐ死ぬ運命なのだろうか？

ようやくわたしが脚を動かせるようになると、男がホルスターから拳銃を引き抜き、わたしの鼻先に突きつけて命じた。「行け」

わたしはうなずいて二歩進んだ。「手をなんとかしてよ。これじゃあジーンズをおろせないわ」

男は顔をしかめたが、わたしの両手を自由にする代わりにジーンズのボタンを外してファスナーをさげ、ジーンズと下着を膝まで引きおろした。ジェネヴィーヴにも同様にする。

屈辱だ。凍りつきそうな寒さの中、むきだしのヒップをさらしてしゃがむところをこの男に見られるなんて。ジェネヴィーヴはわたしと反対の方向に行き、目をきつくつぶってしゃがんだ。

わたしも同じようにしながら、ここは松ぼっくりの上ではなく〈ベッツィ〉のトイレなのだと思うことにした。わたしたちが用を足し終えると、男はふたりの着衣をもとどおりにして木の根元に引き返させた。

お願いだからもう縛らないでほしい。

男が背負っていたバックパックに手を伸ばす。ダクトテープを出すのだろうか。

「あの写真をダッシュに送ったんでしょう？」わたしは男の気がそれるようにと願いながら尋ねた。話を続けさせていれば、ダクトテープのことを忘れるかもしれない。

「そうだ。おまえの死体を見つけやすいようにな」

心臓が喉から飛びだしそうだ。「わたしたちを殺してここに捨てる気？」

「おまえだけだ」それから男はジェネヴィーヴを銃で示した。「この女はおまえを殺した罪で、ダッシュが殺るだろう」

この極悪人が他人に人殺しの罪を着せるのは簡単なことだ。それにジェネヴィーヴがどんなに命乞いしようが、復讐に燃えるダッシュが彼女を殺すであろうことまで計算に入れている。

「だけど、どうしてジェネヴィーヴまで殺させるの？　彼女は何もしていないのに」

ジェネヴィーヴを見据える男の顔が、目出し帽の下でこわばったように思えた。

「おれなりの理由がある」

アミーナに関係があるのだろう。思えば何もかもが彼女の死から始まった。アミーナの存在が鍵であることはわかっていても、つながりが見えない。

この男はどうやってジェネヴィーヴがモンタナに来ることを知ったのだろう。ドレイヴンの娘だと知っているのだろうか。新聞はまだ出ていない。知っているとしたら、整備工場の誰かが教えたことになる。

だがエメットとレオがもらすとは思えない。ドレイヴンが誰かにしゃべったのだろうか？　昔なじみに、隠し子がいることを打ち明けたのかもしれない。

ふと父の顔が頭に浮かんだ。わたしが今朝に限って配達の準備の時間に出社しないことをいぶかるだろうか。わたしのことを心配するだろうか？　何があろうと、わたしが両親を愛していることをわかってほしい。今日死ぬのだったら、昨夜夕食をともにできてよかった。数時間でも親子水入らずを楽しめた。

だが二度と両親に会えないという考えを頭の隅に押しやって、男をしゃべらせることに集中した。男はまだダクトテープを取りだしていない。「こんなことをするのは、クラブ同士の古くからの争いをまた始めるため？」

「始めるためじゃない。勝つためだ」

では何を待っているのだろうか？　なぜさっさとわたしたちを殺して姿を消さないのだろう？　ダッシュに写真を送ってからどれぐらい時間が過ぎたかわからないけれど、一時間は経っている。

男は銃をジーンズにしまうと、携帯電話を出して時間を確認した。「そろそろいいだろう」

「何が？」

男がジェネヴィーヴを顎で示す。「やつらがこの女を見つけて殺すのに。あまり遠くまで逃がすわけにはいかない」

ジェネヴィーヴが震えあがってわたしに身を寄せた。

「立て」男がジェネヴィーヴの腕をつかんで無理やり立たせる。

続いてわたしを、目がまわるほどの速さで引きずるように立たせた。鼓動が速くなる。もっと時間が欲しい。

熱い涙が幾筋も頰を伝う。ジェネヴィーヴの顔にも涙が流れている。

「ひざまずけ」男が銃を出しながら命じた。

怖くて逆らえない。地面に膝をついたが、目はジェネヴィーヴから離さなかった。彼女は最悪の場面を目のあたりにすることになる。男に引き金を引かされて。わたしが血の海の中で死んでいくのを見せつけられる。

わたしは悲しげな笑みを投げた。「大丈夫よ」

ジェネヴィーヴはすすり泣きをもらし、肩を激しく震わせている。男が彼女の両手を縛るダクトテープを切った。

男に羽交い締めにされ、ジェネヴィーヴが叫び声をあげた。身をよじって必死に抵抗したが、男の力にはかなわない。動けないようにきつく腕をまわされて、ついに彼女は抗うのをやめた。何度も首を振るので、髪が乱れて顔にかかる。

そのほうがいい。ジェネヴィーヴの顔を見るのはつらい。

わたしは目を閉じた。ごめんね、赤ちゃん。本当にごめんなさい。

心に浮かぶのはなぜか女の子だった。ハシバミ色の目と癖毛の髪。こぼれそうな笑顔とやわらかな頬。ダッシュに空中に放りあげられて歓声をあげ、くすくす笑いながらおりてくる。

わたしは深く息を吐いて顎をあげた。ここにいるのはスクープを求めたからだ。自分の生涯を懸けた記事だ。誰もがティン・ジプシーにはかかわるなと警告したのに、わたしは聞く耳を持たなかった。聞き入れていれば、今頃はなんの心配もなく家にいただろう。新聞社で父と並んで仕事をしていたに違いない。

だが、そうしなかったことを後悔してはいない。最初からやり直せたとしても、ダッシュ・スレイターと恋に落ちたい。

再びジェネヴィーヴの口からすすり泣きがもれたが、わたしは聞かないようにした。ダッシュの顔を思い浮かべ、自分だけの幸せな世界にいた。彼の腕の中で眠ったらどんな気持ちがするだろう。わたしが自分のベッドでダッシュに抱かれて丸くなっていたそのとき、引き金が引かれて弾丸が発射された。

轟音に体中が動かなくなる。無の状態だと思った。死んだのだと。

ところが新鮮な冷気が肌を這い、目を開けてみると世界がスローモーションで動いていた。

ジェネヴィーヴが男の腕の中でくずおれ、手から銃が落ちた。その膝が激しく地面に打ちつけられる。

男は悪態をつきながら銃をつかむと、銃身をすばやく森へ向けた。男が発砲し、その爆音にわたしは縮みあがった。

「ブライス！」ジェネヴィーヴがわたしの腕をつかんで立ちあがらせてくれた。「逃げて」わたしはジェネヴィーヴを肩で押した。「走って！」

別の銃が火を噴いた。弾はわたしたちのすぐそばを一直線に過ぎ、わたしの背後の木にあたった。すさまじい音に髪が逆立つ。

「逃げて、ジェネヴィーヴ」わたしたちは森に向かって走った。

ジェネヴィーヴがわたしの腕をつかんで転ばないよう支えてくれた。だがそれもつかの間で、次の瞬間、彼女の体が後ろに飛んだ。男がジェネヴィーヴの髪をつかみ、彼女を自分の体の正面に引き寄せて盾にする。

「やめて！」わたしは引き返そうとしたが、さらに弾が飛んでくる。男の銃から二発、どこかからもう一発。それが男の肩に命中した。男の体が大きく揺らぐ。「ダッシュ！」わたしは叫んだ。そこにいるのがわかる。

「逃げろ、ブライス」森の奥からダッシュの声が聞こえてきた。

ジェネヴィーヴが男の手を振りほどき、逆方向のロッジに向かって必死に走ってい く。

追ってはいけない。とにかくここから逃げなければ。

また一発飛んできた。ぐずぐずしてはいられない。わたしは木の枝に引っかかりながらも、両手を背中にまわしたまま、できるだけ姿勢をまっすぐに保って走った。髪が口に入ってもつれるが、前方の山道と後方の男を見失わずに走る。

男は木陰にすばやく身をかがめながらも、銃を持つ手を伸ばして追ってきた。

わたしは敵の目から逃れようと、木の背後にかがみながら逃げた。ふと振り返ると、男の姿がない。あいつはどこ？ 左に目をやり、続いて右に目をやる。もう一度振り返ったが、木々があるだけだ。

けれども、どこかにいる。

わたしをさらった男を捜すのに必死で、足元に注意を向けていなかった。サンダルが岩に引っかかったとたん、あたりの景色がぼやけた。いけない、転んでしまう。どこかに激突することを覚悟したが、わたしは倒れなかった。

ダッシュが抱きとめてくれた。

彼に抱えられて立たせてもらうと、涙が堰《せき》を切ってあふれでた。

「怪我《けが》はないか?」ダッシュがわたしの体のあちこちに触れて確認する。凍りそうな肌に熱すぎるほどの手の感触だ。

「ないわ」わたしはかすれた声で答えながら、彼のぬくもりの中に倒れこんだ。「大丈夫よ」

ダッシュがわたしを抱き寄せ、背中をさすって温める。「冷えきってるじゃないか」わたしがうなずいて体を丸めると、膝から力が抜けた。

彼はわたしを強く抱きしめた。頭の上で声が聞こえる。「やつらを見つけて殺す」

やつら? 拉致犯はふたりいたの? ひとりしか見ていない。もうひとり、わたしをさらって、ジェネヴィーヴも――。

「やめて、違うの」歯がうるさいほどカチカチ鳴っている。わたしはダッシュを押しやり、もとどおりしゃんと立った。アイザイアとレオがすぐそばにいる。「ジェネヴィーヴは違うの」

「きみを殺そうとしたんだぞ」ダッシュが嚙みつくように言う。

「そうじゃない」わたしはかぶりを振った。「彼女は悪くない。あの男に無理やりやらされたのよ。全部あいつが仕組んだの。あいつを見つけて」

「本当か?」

「本当よ。ジェネヴィーヴにひどいことはしないで。どうか助けてあげて」

ドレイヴンとエメットが反対側の木立から駆けだしてきた。

「やつを捜せ」一同がそろい、ダッシュが指令を下した。「なんとしても」

ドレイヴンが片手をわたしの肩に置いた。もう片方の手には銃を持っている。全員が銃を携えていた。ダッシュはわたしの背中を支えるその手に持っている。

「ジェネヴィーヴはロッジのほうに逃げたわ」わたしはそちらを指した。「また男に捕まる前に助けて」

「おれが行って連れだしてくる」アイザイアが名乗りをあげた。

ダッシュがうなずく。「おれはブライスをここから連れだす」

「行くぞ」ドレイヴンがレオとエメットに顎で合図し、三人は銃を構えて音もなく木立に分け入った。

三人の姿はまたたく間に消えた。

ダッシュはわたしの後ろにかがみこむと、手首のダクトテープを嚙みきってくれた。テープがはぎ取られた拍子に髪も何本か抜けたが、とにかく寒くて痛みを感じるどころではなかった。次の瞬間、わたしはダッシュに抱えあげられて運ばれていた。

彼の温かい腕の中で体を丸める。「どうやってここがわかったの？」

あの男がヒントになるメールを送ったとはいえ、ダッシュたちは男が思ったより早く来たに違いない。さもなければわたしの命はなく、ジェネヴィーヴが犯人として捕まっていただろう。

「あとで話す」

「わかったわ」わたしはささやいて目を閉じた。ダッシュはそのまま歩きつづけた。長い距離だったのに、彼は一度しかわたしを抱え直さず、バイクを停めたところまで歩いていった。ダッシュの体がなぜこれほど熱くてTシャツが汚れているのか、やっとわかった。みんな、森を走り抜けてきたからだ。

「着いたぞ」わたしをバイクの横におろしたダッシュは、わたしのむきだしの腕を何度も撫でた。続いてバイクのコンパートメントに手を突っこんでスウェットシャツを出し、わたしの頭からかぶせて着せた。

「ありがとう」筋肉が寒さに震え、アドレナリンが全身から分泌される。

「サンダルなんか脱いでしまえばいい」

「なんですって?」わたしがきき返すと、ダッシュは自分のブーツを蹴り飛ばすようにして脱いだ。「な、何をしてるの?」

ダッシュは答えずに靴下も脱ぐと、わたしをバイクのシートに腰かけさせた。そしてわたしのサンダルを脱がせ、自分の靴下を履かせた。「一時間だ。一時間つかまっていてくれ。それで帰れるから。大丈夫か？」

「もちろんよ」

彼がわたしの額にキスをした。「まったくタフだな。こんなに強い女は初めてだ」

なぜなら生きがいができたからだ。

バイクの後ろに乗ってダッシュの広い背中に抱きつき、肩に頬を押しつける。彼のスウェットシャツの着古してやわらかくなった生地と、風と、彼の香りが鼻腔に広がり、森のいやなにおいを追いやる。

「あなたは見つけてくれた」わたしはエンジン音で聞こえないだろうと思いながらささやいた。

ダッシュが振り向いて両手でわたしの顔を包み、額をわたしの額につけた。「もう絶対に放さない」

25

ダッシュ

「しっかりつかまっていろよ」おれはブライスの手を胸元でしっかりと押さえながら、可能な限り片手で運転した。「もうすぐだ」

ブライスがおれの肩に首を預けてうなずく。その体はぶるぶる震えていた。クリフトンフォージまで五十キロの道のりをずっと震えていたので、低体温症になったのではないかと心配だった。あの男から受けた精神的ダメージが腹の赤ん坊にも及んでいるのではないだろうか。

くそっ。バイクは体の一部のようなものでスピードは出るが、やはりトラックを使うべきだった。

自宅が目と鼻の先まで近づいたので、おれはさらにスピードをあげたくなった。だがブライスが落ちるといけない。ヘアピンカーブやでこぼこの山道以外は、ブライスの体を支えながらほとんど片手で走ってきた。急に背中でブライスが重くなるときが何度かあった。振り返ると彼女が眠りかけていたので起こさなければならなかった。

ブライスは疲れ果てている。

自宅が見えてきたときには安堵の息を吐いた。やっと着いた。私道から芝生に乗り入れ、玄関ポーチの脇に停める。バイクのエンジンを切り、腰にまわされたブライスの腕をそっとほどいてから、その手を握ってバイクを降りた。

「ここはどこ？」ブライスが眠そうな目をのろのろとあげて家を見つめた。

「おれの家だ」おれは彼女を抱きあげ、玄関へ進んだ。おれの首筋にうずめられたブライスの額は氷のように冷たい。

バスルームに直行して、ブライスを抱いたままシャワーの温度をぬるめに設定して栓をひねる。ゆっくりと温度をあげながら、湯気で体の隅々まで温めるつもりだった。

病院に連れていくべきだっただろうか？

洗面台のダブルシンクに挟まれた化粧台に慎重にブライスを座らせた。室内を見まわす彼女の唇は紫色だ。おれはブライスの服を脱がせはじめた。

歯がカチカチと鳴る音は消えていた。体が少し温まってきたか、さらに具合が悪くなったかのどちらかだ。

「きれいなバスルームね」ブライスがささやく。「想像していたのと違うわ」

おれは服を脱がせるのに必死で、返事もできなかった。

独り身の男のバスルームは、タオルが床に散らばり、シンクや鏡に歯磨き粉が飛び散っていると思っていたのだろう。だが、おれはこのバスルームに時間と金を惜しみなく注ぎこんでいた。床暖房をつけた大理石タイルのフロアに、そろいの大理石のカウンター。タイル張りのウォークインシャワーは優に五人は収容できる。中央に噴出口をふたつ備え、頭上から垂直に水が落ちるレインシャワーヘッドがついている。

ブライスに履かせた靴下を床に落とし、スウェットシャツも脱がせた。Tシャツを脱がせてブラジャーを外すと、彼女は両腕を体にまわした。いつものなめらかでクリームのように白い肌ではない。紫色のあざがあちこちにできていて、一面に鳥肌が立っている。

「立てるか？」おれはうなずいたブライスを助け起こして、そっと立たせた。次にジーンズのファスナーをさげ、ショーツと一緒に引きおろした。

裸になって震えているブライスの前で、おれも急いで服を脱ぎにかかった。

ジーンズを脱ごうとすると、彼女がおれの裸の胸に片手をあてた。「あなたの体も冷たいわ」

おれも？　寒さなど感じなかったが。携帯電話の写真を見て愕然《がくぜん》とした瞬間から、ブライスを失う恐怖で何も感じなくなっていた。

「気をつけろ」ブライスの手を取ってシャワールームに入り、噴出口の下に導く。湯が体に降り注ぐや、彼女は身を震わせた。おれにとっては室温と同じぐらいで、湯気もあまり立たないほどのぬるさなのだが。「熱すぎるか？」

「大丈夫よ」目を固く閉じて苦痛に耐えるその顔つきに、おれは胸が張り裂けそうになった。

「すまなかった」おれがブライスを抱き寄せると、湯が彼女の肩に降り注いだ。「本当にすまなかった」

「あなたのせいじゃないわ」ブライスがおれの胸元で答えてしがみついてくる。

互いの体をきつく抱きながらシャワーを浴びるうち、ブライスの緊張がほぐれてきた。そこで湯の温度をあげて、数分ごとに微調整を繰り返していくと、シャワールームに湯気が充満して彼女の顔もよく見えないぐらいになった。

すると手足の血行がよくなったのが感じられ、初めて自分の体も冷えていたことがわかった。朝の冷え冷えとした空気の中、山道を疾走していれば冷えて当然だが、アドレナリンがほとばしり、激しい怒りが煮えたぎっていたのに加えて最悪のシナリオが脳裏をよぎり、寒さひとつ感じなかった。しかもそのあと、自身の脚で走った。おれと仲間はロッジから二キロほど離れた地点に、エンジン音を聞き取られないよう願いながらバイクを停めた。そしていっせいに駆けだした。

二キロ近くも全速力で走ったのは初めてだ。エメット、レオ、アイザイアもおれにぴったりついて木立を抜け、邪魔な枝を払いながら走りつづけた。父さえもペースを落とさずに走り、日頃のトレーニングが無駄ではないことを証明した。

おれたちはラッキーだった。あの男の機先を制すことができた。だが、そのあとおれは森を駆け抜けて銃を構えたまま、黒ずくめの男ではなくジェネヴィーヴを捜してしまった。

いったい何があったのだろう？　ブライスが回復したら話を聞こう。今はただうれしくて、喉まで出かかっていた心臓がするすると胸におりていく。

暖まった空気が肺を満たして緊張をほぐし、腕の筋肉も緩んだ。ブライスの顔にも血色が戻り、おれの恐れは流れ去っていった。

給湯器の湯が涸れるのではないかと思うまで、ふたりでシャワーを浴びつづけた。

「温まってきたか？」

ブライスがうなずく。「とっても」

「よかった」おれは彼女の頭をシャワーの下で傾けて髪を洗い、マッサージもしてからすすいでやった。

今日のブライスはおれと同じ香りがするだろうが、すぐに身のまわりの品が必要になる。彼女のために作りつけの収納棚をひとつ空けよう。ここにいるからには、好きなスペースを使わせてやろう。

ブライスが家にいる。

おれの家にいる。

おれもすばやく自分の髪を洗い、バイクを飛ばしていたあいだの風やパニックのにおいをすべて流した。彼女より先にシャワールームを出てタオルをつかむ。

「手を出して」シャワーを止めたブライスに手を差し伸べ、バスマットの上に連れだす。

「自分でできるわ」しゃがんで脚を拭いてやろうとするおれに彼女が言った。

「拭かせてくれ」おれは膝をついたままブライスを見あげた。「頼む」

ブライスがおれの濡れた髪に手を走らせる。「いいわ」

目を閉じて、軽い手の感触を楽しむ。数時間前までは二度と味わえないと思っていた。喉がひりひりして、胸をえぐられるような痛みに襲われる。思いがあふれて手に負えない。激情。恐れ。愛。どうやって処理すればいいのだろう。

おれは咳払いをしてあふれる感情をのみこむと、目の前の作業に打ちこんでブライスの体を一滴の水も残さずに拭きあげた。髪もできるだけタオルを使って乾かした。

「櫛かブラシを……ダッシュったら」ブライスがおれに抱きあげられて息をのんだ。

「自分で歩けるわよ」

「おれがこうしたいんだ」

「わかったわ」彼女はさっきのように体をぴったりと寄せてきたが、今度は寒いからではなく、おれの感触を求めてだった。

おれはブライスをベッドまで運んで、昨日の朝に整えた白いダウンの上掛けをめくった。ブライスが妊娠したと知らされる前の朝だ。整備工場でひと晩中、働く前の朝。彼女がさらわれた夜より前の朝。

おれのせいだ。未来永劫《えいごう》、すべておれの責任だ。だから未来永劫、ブライスに償わなければならない。

ブライスをベッドに横たえてからおれもシーツにくるまり、彼女に背中を向けさせて後ろから胸を押しつけた。

「ジェネヴィーヴは見つかった？」ブライスが怯えた声でささやく。

「まだわからない。エメットが知らせてくれるはずだが、便りがないのはよい便りと言うじゃないか。そうだろう？」

ブライスがおれの腕をつかんだので、おれは彼女を抱きしめた。ブライスがおれの脚のあいだに両脚を滑りこませる。おれはブライスの肩にキスをしながら片手をおろしていき、彼女の腹部を覆った。

「大丈夫だと思うか？　赤ん坊は」

ブライスがはっと息をのむ。「大丈夫だといいけど」

「おれもそう思う」

「あなたが？」彼女が小声できいた。「だってあなたは――」

「わかってる。以前、おれは子どもは欲しくないと言ったよな。ゆうべ、きみから妊娠を告げられたとき、なんと答えればいいのか、どういう態度を取ればいいのかわからなかった。本心は……怖くてしかたがなかったんだ」

「わたしもよ」

おれはブライスを強く抱きしめた。「きみも？」

「ええ。予定になかったことだもの。いつかタイミングが合えばと思って……望んではいたけど。結婚して生活が落ち着いたらね。だからこれは予想外だった……でも母親になりたくないとは言えないわ」

ブライスならきっといい母親になる。戦士のようにわが子、いやおれたちの子のために戦うだろう。揺るぎない信念のもとに子どもを育てるだろう。絶対的な愛情を注ぐだろう。彼女にはそんなチャンスをつかんでほしい。

そしておれもその仲間に加わりたい。

「もし今度のことのストレスが原因で……」ブライスがため息をつく。「よくないことになっていたらどうすればいいの？」

それはおれたちふたりが気がかりで心配せずにいられないことだ。ここで横になって暖かく安静にしていても、じっとしていられないほど心が騒いでいる。もし何かあったらと叫んでいる。

くそっ。おれは上掛けをはねのけてベッドを飛びおりた。

「何をしてるの？」ブライスがきく。おれはベッドルームに置かれたヒッコリー材のチェストの引き出しを開けた。

「医者に診てもらおう」

「今？」

「今だ」そう言ってジーンズを出す。「どうしてもはっきり知りたい」

ブライスがすばやくベッドを出た。「このあたりの病院に充分な設備はある？　まだごく初期なのに」

「それならボーズマンまで行こう」おれは部屋を横切り、彼女を抱き寄せた。「明日になる前には結果が出る」

ブライスが着ていた服をまた着せるわけにはいかないので、おれはスウェットパンツを探しだした。ウエスト部分は彼女のウエストに合わせて巻きあげ、裾は踏みつけないように折った。そしてTシャツとお気に入りのハーレーダビッドソンの黒のパーカーを頭からかぶせて着せた。

「きれいだ」おれの服を着て、生乾きでこしのない髪に、充血して疲労がにじむ目をしたブライスは最高にすてきだった。

「なんだかひどい格好じゃない？」

おれは彼女の額にキスをした。「すばらしいよ。じゃあ、行こうか」

「やっぱりだめ。悪い話は聞きたくない」

「おれも同じだ」手と手をつなぎ、ガレージのトラックまでブライスを連れていく。

ブライスはトラックをひと目見て肩の力を抜いた。「よかった。バイクは勘弁してほしかったの」

おれは忍び笑いをもらし、ブライスを助手席に乗せた。おれがシートベルトを締めてやると彼女はあきれたように天を仰いだが、何も言わず、おれに世話を焼かせた。おれはエンジンをかけ、町を抜けて病院に向かった。救急処置室に直行して二時間後、ブライスとふたりでトラックに戻った。

おれはコンソールボックス越しにブライスの手を取り、曲げた指にキスをした。彼女の頬を手で包み、美しい目からあふれでる涙を親指でぬぐう。「大丈夫か?」

「ええ」ブライスはそう答えたものの、泣きじゃくっている。だが彼女はしばらくしてからにっこりしたので、おれは安堵と喜びが同じくらい大きく胸に広がった。快い安心感を覚えた。「あの、まだいろいろとよくないことが起こりそうだけど――」

「起こるはずがない」

病院はクリフトンフォージの赤ん坊を残らず取りあげている産婦人科医を呼んでくれた。医師はまず血液検査を命じた。次に機器を運び入れ、避妊具をかぶせた細い棒を使って子宮内の超音波検査を行った。くまなく調べた結果、現在のところ母子ともに危険な兆候はないというのが医師の所見だった。おれとブライスはあたりをうろうろしながら血液検査の結果を待った。そして医師がホルモンレベルが正常値であることを認め、超音波検査で心拍確認もできたところで、おれたちは帰された。

まだ楽観視はできない。だが悪いほうにばかり考えるのはよそう。

「両親に連絡しないと。日曜版の発送に行かなかったから、父はきっと心配しているわ」

「このままご両親の家に行くか？」

「それはやめておくわ。この格好じゃ余計に心配させてしまうもの。あなたの電話を貸してもらえない？」

「もちろんだ」おれは携帯電話を渡し、駐車場で電話をかけさせた。ブライスは両親に元気だと請けあい、詳しいことはあとで説明すると伝えた。電話が終わると、おれたちは病院を出て、再びおれの家へ向かった。

「整備工場に行かなくていいの？」ブライスが尋ねる。「ジェネヴィーヴが無事かどうか知りたいわ」

「親父がおれの家に来るはずだ。そこで話そう」

「オーケー」ブライスはまだ疲れが取れず、車を走らせているあいだも目がとろんとしていた。だが家に着いて、私道に停められている三台のバイクを目にするなり身を起こした。

おれは車をガレージに入れたあと、ブライスに手を添えて家に入った。すでに父とレオ、エメットがリビングルームで待っていた。おれはブライスをソファに座らせ、彼女の隣に並んで腰をおろした。

「あの男を捕まえたの？」ブライスが口火を切った。

父が顎をこわばらせてかぶりを振る。

「逃げ足の速い野郎だ」レオがおれたちの向かい側に置かれた革張りの椅子に座ってまくしたてる。「もう少しだったんだ。やつを追ってロッジを過ぎたとたん、姿が消えた。あのあたりに詳しいやつに違いない」

「ちくしょう」おれはうなり、ブライスが体を硬くした。あの男の息の根を止めることができなかった。だがやつがまたブライスを狙っても、今度はおれたちがついている。

「おれたちは分かれて一帯を捜した」エメットが言った。「やつがおれたちの目をかいくぐっている場合も考えて、急いで道路に戻った。だが追跡をあきらめざるをえなかった」

「どうしてだ？」

「火事だ」父が頭を振る。「あの野郎、ロッジに火をつけて足取りを消した。森から煙が立ちのぼるのを見たからには通報するしかない。おれたちは森林局に連絡して、当局がやってこないうちに手を引くしかなかったというわけだ」

「ジェネヴィーヴは？」ブライスが尋ねた。「彼女はどこ？」

「わからない」父がまたもかぶりを振る。「おれたちがバイクに戻ったとき、アイザイアはどこにもいなかった。電話をかけても出ない」

「彼がジェネヴィーヴを助けているとしたら？」ブライスがおれの手をつかむ。「彼女を見つけないと」

「アイザイアがジェネヴィーヴと一緒でないとしたら、山をおりてはいないだろう。彼女を追いかけていったからな」

いずれにしろ、ふたりはとっくにここにいるべきだ。おれがブライスを連れてきてシャワーで温めたうえ、医師に診てもらいに行っているあいだに、アイザイアはジェネヴィーヴを町まで連れ帰ってしかるべきなのに。

おれは父をちらりと見て、ひそかに不安を伝えた。父がうなずいたので、同じ思いでいることがわかる。だがブライスにはこれ以上不安を抱かせたくない。

「たぶんアイザイアはどこかで彼女を温めてやっているんだろう」おれはブライスを安心させようとした。「連絡が来るまであと三十分待とう。それから捜しに行こうじゃないか」

「わかったわ」ブライスがうなずく。

「よし、じゃあ、まだ三十分ある」父がブライスに顔を向けた。「何があった?」

「ゆうべは両親の家で夕食をとったの。自宅に帰ったらもう暗くなっていたわ。わたしは疲れていて明かりをつけるのもおっくうだった。ぐったりしていて……すぐに眠りたかったの」ブライスが苦しげに息を吸った。「そうしたら、あの男がいたの。抵抗したけど、とてもかなわなかった。あいつはわたしの手足をダクトテープで縛って、息もできないほど強く猿ぐつわを嚙ませた。そして裏口から路地に引きずりだしたの。誰にも気づかれない、隣の家からも見えない細い路地よ。七時を過ぎたら、みんなやすんでいるわ。わたしは男の車に押しこめられたの。トランクの中に」

おれは胃がよじれた。トランクに押しこめられただと? あの男を殺してやる。おれのブライスをトランクに詰めたとは。おれがそこにいたら、子どもができたと告げられたあと彼女を置いて帰らなかったら、そんなことにはならなかった。

「あなたのせいじゃないわ」おれの心を読んだブライスがささやき、おれの指に指を絡めた。

「そばにいればよかった」

「そうしたら、あの男はきっと別の手を考えていたわ。最初から計画的だった。あいつはわたしがジェネヴィーヴに拉致されたとあなたに思わせて、彼女を捕まえさせようと考えたのよ」

「なぜだ？」エメットが尋ねた。「やつは理由を言ったか？」

ブライスがかぶりを振る。「古くからの争いに勝つためだとだけ言っていたわ」

「ウォリアーズだ」レオが噛みつくように言った。「タッカーは嘘をついてやがる」

「おまえの言うとおりだ」おれは言った。「ウォリアーズの仕業に違いない。だがタッカーは自分の目的を隠すような男じゃない。おれたちに恨みがあるなら、大っぴらにそう言うはずだ。おれたちをはめてやると自信満々で吹聴するようなやつだ。そんなやつがなぜ裏でこそこそ計略をめぐらせるんだ？　どうしてジェネヴィーヴを陥れようとする？　そもそもどうやって彼女のことを知ったんだ？」

「おれの直感だが、これはウォリアーズの仕業じゃない」父が席を立って暖炉の前に行った。「タッカーは最初から本当のことしか話していない。これはほかのやつが仕組んだことだ。あの晩、おれがアミーナに会いに行ったことを知ってるやつだ。そいつがアミーナに……おれたちに娘がいることを知って、ジェネヴィーヴを追った。つまり、すべておれを狙った計画だ。おれに思い知らせようとしているんだ」

「誰が？」エメットがきく。「この一カ月、敵をとらえようとしてきたが、あんたが逮捕された日から一歩も進んでない」

「ほかに何があった？」おれはブライスに尋ねた。「トランクに押しこまれたあと、どうなったんだ？」

「車で走ったわ」ブライスが言った。「長いあいだ。そして男が途中で車を停めて降りたの。しばらくして、ジェネヴィーヴを運んで戻ってきた」

「ボーズマンだ。やつはきみをボーズマンまで運んで、飛行機で来たジェネヴィーヴを捕まえたんだ。おそらくホテルにいたところを拉致したんだろう。つまり、あの男はジェネヴィーヴが来ることを知っていた。彼女はここに来ることをきみ以外の誰かに話していたのか？」

ブライスは首を振った。「わたししか知らなかったはずよ。だけどあの男が監視していたとしたらどうかしら……あなたはクレジットカードの決済をハッキングすることはできる？」

「ああ、わけない」エメットが答える。

「心強いこと」ブライスがささやく。

ブライスが整備工場に現れた日のあと、エメットが彼女のアカウントに侵入した話はしばらく伏せておこう。

「ジェネヴィーヴが泊まったホテルを突き止めよう。やつが彼女を拉致している映像が残っているかもしれない」だが期待はできない。頭の切れる男だから、監視カメラの対策を怠るとは思えない。あの山の中でも全身黒ずくめだったほどだ。「男の顔を見たか？」

「いいえ」ブライスが肩を落とす。「一度も見ることができなかったわ」

「それからやつは山へ連れていったんだな？」父が確認する。

「そうよ。そしてあの写真のポーズを取らされたの。あなたたちがわたしの死体を見つけてジェネヴィーヴを殺すように仕向けると言っていた。わたしはひざまずかされて銃を……」彼女は唾をのみこんだ。「銃を頭に押しあてられたわ。本当にもうおしまいだと思った。そうならなくてよかったわ。きっとあなたたちが到着するのが、あいつの予想より早かったのよ」

「やつは……」今度はおれが唾をのみこむ番だった。「きみに乱暴したのか？」

「いいえ」ブライスが悲しげな笑みを浮かべた。「わたしとジェネヴィーヴに芝居をさせただけで、あとは何も」

ブライスを殺そうとしたほかは何もというわけか。

それだけであの男は死に値する。仕留め損ねたのが悔やまれる。「くそっ、あそこで撃ち損じなければ」

最後に狙いを外したのはいつだっただろう。何年も前だ。だが、この一年は銃を撃ってもいなかった。おいおい勘を取り戻す必要がある。かなりの至近距離だったのに、山道を駆けのぼったあとで呼吸が乱れていた。そして男がジェネヴィーヴを盾にしているのを見た瞬間、彼女ではなくやつを撃とうと決めた。

「あなたがジェネヴィーヴを撃たなくてよかった」ブライスが言った。「ジェネヴィーヴたちはどこなの？ もう一度電話をかけてみてくれない？」

父が自分の携帯電話からアイザイアにかけた。部屋を離れずに電話を耳にあてて待つ。おれたちにも聞こえるほど大きかった呼び出し音がやがて途切れ、父が携帯電話を持った手をおろした。「出ないな」

くそっ。何かよくないことが起こったに違いない。アイザイアもあの男に捕まったのか？ ふたりを捜しに行くのにブライスを連れていきたくはないが、そうせざるをえないかもしれない。彼女をひとりにするのも、ほかの人に預けていくのも気に食わない。

「男はジェネヴィーヴをさらってから、どこかほかの場所に行ったか？」エメットがブライスに尋ねた。

「いいえ、まっすぐ山に向かったわ。それから、あなたたちが来てくれた場所まで歩かされたの」

「あの地点に行くまでに、車が通った跡はあったか？」おれはレオにきいた。

「なかった。どこかわからないが、車は離れた場所に停めたんだろう。たぶんおれたちの知らない山道を通ったんだ」

「車の中は見たか？　ナンバープレートとか」

ブライスがかぶりを振る。「外に出されたときは車に背を向けさせられていたし、ナンバープレートを見ておこうなんて思いつかなかった。でも、ごく普通の車だったわ。どこにでもある黒のセダンよ。ごめんなさい」

「いいんだ」おれは彼女の肩を抱いた。「よく頑張ったな」

ブライスは生きて帰った。それこそ彼女のするべきことだった。ブライスは戦った。そしてチャンスと見るや逃げた。

「男からは絶対やり遂げてみせるという決意が感じられたわ。あの男は怒っていた。あれは……個人的な恨みだわ。だからあなたたちの知っている人物のはずよ」ブライスはおれたちに告げた。「あの場所にいるときに感じたの。あいつはあなたたちを憎んでいる」

父の目がおれの目と合った。やつは誰だ？

おれたちは一カ月にわたって問いつづけてきた。

「今まで正体がわからなかったのに、今日のうちにわかるはずもない」おれはソファから立ちあがり、ブライスが立つのを助けた。「アイザイアを見つけるのが先決だ。まずは整備工場を捜そう」

「待って」ブライスがおれの手を引っ張った。「それよりも警察に行って、拉致事件だと届けでるべきじゃないの？」

おれがエメットとレオに目をやると、ふたりとも首を振った。おれはため息をついてブライスに向き直った。「きみがマーカスを信頼しているのはわかる。だがこれは、おれたちのあいだだけにとどめておくほうがいい」

「なぜ？　わたしたちはドレイヴンの無実を証明しようとしているのよ。誰かが彼を陥れようとしている合理的な疑いを示すために。わたしが拉致されたことで警察が動くのなら、知らせてみるべきでしょう？」

「連中は何もできない。おれたちに見つけられないものが、警察に見つけられるわけがない」

それにもし警察が介入したら、ブライスをさらった男への徹底的な報復がかなわなくなる。

彼女が疑わしげに目を細める。「そんなことはわからないわ」

「わかる」おれは優しく説き伏せた。「警察が無能だと言ってるんじゃない。だが連中がいくら頑張っても、おれたちのクラブを摘発することはできなかった。おれたちのほうが一枚上手ということだ。だったら警察に任せても意味はない」

「だけど、わたしを拉致した男が見つからなかったら？　あいつが逃げきるなんて許されないわ、ダッシュ」

「絶対に逃がしはしない」おれは約束した。「だがこの大変な最中にマーカスのことを気にしないですめば、もっと余裕を持ってやつを捜せる。もし警察に届けたら、連中が余計なことに首を突っこむんじゃないかと始終はらはらさせられるだろう。秘密のままにしておくべき秘密もあるんだ。まわりをうろつかれると、かえって動きが取れなくなる。信じてくれ。なあ、頼む」

ブライスが表情を和らげた。「わかったわ」

「よし」おれは彼女の肩を抱いた。「整備工場に行ってアイザイアを捜そう」

だが整備工場には人っ子ひとりいなかった。今朝おれたちが出かけたときのまま、がらんとしている。マスタングの整備をしていたときから何時間、いや何年も経ったかに思えた。

「ふたりはどこ？」事務所に入るや、ブライスが口を開いた。エメットはクラブハウスに行って、留守中に何事もなかったかどうか確認している。父とレオは二階のアイザイアの部屋に急いだ。

「わからない」おれはブライスを抱きしめた。「ふたりを捜そう」

携帯電話を出してアイザイアにかけたが、予期したとおり応答しなかった。建物の横の金属製の階段をブーツでガンガンと踏み鳴らす音がして、父とレオが事務所に入ってきた。

「なんの痕跡もない」父が言う。「レオとふたりで山に戻ってみる。おまえたちはここで待っていてくれ。気をつけろ」

「できるだけ早く連絡が欲しい」この季節は日が長い。だが午後九時を過ぎると暗くなって、捜索は不可能になる。

「そうしよう。戸締まりをしっかりしておけ。どこもかしこもだ。プレスリーに電話をかけて、家にいるかどうか確かめろ。鍵をかけて家から出ないように言っておけ」

「プレスリーの身も危ないと思うのか？」

父がプレスリーのデスクに視線を投げた。「もうどう考えればいいのかわからん」

ふたりが出ていってドアが閉まると、おれはブライスの顔を両手で包んだ。彼女がおれの手に頬を預けてくる。「疲れただろう。家に帰ろう。少し休んだほうがいい」

「ジェネヴィーヴたちが来るかもしれないから、ここにいたいの。事務所で待ってるほうがいいわ」

だめだとは言えなかった。とりわけ今日は。「何か食べるものを取ろう。何が食べたい？」

「なんでもいいわ。あまりお腹がすいてないの」

「何か食べないとだめだ」ブライスは丸一日、何も口にしていないはずだ。

おれは彼女をソファのある自分のオフィスに連れていった。そこでゆっくり休ませて、宅配のピザを取った。ブライスはふた切れ食べるのが精いっぱいで、残りはおれが平らげた。それからふたりとも黙って待った。

エメットが顔を出して、ジェネヴィーヴの泊まったホテルがわかったから監視カメラの映像を調べさせてもらいに行くと告げた以外、あとは何ひとつ連絡がない。やがてブライスはおれの膝枕で眠った。おれは片手を彼女の腰に添えていた。もう片方の手はいつでもホルスターから銃を抜けるように空けておいた。

ブラインド越しの日の光がだんだん薄れていく。まもなく暗くなって、外のタイマーつきのライトがちらちら光って点灯した。そのとき、耳がバイクのエンジンの音をとらえた。父のバイクではない。

「ベイビー」ブライスをそっと揺り起こす。「誰か来た」

ブライスが目をこすりながら起きあがった。「ジェネヴィーヴたち？」

「わからない。おいで」おれはブライスの手を取り、彼女を背後にかばいながらドアまで進んだ。銃を引き抜きながら、ドアを少しだけ開ける。隙間からバイクが見えたので、銃をおさめた。「アイザイアだ」

「やっと帰ってきたのね」ブライスがドアを大きく開けておれを押しのけたとき、アイザイアが駐車場に入ってきた。

アイザイアは憔悴《しょうすい》しきった顔つきでバイクを停めた。肩を落としている。事務所の外、自分の部屋に通じる階段の下で待つおれたちを目にしたとき、彼はさらに肩を落とした。

「ジェネヴィーヴはどこ？」アイザイアがバイクを降りて近づいてくると、ブライスがきいた。「無事なの？」

「彼女は帰りたがっていた。おれがボーズマンまで送っていったよ」

「ジェネヴィーヴをホテルに置いてきたの？」ブライスが唖然として大きく口を開け

た。「誰にさらわれたのかわからないのに。また捕まったらどうするのよ？　一度ホテルから拉致されたんだから、もう一度——」

アイザイアが片手をあげて制した。「おれがホテルまで連れていって、部屋の荷物を取ってきてやった。それから空港まで送って、飛行機が離陸するまで見ていた。今頃はコロラドに向かってる」

「わかったわ」ブライスはほっとしたようだ。「でもジェネヴィーヴの体は大丈夫なの？」

「元気だよ」

「何があった？　どうして連絡をよこさなかったんだ？」おれは問いつめた。「ずっと電話をかけてたんだぞ」

アイザイアは目を伏せて顎をこわばらせた。気分が悪そうだ。生きていくために必死で仕事を探し、初めてここに来た日よりももっとひどい顔色をしている。

おれはアイザイアの肩に手を置いた。「何があったんだ？」

アイザイアは答えなかった。おれたちのあいだをすり抜け、重い足取りで階段をのぼっていく。

「アイザイア」おれは思わず呼びかけた。

アイザイアが立ち止まって振り返った。「彼女をあそこから連れだした。約束したとおり」

何か思いがけないことが起こったに違いないが、おれがそれ以上問いかける前に、アイザイアは階段をのぼって部屋に入ってしまった。

ブライスとおれは不安そうに顔を見交わした。

今夜はもう、さらなる答えは得られそうにない。

26

ブライス

アイザイアが呆然としているわたしとダッシュを残して部屋に入ったあと、わたしたちはダッシュの家に戻ってひと晩過ごすことにした。わたしは自分のパジャマと清潔なショーツに着替えて髪も梳《と》かしたかったけれど、自宅に帰る勇気がなかった。とりわけ夜に帰る気にはなれなかった。

車の中で、ダッシュはドレイヴンに電話をかけてアイザイアが戻ったことを伝えた。ジェネヴィーヴがモンタナには二度と足を踏み入れないだろうということも。

「親父たちも帰ってくる途中だそうだ」ダッシュが電話を切ってから教えてくれた。

「結局、ロッジには近づけなかったらしい」

「火事のせい？」

ダッシュがうなずく。「森林局が総出で森への延焼を防ごうとしていたそうだ」

「あの男はなぜ火をつけたの？」

「さあな。親父が言うように、たぶん足取りを消すためだろう」

ロッジ内に男の身元がわかるものがあったのかもしれないが、今となっては見つけるすべもない。「わたしの携帯電話からジェネヴィーヴにメールを送りたいんだけど。彼女の無事を確かめたいの」

ジェネヴィーヴとわたしは短いあいだに大変な目に遭った。だがふたりの身に起こったことや、ドレイヴンとジェネヴィーヴの母親の殺害についてわたしが打ち明けたことを考えると、彼女が逃げるように去ったからといって責めはしない。わたしがジェネヴィーヴの立場なら、たぶん同じことをしただろう。

「明日にしよう」ダッシュがわたしの膝から手を取って、指を絡めた。「明日おれがきみの家に行って、携帯電話や必要なものをなんでも持ってきてやるよ」

「それはありがたいわ」いつかは自宅に帰らなければならないが、しばらく彼の家で過ごさせてもらえればうれしい。ダッシュ・スレイターの家に滞在したと断言できる女性はそう多くない気がする。今夜は疲れ果てているけれど、明日は家を探検してみたい。彼のいる空間でくつろぎたい。

だがジェネヴィーヴが無事に帰宅したことを確認するのが先だ。

「ジェネヴィーヴはデンヴァーにいて安全だと思う？」

「彼女にとっては一番安全な場所かもしれない」

「ジェネヴィーヴは無事でいてくれなければだめなのよ、ダッシュ。今度の件に関しては、なんの落ち度もないんだもの。考えずにいられないの。もしわたしがここにとどまって、彼女に近づいたりしなかったら――」

「きみのせいじゃない」ダッシュが絡めた指に力をこめる。「きみがいなければ、おれたちは真実を知ることができなかった。親父は秘密を明かさないまま死んでいただろう。あの秘密は明るみに出すべきだった。それが最善の道だ」

けれどもその結果、ダッシュと父親のあいだに亀裂が入った。本当はどうするのが最善の道だったのかわからない。

「これから何をすればいいの？」

「眠ろう」ダッシュがため息をつく。「朝になったら、また全員で力を合わせるんだ」

わたしはまだ神経が高ぶっていて、なかなか寝つけない気がした。

ダッシュの家に着くと、すぐに彼のベッドルームに連れていかれた。広い裏庭が見渡せる部屋だ。あれはホットタブだろうか？　それらしきものがちらりと見えたが、ダッシュが窓にブラインドをおろしてしまったので確かめる暇がなかった。

「さあベッドに入って眠るんだ。明日になったら好き放題にしていいから」

「まあ、すてき」わたしは口をとがらせて服を脱いだ。

わたしたちはダッシュの巨大なベッドの真ん中に、一糸まとわぬ体をぴったりとくっつけて向かい合わせに横たわった。

「ちゃんと眠れるかしら」わたしはささやいた。

アイザイアが何も説明してくれなかったので、頭が高速回転している。彼はなぜ口をつぐんでいるのだろう？　山で何があったのだろう？　本当にジェネヴィーヴをボーズマンまで送って戻ってきただけ？　だったらどうしてこんなに時間がかかったのだろうか？　なぜアイザイアは見たことがないほど憔悴していたのだろう？

「アイザイアはなんだか――」

「眠るんだ」

「でも――」

「ブライス、今は眠らなければだめだ。明日にしよう、いいな？」

なによ、偉そうに。「わかったわよ」

目を固く閉じて、規則正しく息を吸って吐く。妙な感じだ。つい昨日の夜は自宅にいて、赤ちゃんをひとりで産むことになるのだろうか、ダッシュとはもうおしまいなのだろうかと悩んでいたのに。

「あなたはわたしを救いだしてくれたわ」彼の額にかかった髪を片手でかきあげながらささやいた。

ダッシュのまつげが持ちあがり、その目が暗闇の中でも明るく輝く。「たくさん話さなければならないな。きみとおれのこと。赤ん坊のこと。一緒に生きていくこと」

「あなたはそれでいいの？」

ダッシュがわたしを安心させるように、さらに抱き寄せた。「命に懸けて誓うよ」

明日はやってきたが、わたしたちが望んでいた情報をもたらすことなく去った。

なぜなら翌朝、わたしたちがアイザイアに会いに整備工場へ行ったら、彼はいなくなっていたからだ。

27

ブライス

「仕事に行かないと」わたしはタンクトップを頭からかぶって着た。

「あと二、三時間待ってくれないか？　頼む。おれはまず整備工場に行って、今日もアイザイアが来ないとなったら何もかもカバーできるように手配しておかなければならない。そのあとすぐ新聞社まで送るから」

「ひとりで行けるわよ。ほかの社員も来るし」

「だめだ」ダッシュが言下に退けて、ジーンズをはく。「どういうわけで、どこのどいつがきみをさらったのか、はっきりするまではおれと一緒に行動しろ」

この話題で言い争っても勝ち目はない。「了解」

山で救出されてから二日、そのあいだダッシュがわたしのそばを離れたのは一度きりだ。その一度というのも、昨日わたしの家に行って、しばらく彼の家で過ごせるように身のまわりのものを取ってきてくれたときだ。そのときでさえエメットを呼びだして、わたしのそばに張りつかせた。ジーンズに灰色のTシャツ姿のダッシュが近づいてきて、わたしの腕をさする。

「気分はどうだ?」

「うーん」今朝は吐き気がしていた。昨日の朝もそうだ。これがおさまってくれないと、整備工場に行ってもトイレと仲よくなってしまいそうで心配だ。「クラッカーを少しもらえる?」

「もちろん」ダッシュがわたしの額にキスをして部屋を出ていき、わたしは着替えをすませた。わたしがキッチンに行くと、ダッシュがソルトクラッカーの箱をカウンターに置き、トラベルマグにカフェインレスのコーヒーを注いでくれていた。昼頃まで、ほかの食べ物は受けつけられそうにない。

ダイニングルームのテーブルから自分のノートパソコンを取ってトートバッグに入れ、ダッシュのあとからガレージに向かう。彼はトラックの横に停めたバイクに目をやったが、わたしがまだ後ろに乗りたくないのを知っている。

もうすぐつきあえそうだけれど、今はまだだめだ。

整備工場に着くと、早くも三台のバイクが駐車場のフェンスに向かって並んでいた。

「みんな、いつからあなたよりも先に出勤するようになったの？」ダッシュにきいた。

ダッシュボードの時計は七時三十分を示している。

「今まで一度もない」ダッシュが考えこむように口をすぼめる。ドレイヴンとエメットとレオがすでに来ているということは、厄介な問題が起こったらしい。

三人はドレイヴンのオフィスで待っていた。ドレイヴンは自分のデスクに座り、向かいにエメットとレオがいた。ドレイヴンはわたしを目にしたとたん、はじかれたように立ちあがり、自分の椅子をわたしに勧めた。

「ありがとう」

ドレイヴンは軽く会釈をすると、ダッシュと並んで壁にもたれた。だが息子からは〝おはよう〟とも〝やあ〟とも声をかけられない。

「何事だ？」ダッシュが尋ねた。

「地方検事局から知らせが来た」ドレイヴンが声高に告げる。

「それで？」わたしの書いた記事が日曜版に載って、クラブハウスに男が押し入ったことやジェネヴィーヴの存在、そもそもドレイヴンとアミーナがエヴァーグリーン・モーテルに泊まった理由が公になった。それが功を奏したのだろうか。検察官に起訴を思いとどまらせるような疑念の種をまくことができたのだろうか。

「証拠は不充分だということになった」ドレイヴンがわたしに向かって悲しげにほほえんだ。「例の男の写真。ナイフは盗まれたものという見解。疑いを晴らす証拠としては充分ではないそうだ。裁判は行われることになった。六十日以内に開かれる」

「そんな」心が沈んだ。わたしがさらわれた話さえできれば、もっと風向きが変わったかもしれない。わたしはダッシュを信じて、彼の言い分を尊重した。ワグナー署長が首を突っこんできて、ドレイヴンばかりかダッシュまでもが刑務所行きになる事態だけは避けたかったからだ。だけど、やはり拉致された件を届けなかったのが悔やまれる。ドレイヴンの容疑を晴らせたかもしれないのに。

「時間はある」エメットが口を開く。「無実を証明するまで二カ月もある」

「それだけじゃない」ダッシュが言った。「審理はしばらく時間がかかるだろう」

とはいえわたしたちはもうひとつ、解決していない問題を抱えている。わたしをさらった男の正体を突き止められない限り、先へ進めない。

「おれにもニュースがある」レオが言った。「警察が今日発表する予定だ。おれの情報源によると、ロッジで焼死体がひとつ発見されたらしい」

「嘘よ」わたしは息をのんだ。「誰の死体？」

「おれたちが捜しているやつか？」ダッシュがきく。

レオが肩をすくめる。「わからない。死体は黒焦げだったそうだ。警察は歯形による身元確認をするしかないらしいが、おれはあの男だと思う。山の上のほうに逃げてから、大まわりして戻ってきてロッジに隠れたんだろう。それで、なんだかわからないが火事になった。だがおれたちが捜しているやつだとしたら、アミーナを殺したと自白させるチャンスも灰になっちまったってことだ」

ドレイヴンが壁に倒れこむようにもたれかかった。「くそっ」

室内が静まり返った。

「あの男じゃないかもしれないわ。わたしをさらった男じゃないということ。あそこにもうひとり仲間がいたとも考えられる。でも、あいつがすでに殺していたのかも。だけど、事実は誰にもわからないわ。わたしも死んだのはあの男だと思うけど、確かめようがないじゃない」

「ブライスの言うとおりだ」ダッシュが身を乗りだした。「誰だって偽装じゃないかと考える。これは何かがおかしい。すっきりしすぎている。ブライスとジェネヴィーヴ、ふたり同時に拉致するほど頭の切れる男が焼身自殺だと？　どう考えても無理がある」

「同感だ」エメットが椅子から立ちあがった。「成り行きに注目していよう。考えつづけよう。そのうち何かが見えてくるはずだ」

レオも立ちあがる。「おれもそう願ってるよ」

「そのときが来るまでは仕事に戻ろうじゃないか」ダッシュが言った。「そいつがどのくそったれか知らないが、おれたちが前に進んでいることを見せつけてやるんだ」

ダッシュがわたしに向かってうなずいたので、わたしは彼についてオフィスへ入った。ダッシュはデスクに散らかっていた書類を隅にかき集め、ひとつの大きな山にした。

「ここは全部きみのものだ。おれと一緒に整備工場の中をぶらぶらするのがいやだったら、このデスクを使うといい。作業台に座らせてやってもいいが」

わたしはにんまりした。「前にもそんなことをしたわね。覚えている？ あなたはあんなふうにして子どもを作るのね」

ダッシュが忍び笑いをもらしながらデスクの端に腰かけ、腕の中にわたしを招き入れた。一瞬、そこだけが安心できる場所に思えた。

「いつかすべて終わる日が来るわ。いつもの生活に戻る日が」わたしはむしろ、新たな生活が始まるほうがいい。ダッシュという存在がなかった日々には戻りたくない。

「いずれにしても、ふたつにひとつだ。アミーナを殺した真犯人を見つけるか、あるいは……」

あるいはドレイヴンが自由を失うかだ。

一週間後、ダッシュとわたしはもう新たな生活を始めていた。

わたしたちは整備工場で仕事をしていた。今はそれで問題なく互いの職務を果たしていた。いわゆるシフト制だ。彼が仕事のときは、ふたりで整備工場に来る。わたしはダッシュのデスクで自分のノートパソコンを開いて記事を書く。わたしが新聞社に行くときや取材で町に出かける必要があるときは、彼が黙って相棒を務めてくれる。ダッシュは常に自分の目が届く範囲にわたしがいるようにしたが、わたしは不思議なことに束縛されている気がしなかった。守られている、大切にされていると感じられた。

そして愛されていると。

父はわたしの新たなスケジュールに困惑したかもしれないが、口を挟まなかった。父も母も孫ができることに大喜びで、わたしが父にとって未来のジャーナリストを無事に育んでいる限り、一日中何をしてもおとがめなしだった。

ダッシュとじっくり話しあったあと、両親を怯えさせないように、拉致された件については話さないでおこうと決めた。両親が知ったら、またわたしが危ない目に遭うかもしれないと案じるだろう。余計な心配はかけたくなかった。そのため、ティン・ジプシーに関する記事も削除した。

ダッシュが隠し事をしていた場合を想定して書いた記事のバックアップファイルは完全に削除した。かつてティン・ジプシー・モーターサイクル・クラブのメンバーだった亡霊たちは、安らかな眠りについている。

それにわたしは当分のあいだ、楽しい記事に専念するつもりだ。毎週発信される警察のプレス発表に取り組むのは、数カ月のあいだウィリーに任せることにした。今はクリフトンフォージ高校を卒業してこの秋にハーヴァード大学へ進む青年の記事を書いている。わたしたちの小さな町ではわくわくするニュースだ。一面を飾るその青年の顔は、希望と冒険心に満ちていた。

わたしが最終稿をクリックして保存し、共有ドライブにアップロードしたとき、携帯電話が鳴った。画面にジェネヴィーヴの名前が現れたので、目をしばたたく。本当に彼女なのだろうか。

「もしもし」答えながらもじっとしていられず、デスクから立ちあがった。「元気なの？　ずっと心配していたのよ」

あれから何度もメールを送り、一日に二回は電話をかけた。けれども返事が来たことは一度もなかった。

「ええ、ごめんなさい」ジェネヴィーヴのため息が聞こえた。「元気でいるわ。ただあの場所から逃げたくてどうしようもなかったの」

「気持ちはとてもよくわかるわ」あなたが今も危険にさらされているかもしれないことを除けばね。わたしは本当はそう言いたかったけれど控えた。「電話をもらえて本当にうれしいわ」

「よかった。あのね」ジェネヴィーヴはためらった。「あの、お願いがあるんだけど、いい？」

「もちろんよ」

「今、クリフトンフォージにいるの」

「なんですって？　こっちに来てるの？」

「ちょっといろいろあって。なんていうか……いろいろ変わったのよ。わたしがパニック状態になってしまわないうちに会えない？」

「いいわよ」今は車がないけれど、なんとかなる。「どこがいいの？」

「今、墓地に来てるの。車の中にいるんだけど、降りる勇気がないのよ」

「ああ、ジェネヴィーヴ」わたしは思わず手を胸にあてた。「すぐに行くわ。待っていて」

「ありがとう、ブライス」

わたしは電話を切って、うめき声をあげた。

これはダッシュが喜ぶに違いない。


二十分後、わたしとダッシュは墓地に着いた。鼓動が速くなる。

ジェネヴィーヴと話したあと、整備工場へ行ってダッシュに事情を話した。彼がわたしをひとりで外出させないことは百も承知だった。

わたしたちは灰色のセダンの後方にバイクを停めた。深く息を吸ってバイクを降りる。ところが十秒後、別のバイクのエンジン音が低く鳴り響いた。

「なんてこと」墓地にバイクを乗り入れたドレイヴンを見て、わたしは思わず小声で言った。「どうしてここがわかったの？」

「エメットがおれたちの話を耳にして、おれたちが出かけたあとで教えたんだろう」

これから整備工場で話をするときは声を低くしようと肝に銘じる。

「あなたが一緒だと困るんだけど」

ダッシュが口をとがらせる。「へえ、そりゃあどうも」

「何よ、とぼけないで」わたしは手を振って彼を追い払おうとした。「ジェネヴィーヴは友達を待っているのよ。野次馬じゃないわ」

言うまでもなく、ダッシュはまだジェネヴィーヴの存在を受け入れる気持ちになっていない。彼女がどうしてここに来たのか、真意を計りかねている。たとえジェネヴィーヴが潔白で、わたしの拉致にまったくかかわっていないことに納得しても、ダッシュの頭には彼女がわたしの頭に銃を突きつけている場面が強烈に残っていて、消えることはないのだろう。

「ここで見ていてくれない？　遠くには行かないから」わたしはダッシュに頼んだ。

「おれも行く」ダッシュが腰をあげたが、わたしは両手で彼の肩を押さえてバイクのシートにとどまらせた。

「ジェネヴィーヴはお母さんのお墓参りに来たのよ、ダッシュ。母親を亡くす気持ちなら誰よりもあなたがよくわかっているでしょう？　ジェネヴィーヴと一緒に行かせて。わたしに彼女の手助けをさせて。お願いだから」

ダッシュが大きく息を吐く。「わかったよ」

「ありがとう」わたしは身をかがめて彼の頰にキスをした。

ダッシュの背後でドレイヴンがバイクを停めてエンジンを切った。離れていてもドレイヴンの期待が感じ取れる。自分の血を分けた娘に会いたい気持ちはわかるが、わたしは首を振った。

彼はまだ待たなければならない。

わたしはバイクのふたりを残してセダンに向かった。セダンのドアが開いて、ジェネヴィーヴが降りてくる。

「ああ、よかった。会えてうれしいわ」ジェネヴィーヴはしゃれた服を着て生き生きとしており、わたしの悪夢に出てくる森の中の彼女ではない。

「来てくれてありがとう」

わたしたちは知りあって日が浅いのに、何十年来の友人のように固く抱きあった。想像もできない苦境を耐えて生き延びた者同士の抱擁だ。

互いの手をほどいたとき、ジェネヴィーヴがダッシュとドレイヴンにすばやく視線を投げた。

「ごめんなさい、つき添いがいるのよ。ダッシュは今、わたしに対してちょっと過保護なの」

ジェネヴィーヴは驚いたのか、あるいは苦々しく思ったのか無表情だ。冷ややかな、すべてを察知している目をふたりに向け、不快な思いをすることを覚悟しているようだ。

ドレイヴンがジェネヴィーヴの心を傷つけたりしないと約束できればいいのだけれど。だが、わたしが彼女を守る。

「あのふたりは気にしないで」わたしはジェネヴィーヴの手を取った。「これはあなたのことなんだから」

ジェネヴィーヴがうなずき、わたしたちは芝生に並ぶ墓石のあいだを進み、高く伸びたポプラの木の下に据えられた、御影石でできた墓石の前に来た。黄色いバラを生けた花瓶が脇に置かれている。

「きれいな場所ね」わたしは言った。

ジェネヴィーヴはうなずき、こぼれ落ちそうな涙をぬぐった。「こんなことになるなんて。母は友達と楽しく過ごして、映画を見たり、わたしと電話でしゃべったりして笑ってるはずだった。キッチンに立ってクリッシーのクッキーを焼いているはずだった」

「クリッシーのクッキー？」クリッシー・スレイターのことだろうか？

「そうよ」ジェネヴィーヴがまた涙をぬぐう。「あなたがデンヴァーに来た日に焼いていたクッキーよ。母がいつもそう呼んでいたの。クリッシーのクッキーって。昔、クリッシーという名前の友達に教わったレシピなんでしょうね。その人のことは知らないけど、おいしいクッキーだわ。だから、もう誰のことでもいいの」

アミーナはクリッシーのレシピでクッキーを作っていたのだ。いつの日かそのクッキーがきっかけとなって、ダッシュとジェネヴィーヴのあいだの溝が埋まるかもしれない。むしろいっそう深まるだろうか？　今のところ、レシピの由来についてはわたしの胸にしまっておこう。

わたしはジェネヴィーヴの手を強く握った。「おいしいクッキーだわ。最高よ。新聞であなたのお母さんの思い出としてこのレシピを発表すれば、町中の評判にもなること間違いなしよ」

「そうなるといいけど」ジェネヴィーヴが小さな声で言う。

わたしたちはしばし、白と灰色のまだら模様の石に彫られたアミーナの名前を見つめていた。そのとき、何かが目の端をよぎった。ドレイヴンが五、六メートル先を行ったり来たりしている。わたしと目が合うと、彼は片手をあげた。

ジェネヴィーヴもドレイヴンに気づき、体を硬くした。わたしの手を握る彼女の手に力がこもる。

わたしはジェネヴィーヴに身を寄せてささやいた。「いつかは彼と向きあわなければならないわ」

「わたしが？」

「わたしが話したことを信じてる？　お母さんを殺したのはドレイヴンじゃないということ。彼があなたの父親だということを」

「本当なのね？」ジェネヴィーヴはしばらく考えこんだ。「信じるわ。そうじゃなければいいとは思うけど」

「ふたりだけで話すといいわ」わたしはあとずさりし、バイクで待つダッシュのところへ戻った。

ドレイヴンがジェネヴィーヴに近づき、ぎこちなく手を振ってから、その手をポケットに突っこんだ。

「親父がかわいそうになってきた」ダッシュがぽつりと言い、わたしは彼の横に並んだ。

「お父さんを許す気になったの？」

ダッシュが肩をすくめる。「たぶんな。ニックが正しかったのかもしれない。兄貴はとっくにあいつの化けの皮をはがしていた。おれに親父のありのままの姿を見るチャンスをくれたのかも」

「ドレイヴンは自分の間違った行いを改めようとしているのよ」わたしはドレイヴンとジェネヴィーヴが距離を置いて立っている様子を見守った。ふたりは向かいあっているが、ジェネヴィーヴのほうは腕組みをし、ドレイヴンをそれ以上近寄らせまいとしているのが見て取れた。「ふたりきりにしておいたほうがいいわ」

ダッシュがうなずき、わたしたちは整備工場へ戻った。帰りに少しまわり道をして、マクドナルドでハンバーガーとフライドポテトを仲間への差し入れに買った。それぞれが油のしみでた紙袋を持って駐車場を通った。

「実はプレスリーに車を借りて、ジェネヴィーヴにこっそり会いに行こうと考えていたの」わたしは白状した。「でも、そんなことをしたら、あなたが卒倒しちゃうかもしれないと思って」

ダッシュが忍び笑いをもらす。「間違いない。なあ、頼むから、おれの子に会う前に心臓発作を起こさせないでくれ」

わたしはほほえんだ。「努力するわ」

「まったく、きみのせいで頭がどうにかなりそうだ」ダッシュが足を止めてわたしを抱き寄せる。「きみに何かあったらおれは――」

「あるわけないわ」わたしはダッシュにもたれて、空いているほうの手で彼の頰を覆った。「気をつけるから。約束する」

ダッシュはわたしの唇に揺るぎないけれども優しいキスをしてくれた。

わたしのお腹が大きな音をたてたので、わたしたちはしかたがなく体を離した。食べる気満々で事務所の前に着いたとき、見覚えのある灰色のセダンがわたしたちの後ろに来た。

「あれは……」

「ジェネヴィーヴ？」わたしはダッシュの言葉のあとを引き取った。

彼女の車は事務所の横の、アイザイアの部屋にあがる階段の正面までまっすぐ来て停まった。ドレイヴンが招いたのだろうか？　だが彼の姿はどこにもない。

「何をしに来たんだろう？」ダッシュがささやく。

「あなたに会いに来たのかも」

ダッシュが眉根を寄せる。「いや、おれはあまり気が進まないな」

わたしは彼に肘鉄砲を食らわせた。「仲よくしなさい」

ジェネヴィーヴが車を降りて階段を見あげ、わたしたちのほうにやってきた。「また会えたわね」

「こんにちは」わたしは笑みを浮かべた。「あの、ジェネヴィーヴ、こちらはダッシュ。わたしの恋人で、あなたの――」

「母親違いのお兄さんよね」

ダッシュはひと言も言わずに立っていた。重い沈黙が続き、とうとう我慢できなくなったわたしは彼の脇腹を肘で小突いた。さらにもう一度。

ダッシュは顔をしかめると、マクドナルドの紙袋をすべて片手に持ち替え、空いた手を差しだした。「やあ」ふたりは互いの手が触れたかどうかもわからないような握手をした。ダッシュは顎をあげ、さっさと整備工場に向かった。わたしのフライドポテトを持って。「仕事に戻るぞ」

けれどもハンバーガーは全部わたしが持っている。

「ごめんなさい」わたしはジェネヴィーヴに謝った。

「二週間前、わたしはひとりぼっちで母を失った悲しみを乗り越えようとしていたわ。そうしたら拉致されて、モンタナにわたしの存在を知らなかった父親と、わたしを憎んでいる母親違いの兄がひとりいることがわかった。そのときにはもう感情が麻痺してしまったの」

わたしはジェネヴィーヴにはひとりでなくふたりの兄がいることを告げようとしたが、それは後日でもいいと思い直して黙っておいた。「ダッシュはあなたを憎んでなんかいないわ。受け入れるのに時間がかかっているだけよ」

「別にいいの」ジェネヴィーヴがうなだれる。「どうだっていいのよ」

わたしが何か言う前に、階段をおりてくる足音がした。

わたしは思わず目を見開いた。「アイザイア？　今までどこにいたの？　あなたはここを出ていったと思ってたのよ」

「一度は出ていった。でも、こうして戻ってきたよ」

山でジェネヴィーヴを救出した日から一週間以上も、アイザイアは行方をくらましていたことになる。手紙も電話もよこさず、忽然《こつぜん》と姿を消したのだ。ダッシュはアイザイアが戻ったことを知っているのだろうか？

アイザイアは一番下の段までおりてくると、ジェネヴィーヴに目をやった。「やあ」

「こんにちは」ジェネヴィーヴは握手を求めるように片手をあげたが、すぐに思いとどまったらしく、髪を耳の後ろにかけた。

「ええと、旅はどうだった？」アイザイアが尋ねる。

「長かったわ」

セダンにはコロラドのナンバープレートがついている。ジェネヴィーヴはレンタカーを使っているものと思いこんでいたが、これは彼女の車に違いない。なぜわざわざモンタナまで車を運転してきたのだろう？　八時間はかかるはずだ。もっとかかるかもしれない。

「荷物を運んでやるよ」アイザイアがジェネヴィーヴの車へ向かう。

荷物？　ジェネヴィーヴがうつむき加減にアイザイアのあとに続くと、彼は後部座席のドアを開けた。そこは箱やスーツケースでいっぱいだった。トランクの中も同様だ。

「ここに泊まるの？」わたしはジェネヴィーヴにきいた。

ジェネヴィーヴとアイザイアは秘密を共有しているとでもいうように顔を見交わした。彼女がうなずき、アイザイアはスーツケースやバックパックを手に階段をのぼっていった。ジェネヴィーヴも箱を抱えてついていく。

ふたりともわたしの質問に答えなかった。

「どうなってるんだ？」ダッシュがわたしのそばに来て尋ねた。「あれはアイザイアだったか？」

「ええ。わたしもさっぱりわからない」ジェネヴィーヴとアイザイアは二階の部屋に姿を消した。「だけどジェネヴィーヴがアイザイアの部屋に引っ越してきたとしか考えられないわ」

ダッシュがわたしと同じ困惑した表情を向けてくる。「山でいったい何があったんだ？」

28

ブライス

「おはよう」わたしはダッシュのパーカーを着て、裸足を引きずるようにしてキッチンに入った。パーカーはぶかぶかで、肩がずり落ちる。袖は指先まですっぽり隠れるし、フードはうなじで大きなこぶみたいに盛りあがっている。これを着るのはダッシュという繭に包まれているみたいで安心できるからだ。

自宅に帰ったらいつもこれを着ていることになりそうだ。

そうはいっても、わたしが自宅に帰る話はまだ出ていない。ジェネヴィーヴがアイザイアの部屋に移り住んでから三日、わたしはダッシュの家に移り住んだも同然だった。

「おはよう」コーヒーポットのそばに立っていたダッシュが、キッチンを横切ってこちらに来た。「気分はどうだ？」

「よくなったわ」わたしはあくびをし、ダッシュに抱き寄せられた。「寝坊させてくれてありがとう。ゆっくり眠りたかったの」

「死んだように眠りこけてたぞ」

「そうなの。ゆうべはあなたのいびきも聞こえなかったぐらい」

ダッシュが含み笑いをもらす。「いびきはかかない。自分の枕で寝るからな」

「特別ないびき防止枕でも持っているの？」わたしは体を離してダッシュの顔を見た。

「いびき防止枕なんかじゃなくて、ごく普通の枕だ」

わたしは思わず目をむいた。「わたしの家の枕は安物だって言いたいの？」

ダッシュがにやりとする。「違うのか？　おれのベッドのほうがきみのより上等だ」

「認めたくないわね」わたしは笑って再び彼の胸にもたれた。

今日は金曜で、普段ならダッシュの休みの日だが、彼はいつもより遅めに整備工場に行くことにしていた。山ほどの仕事を抱えているのに、わたしは朝からだらだら過ごそうとねだってしまった。たまには朝寝坊してゆっくりシャワーを浴びようと。こんなふうに、わずかでも穏やかなときを楽しみたい。過去七週間にわたり、いまだ解決していない問題についてはとりあえず考えないことにした。

「いい気持ち」わたしはささやいた。

ダッシュがわたしの髪にキスをする。「同感だ」

何をするでもなく互いに寄り添っていたら、わたしのお腹が鳴ったので、しかたがなく離れた。

「今日の朝食は何がいい？」ダッシュが冷蔵庫に向かう。「今朝もシリアル？　目玉焼きとベーコンを作ってやろうか？」

わたしは鼻をつまんでみせた。ベーコンエッグの脂のにおいを想像しただけで、過敏になっている胃がむかむかする。刺激の少ないものが欲しい。朝は炭水化物が友達だ。

「オート麦入りシリアルをお願い」

「チェリオスか」ダッシュはぶつぶつ言いながらも、わたしと自分用にボウルを取りだした。

わたしたちはキッチンを出て、ダイニングルームに据えられた特注のカントリースタイルのテーブルについた。椅子の代わりにベンチを置いた、すてきなピクニックテーブルのようだ。

「お父さんから連絡はあった？」

ダッシュはかぶりを振って、口にしていたシリアルをのみこんだ。「何もない。何かあったら電話をよこすだろう」

「まったく」わたしたちは必死にドレイヴンの無実を証明しようとしてきた。今やこの一連の出来事を画策した何者かが勝利をおさめるのではないかと思える。

だが絶対に負けたくない。

ダッシュも思いは同じだ。

「ジェネヴィーヴから返信メールは来たか？」ダッシュが尋ねる。

「来ないわ」わたしはシリアルのボウルにスプーンを突っこんだ。ジェネヴィーヴはわたしに腹立たしさを覚えはじめていることを、沈黙をもって表明している。

アイザイアとジェネヴィーヴのあいだがどうなっているのか、ふたりとも話そうとしない。彼女はアイザイアの部屋に移り住んだが、彼はひと晩かふた晩モーテルで過ごしたという噂も聞く。

アイザイアは黙って姿を消したことをダッシュに謝り、整備工場を首にしないでほしいと頼んだ。ダッシュが今回の件を大目に見て、仕事を続けさせたことは言うまでもない。何しろアイザイアはいい人だし、優秀な整備士だ。わたしとジェネヴィーヴの仲をどうにかするよりも、ダッシュがアイザイアともっと気さくにつきあえればいいのだが、アイザイアは以前にも増してまわりと打ち解けなくなっていた。毎日整備工場に出勤して黙々と働き、時間になったら飛んで帰る。

一方、ジェネヴィーヴは毎朝どこかに出かけて、わたしたちが整備工場に着く頃には姿が見えず、夕方みんなが帰るまで戻ってこない。そしてわたしの電話にもメールにもなしのつぶてだ。

そのうち、まいったと言わせてみせる。いつまでもだんまりを決めこむことなどできるわけがない。いつかはふたりとも、あの山で何があったのか打ち明けるよりほかなくなる。きっと。

けれども今日はそういうことは考えないと決めていた。

シリアルを食べ終わって、裏庭を見渡せる巨大な張り出し窓に目を向ける。なんていい天気だろう。芝生は青々としている。明るく青い空の下で、ここは世界の片隅の安らぎに満ちた場所だ。

ダッシュは庭に広々としたデッキを造り、ホットタブも備えつけていた。芝生はどこまでも広がり、隣近所がいないにもかかわらず高い塀に囲まれているので、人目を気にせずにくつろげる。庭の真ん中を小川が流れていて、みずみずしい葉の茂った木立もある。

「あなたの土地はどれくらい広いの？」わたしはダッシュに尋ねた。

「八ヘクタールだ。隣近所と離れていたかった」

人目につかないが、へんぴな片田舎ではない。町にも近く便利なのに喧騒とは縁がないところだ。「建物つきの土地を買ったの？　それとも自分で建てたの？」

「三年前に建てた」

わたしはテーブルから立ってボウルをキッチンのシンクに置いてから、のんびりと廊下を進んでベッドルームと反対側へ行ってみた。この家にいるあいだに少し探検させてもらったが、今日は外観だけでなく、自分が今どんな家にいるのか知りたい。

廊下は広くて、ドアはすべて清潔な白に塗られている。床には濃い色の木材を使い、毛足の長いラグを敷いた部屋もいくつかある。

「とても……センスのいい家ね」わたしは歩きながら、すぐ後ろをついてくるダッシュに話しかけた。「あなたからは想像がつかないわ」

「〝センスのいい家〟に仕上げてくれるデザイナーにがっぽり金を取られたよ。だいたい、おれは長持ちして住み心地のいい家が欲しかった。デザイナーが選んだ材料にはどうしても賛成できないものもあったが、それ以外はうまくいった」ダッシュが後ろからわたしの肩を抱いた。

わたしは彼の手首の内側に入っているタトゥーを指でなぞった。まだ由来を聞いていないタトゥーで、黒い文字で日付が入っている。「これはなんのタトゥー？」

「母の誕生日だ。初めて入れたタトゥーなんだ。十八歳になったときに入れた。この日は毎年お祝いをする。チョコレートケーキを作ってキャンドルもつけるんだ」

「お母さんはきっと喜んでくれているわ」

「ああ、きっとな」ダッシュが頬をわたしの髪に押しつける。「きみがここにいてくれてうれしい」

「わたしもよ。あなたの家が好きだわ」

「よかった」ダッシュはわたしをさらに抱きしめてから、自分のほうに向きを変えさせた。「見てほしい部屋がある」

わたしたちは廊下を戻って家の反対側の端にあるベッドルームへ向かった。だがそこに入るのかと思いきや、彼は廊下を挟んで向かいにある仕事部屋のドアを開けた。

部屋の隅に置かれたデスクには、整備工場の取り散らかったデスクと違って何ものっていなかった。側面の窓は家の正面に向いている。窓の外には低木が生い茂り、白い花が咲き乱れている。

ダッシュは部屋の中央に歩いていった。「ここを子ども部屋にしたらどうかな？」

「ええと……」子ども部屋？　聞き間違いではないだろう。てっきりここを赤ちゃんの部屋ではなく、仕事部屋として使わせてくれるのかと思った。

わたしたちは一週間も赤ちゃんのことを話しあっていなかった。ダッシュをせかしたくなかったからでもある。子どもができるという概念が現実のものとして深く理解できる時間を、彼にというより、自分たちふたりに与えたかった。子ども部屋の相談をするにはまだ何カ月もある。そもそも生まれてくるのが男の子か女の子かもまだわかっていない。

「デスクやほかの荷物は空いている部屋に移す。下の階でもいいかな。どうせあまり使わないんだ。サークルベッドや揺りかごや、きみの欲しいものをなんでも置ける。廊下を渡ればすぐ、おれたちの部屋だし。それに――」

「待って」部屋がぐるぐるまわりはじめ、わたしは片手を壁について支えた。「子ども部屋？　おれたちの部屋？　わたしにここに住んでもらいたいの？」

「だって子どもができるんだぞ」

「ええ。でもだからといって、一緒に暮らすことにはならないわ」

「それじゃあ、おれがきみを愛しているから一緒に住むっていうのはどうだ？」

真面目な話、どうも今日は耳の調子が悪い。「あなたがわたしを愛している？」

「日に日に愛が強くなる」ダッシュがわたしの前に来て、両手でわたしの顔を包んだ。

「九十歳になったら、どんなにきみに夢中になってしまってることか」

わたしは吹きだした。「きっと頭がどうかしているわね。わたしも愛しているわ」

「よし。この手を使ったほうが簡単にきみのルームメイトになれる」

思わず顔がほころんでしまう。「本当にそうするつもり？　一緒に住むの？　子どもを産んで？」

「本当にそうするんだ。一緒に住む。子どもを産んで。結婚する」

「結婚ですって？　あなたは誰？　キングストン・スレイターに何をしたの？」わたしがベッドをともにしてロマンチックな気分で朝を迎えた相手は、ダッシュという、たちの悪いプレイボーイだった。「昨日、レンチで自分の頭を殴ったんじゃない？　自分が結婚しようと言ってることを、ちゃんとわかっているんでしょうね？」

「もちろん。きみは結婚して生活が落ち着いたら子どもが欲しいと言っていた。おれの計算だと、あと八カ月もすればそれが全部かなう。せっかくだから実現させようじゃないか」

なんてこと。わたしは心が沈んだ。ダッシュが結婚を口にしているのは、自分が望んでいるからではない。わたしのために申しでてくれているのだ。「ダッシュ、感謝するわ。だけどわたしのためを思って言ってるなら、結婚したくないの」

「じゃあ、おれがそうしたいからだと言ったら？」低くて甘く、快い声音だ。「信じてくれ。きみと一緒に暮らしていきたいんだ。毎日。ここで死ぬまでずっと」

「本気なの？」

「おれが生まれてこのかた考えついた中で最高のアイデアだ」

「お互いを殺すはめになるんじゃない？」

「たぶんね」ダッシュはわたしの唇に軽くキスをした。「イエスかい？」

わたしはためらったが、ダッシュがじりじりしだしたのを見て、その苦しみから解放してあげることにした。「イエスよ」

「そう言うと思ったよ」ダッシュがのけぞって笑い声をあげた。次いで両手でわたしの頭を抱えこむ。わたしがくすくす笑いながらしがみつくと、彼はわたしを抱きあげて部屋の中をぐるぐるまわった。

長いあいだ望んでいたことだ。だが夢にも思わなかった。わたしがその本性を暴こうとしていた男と家庭を築き、愛を育むことになるなんて。ダッシュは敵。わたしの心を盗んだ犯人だ。

結婚せずに一生を終えるのではないかと思いわずらっていた日々が嘘のようだ。待てば海路の日和ありだ。

わたしはわたしのジプシー・キングが現れるのを待ちつづけていた。「子どもは欲しくないんでしょう?」

「でも赤ちゃんのことはどうなの?」わたしは尋ねた。

ダッシュの笑みは薄れたけれど、消えはしなかった。「おれは怖かった。子どものいる自分なんて想像できなかったが、この世で一緒に子どもを育てたい相手がいるとしたら、それはきみだ。おれがしくじらないよう助けてくれ。いいだろう?」

ああ、ダッシュ。どうしてもっと早くわかってあげなかったのだろう。彼は子どもが怖いのではない。自分が失敗するのを恐れていたのだ。わたしの妊娠を受け入れられなかったのは、タイミングが悪かったせいもある。ドレイヴンの隠し子の件で、ダッシュの恐れはより強くなったのだろう。

「あなたを信じているわ。何があっても心の底から信じている。あなたはきっとすばらしい父親になるわ、ダッシュ」

彼が額をわたしの額につけた。「おいで。ほかにも見せたいものがある」

ダッシュはわたしの手を取って仕事部屋を出た。ベッドルームとリビングルームの前を過ぎてキッチンをまわり、もう一本の広い廊下を通った。

「ここは家族のための家ね」わたしは言った。「家族が欲しくないのなら、どうしてこんなに大きな家を建てたの？」

ダッシュが肩をすくめる。「広い場所が欲しかった。狭い場所にひしめきあってる感じは気に食わない。クラブハウスで数えきれないほどの夜を過ごして、しばらくは整備工場の上にも住んでいた。やっと家を買う金ができたときは、広い家にしたかった。ホームジムがあれば朝から町に行かなくてもいい。仕事部屋もある。地下にはシアタールームも造った。ほかに買いたいものもなかったから、この家に注ぎこんだ」

「聖域ね」

「そうだ。だが、ひとつだけ残念なことがある」振り向いたダッシュが、息が止まるほどのまぶしい笑みを見せた。「静かすぎるんだ。だけどきみと赤ん坊が解決してくれるだろう？」

わたしは声をたてて笑った。わたしたちの子どもなら男の子でも女の子でも、騒々しくて奔放に違いない。「ベストを尽くすわ」

「ありがたい」ダッシュはわたしをガレージに連れていった。そこでわたしの手を放すと、奥の壁の前に置かれた緑色の大きな銃保管庫まで行き、ダイヤル錠をまわして扉を開けた。

「なんてこと」わたしは小さな兵器庫に目をみはった。「これなら最終戦争が起こっても安全ね」

ダッシュは白い封筒を取りだして銃保管庫の扉を閉めた。封筒は閉じられていない。彼はそれをすばやく開けると、何かを出した。

いや、何かではない。

指輪だ。

「母親の指輪だ」ダッシュは片方の手に指輪を持ち、もう片方の手でわたしの左手を取った。

「美しいわ」細くて繊細な金の指輪で、真ん中にあしらわれたひと粒の宝石はため息がもれるほどすばらしい。シンプルだが完璧なスクエアカットのダイヤモンド。わたしが自分のために選びたくなるような一級品だ。

「何年か前に親父から譲られた。結婚十周年の記念に親父が母親に贈った指輪だが、母親はあまりつけなかった。ふたりがまだ若くて貧しかった時代に買ってもらった安物の指輪を気に入ってたんだ。親父はそれを母親の亡骸《なきがら》と一緒に埋葬した。ニックはもう結婚していたから、おれにこの指輪をくれた。いつか、おれのかみさんになる女に贈れと」

わたしは驚きのあまり言葉が出なかった。午前中はゆっくり過ごそうと頼んだとき、出勤を遅らせてくれたのはこのためだったのだ。だが平静を失っていても、今の言葉は聞き捨てならない。

「二度とかみさんと呼ばないでくれない？」

ダッシュが笑い声をあげ、その声がガレージに響き渡る。「じゃあ、ひざまずこうか？　ちゃんとプロポーズしてほしいかい？」

「いいえ」わたしがにっこりして薬指を振ってみせると、ダッシュがそこに指輪を滑らせていった。ひざまずいたりロマンチックなプロポーズのせりふを聞かせてくれたりしなくてもいい。「もう完璧にやってのけたわよ」

指輪がはまった瞬間、ダッシュがすばやくわたしの体をとらえてキスをした。差し入れられた舌がわたしの舌を甘やかにむさぼる。ガレージの冷たいセメントの床に裸足で立っていても、膝がくずおれそうなほど熱い衝撃に襲われた。そのときダッシュがわたしを抱きあげて家に入り、彼のベッドへと運んだ。

わたしたちのベッドへと。

たしかにわたしのベッドよりも上等だ。そこでパーカーを脱がされた。ショーツも引きおろされた。ダッシュのジーンズと広い胸を覆う白いTシャツもあっという間に消えた。

わたしたちはともに求め、抱きあった。何週間かではなく何年も一緒に過ごしてきた恋人同士のように感じられた。そして同時にクライマックスを迎えた。何もつけていない彼の情熱の証しがわたしの中で脈打ち、手の指も舌も絡みあっていた。

わたしたちは一緒だ。

「愛しているわ」ダッシュの耳元でささやく。わたしたちはぴったりと体をくっつけていた。

「愛しているよ」彼が身を起こし、わたしの額から髪を払いのけて、にやりとする。「まいったな。だけど楽しい人生になりそうだ。約束する。きみを大事にするよ」

ダッシュはわたしの夢をはるかにしのぐ最高の夫、最高の父親になるだろう。

「約束よ」わたしはほほえんだ。「あなたの言うとおりね。絶対に楽しい人生になるわ」

エピローグ

ダッシュ

一年後……。

「おかえり」

「ただいま」ブライスが上機嫌でリビングルームに入るなりトートバッグをソファに放り、おれの腕からザンダーを奪った。そして頬や額にキスの雨を降らせた。「いい子にしてた？」

「いい子だったよ」おれは両手を首の後ろにまわした。「ちょうど二百四十ミリリットルのミルクを飲んで、盛大なげっぷをしたところだ」

「大きくなったわね」彼女は眠りかけている息子に笑いかけた。「大好きよ」

生後四カ月のザンダー・レイン・スレイターの脚には丸々と肉がついていた。おまけに立派な二重顎ときている。おれたちは肉のあいだにミルクが残って変なにおいがしないよう、夜に入浴させるときは細心の注意を払っていた。

おれは椅子から立ちあがり、ブライスのトートバッグにしまわれている新聞を取りに行った。「今朝はどうだった?」

「完璧よ。搬出は完了」ブライスはおれが座っていた椅子に腰をおろすと、かすかに前後に揺らした。三十秒もしないうちにザンダーは深い眠りに落ちるだろう。

計画どおりだ。息子がベビーベッドで眠っているあいだ、おれとブライスはベッドルームで楽しめる。

だが、その前に新聞を読まなければならない。

一面をめくりながらソファに腰かける。紙面に妻の名前が印刷されているのを見るのはいつだって気分がいい。この誇らしさは何年経っても薄れてほしくない。

一緒になって間もない頃、クリフトンフォージに引っこんだことを心のどこかでは悔やんでいるとブライスに打ち明けられた。小さな地方紙とは格が違う、夜のニュース番組のアンカーウーマンとして次代を担い、大きな舞台に立ちたかったのだ。だがほどなく、この町と人々の暮らしを描きだすことが天職であると悟った。彼女はクリフトンフォージで起こるいいことや、ときには悪いことを報道する。

出生と結婚の告知も担当して、自分たちのことまで記事にした。おれたちは家族や親しい友人たちに囲まれ、夕闇に包まれる時分の川べりで式を挙げた。そのあと〈ベッツィ〉ですばらしいパーティを開いたが、これはブライスのアイデアで、おれは思いつきもしなかった。ブライスの要求はたったひとつ、まずトイレをきれいに掃除することだった。

結婚したのはおれのプロポーズから一カ月後だったので、腹部は目立たなかった。これは彼女の唯一の真剣な要求だった。ブライスはすべてを急いですませたがった。ニックが新郎の付添人を務めてくれた。新婦の付添人はジェネヴィーヴだった。おれたち兄弟の妻探しには母の導きがあるように思えてならない。母は天国にいても頼りない息子どもを放っておけず、おれたちにぴったりの女性たちを送ってくれたのではないだろうか。

妹の存在がわかったのも、母の引き合わせに違いない。

「ジェネヴィーヴにはこの記事を見せたのか？」おれは一面に目を通しながらブライスに尋ねた。

「ええ」

「なんて言ってた？」

「泣いていたわ」ブライスは声を落とした。ザンダーは熟睡している。「彼女にはひとりで悼む時間が必要だったのよ。でも記事が出たことを喜んでくれていると思う」

今日の紙面にはブライスが一年以上温めてきたアミーナの追悼記事が掲載された。ブライスはジェネヴィーヴがクリフトンフォージに移り住んで数週間経った頃に掲載するつもりだったが、なかなかおれの異母妹の許可がおりずに時が流れていた。ジェネヴィーヴは記事を読めば今度こそ母親との最後の別れとなってしまいそうで、ふんぎりがつかなかったのだろう。この一年に起こったことを振り返ってみれば、その気持ちが痛いほどわかる。

ようやく気持ちの整理をつけることができたジェネヴィーヴを、おれは誇りに思っている。

「すばらしい記事だ」おれは新聞を折りたたんだ。

「ありがとう。だけど、あなたも自分を褒めてあげて。わたしが原稿を書いているあいだ、後ろをうろうろしてすっかり読んでしまったくせに」

「うろうろなんかしてない」

ブライスがあきれたとばかりに天井を仰ぐ。「じゃあ、わたしも洗濯物をほったらかして、あなたにたたませたりしてないということね」

まあ、多少はうろうろしたかもしれない。

この一年というもの、ブライスの身辺には気を遣ってきた。彼女ひとりで外出させることはまれで、おれが無理なら必ず誰かを同行させせた。今日はレインが一緒だった。ブライスは一年のあいだ、ひと言も文句を言わなかった。それがおれに必要なことを理解しているからだ。おれはブライスの安全を願い、彼女もその思いに応えてくれた。だがブライスにも自由は必要だ。おれがひとりでやたらと心配しているさまを見ないで過ごしたいだろう。

ザンダーが生まれてから、セキュリティを尋常でないほど追求するようになったことは、自分でも承知している。自宅に導入した設備は、エメットがクラブハウスに設置したものよりはるかに高性能だ。

愛するものを失う苦しみを味わったおれは、家族の安全のために細心の注意を払っていた。

だが徐々にたがが緩んできているかもしれない。

そうじゃないかもしれない。

おれは一日一日を努力して、父親らしい父親になろうとベストを尽くしている。ブライスもおれがザンダーのいい父親だと絶えず褒めてくれるが、そのうち何かへまをしてしまう。こちらで失敗したと思ったら、またあちらで間違いを犯すという具合に。

それでもおれにできるのは家族を守ることだけだ。ブライスがさらわれたのはおれのせいだった。あんなことは誓って最初で最後にする。

「ザンダーが寝たわ」ブライスが椅子から身を起こすと、子ども部屋へ来るようおれにうなずきかけた。

ブライスの後ろについて廊下を歩いていると、つい頬が緩む。子ども部屋の入り口で彼女の肩に両手を置き、首筋の素肌にキスをする。今日のブライスは髪をポニーテールにしていた。ザンダーはなんでもつかんで引っ張りたがる時期で、中でもママの髪がお気に入りだ。

おれもこの手に巻いてみたい。

彼女が振り向いてほほえんだ瞬間、おれの下腹部がこわばった。産後六週間の安静期間は夫婦生活を営めない不満を穴埋めすべく、せっせと働いた。

ブライスが子ども部屋に入ってザンダーをベビーベッドに寝かせた。たちまちザンダーが何かを求めるように腕を頭上にやる。ブライスが音響機器のスイッチを入れると、海辺の波の穏やかな音が部屋に満ちた。彼女は忍び足で部屋を出て、そっとドアを閉めた。

待ちかねたおれがブライスの手を取ってベッドルームに向かおうとすると、彼女が足を止めた。

「待って。ききたいことがあるの」

「なんだい？」おれはブライスの頭のてっぺんからつま先までしげしげと見たが、具合の悪いところはなさそうだ。「どこか悪いのか？」

ブライスが唇を噛む。「もっと子どもを作ることをどう思う？」

「ええと……」これからベッドで楽しもうと考えているときに家族計画の突っこんだ話はしたくないが、きかれたらしかたがない。どうする？

ザンダーが生まれたことは驚き以外の何物でもなかった。赤ん坊だから日がな一日ミルクを飲んで眠るだけとはいえ、それでもスリル満点だ。物心がついたら庭でボール遊びをしたり、ツリーハウスを作ったり、ゴーカートを組み立ててレースをしたり、おれが子どもの頃にしたようなことを一緒にできる。まったく夢みたいだ。

「賛成だ」自分でも意外な言葉が口をついて出た。ブライスも驚いたようだ。「すばらしいじゃないか」

ブライスが安堵のため息をもらすとともに、こわばっていた体から力が抜ける。彼女は満面に笑みを浮かべた。

「よかった。実は妊娠しているの」

「なんだって？」おれは思わず耳の穴をほじった。「妊娠した？　もう？」

「今朝、検査キットで調べてみたらそうだったのよ。母乳を飲ませるのをやめて、ピルの服用を再開しようとした矢先なの。まさかこんなにすぐに子どもができるなんて」

妊娠。おれはまだ恐れているのだろうか？　たしかにそのとおりだ。だが今度はショックのあまり、みっともなく逃げだしたりしない。ブライスを抱きしめ、唇を彼女の髪にうずめてささやく。「愛している」

「わたしもよ」ブライスがおれの胸に体を預け、両手をおれの背中にまわした。「あなたはてっきりおろおろすると思ってたわ」

おれは含み笑いをもらした。「今度は大丈夫だ。ふたりもできるなんて、おれたちはいい仕事をしてるじゃないか」

ブライスは少し身を離すと、背伸びしておれの唇を求めた。「本当にそうね」

おまけのエピローグ

ブライス

「こんなことはやめておけばよかった」フォトグラファーがカメラを構えるのに合わせて、わたしはまた作り笑いを浮かべた。それから待つ。まだ待つ。

「写真を撮るなんて――」

カシャッ。

ダッシュが横で体をこわばらせたまま、うめき声をあげた。

「わあ、とってもかわいく撮れましたよ！」髪をポニーテールにしたフォトグラファーは二十歳過ぎぐらいの若い女性で、脳細胞を限界まで働かせている勢いだ。今朝の八時には病院に到着して、いささか明るすぎる笑みを振りまいていた。

その強烈な笑顔にうんざりして、わたしは思わず撮影を取りやめにしようとしたが、彼女がすばやく取りだした三つ穴バインダーに満載された愛くるしい新生児の写真に魅了されて思いとどまった。

彼女のおかげで、朝からばたばたと時間に追われた。ジークに母乳をやったあと、看護師にジークを沐浴《もくよく》させてもらう。わたしも生ぬるいシャワーを浴びて申し訳程度にメイクをすませ、髪をブローしていたら、早くも両親とジェネヴィーヴ、アイザイアがやってきた。

フォトグラファーも戻ってきてカメラをセットした。

ダッシュは初めの三十枚ぐらいを撮られるあいだはじっとしていられた。フォトグラファーが延々とジークの体をいじりまわしてポーズを決めているときも、ベッドでわたしの横に腰かけていた。

なんてお利口な赤ちゃんだろう。この長い時間、ぐっすり眠ってくれている。

赤ちゃんの父親も同感だろうが、やっと騒動がおさまって今や赤ちゃんはわたしの腕に抱かれている。だがさすがにぐずりそうな気配で、小さな顔が赤みを帯びてきた。そこで親子のポーズはあと一枚だけにしてほしいと頼んだ。

最後の一枚だ。

今後いっさい撮らない。

わたしはジーク・ドレイヴン・スレイターをしっかりと抱いていた。フォトグラファーの覚えが悪くて注文用紙に書く名前を間違えるので、三度も綴《つづ》りを訂正しなければならなかった。一歳になったザンダーは、生まれたばかりの弟の黒い巻き毛をおもちゃにしたがるので、ダッシュが止めさせようと格闘していた。

人類最低速ののろさで動いているフォトグラファーの前で、わたしたちは笑顔を保った。母は部屋の隅で、ザンダーが退屈しないように体をくねらしたり飛び跳ねたりしていて、ちょっと頭がどうかした人みたいだ。

「もう一枚」フォトグラファーが言う。「集合写真はいかがでしょう？」

「全員入るかしら」

「お任せください！」ああ、そんな大声を出さないで。

「じゃあ、撮ろう。みんな集まってくれ」ダッシュが号令をかける。

ジェネヴィーヴが走り寄ってベッドの端でかがみながらささやいた。「ごめんなさい。来る前に電話をかければよかったわ」

「いいのよ、そんなこと」

アイザイアがジェネヴィーヴの後ろに立って肩に手を置く。わたしの両親がふたりの横にくっつくように並んだ。父ときたら、手を伸ばしてザンダーの顎をくすぐって笑わせようとしている。

この笑い声を瓶詰めにできたら、貝殻を耳にあてて海の響きを聴くように、この子がティーンエイジャーになった頃に蓋を開けて懐かしむことができるのに。

わたしがザンダーにほほえみかけて視線をあげると、ダッシュのまなざしに気づいた。

「愛している」わたしたちは同時にささやいた。

「オーケー。ワン、ツー、スリー……」誰だって次にシャッターが押されると思うが、このフォトグラファーは違った。

フォー、ファイブ、シックス。

カシャッ。

部屋中にため息が満ちて、みんながひと休みしようとした。だがそのときノックの音とともにドアが開き、見慣れた子どもの顔がひょいとのぞいた。

「やあ」ニックとエメリンがふたりの子どもを連れて入ってきた。「もう満杯だな」

「親族の方ですか？」フォトグラファーが尋ね、返事を待たずに言った。「ぜひご一緒に入ってください」

「いいのかな……」ニックがわたしを見る。

しかたがない。「どうぞ入って。一緒に撮りましょう」そもそもフォトグラファーが全員の集合写真を完成させるまでは帰る気がないらしい。

ニックは息子のドレイヴンと娘のノラにベッドにあがるよう、てきぱきと命じた。

「この子？」ノラは新しくできたいとこに夢中になって飛んできた。一年前に赤ちゃんのザンダーを見に飛んできたときと同じだ。「すっごくかわいい！」声を張りあげる。

「さあ、あなたたち、あっちを見て。カメラに向かってにっこりするのよ」エメリンが子どもたちをなだめ、ダッシュの隣に場所を取る。彼にウインクをしながら、わたしの膝に手を置いた。「元気？」

「来てくれてうれしいわ」わたしは笑顔で応えた。

義理とはいえ、いい女きょうだいに恵まれたと思う。形式的な親戚ではない、わたしの親友だ。

「やあ、義姉さん」ダッシュが腰をあげてエメリンの頰にキスをしてから、ニックと握手をした。「子どもたちも連れてきてくれてうれしいよ」

ニックとダッシュの顔から笑みがこぼれ、見つめあうまなざしは喜びにあふれている。わたしは自分たちの息子たちの世代にもこの絆が受け継がれることを願った。

「放さないよ」ニックがエメリンの肩に腕をまわしてささやくと、エメリンは長い赤毛をひるがえして夫にほほえんだ。

まるでおとぎ話の世界を見ているかのようだ。

そしてわたしもその中にいる。

「もういいぞ」ダッシュがフォトグラファーに呼びかける。

「オーケー。あと一秒だけ」返事をしながら、彼女は三脚を調整している。

結局、一秒が三分になった。なぜわかったかというと、ずっと時計を見ていたからだ。

「やれやれ」ニックが小声で言うのと同時にダッシュが言った。「いいかげんにしろ」

「さあ、撮りますよ」幸運なフォトグラファーはすんでのところで、この部屋から無事に帰れるめどが立った。「ワン、ツー、スリー。はい、チー――」

「おなら！」

八歳になったばかりのドレイヴンが叫んだ。

部屋中が笑いの渦に包まれ、ノラはくすくす笑いながら兄と一緒にベッドの下に倒れこんでのたうちまわった。両親は抱きあい、父が母の耳元で爆笑している。ジェネヴィーヴとアイザイアも顔を見あわせてにこにこしている。エメリンだけは恥ずかしそうに小さくなっていた。けれどもニックは得意げに胸を波打たせながら、満面に笑みをたたえている。

ダッシュとわたしも見つめあい、息子たちを抱いて笑い声をあげた。

カシャッ。

謝辞

『愛することをやめないで』をお読みくださいましてありがとうございました！　すばらしい読者の皆様に恵まれ、感謝の気持ちでいっぱいです。

また、以下の編集及び校正チームの方々――エリザベス・ノーヴァー、マリオン・アーチャー、ジュリー・ディートンとカレン・ローソンにひとかたならぬお礼を申しあげます。ジェニファー・サンタ、わたしの秘密の番人になってくれてありがとう。ハン・リー、『愛することをやめないで』にすばらしすぎるぐらいすてきなカバーデザインをしてくれてありがとう。

そして何よりも広報担当のダニエル・サンチェスの仕事には最大級の賛辞を捧げます。

さらに、新たな評価をブログで広めてくださる愛読者の皆様には、いくら感謝しても足りません。ペリー・ストリート、いつも愛読してくれてありがとう。喜んでくれるとうれしいわ。

最後に、いつも辛抱強く応援してくれる友人と家族に心からお礼申しあげます。

訳者あとがき

デヴニー・ペリーの作品をお届けします。まだ日本ではあまりなじみがないかもしれませんが、アメリカではUSAトゥデイのベストセラー作家として活躍しており、すでに五つのシリーズが刊行されています。その作品数は十冊以上にのぼり、今年中に本シリーズの三作目となる最新刊がアメリカで刊行予定のようです。

本書はティン・ジプシー・シリーズの第一作で、バイカーたちのグループであるティン・ジプシー・モーターサイクル・クラブのリーダーであったダッシュと新聞記者ブライスの、ミステリーとサスペンスを加味したラブロマンスです。舞台はアメリカ北西部のモンタナ州で、都会とはひと味違ったすがすがしい自然の描写もあちこちにちりばめられています。

ティン・ジプシーは全盛期には違法行為にも手を染めていたバイカーたちのクラブ

でしたが、一年前に解散し、今では皆まっとうな第二の人生を歩んでいます。そんなあるとき、ダッシュの父親であり、ティン・ジプシーの初代リーダーであったドレイヴンが殺人容疑で逮捕されます。この殺人事件、そして突然解散したティン・ジプシーの実態を解明しようと奮起するのがブライスです。彼女は半年前まではシアトルのテレビ局でニュース番組のアンカーウーマンを務めていました。華々しいキャリアでしたが、私生活を犠牲にし、他人が書いたニュース原稿を読むだけでしかない自分の立場に疑問を抱きます。心機一転を図って故郷のモンタナに戻り、父親と共同経営する新聞社で記者として働きはじめて半年。その中で自分の実力を証明し、心にぽっかりと空いた穴を埋めようと取材に邁進《まいしん》します。

著者デヴニー・ペリーもハイテク企業での忙しい日々を経て、現在はアメリカ北西部で作家活動に従事しているそうです。インターネットで近影を拝見すると、本書の主人公ブライスとも対等に張りあえるくらい魅力的で、重なりあう部分があるのだろうと想像がふくらみます。

テンポよく展開するストーリーとともに、敵対心が恋心へと変化し、揺るぎない信頼関係を築きあげるダッシュとブライス、さらには親子、夫婦、親友、仲間たちのあいだで繰り広げられるさまざまな人間模様も本書の魅力となっています。
どうぞお楽しみください。

二〇二〇年四月

ザ・ミステリ・コレクション

愛《あい》することをやめないで

著者　デヴニー・ペリー

訳者　滝川《たきがわ》えつ子《こ》

発行所　株式会社 二見書房
東京都千代田区神田三崎町2-18-11
電話 03(3515)2311［営業］
03(3515)2313［編集］
振替 00170-4-2639

印刷　株式会社 堀内印刷所
製本　株式会社 村上製本所

落丁・乱丁本はお取り替えいたします。
定価は、カバーに表示してあります。

ISBN978-4-576-20073-6
https://www.futami.co.jp/

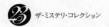

＊の作品は電子書籍もあります。

二見文庫 ロマンス・コレクション

朝が来るまで抱きしめて
クレア・コントレラス
守口弥生［訳］

ジャーナリスト志望の大学生アメリアは、高校の先輩の失踪事件を追ううち、父親の秘密を知る。プレイボーイのローガンとともに真相を追うが、事件は思わぬ方向へ…

過去からの口づけ
トリシャ・ウルフ
林亜弥［訳］

殺人未遂事件の被害者で作家のレイキンは、事件前後の記憶も失っていた。しかし新たな事件をFBI捜査官のリースと調べるうち、自分の事件との類似に気づき…

闇のなかで口づけを
レベッカ・ザネッティ
高橋佳奈子［訳］

元捜査官マルコムは、国土安全保障省からあるカルト教団への潜入捜査を依頼される。元信者ピッパに近づいた彼は身分を明かせぬまま惹かれ合い…。官能ロマンス！

愛という名の罪
ジョージア・ケイツ
風早柊佐［訳］

母の復讐を誓ったブルー。敵とのベッドインは予期していたが、想像もしなかったのは彼に夢中になってしまうこと……愛と憎しみの交錯するエロティック・ロマンス

この恋は、はかなくても
J・T・ガイシンガー
滝川えつ子［訳］

大富豪の妻エヴァの監視をするセキュリティ会社のナズは彼女と恋に落ちるが、実はエヴァは大富豪の妻ではなく…。最後まで目が離せない、ハラハラドキドキのロマサス！

夜の果ての恋人
アリー・マルティネス
氷川由子［訳］

テレビ電話で会話中、電話の向こうで妻を殺害されたペン。コーラと出会い、心も癒えていくが、再び事件に巻き込まれ…。真実の愛を問う、全米騒然の衝撃作！

愛は闇のかなたに
L・J・シエン
水野涼子［訳］

父の恩人の遺言で政略結婚をしたスパロウ。十も年上で裏社会にさえ顔がきくという男との結婚など青天の霹靂だったが、いつしか夫を愛してしまい…。全米ベストセラー！

二見文庫 ロマンス・コレクション

秘めた情事が終わるとき
コリーン・フーヴァー
相山夏奏［訳］

無名作家ローウェンのもとに、ベストセラー作家ヴェリティの共著者として執筆してほしいとの依頼が舞い込むが…。愛と憎しみが交錯するジェットコースター・ロマンス！

危険な夜の果てに
リサ・マリー・ライス
鈴木美朋［訳］〔ゴースト・オプス・シリーズ〕

医師のキャサリンは、治療の鍵を握るのがマックという国からも追われる危険な男だと知る。ついに彼を見つけ、会ったとたん……。新シリーズ一作目！

夢見る夜の危険な香り
リサ・マリー・ライス
鈴木美朋［訳］〔ゴースト・オプス・シリーズ〕

久々に再会したニックとエル。エルの参加しているプロジェクトのメンバーが次々と誘拐され、ニックは〈ゴースト・オプス〉のメンバーとともに救おうとするが――

明けない夜の危険な抱擁
リサ・マリー・ライス
鈴木美朋［訳］〔ゴースト・オプス・シリーズ〕

ソフィは研究所からあるウィルスのサンプルとワクチンを持ち出し、親友のエルに助けを求めた。〈ゴースト・オプス〉からジョンが助けに駆けつけるが…シリーズ完結！

愛は弾丸のように
リサ・マリー・ライス
林啓恵［訳］〔プロテクター・シリーズ〕

セキュリティ会社を経営する元シール隊員のサム。そんな彼の事務所の向かいに、絶世の美女ニコールが新たに越してきて…待望の新シリーズ第一弾！

運命は炎のように＊
リサ・マリー・ライス
林啓恵［訳］〔プロテクター・シリーズ〕

ハリーが兄弟と共同経営するセキュリティ会社に、ある日、質素な身なりの美女が訪れる。元勤務先の上司の不正を知り、命を狙われ助けを求めに来たというが……

情熱は嵐のように
リサ・マリー・ライス
林啓恵［訳］〔プロテクター・シリーズ〕

元海兵隊員で、現在はセキュリティ会社を営むマイク。ある過去の出来事のせいで常に孤独感を抱える彼の前にひとりの美女が現れる。一目で心を奪われるマイクだったが…

＊の作品は電子書籍もあります。

二見文庫 ロマンス・コレクション

そのドアの向こうで
シャノン・マッケナ
中西和美［訳］〔マクラウド兄弟 シリーズ〕

亡き父のために十七年前の謎の真相究明を誓う女と、最愛の弟を殺されすべてを捨て去った男。復讐という名の赤い糸が結ぶ、激しくも狂おしい愛。衝撃の話題作！

影のなかの恋人
シャノン・マッケナ
中西和美［訳］〔マクラウド兄弟 シリーズ〕

サディスティックな殺人者が演じる、狂った恋のキューピッド。愛する者を守るため、元ＦＢＩ捜査官コナーは人生最大の危険な賭けに出る！官能ラブサスペンス！

運命に導かれて
シャノン・マッケナ
中西和美［訳］〔マクラウド兄弟 シリーズ〕

殺人の濡れ衣をきせられ過去を捨てたマーゴットは、そんな彼女に惚れ、力になろうとする私立探偵のデイビーと激しい愛に溺れる。しかしそれをじっと見つめる狂気の眼が…

真夜中を過ぎても
シャノン・マッケナ
松井里弥［訳］〔マクラウド兄弟 シリーズ〕

十五年ぶりに帰郷したリヴの書店が何者かに放火され、そのうえ車に時限爆弾が。執拗に命を狙う犯人の目的は？彼女を守るため、ショーンは謎の男との戦いを誓う…！

過ちの夜の果てに
シャノン・マッケナ
松井里弥［訳］〔マクラウド兄弟 シリーズ〕

傷心のベッカが恋したのは孤独な元ＦＢＩ捜査官ニック。狂おしいほど求めあうふたりに卑劣な罠が……この愛は本物か、偽物か——息をつく間もないラブ＆サスペンス

危険な涙がかわく朝
シャノン・マッケナ
松井里弥［訳］〔マクラウド兄弟 シリーズ〕

あらゆる手段で闇の世界を生き抜いてきたタマラ。幼女を引き取ることになったのを機に生き方を変えた彼女の前に謎の男が現われる。追っ手だと悟るも互いに心奪われ…

このキスを忘れない
シャノン・マッケナ
幡 美紀子［訳］〔マクラウド兄弟 シリーズ〕

エディは有名財団の令嬢ながら、特殊な能力のせいで家族にすら疎まれてきた。暗い過去の出来事で記憶をなくしたケヴと出会い…。大好評の官能サスペンス第7弾！

二見文庫 ロマンス・コレクション

朝まではこのままで

シャノン・マッケナ
幡 美紀子［訳］〔マクラウド兄弟 シリーズ〕

父の不審死の鍵を握るブルーノに近づいたリリー。情報を引き出すため、彼と熱い夜を過ごすが、翌朝何者かに襲われ…。愛と危険と官能の大人気サスペンス第8弾！

その愛に守られたい

シャノン・マッケナ
幡 美紀子［訳］〔マクラウド兄弟 シリーズ〕

見知らぬ老婆に突然注射を打たれたニーナ。元FBIのアーロと事情を探り、陰謀に巻き込まれたことを知る。そして三日以内に解毒剤を打たないと命が尽きると知り…

夢の中で愛して

シャノン・マッケナ
幡 美紀子［訳］〔マクラウド兄弟 シリーズ〕

ララという娘がさらわれ、マイルズは夢のなかで何度も彼女と愛を交わす。ついに居所をつきとめ、再会した二人は一緒に逃亡するが…。大人気シリーズ第10弾！

この長い夜のために

シャノン・マッケナ
水野涼子［訳］〔マクラウド兄弟 シリーズ〕

壮絶な過去を乗り越え人身売買反対の活動家となったスヴェティ。母が自殺し、彼女も命を狙われる。元刑事サムと真相を探ると、恐ろしい陰謀が…シリーズ最終話！

恋の予感に身を焦がして ＊

クリスティン・アシュリー
高里ひろ［訳］〔ドリームマン シリーズ〕

グエンが出会った〝運命の男〟は謎に満ちていて…。読み出したら止まらないジェットコースターロマンス！超人気作家による〈ドリームマン〉シリーズ第1弾

愛の夜明けを二人で ＊

クリスティン・アシュリー
高里ひろ［訳］〔ドリームマン シリーズ〕

マーラは隣人のローソン刑事に片思いしている。でもマーラの自己評価が2.5なのに対して、彼は10点満点で…。〝アルファメールの女王〟によるシリーズ第2弾

ふたりの愛をたしかめて

クリスティン・アシュリー
高里ひろ［訳］〔ドリームマン シリーズ〕

心に傷を持つテスを優しく包む「元・麻取り官」のブロック。ストーカー、銃撃事件……二人の周りにはあまりにも問題が山積みで…。超人気〈ドリームマン〉第3弾